I0573503

SALVARE MARY

Delta Force Heroes, Libro 10

SUSAN STOKER

Titolo originale: *Rescuing Mary*

Traduzione dall'inglese di Patrizia Zecchin per One More Chapter Translations

Editing di Nadia Carena

Trovare Ashlyn
Trovare Jodelle

<u>Mercenari di Montagna</u>
Difendere Allye
Difendere Chloe
Difendere Morgan
Difendere Harlow
Difendere Everly
Difendere Zara
Difendere Raven

<u>Ace Security</u> *(Prossimamente)*
Il riscatto di Grace
Il riscatto di Alexis
Il riscatto di Bailey
Il riscatto di Felicity
Il riscatto di Sarah

PROLOGO

«Ascoltami Mary, e ascoltami bene. Gli uomini sono porci, buoni a nulla, bugiardi schifosi. Tutto ciò che vogliono è entrare nelle tue mutande. Non importa ciò che dicono, sono incapaci di amare. Mi hai sentito?»

Mary non capiva perché un ragazzo avrebbe voluto mettere le mutandine di una ragazza, ma sapeva bene di non dover contestare ciò che diceva la madre, così rispose obbediente: «Sì, mamma.»

«E se dicono che vogliono aiutarti, cosa fai?»

«Non ci credo.»

«Giusto. Perché?»

«Perché hanno *sempre* un utteriore motivo» disse Mary pronunciando a stento quel parolone di cui ignorava il significato. Una volta glielo aveva chiesto e la mamma le aveva urlato contro dicendole di non mettere in discussione la sua *atorità*. Qualunque cosa volesse dire. Quindi, ora sapeva di dover semplicemente rispondere alle domande come le era stato insegnato.

«Giusto. Hanno sempre un ulteriore motivo. Non fanno mai niente gratis. Ricordalo. E quando dicono di amarti, cosa fai?»

«Annuisci e accetti. Prendi quello che sono disposti a dare fino a quando non se ne vanno.»

«Esatto. Se devi aprire le gambe per ottenere ciò che vuoi nella vita, lo fai. Denaro, droga, un posto dove vivere... non importa cosa... ma non affezionarti *mai*. Mi hai capito?»

Mary annuì subito. Era di nuovo confusa, ma tenne la bocca chiusa. Non capiva perché se avesse aperto le gambe un ragazzo le avrebbe dato dei soldi, ma sapeva che era meglio non chiedere.

Sua madre si sedette sul divano e deglutì il liquido trasparente del bicchiere che aveva in mano.

Mary si morse il labbro e la osservò. Indossava gli stessi vestiti del giorno precedente e di quello prima ancora. Puzzava un po' e sembrava non si fosse accorta di non aver mangiato da un giorno e mezzo... o di non aver nutrito la sua bambina per lo stesso periodo di tempo. Aveva continuato a bere quella roba chiara e puzzolente per due giorni. E non vedeva neanche lo zio Brad da un paio giorni.

Mary non era stupida, sapeva che Brad non era proprio suo zio, ma dato che la mamma le aveva chiesto di chiamarlo così, lo faceva. Lui in realtà era uno degli uomini più gentili tra quelli che erano stati con loro. Non la picchiava e a volte addirittura le sorrideva. Alan invece aveva picchiato la mamma e fatto piangere lei. Harry era stato tutto il tempo seduto sul divano a bere quel liquido chiaro. E... Mary non ricordava il nome dell'uomo che c'era stato prima di Harry, ma aveva una pancia enorme, ruttava e scorreggiava continuamente. Era disgustoso.

«La mamma è esausta ora» le disse. «Vai in camera tua a giocare, ok?»

Mary annuì. Era stanca di stare nella sua stanza e aveva fame, ma obbedì comunque. La mamma era gentile in quel momento e non voleva far nulla che potesse farle cambiare umore.

Forse si sarebbe ricordata di cucinare la cena quella sera. Il giorno prima aveva bevuto il liquido chiaro fino ad addormentarsi sul divano e Mary non aveva avuto il coraggio di andare in cucina per cercare di trovare qualcosa da mangiare.

21 anni prima, età: 9 anni

. . .

«Vattene!»

«Vai a farti fottere!»

«Già fatto. Adesso vattene!»

«Non sei nemmeno stata un granché. Notizia flash, stronza, agli uomini non piace quando graffi il cazzo con i denti!»

Mary sentì sua madre litigare con zio Ron e scese subito dal suo sottile materasso per infilarsi sotto il letto. Si mise le mani sulle orecchie, ma li sentiva comunque urlare.

«Non sei altro che spazzatura!» urlò zio Ron, poi Mary sentì dei vetri rompersi.

«È meglio che essere uno stronzo tirchio!» urlò mamma a sua volta.

«Tirchio? Non ho fatto altro che darti soldi da quando mi sono trasferito» rispose lui. «Ti ho comprato alcolici. Ho comprato generi alimentari ogni settimana così che mangiassi. Non hai detto grazie nemmeno una volta. Nemmeno *una*. Ho anche badato alla tua marmocchia, che è più di quanto tu abbia mai fatto.»

«Sapevo che avevi messo gli occhi su di lei! Vergognati, desiderare una bambina di nove anni. Pensi che possa succhiarti il cazzo meglio di me?»

«Cristo santo! Non ho messo gli occhi su tua figlia. Sei malata o cosa?»

«Non dirmi stronzate» continuò la mamma. «L'ho capito dal momento in cui te l'ho presentata che la volevi.»

«Mi fai pena. No, provo pena per la tua povera figlia. Deve far schifo avere una madre come te.»

«Vaffanculo! Sono la cosa migliore che le sia mai capitata.»

«Sei ridicola» disse zio Ron, poi rise.

«Non sono ridicola!» strillò mamma. «Tu lo sei. Tutti gli uomini lo sono! Eri tutto felice di trasferirti qui perché sapevi che avresti scopato a tuo piacimento, ma nel momento in cui ti chiedo aiuto, spuntano le condizioni; ti comprerò da bere se mi succhi il cazzo, piccola. Ti comprerò da mangiare se mi lasci scoparti il culo. Siete tutti uguali! Non te ne frega niente di me, bastardo egoista!»

«Forse se aprissi i tuoi cazzo di occhi, vedresti ciò che hai davanti. Rovinerai quella dolce ragazzina. Ricordati le mie parole. Diventerà proprio come te.»

«Certo che sì. Sono sua madre!»

«Me ne vado» disse zio Ron. «Sono sicuro che troverai un altro idiota che prenderà il mio posto entro una settimana. Non dimenticarti di dare da mangiare a tua figlia. Non può vivere di alcol e droghe come te.»

«Che liberazione!» urlò mamma.

Mary sentì sbattere la porta e trattenne il respiro. Non è che non avesse mai sentito quel genere di parole quando la mamma litigava con gli zii, ma era un po' sorpresa che Ron avesse tirato in mezzo *lei*. La maggior parte degli uomini non se ne preoccupava e Mary aveva imparato a stare zitta e lontana.

Aspettò che la mamma entrasse e le facesse il discorsetto che ormai aveva memorizzato; era lo stesso da sempre.

«Mary?» chiamò sua madre. «Vieni qui!»

Sospirando, uscì da sotto il letto e andò alla porta, se non lo avesse fatto sarebbe andata a cercarla e l'avrebbe trascinata fuori.

«Gli uomini fanno schifo! Capito?» le disse quando fu di fronte a lei nella piccola zona giorno della loro roulotte.

«Sì, mamma.»

«Tutto quello che vogliono è portarti a letto. Prendono, prendono, prendono e prendono, fregandosene di quello che vuoi *tu*.»

«Sì, mamma.»

«Se un ragazzo ti dice che ti ama, cosa significa veramente?» le chiese.

«Che vuole dormire con te.» Mary ora era abbastanza grande da sapere che quando un ragazzo dormiva con una ragazza, in realtà non dormivano. Facevano sesso. Sapeva tutto anche di *quello*. Sua madre glielo aveva descritto nei minimi particolari due anni prima. Le sembrava una cosa disgustosa, ma alla mamma sembrava piacere abbastanza.

«E dopo che avrà dormito con te?» incalzò.

«Se ne andrà.»

«Esatto. Adesso vai via. Ho mal di testa.»

Senza dire altro, Mary tornò nella sua stanza. Ignorando i brontolii di pancia prese il cuscino, la sottile trapunta che lo zio

Thomas le aveva regalato e scivolò di nuovo sotto il letto. Lì avrebbe potuto fingere di essere diversa, di vivere in una grande casa, di avere una mamma e un papà che l'amavano e la trattavano con gentilezza e che si sedevano insieme a lei intorno a un grande tavolo colmo di cibo ogni sera. Fingeva anche di non avere ogni mese uno zio diverso che viveva con loro.

Ad un certo punto, negli ultimi quattro anni, Mary aveva capito che sua madre non era normale. Gli altri bambini avevano dei genitori che cucinavano, lavavano i loro vestiti e non stavano seduti in casa tutto il giorno a bere vodka.

Ma c'era una cosa principalmente che non aveva mai capito: perché sua madre continuasse a invitarli a trasferirsi nella roulotte con loro, se non le piacevano gli uomini.

15 anni prima, età: 15 anni

Mary chiuse la porta il più piano possibile mentre entrava nella roulotte. Si voltò e andò dritta nella sua stanza, ma si dovette fermare di colpo.

La mamma era lì. Aveva gli occhi iniettati di sangue e barcollava.

Era ubriaca. Di nuovo.

Non che fosse una grande sorpresa, ma aveva sperato di trovarla addormentata una volta arrivata a casa.

«Dormi con lui?» le chiese in modo aggressivo.

«No»

«Non si direbbe. Sembri una puttana. Hai un sacco di trucco sul viso. Il tuo vestito è corto. Cos'è, ti ha detto che ti ama e tu hai ceduto, vero? Dopo tutto quello che ti ho insegnato.»

«No, mamma. Siamo andati a ballare, siamo stati con gli amici e mi ha portata dritta a casa.»

Sua madre si avvicinò e lei fece un passo indietro. Sollevò il braccio e le diede uno schiaffo sul viso.

Mary si portò una mano sulla guancia e la fissò scioccata.

«Non mentirmi! Scopi con tutti, lo so. Gli uomini fanno schifo. Perché non te lo ficchi in quella stupida testa? Non devi credere quando ti dicono che si preoccupano per te, che ti vogliono aiutare. *Non* è vero. Tutto quello che vogliono è infilare il cazzo dentro di te e venire.»

«Brian non è così» disse Mary con dolcezza. «Gli piaccio. È gentile.»

«Col cavolo che lo è» replicò con disprezzo. «Sono *tutti* così. Tieni a mente le mie parole, alla fine, ti farà del male e non avrai un briciolo di solidarietà da parte mia. Ti ho avvertita in continuazione che non puoi fidarti degli uomini, che ti fregheranno ogni volta. Se vuoi scoparlo, va bene, ma non fingere che otterrai qualcosa di più che sesso mediocre. Ti lascerà. Lo fanno sempre. Ora sparisci dalla mia vista.»

La oltrepassò in fretta e andò nella sua stanza. Si era divertita al ballo della scuola e sua madre aveva rovinato tutto.

Brian aveva due anni più di lei, ma non aveva fatto nient'altro che baciarla. Le aveva detto che gli piaceva e che si divertiva a passare del tempo con lei. La faceva ridere e, soprattutto, si sentiva al sicuro con lui. Non doveva preoccuparsi che gli altri ragazzi cercassero di toccarla o tormentarla. Brian non la palpeggiava quando la baciava e non aveva fatto pressioni per fare altro. Sua madre si sbagliava su di lui. Ne era sicura.

14 anni prima, età: 16 anni

«Mary, mi dispiace ma è finita» disse Brian con un tono freddo che non gli aveva mai sentito usare con lei.

Erano a scuola, nel mezzo del corridoio. Mary lo aveva incontrato nel solito posto prima di pranzo. Si era alzata in punta di piedi per baciarlo, ma lui si era allontanato e le aveva detto l'ultima cosa che si aspettava di sentire.

Soprattutto visto che la sera prima gli aveva dato la sua verginità.

Aveva detto alla mamma che stavano andando alla partita di basket e invece lui aveva preso una stanza in un motel fatiscente dall'altra parte della città. Si era scusato dicendo che avrebbe voluto che la loro prima volta fosse più romantica, ma non voleva che nessuno li riconoscesse e la mettesse nei guai.

Il vero atto sessuale era stato doloroso, ma Mary aveva finto di apprezzarlo. Brian era sembrato distratto, ma lei non ci aveva dato peso. In seguito, l'aveva tenuta stretta e alla fine se ne erano andati per tornare al liceo. Le aveva detto che voleva assicurarsi che le persone li vedessero insieme alla partita in modo da non crearle problemi.

Mary aveva adorato il fatto che la stesse proteggendo, che avesse voluto assicurarsi di non rovinarle la reputazione. Ecco perché le parole che le stava dicendo in quel momento non avevano alcun senso.

Aggrottò le sopracciglia, confusa. «Che cosa?»

«Io e te. Non funziona.»

«Ma... il mese scorso mi hai detto che mi amavi.»

Lui sbuffò. «Lo pensavo, ma mi sbagliavo.»

«Non capisco» insistette Mary. Avrebbe voluto implorarlo di rimangiarselo, ma aveva una certa dignità.

«Siamo troppo diversi» continuò Brian. «Sei povera e vivi in quella schifosa roulotte. I miei genitori non approverebbero mai che stiamo insieme.»

«Ma mi hai detto che a loro piacevo. Che erano felici che tu stessi con me.»

«Ho mentito. Non ti avrebbero *mai* approvata. Sei spazzatura per me. A loro non importava che me la spassassi con te, ma era solo questo.»

Mary sentì il suo cuore spezzarsi in due. Non era possibile che stesse dicendo quelle cose. Era stato così gentile con lei. Così tenero e premuroso. L'aveva difesa quando gli altri ragazzi a scuola la prendevano in giro.

Pensava che l'amasse, che si sarebbero sposati dopo la laurea.

«In ogni caso sei troppo giovane per me» continuò Brian senza pietà. «Quando andrò al college, tu sarai ancora qui. Non puoi permetterti le tasse scolastiche e continuerai a vivere in una schifosa roulotte con una madre puttana. Voi due siete la barzelletta qui intorno. Nessuno sposerà la figlia della puttana del paese. Pensavi che ti avrei aspettato, che ci saremmo sposati?»

«Hai detto che mi amavi» ripeté, troppo ferita anche per rispondere al commento sulla puttana.

«L'ho detto solo perché non cedevi.»

«Non cedevo» fece eco Mary, fissandolo.

Brian si sporse in avanti e le diede un colpetto sul naso prima di raddrizzarsi. «Sì. Ci è voluto più tempo di quanto pensassi. Tutti credevano che saresti stata una facile, visto chi è tua madre, quindi chi avrebbe mai pensato che le tue gambe fossero rimaste sempre chiuse? Ma devo dire che, una volta che sono riuscito a fartele aprire, sei stata una bella scopata.»

Alla fine Mary capì e disse a denti stretti: «Hai detto che mi amavi così avrei *dormito* con te?»

«Sì, Einstein. Non saremmo comunque rimasti insieme molto più a lungo, sei storia vecchia ormai e c'è un nuovo gruppo di matricole cheerleader che voglio farmi prima di laurearmi.»

«Vai a farti fottere» disse Mary con voce bassa e controllata.

Tutti gli avvertimenti di sua madre le risuonarono nella testa. Per tutta la vita, aveva pensato che fosse una vecchia ubriaca e amareggiata, ma aveva imparato la dura lezione. La mamma aveva ragione, gli uomini facevano schifo. Tutti. Il ragazzo che pensava l'amasse e con cui avrebbe voluto sposarsi e avere figli, l'aveva usata.

Grazie a Dio, lo aveva obbligato a usare il preservativo, anche quando si era lamentato del fatto che avrebbe diminuito il suo piacere.

«Non da te, grazie» ribatté Brian in tono irriverente. «Ne ho avuto abbastanza. Sei stata un diversivo divertente, ma troppo impegnativo. Devo andare, Andi mi sta aspettando in mensa. So da fonti attendibili che mi vuole, e chi sono io per negare il mio cazzo a una troietta?»

E con quel colpo finale, si voltò e si allontanò, lasciando Mary lì in mezzo al corridoio.

Rimase a fissarlo e il suo cuore pian piano cominciò a indurirsi.

Nonostante tutto ciò che le aveva detto sua madre e aver visto sfilare un uomo dopo l'altro nella loro roulotte, aveva comunque creduto nelle favole. Si era sdraiata sotto il letto molte notti a sognare il suo principe azzurro, a sognare un uomo che le dicesse e dimostrasse senza parlare quanto l'amasse e si preoccupasse di lei.

Ma in quel momento, guardando Brian allontanarsi il giorno dopo aver preso la sua verginità, dopo aver ammesso di averlo fatto solo per vedere se ci sarebbe riuscito, Mary sentì il suo cuore avvizzirsi. Non avrebbe mai più creduto a dolci parole d'amore.

La mamma aveva ragione. Non si sarebbe mai più fidata di un altro uomo finché fosse vissuta. *Mai più*.

8 anni prima, età: 22 anni

«Gli uomini fanno schifo.»

Mary si girò a guardare la donna che aveva parlato.

Di recente si era trasferita a Dallas dopo essersi laureata, ed era stanca di stare seduta nel suo appartamento da sola. Aveva scoperto il piccolo bar e deciso di uscire a bere un drink o due. Non importava che non avesse nessuno con cui andarci.

Era rimasta seduta lì per circa venti minuti, prima che l'altra donna si accomodasse sullo sgabello accanto al suo ordinando un Martini Midori, per poi sospirare e fare quel commento sugli uomini.

Mary sorrise. Bene, c'era qualcuno che la pensava come lei. «Sono d'accordo.»

«Lo giuro su Dio, non so perché continuo a provarci.»

«Perché ti fanno stare bene a letto?» ipotizzò Mary.

L'altra donna rise. «Sì, quello.» Si voltò verso di lei e tese la mano. «Sono Rayne. Rayne Jackson.»

Gliela strinse. «Mary Weston.»

«Penso che tu mi piaccia, Mary Weston» ammise.

«Ricambio il sentimento.»

Si sorrisero e Mary alzò la sua birra in un brindisi. «Agli uomini che fanno schifo.»

«Brindo con te» dichiarò l'altra, toccando con il bicchiere la sua bottiglia.

· · ·

4 anni prima, età: 26 anni

Mary chiuse gli occhi in preda a un altro attacco di nausea. Sentì la mano di Rayne sulla schiena mentre si sporgeva sul water sconquassata dai conati di vomito.

«Piano, Mary» le disse cercando di calmarla. «Quando sei a posto dimmelo che ti aiuto a tornare a letto.»

Ci vollero altri dieci minuti prima che la nausea passasse. Poi si trascinò di nuovo sul letto sostenuta da Rayne e vi cadde sopra con un sospiro. «Lo odio» disse Mary.

«Lo so.»

«Non intendevo il cancro. Quel coglione aveva detto che sarebbe stato qui stasera.»

«Gli uomini fanno schifo» mormorò la sua amica.

«Lo so. Non riesco a credere di essermi fatta fregare dalle sue cazzate. Perché non mi hai preso a calci in culo, Raynie?»

«Perché pensavo davvero che sarebbe stato quello giusto» rispose, passandole sulla fronte un panno umido.

«Mia madre mi ha detto molto tempo fa che se un uomo dice di amarti, è una stronzata. Che non devo mai affezionarmi ma usarli solo per divertirmi.»

«Non è vero» protestò. «Voglio dire, sì, alcuni uomini fanno schifo, ma ce ne devono essere di buoni là fuori.»

«Non credo. Voglio dire, chi dice a una donna che sta morendo di cancro che sarà lì a ogni passo, e appena lei lotta con i primi malesseri se la fila?»

«Reggie Milsap» fu la risposta secca di Rayne.

Mary ridacchiò, anche se ciò le fece venire ancora più male alla testa. «Già. Proprio lui.»

«Ricordi quella promessa che ci siamo fatte qualche anno fa?» le chiese.

«Quale?»

«Che avremmo aspettato di camminare insieme lungo la navata, finché non avessimo avuto entrambe un uomo che ci avrebbe dimostrato di essere affidabile e di amarci davvero?»

«Sì.»

«Dicevo sul serio.» I suoi occhi erano penetranti nella loro intensità.

«Lo so.»

«Non ti permetterò nemmeno di usare il cancro come scusa per uscirne.»

Mary rise, ma protestò. «È una cosa davvero sciocca. Voglio dire, non credo che mi sposerò mai. Non posso fidarmi di nessuno abbastanza da arrivare a farlo. E non vorrei mai *farti aspettare* di sposare qualcuno che ami.»

«Sì, ok, neanch'io vorrei farti aspettare, ma non rinunciare a trovare qualcuno. Gli uomini fanno schifo, ma sto tirando avanti nella speranza di trovare un eroe.»

Mary alzò gli occhi al cielo. «Tu e quella canzone.»

Rayne sorrise. «Che ne dici di questo... se una di noi trova qualcuno che le piace davvero, e non ci sono prospettive per l'altra all'orizzonte, andremo avanti e ci sposeremo. Ma se l'altra sta frequentando un uomo o ha messo gli occhi su qualcuno, allora ci aspetteremo.»

«Ci sto» accettò subito Mary. Sapeva che per niente al mondo si sarebbe innamorata. L'amore non esisteva, ne aveva avuto le prove più volte. Reggie Milsap era stato semplicemente l'ultimo a distruggere la ridicola speranza che sua madre avesse avuto torto.

Mary sapeva che alla fine Rayne avrebbe trovato qualcuno, non aveva dubbi. Era una bella persona dentro e fuori. Era avventurosa, coraggiosa, divertente... Mary avrebbe potuto continuare a parlare all'infinito della sua migliore amica. Come potrebbe un uomo *non* innamorarsi di Rayne?

Ma lei? Anche se fosse sopravvissuta al cancro al seno, sapeva fin nel midollo che nessun uomo sarebbe stato in grado di superare le barriere che aveva alzato intorno al cuore. Era troppo sprezzante e con gli altri si comportava da perfetta stronza. Non poteva farne a meno. Era più facile tenere le persone a distanza piuttosto di rischiare che la facessero soffrire. Perché l'avevano sempre ferita. *Sempre.*

Quindi, usava il sarcasmo e il cinismo come scudo. Mary era convinta che il giorno in cui si fosse sposata sarebbe stato quello in cui avrebbe creduto di nuovo nelle fiabe. E sarebbe gelato l'inferno prima che accadesse.

CAPITOLO UNO

«Mary! Kassie sta per avere il bambino! Devi andare in ospedale, ora!» Il panico nella voce di Wendy era evidente. Kassie era in ritardo di almeno una settimana e più che pronta a partorire.

Mary non pensava che qualcuno l'avrebbe chiamata per farle sapere quando fosse entrata in travaglio, ma Wendy e Casey non avevano preso le parti di nessuno nella spiacevole situazione che aveva creato, tenendola aggiornata sui progressi di Kassie.

Ne aveva fatte di cazzate nella sua vita, ma allontanare la sua migliore amica e sposarsi di nascosto – tenendolo *segreto* per mesi – era stata una cosa meschina anche per Mary.

«Sarò lì il prima possibile. Non credo di poter uscire presto dal lavoro» disse. Sapeva di avere un tono frustrato, ma non poteva evitarlo. Aveva esaurito tutti i permessi per malattia e ferie durante il suo recente secondo episodio di cancro al seno, e non poteva permettersi di prendersi altri giorni liberi non retribuiti. Non avevano potuto licenziarla a causa delle ore perse, grazie alla legge sul lavoro del Family and Medical Leave Act, ma la direttrice non era proprio elettrizzata. Non le avrebbe mai permesso di uscire un'ora prima.

«Vieni subito, ragazza!» Wendy praticamente urlò. «Penso che partorirà molto presto. Non vuoi di certo perdertelo!»

No, Mary non voleva. Pur sapendo che la maggior parte delle donne nella loro cerchia le serbavano rancore, le adorava tutte.

Rayne era stata la sua migliore amica per anni. Ma tramite lei, aveva imparato a conoscere e ad amare Emily, Harley, Kassie, Bryn, Casey, Sadie e Wendy. Non poteva immaginare di non averle tutte nella sua vita... quindi, gli ultimi due mesi erano stati una tortura. Era tutta colpa sua, aveva sposato Truck senza dirlo a nessuno, soprattutto a Rayne, ma l'ultima cosa che avrebbe voluto fare era ammettere con i suoi amici che lo stava usando per la sua assicurazione.

Ok, era una bugia, non avrebbe mai sposato nessuno per soldi. Nel modo più assoluto. L'assicurazione era la scusa a cui si teneva aggrappata, ma la verità era che ci teneva tantissimo a Truck.

Merda, chi stava prendendo in giro? Lo amava. Si era praticamente trasferita nel suo appartamento e ora che il cancro era scomparso, avrebbe potuto tornare a casa. Mettere spazio tra loro. Dirgli che voleva il divorzio, per l'amor di Dio.

Ma la verità era che a Mary piaceva dormire tra le sue braccia. Svegliarsi accanto ai capelli arruffati e all'atteggiamento scontroso che aveva al mattino. Le piaceva tornare a casa dal lavoro e trovarlo lì. Cucinare per lui e lasciarlo cucinare per lei. Le piaceva praticamente tutto di Truck.

Il punto era che Ford "Truck" Laughlin era un uomo buono.

Troppo buono per una come lei.

Era la figlia di Ann Weston. L'erede della puttana del paese. Era nata spazzatura e lo sarebbe sempre *stata*. Troppo insolente. Troppo arrogante. Frequentare Rayne e le altre donne la faceva sentire meno indegna, ma in fin dei conti, era esattamente come sua madre: stava usando Truck per ciò che poteva darle.

Ma non riusciva proprio ad allontanarlo dalla sua vita. Non riusciva a immaginare che *non* fosse lì. E quello la spaventava a morte.

Se si sentiva ora così nei suoi confronti, quando sostanzialmente vivevano come coinquilini e non come amanti, non come vivrebbero dei veri marito e moglie, come si sarebbe sentita se avesse lasciato cadere tutte le sue barriere?

Mary non voleva nemmeno approfondire il piccolo particolare che il pensiero di essere in intimità con Truck la spaventasse. Non a causa sua; non avrebbe mai potuto aver paura di *lui*, ma per ciò che il cancro le aveva tolto. Vale a dire, le tette. Era sciocco, non che due montagnole di carne rendessero una donna più *donna*, ma il pensiero di mostrarsi a lui ora che *non era* malata, facendogli vedere quanto fosse sfigurata, le faceva male fisicamente.

Non che Truck non lo sapesse... lo sapeva eccome. Era pienamente consapevole della doppia mastectomia, di cosa le avessero fatto le radiazioni sulla pelle e sui nervi. L'aveva vista quando era stato troppo doloroso tenere i vestiti addosso a causa delle bruciature. Ma era una cosa completamente diversa essere disposta a spogliarsi davanti a lui... o a chiunque altro... ora che non era più "malata".

«Mary?» la chiamò Wendy.

Tornò al presente. «Sarò lì il prima possibile. Se Kassie partorirà prima che io arrivi, falle le congratulazioni da parte mia.»

«Lo farò. Ci vediamo!»

Riattaccò e ignorò l'occhiataccia della direttrice. Non le era permesso fare telefonate personali durante l'orario di lavoro, ma fanculo, Kassie era all'ospedale sul punto di avere un bambino e non era poi stata al telefono per ore.

Facendo un respiro profondo, Mary fece un cenno al successivo cliente in fila.

Un'ora e mezza dopo, si precipitò in ospedale e corse verso l'infermiera dietro al banco dell'accettazione.

«Sono qui per Kassie Caverly. Sta per avere un bambino. Potrebbe averlo già avuto. Puoi dirmi in che stanza si trova o dov'è la sala d'attesa?»

La donna sorrise, era ovvio che avesse avuto a che fare con molte persone in preda al panico nel corso degli anni. «La sala d'attesa dell'ostetricia si trova al terzo piano. L'ascensore è dietro di lei sulla destra.»

«Grazie!» le disse e si affrettò verso l'ascensore. Premette il pulsante e si voltò a guardare qualcuno che aveva visto avvicinarsi con la coda dell'occhio — e si irrigidì.

Era Ghost. Non si era mai trovata da sola con lui da quando gli altri avevano scoperto che aveva sposato Truck.

Sapeva che era incazzato. Rayne si era rifiutata di sposarlo finché non fosse riuscita a percorrere la navata con Mary.

Ghost non distolse gli occhi da lei; non sembrava arrabbiato, non proprio, ma il suo sguardo la metteva a disagio.

Poiché si sentiva in imbarazzo, fece ciò che le riusciva meglio... tirò fuori il sarcasmo. Era il suo meccanismo di difesa e come aveva imparato a gestire le emozioni intense. «Scattami una foto, potrai guardarla più a lungo» gli disse, e fece una smorfia tra sé per quella provocazione infantile.

Ma le sue parole non sembrarono turbare il soldato della Delta Force, che si appoggiò semplicemente al muro e incrociò le braccia sull'ampio petto, continuando a fissarla.

Mary si agitò e pregò che l'ascensore arrivasse in fretta. Certo, poi avrebbe dovuto entrare in quella piccola scatola chiusa con Ghost e sarebbe stato peggio. Cominciò a pregare che arrivasse qualcun altro e salisse in ascensore con loro. In quel modo, lui non avrebbe potuto dire nulla per farla a pezzi.

Non che lo avrebbe biasimato. Era colpa sua se Raynie non lo aveva sposato. Be', anche dello stupido patto che avevano fatto una sera da ubriache. Aveva cercato di convincerla a sposarlo, ma lei si era rifiutata. Ora era tutto un gran casino e Mary si trovava proprio nel mezzo.

L'ascensore suonò all'arrivo e lei entrò con coraggio, con Ghost alle calcagna. Nel momento in cui la porta si chiuse, parlò.

«Come stai, Mary?»

«Bene.»

«Nessun effetto collaterale dal cancro?»

Non capiva perché fosse così gentile. Avrebbe voluto che la rimproverasse almeno l'avrebbero fatta finita. «Mi formicolano le dita e in alcuni giorni non riesco proprio a sentirle, ma per il resto mi sento bene.»

«Ottimo.»

Attese che succedesse l'inevitabile. Quando invece lui non disse altro, fece un respiro profondo e lo fissò. «Dai, dillo.»

«Che cosa?» le chiese, del tutto imperturbabile.

«Urlami contro. Dimmi che sono una stronza. Dimmi che sei incazzato con me per aver ferito Raynie.»

«Che tu ci creda o no, capisco perché hai sposato Truck senza dirlo a nessuno.»

Lo guardò a bocca aperta. «Davvero?»

Annuì ma non spiegò.

Accidenti, quasi non sapeva nemmeno *lei* perché avesse tenuto segreto il suo matrimonio. Be', in parte perché non aveva voluto deludere la sua amica riguardo a quella doppia cerimonia su cui si era fissata. E poi perché aveva avuto paura. Rayne aveva messo in pausa la sua vita la prima volta che Mary aveva combattuto il cancro, trascorrendo ogni momento possibile ad aiutarla a superarlo. Il senso di colpa che provava verso la sua amica per aver fatto così tanto per lei, era quasi travolgente. Non aveva potuto farle rivivere di nuovo tutta quella situazione.

Ma soprattutto, l'ultima cosa che Mary avrebbe voluto, era che Rayne la vedesse morire.

Aveva deciso che non avrebbe ripetuto i trattamenti e senza la chemio, il cancro alla fine l'avrebbe uccisa. E non voleva che la sua migliore amica dovesse vederla deperire.

Glielo aveva tenuto nascosto per il suo bene.

Mary aveva fatto pace con la propria vita ed era stata pronta a morire, ma poi era intervenuto Truck. Aveva continuato a motivarla senza sosta. In sostanza, l'aveva costretta a combattere di nuovo. Una volta scoperto che non aveva i soldi per le cure, si era offerto di sposarla in modo da metterla sulla sua assicurazione militare.

Mary avrebbe voluto rifiutare, ma alla fine aveva accettato. Non era stupida, sapeva che lui provava qualcosa per lei, ma aveva relegato quel pensiero in un angolo della mente, per buttarsi con tutta se stessa nella sofferenza di sottoporsi alla chemioterapia e alla radioterapia una seconda volta... tenendo a distanza la sua migliore amica in modo che non lo scoprisse.

Che Ghost dicesse che capiva perché si era comportata in quel modo era ridicolo. Non poteva capire.

«Non mi conosci» sussurrò. «Non hai idea di quali fossero i miei motivi.»

Fece un passo verso di lei e Mary indietreggiò prima di riuscire a impedirselo. Quando si rese conto di ciò che aveva fatto, raddrizzò le spalle e incrociò le braccia al petto lanciandogli un'occhiataccia.

«So che vuoi bene a Rayne, che faresti qualsiasi cosa in tuo potere per prenderti cura di lei. Per proteggerla. L'hai fatto quando mi sono comportato da idiota, e l'hai fatto quando non le hai detto che il cancro era tornato. Non conosco la tua storia, non credo che nemmeno Rayne ne sia a conoscenza, ma quello che so è che probabilmente sei stata trattata di merda. Ami profondamente, ma non hai idea di come esternarlo. Il tuo modo di esprimere amore alla tua migliore amica è stato di allontanarla dalla tua vita quando la situazione si è fatta dura, per proteggerla. Lo capisco. Davvero. E in piccola parte te ne sono grato, perché Rayne avrebbe fatto tutto ciò che era in suo potere per assicurarsi che ti riprendessi. Avrebbe messo da parte tutto e tutti, incluso me.

Ma hai anche ragione sul fatto che sono incazzato. Le hai negato la possibilità di essere lì per te; hai essenzialmente negato il suo amore. Ti ho già perdonata, Mary. Ma dovrai faticare molto per ottenere il perdono di Rayne. L'hai ferita tantissimo. Non l'ho mai vista così devastata. Ha pianto per tutta la notte dopo aver scoperto di te e Truck. Del cancro. Non a causa della maledetta cerimonia nuziale, ma perché non le hai permesso di aiutarti. È per quello che è distrutta. Chiunque ti abbia insegnato a essere così egoista dovrebbe venire ucciso. L'amore offerto liberamente è la migliore medicina che esista.»

Mary lo fissò sbigottita. Le sue parole la lacerarono e fecero più male dell'ultimo ciclo di radio, quando la sua pelle era già irritata e bruciata.

L'ascensore suonò e le porte si aprirono al terzo piano. Senza aspettare risposta, Ghost uscì e si avviò lungo il corridoio.

Uscì anche Mary, sentendosi confusa. Ghost aveva ragione, ovviamente. Ogni singola parola uscita dalla sua bocca era stata assolutamente corretta. *Aveva* allontanato Rayne per proteggerla. E sua madre le aveva insegnato a essere egoista, anche se Mary non aveva pensato di esserlo decidendo di tenere all'oscuro la sua migliore amica su ciò che le stava succedendo. Aveva pensato che fosse la cosa giusta da fare. Sul serio, chi vorrebbe vedere morire il proprio amico?

Ma più ci pensava, e dato che conosceva Rayne, sapeva senza dubbio che Ghost aveva ragione. Non si trattava del matrimonio, aveva ferito la sua migliore amica, la donna che era sempre stata lì per lei, che non aveva mai chiesto nulla in cambio, che aveva tatuato il proprio corpo per mostrarle solidarietà.

Mary avrebbe voluto gettarsi a terra e singhiozzare, ma non poteva. Doveva essere forte. Doveva affrontare Rayne e tutte le altre donne. Donne che sapeva, senza ombra di dubbio, sarebbero state al suo fianco per aiutarla se solo avesse dato loro una possibilità.

Era rimasta sola per così tanto tempo, e aveva permesso che i cinici deliri di sua madre sugli uomini e le persone in generale, prevalessero sull'affetto che provava per la sua migliore amica.

Sentì delle voci eccitate in fondo al corridoio e si bloccò; tutti erano felici ed euforici. Probabilmente ormai la figlia di Kassie era nata. Se Mary fosse entrata nella stanza avrebbe messo tutti a disagio e in imbarazzo. Avrebbe rovinato quel momento felice.

Doveva riparare il danno creato ma, al momento, non sapeva come. Voleva indietro la sua migliore amica. Voleva fare da baby-sitter ad Annie e ridere dell'umorismo della bambina. Voleva abbracciare Kassie e dirle quanto fosse felice per lei. Voleva potersi sedere insieme a tutte a bere vino, ridere e spettegolare.

Le mancavano le sue amiche. Le lacrime le salirono agli occhi quando si rese conto che ognuna di loro avrebbe fatto tutto il possibile per mantenerla ottimista e positiva. Non avrebbero provato pietà per lei. Non l'avrebbero fatta sentire un peso. Aveva combinato un casino immenso.

Con la sensazione di avere il peso del mondo sulle spalle, Mary si voltò e percorse il corridoio verso le scale. Doveva andarsene da lì. Aveva bisogno di un po' d'aria fresca. Avrebbe sistemato le cose, ma non in quel momento. Non quando tutti stavano festeggiando la nascita della bambina di Kassie e Hollywood. Avrebbe mandato loro un regalo. L'ultima cosa che voleva fare era rovinare l'umore di tutti.

Lasciandosi alle spalle il gioioso gruppo nella sala d'aspetto, aprì la porta che dava sulle scale e scomparve.

———

Truck era appoggiato contro il muro e sorrise ai suoi amici. Hollywood stava distribuendo sigari come se fosse un boss della mafia. Ne aveva persino preso uno di gomma da masticare per la piccola Annie. Tutti ridevano e sorridevano ed erano totalmente elettrizzati per lui e Kassie. C'era persino Karina, la sorella della neo mamma, arrivata con i genitori, Jim e Donna.

Hollywood era entrato nella sala d'aspetto e li aveva informati che Kassie stava bene e che la loro bambina, Katherine Lauren, era perfettamente in salute. Ciò aveva scatenato un'altra ondata di esultazione e felicità.

L'unica cosa che mancava era Mary.

Aveva chiamato la banca scoprendo che se n'era andata quindici minuti prima. Avrebbe dovuto essere arrivata ormai. Sapeva che Wendy l'aveva chiamata per informarla che Kassie era in ospedale e pronta a partorire da un momento all'altro.

Diede un'occhiata all'orologio e decise di aspettare altri cinque minuti prima di uscire a cercarla. Ricordare come Harley era scomparsa a causa di un incidente d'auto e ritrovata quasi morta giorni dopo, lo aveva reso paranoico.

«Sono salito in ascensore con lei» disse Ghost piano accanto a lui.

Guardò il suo amico, senza sorprendersi del fatto che avesse capito perché stava guardando l'orologio. «Stava... bene?»

Annuì, poi strinse le labbra e sospirò. «Credo di averla turbata. Non volevo farlo» lo rassicurò subito, dopo aver visto lo sguardo incazzato sul volto di Truck. «Stava sulla difensiva e ovviamente si aspettava che la attaccassi. Le ho detto che l'avevo perdonata, ma forse sono stato troppo duro nel dirle quanto fosse devastata Rayne.»

Truck sospirò e si passò distrattamente una mano tra i capelli. Lui e Ghost avevano parlato molto di tutta la situazione ed erano giunti alla conclusione che Mary stesse proteggendo la sua amica, ed era stato per quello che non voleva che Rayne sapesse del matrimonio o del cancro.

«Era proprio dietro di me, ma quando mi sono voltato per lasciarla entrare nella sala d'attesa per prima, l'ho vista andare verso le scale.»

«Grazie per avermelo fatto sapere» disse al suo amico. «Me ne vado. Per favore fai le congratulazioni a Kassie da parte mia.»

«Certo. Tutto bene?» gli chiese Ghost.

Guardò i suoi migliori amici e poi tutti gli altri nella stanza. Rayne era accanto a Emily, che entro due mesi avrebbe avuto il suo bambino, e le teneva il braccio intorno alla vita. Annie correva da un adulto all'altro, mordicchiando il sigaro di gomma da masticare e sorridendo felice. Beatle e Casey erano in un angolo e si tenevano per mano. Wendy era appoggiata a Blade. C'erano anche Sadie e Chase e lui le aveva cinto la vita in un tenero abbraccio.

Truck voleva quello che avevano i suoi amici. Voleva che Mary si rivolgesse a lui quando si sentiva a disagio. Voleva che gli tenesse la mano e lo guardasse come facevano le donne dei suoi compagni di squadra con *loro*.

Ma era giunto il momento di ammettere che forse non sarebbe mai successo.

Sperava che se le avesse concesso abbastanza tempo, avrebbe cambiato idea. Che sarebbe riuscita a vedere quanto l'amava e che non l'avrebbe mai delusa. Ma anche dopo tutto quello che avevano passato, lo teneva ancora a distanza. Dormivano l'uno accanto all'altra ogni notte e si erano scambiati qualche bacio, ma lei non gli aveva ancora dato l'impressione di voler cambiare lo status di amici nella loro relazione.

Truck voleva di più.

Meritava di più.

Amava Mary. Sapeva che non avrebbe mai trovato un'altra donna che gli facesse battere il cuore ogni volta che la guardava. Era suscettibile e aveva innalzato delle barriere alte almeno un chilometro, che Truck aveva sperato di riuscire a scalare facendoli diventare inseparabili. Ma doveva ammettere che forse, tutto ciò che le era accaduto per renderla così cauta, non era qualcosa che avrebbe potuto sconfiggere.

«Sto bene» rispose a Ghost.

Era ovvio che il suo amico non gli credesse, ma non disse una parola al riguardo.

«Allora si parte questo fine settimana?» chiese Truck.

Ghost si accigliò, ma gli consentì il cambio di argomento. «Sì. Hollywood rimane qui, ma partiremo con l'altra squadra Delta.»

«Trigger e il suo team, giusto?»

Ghost annuì.

«Sono brave persone. Abbiamo nuove informazioni riguardo a quella zona?»

«Non ancora. Il comandante Robinson ci sta lavorando. Sai com'è... si rifiuta di mandarci ovunque fino a quando non ha abbastanza informazioni da essere sicuro a ciò che andiamo incontro. I ribelli sono stati estremamente attivi e non è contento di com'è al momento la situazione. L'ultima cosa che vuole è inviarci in un agguato.»

Truck annuì. «Bene.» Gli diede una pacca sulle spalle. «Ci vediamo domani all'allenamento.»

«Sì. A domani.»

«Ciao.»

Truck fece un cenno con il mento agli amici e abbracciò le donne mentre attraversava la stanza. Annie gli corse incontro proprio mentre stava uscendo. Si inginocchiò per poter essere faccia a faccia con la bambina che ormai aveva quasi otto anni.

«Te ne vai?» gli chiese.

«Sì.»

«Dov'è Mary?»

«Ha avuto un contrattempo e non è riuscita a venire.» Odiava mentire, ma non aveva intenzione di dire alla piccola quale fosse il problema.

«Mi manca. Non la vedo da una VI-TA. Le dirai che ho imparato alcuni nuovi segni? Frankie me li ha insegnati e volevo esercitarmi con lei.»

Truck la fissò sorpreso. Sapeva che Annie aveva il fidanzatino che viveva in California e che era sordo. Si "parlavano" usando un programma speciale sui loro tablet. Ma non sapeva che Mary avesse fatto pratica con il linguaggio dei segni insieme alla bambina. «Certo. Quando vi siete esercitate l'ultima volta?»

«La scorsa settimana» disse con disinvoltura. «Si è installata sul suo tablet lo stesso programma che abbiamo io e Frankie e poi mi chiama e le faccio vedere quello che lui mi ha insegnato. Stiamo imparando insieme.»

Truck era senza parole. Non sapeva che Mary lo stesse facendo.

Ultimamente sembrava che tutti conoscessero sua moglie meglio di lui.

«Mary mi ha detto che Frankie è stato fortunato ad avere me come fidanzata» continuò Annie con orgoglio.

«Ha ragione» confermò lui.

«Un giorno ero triste perché una bambina della mia classe mi stava prendendo in giro perché ho un fidanzato che vive così lontano. Mary mi ha detto di dire a Carrie di *andare a quel paese*. Che avere un ragazzo che vive in uno stato diverso è dura, ma non impossibile e che se Frankie mi piaceva davvero, avrei dovuto fare tutto il necessario per farlo sentire bene. E che lui dovrebbe fare lo stesso per me. Lo sposerò, quindi voglio essere sicura di trattarlo davvero bene.»

Truck era sbalordito. Mary aveva detto ad Annie di fare il possibile per far sentire bene Frankie. Era sorprendente. Sapeva che non aveva avuto esattamente delle belle esperienze per quanto riguardava gli uomini, affermando più di una volta che in genere avevano secondi fini quando si trattava di relazioni. Era una delle ragioni per cui ci stava andando così piano con lei; non voleva che pensasse che l'avesse sposata e inserita nella sua assicurazione in cambio di sesso.

«Be', ha ragione» confermò.

«Lo so» disse Annie scrollando le spalle. «Mi manca. Dille di chiamarmi per poter far pratica con i nuovi segni che ho imparato.»

«Lo farò.»

La piccola si sporse in avanti e lo baciò sulla guancia, proprio sopra la cicatrice, poi si girò e tornò nella stanza per trovare un altro adulto con cui parlare.

Truck si asciugò con il dorso della mano l'appiccicaticcio della gomma da masticare dal viso. Amava Annie come se fosse sua. Non lo aveva mai rifuggito a causa della brutta cicatrice, *mai*. La prima volta che l'aveva incontrata, gli aveva messo una mano sulla guancia chiedendogli se gli facesse male.

Si rialzò, e uscendo dalla sala d'aspetto pensò a Mary. Non sapeva cosa fare. Da un lato, adorava averla a casa sua, poter parlare con lei ogni sera, e in particolare amava averla accoccolata contro di lui mentre dormivano.

Ma dall'altro lato, aveva bisogno di qualcosa di più. Voleva amare Mary come doveva essere amata. Voleva fare l'amore con lei, fare la doccia con lei, ridere con lei. Voleva essere suo marito non solo di nome.

Aveva pensato che una volta stata meglio, la loro relazione si sarebbe trasformata in qualcosa di più, ma non era successo.

Stringendo le labbra mentre aspettava l'ascensore, Truck si rese conto che avrebbe dovuto prendere una decisione. Continuare così nella speranza che Mary alla fine avrebbe ricambiato il suo amore, o lasciarla andare.

CAPITOLO DUE

Due giorni dopo, Mary vide Rayne, Emily e Casey entrare in banca. Stava cercando di capire come riavvicinarsi alla sua migliore amica, ma fino a quel momento non aveva trovato il coraggio.

Non solo, anche le cose con Truck erano state strane. Dopo che i loro amici avevano scoperto che si erano sposati si era comportato in modo diverso, ma ultimamente sembrava distante. Quando era uscito per andare all'allenamento quella mattina, non l'aveva svegliata per dirle che se ne stava andando, e alla sera non si sedeva più accanto a lei sul divano. In effetti, sembrava facesse del suo meglio per tenerla a distanza.

Mary aveva paura non solo di aver perso i suoi amici, ma che anche Truck ne avesse finalmente abbastanza della sua stronzaggine e indecisione e si stesse preparando a scaricarla.

Non aiutava il fatto che lui e il resto della squadra stessero per andare in missione quel fine settimana. Odiava quando partiva, temeva ogni volta che non tornasse. Che sarebbe stato ucciso. Sapeva che lui e gli altri erano bravi in ciò che facevano, ma poteva sempre succedere qualcosa di brutto. Sempre.

La sua vita era fuori controllo e Mary non voleva altro che gettarsi tra le braccia di Truck e pregarlo di amarla per sempre, a prescindere da ciò che faceva o diceva per rovinare tutto. Voleva anche prostrarsi di fronte a Rayne e implorarla di perdonarla.

Guardando le donne entrare, Mary decise che quella sarebbe stata la volta buona. Doveva ingoiare il rospo e chiedere a Rayne di avvicinarsi così da poter parlare. Era arrivato il momento. Non aveva mai avuto problemi a dire ciò che pensava in passato, era tempo di tornare quella Mary.

Era in pausa e aveva circa quindici minuti prima che la direttrice la guardasse male per farle capire che doveva rimettersi al lavoro; la banca era affollata durante l'ora di pranzo. Respirando a fondo, Mary si avvicinò a Rayne ed Emily, stavano aspettando in un angolo che Casey completasse la transazione.

«Ciao» le salutò titubante; odiava sentirsi così.

«Ciao» rispose Rayne senza la solita gentilezza nella voce.

«Mary» disse Emily, facendo un cenno con la testa.

«Hai un secondo?» chiese a Rayne.

Lo sguardo della sua migliore amica andò a Emily e poi a Casey che si era avvicinata a loro, e tornò a lei. «Non proprio.»

«Per favore» sussurrò. «Ho bisogno di spiegare un sacco di cose, più di quelle che riuscirò a dire durante la mia pausa, ma voglio almeno che tu sappia quanto mi dispiace.»

Mary si rese conto che anche lei stava lottando contro le proprie emozioni, e avrebbe voluto abbracciarla, ma sapeva che sarebbe stata respinta... giustamente.

Guardandosi intorno, Rayne le domandò: «C'è un posto dove possiamo andare in modo da non essere al centro della banca con un pubblico?»

Prendendolo come un buon segno, Mary annuì subito. «Sì, la sala relax sul retro. In genere è vietata a tutti tranne che ai dipendenti, ma ho visto la direttrice portare alcune sue amiche lì. So che non dirà niente.»

«Bene. Dai, Em. Casey» disse alle altre donne.

Non era sorpresa che volesse le altre come supporto morale, al suo posto lo avrebbe fatto anche lei. Peccato che in quel modo sembrava che fossero tre contro uno, ma chi è causa del suo mal pianga se stesso.

Fece strada fino alla stanza sul retro. Oltrepassarono due caveau: quello del denaro e quello delle cassette di sicurezza. La porta del secondo era aperta, rimaneva così durante il giorno, tranne quando i clienti volevano avere accesso alla loro cassetta.

In quel caso, venivano accompagnati all'interno da un impiegato e la porta veniva chiusa per dar loro privacy. Aveva uno spesso tappeto sul pavimento e un tavolo al centro della stanza. Mary odiava quel caveau con tutte le cassette di sicurezza allineate e l'illuminazione soffusa all'interno, le ricordava un obitorio ma in scala ridotta. Le cassette non erano neanche lontanamente grandi a sufficienza da farci stare un essere umano, ma una notte aveva avuto un incubo in cui aprendone una, un corpo in miniatura si era rizzato a sedere.

Rabbrividendo, Mary si concentrò sulla sala relax davanti a lei. La porta era spalancata e una volta dentro si voltò per affrontare Rayne. «Mi dispiace. Mi dispiace così tanto di non averti detto che avevo sposato Truck. È stata una cosa orribile.»

«Pensi che sia arrabbiata per *quello*?» le chiese incredula. Era accigliata, con la fronte aggrottata.

«No» rispose Mary, guardando il pavimento. «So perché sei arrabbiata con me.»

Come se non avesse parlato, Rayne continuò: «Non me ne frega niente che tu abbia agito alle mie spalle e ti sia sposata, anche se *mi fa* incazzare che tu stia illudendo Truck. È una delle persone più gentili che abbia mai incontrato e merita di essere amato più di chiunque altro. So che ti importa di lui, ma per qualche ragione ti stai trattenendo e non se lo merita. Ma soprattutto, sono incazzata perché la persona con cui avevo il legame più forte non mi ha detto che le era tornato il cancro.»

Mary non sapeva cosa dire. Le si era chiusa la gola e sentiva che sarebbe scoppiata in lacrime da un momento all'altro. Vedere Rayne guardarla come se non potesse sopportare di trovarsi nella stessa stanza con lei, era la cosa più dolorosa che avesse mai provato.

Più dolorosa di quando, a sedici anni, aveva capito che sua madre aveva sempre detto la verità riguardo agli uomini. Ancora più dolorosa del fatto che la mamma l'aveva cacciata di casa il giorno del suo diciottesimo compleanno, anche se non si era ancora diplomata. Più dolorosa del giorno in cui aveva saputo che il cancro era tornato.

«Non capisco perché tu mi abbia allontanato» proseguì Rayne. «Ho fatto qualcosa di male? *Detto* qualcosa? So che hai sempre avuto problemi a fidarti delle persone, ma non avrei mai pensato, nemmeno tra un milione di anni, che non ti fidassi di *me*.»

«Mi fido di te» disse subito Mary.

«No. Non è vero. Altrimenti me lo avresti detto nell'attimo in cui hai saputo la diagnosi. Mi avresti permesso di venire e tenerti la mano mentre lo affrontavamo insieme. Mi avresti detto che non ti potevi permettere i trattamenti e avremmo potuto fare una raccolta fondi per pagarli. Invece, mi hai allontanata e hai sposato Truck per soldi. Me ne avresti mai parlato? Del matrimonio? Del cancro? O avresti continuato a riderci sopra, quando ti dicevo che stavo aspettando di sposare Ghost fino a che non avresti ceduto e ammesso che amavi Truck quanto lui ama te?»

Mary aprì la bocca per rispondere, per negare le dure parole di Rayne, ma una strana confusione proveniente dall'atrio la distrasse. Le altre donne non girarono nemmeno la testa, forse perché non avevano familiarità con i rumori quotidiani della banca. Sollevando la mano per zittirle, sporse la testa fuori dalla sala relax e osservò i cassieri agli sportelli.

Ciò che vide la fece muovere prima ancora di pensarci. Afferrò la mano di Rayne e fece cenno a Emily e Casey di seguirla. «Non dite una parola!» sussurrò con urgenza. «Seguitemi.»

Senza aspettare risposta, trascinò la sua amica fuori dalla porta e andò verso il caveau delle cassette di sicurezza. Era il posto più sicuro per loro e anche se Mary odiava quella stanza, era assolutamente impenetrabile.

Non solo, ma se i due uomini armati nell'atrio avessero deciso di volere più soldi di quelli che c'erano nelle casse, avrebbero chiesto di entrare nel caveau del denaro non in quello delle cassette di sicurezza.

«Merda» esclamò Rayne sottovoce mentre Mary la tirava dentro. «Sta succedendo davvero?»

Senza rispondere, fece segno a Emily e a Casey di sbrigarsi e nell'istante in cui entrarono, chiuse la porta il più piano possibile, anche se non pensava che i ladri potessero sentirla al di sopra delle urla e i pianti provenienti dall'atrio affollato.

Mary si comportò com'era stata istruita per affrontare una

situazione del genere: bloccò la porta, cercando di non tremare quando le sembrò quasi di chiudere il coperchio di una bara e andò dritta al telefono sul muro. Era una linea separata dalle altre della banca, per motivi di sicurezza. Nessuno avrebbe visto la luce rossa sui telefoni fissi che indicava che qualcuno la stava usando. Compose il 9-1-1 e spiegò rapidamente all'operatrice la situazione.

Non aveva molti dettagli, ma disse dove si trovava, con chi era, il numero approssimativo di clienti nell'atrio, quanti ladri aveva visto e quanti impiegati erano presenti. La donna avrebbe voluto che rimanesse in linea, ma Mary riattaccò e compose subito un altro numero.

Rayne, Emily e Casey stavano sussurrando dietro di lei, ma per il momento le ignorò. «Dai, dai» mormorò mentre il telefono suonava nell'orecchio.

«Pronto?»

Il suono della voce di Truck la calmò all'istante. «Sono Mary. Ho bisogno di te.»

«Cosa c'è che non va?» La sua voce era dura, ma controllata e le impedì di perdere la testa.

«Sono in banca e c'è una rapina in corso. Rayne, Emily e Casey sono con me e ci ho rinchiuse nel caveau delle cassette di sicurezza. Non riusciamo a sentire cosa sta succedendo là fuori, ma gli uomini erano armati.»

«Stai bene?»

Alla sua domanda, gli occhi di Mary si riempirono di lacrime. Era proprio da Truck preoccuparsi prima di tutto per lei. «Sì.»

«E le altre?»

Si girò a guardare le sue amiche. Erano rannicchiate insieme e sembravano terrorizzate. «Sono a posto. Stiamo tutte bene» rispose mentendo. Non pensava che dovesse sapere che erano sul punto di perdere la testa.

«Ok, sto arrivando. I ragazzi sono tutti qui... e porterò un'altra squadra Delta con me. Ci pensiamo noi. Capito?»

«Sì. Ho chiamato il 9-1-1.»

«Bene. Mary... *ci pensiamo noi*» ripeté Truck, con più urgenza. «Tutto quello che devi fare è stare al sicuro. Possono entrare?»

«Forse. Ho premuto il pulsante antipanico dall'interno che

blocca la porta, ma la direttrice ha il codice di disattivazione. Spero che non siano interessati a questo caveau, se vogliono solo soldi vorranno entrare nell'altro. Lei dovrebbe indirizzarli a quello.»

«State lontane dalla porta» ordinò Truck. Poteva sentirlo muoversi in sottofondo e avrebbe voluto con tutta se stessa che fosse già in arrivo. «Riesci a barricarla in qualche modo?»

«No. C'è un tavolo, ma è fissato al pavimento e sarebbe troppo pesante per noi riuscire a muoverlo, anche se non lo fosse.»

«Cazzo. Va bene, ok. Scommetto che quei tizi se ne sono già andati. Avranno preso tutti i soldi possibili e saranno fuggiti. Stiamo arrivando, Mary. Di' anche alle altre che i loro uomini sono in arrivo. Va bene?»

«Sì.»

«Non fare nulla di avventato» la avvertì. «Ti amo.»

Lo stomaco di Mary si strinse. Non lo aveva mai detto. Oh, sapeva che l'amava, ma non lo aveva mai espresso a parole. Sentirle ora era quasi doloroso. «Stai attento» sussurrò, volendo rispondere allo stesso modo, senza però riuscire a farlo.

«Sempre. Richiamami se hai bisogno.»

«Lo farò.»

«Sei stata brava, Mary. Devo andare. Dieci minuti e saremo lì.»

«Va bene.»

«Ciao.»

Riappese il telefono, fece un respiro profondo e guardò le sue amiche negli occhi. «Dobbiamo allontanarci dalla porta.»

«Stanno arrivando, vero?» chiese Emily con voce tremante.

Più che consapevole di tutto ciò che avrebbe potuto andare storto e che la sua amica era in avanzato stato di gravidanza, la rassicurò: «Certo, portano anche l'altro team Delta con cui si allenano. Quei coglioni di ladri non hanno idea di cosa li aspetta se sono così stupidi da essere ancora qui quando arriveranno i ragazzi. Dai, andiamo a sederci laggiù, lontano dalla porta. Non stai per avere il bambino qui, vero? Perché se è così, dovrai chiamarlo Hank.»

«Hank?» chiese Emily mentre si avvicinava ondeggiando al punto indicato da Mary, con Rayne e Casey di fianco.

«Sì. Sai, come "bank", ma con la H» scherzò.

Emily scosse la testa e alzò gli occhi al cielo, ma stava sorridendo mentre le altre due la aiutavano a sedersi. Poi la fissarono tutte e tre.

«E adesso?» chiese Casey.

Mary si guardò intorno e scosse la testa. «Il tavolo è bloccato, quindi non possiamo spostarlo. Non ci sono sedie o altro. Tutto ciò che possiamo fare è aspettare.»

«Pensi che quei tizi vorranno venire qui dentro?» domandò Emily.

Mary incontrò i suoi occhi. «Come ho detto a Truck, non credo. Voglio dire, le cassette sono ben chiuse e per aprirle servono due chiavi per ognuna, una ce l'ha il cliente e l'altra la banca. Sì, probabilmente qui dentro ci sono centinaia di migliaia di dollari in gioielli, ma sono difficili da prendere. Se fossi un rapinatore di banche, preferirei entrare nel caveau del denaro, dove potrei prendere mucchi di soldi e andarmene.»

«Non lo dici solo per farci sentire meglio, vero?» chiese Rayne con sospetto.

Mary sospirò e si sedette a circa un metro di distanza dalle altre donne, assicurandosi di mettersi tra loro e la porta. Incontrò gli occhi di Rayne. «Direi qualsiasi cosa per farti sentire al sicuro. Farei qualsiasi cosa in mio potere per proteggerti. Quando eri dispersa in Egitto, ho quasi perso la testa. Quindi sì, mentirei assolutamente se servisse a farti sentire felice, al sicuro e protetta. Ma in questo momento non ti sto mentendo.»

Le due donne si fissarono senza dire una parola.

«Ti riferisci a qualcosa di più che al fatto di averci nascoste qui per tenerci lontane dai ladri, non è vero?» chiese Casey.

Senza staccare gli occhi da quelli di Rayne, disse semplicemente: «Sì.» Non era il momento o il luogo in cui aveva pianificato di avere una chiacchierata a cuore aperto con la sua migliore amica, ma ormai erano lì.

«Non ti ho mai chiesto di farlo» sussurrò Rayne.

«Lo so. Sei la cosa migliore che mi sia mai capitata» le disse Mary. «La mia infanzia è stata una merda. Avevo così tanti "zii" che entravano e uscivano da casa nostra, che dopo un po' ho smesso di preoccuparmi di imparare i nomi. Loro e mia madre mi hanno insegnato a non fare mai affidamento su nessuno, per *nessun* motivo, perché ti deluderanno sempre. E non è stato solo perché lei me lo diceva ogni maledetto giorno... l'ho visto. Tutti quegli zii le hanno promesso una vita migliore, che si sarebbero presi cura di lei e di me. E tutti se ne sono andati. Non posso davvero biasimarli perché lei era una stronza, ma comunque...

Gli insegnanti mi hanno delusa perché non hanno notato che morivo di fame e che non facevo la doccia per giorni. Anche gli assistenti sociali che di tanto in tanto passavano dopo che uno degli zii denunciava la mamma, ma erano oberati di lavoro e non si preoccupavano di capirmi davvero. Persino il preside mi ha delusa dopo aver scoperto che lei mi aveva cacciato di casa l'ultimo anno di liceo, fregandosene e minacciando di farmi espellere se avessi perso altri giorni di scuola. Gli ho detto che era perché stavo cercando un posto dove vivere, ma a lui non è importato.

Poi ho incontrato *te*, Raynie. Non avevo intenzione di lasciarti entrare nella mia vita, ma hai preso d'assalto le barriere che avevo innalzato intorno al cuore. Non sapevo cosa fosse l'amore finché non ti ho incontrata.» Mary aveva le lacrime agli occhi, ma non si fermò. «Mi hai capita. Non ti importava che usassi il sarcasmo per proteggermi. Non ti importava che fossi una stronza e una bisbetica. Mi volevi bene lo stesso. Poi, quando ho avuto il cancro, sei stata presente passo dopo passo. Sei venuta agli appuntamenti con me. Eri lì quando stavo troppo male per alzarmi dal letto. Mi hai costretta a mangiare, a rimanere positiva e a vivere. E la cosa più strana per me era che non volevi niente in cambio.»

«Hai cercato di pagarmi» ricordò Rayne con il viso bagnato di lacrime. «Come se avessi potuto accettare i tuoi cazzo di soldi.»

«Non sapevo come comportarmi. Nessuno in vita mia mi aveva dato qualcosa senza secondi fini. Fino a quando non sei arrivata tu. Hai perso ore di lavoro per poter stare con me. Non sei uscita con nessuno per mesi quando stavo male. Andavi a fare la spesa per entrambe, facevi il bucato, pulivi il mio appartamento e praticamente ti sei trasferita a casa mia. Per me è stata una cosa sconvolgente, ma non importava quanto protestassi o quanto fossi cattiva con te, non te ne sei andata.»

«Niente avrebbe potuto costringermi a lasciarti quando eri malata, Mary» disse Rayne.

«Lo so. Poi sono guarita e hai incontrato Ghost. Ero così felice per te, anche se sono stata una stronza con lui dopo che è stato ferito. Non sopportavo di vederti triste, Raynie. Non mi fidavo di lui e non volevo che subissi il dolore che avevo passato io. Speravo fosse l'uomo che sembrava essere, ma ho anche pensato che ci fosse una possibilità che ti lasciasse una volta finita la "luna di miele".»

«Allora perché non mi hai detto che il cancro era tornato? Non pensavi che ti avrei aiutata di nuovo?» le chiese.

«No. *Sapevo* che lo avresti fatto. Non potevo affrontare tutto di nuovo» le rispose con dolcezza. «Non potevo far affrontare a *te* tutto di nuovo. È stato un inferno per entrambe e non era giusto da parte mia fartelo subire due volte. Non quando stavi vivendo il tuo sogno. Avevi un uomo che ti amava e ti avrebbe dato il mondo se glielo avessi chiesto.»

«Quello che non è stato giusto è che tu non mi abbia nemmeno permesso di fare una scelta» disse Rayne con fervore.

«Non capisci» protestò Mary.

«Allora spiegamelo» urlò la sua amica. «Sarei stata lì per te, proprio come la prima volta. Avrei fatto *qualsiasi cosa* per te e tu non mi hai dato quella possibilità.»

Mary strinse le mani a pugno e chiuse gli occhi mentre Rayne continuava la sua arringa.

«Ripeti all'infinito di quanto le persone siano egoiste e usino gli altri per i propri scopi e che fanno le cose solo per avere qualcosa in cambio, ma *sapevi* che io non ero così. Te lo avevo già dimostrato. Allora perché, Mary? Perché mi hai allontanata? Almeno abbi le palle di dirmelo in faccia. Apri gli occhi e guardami!»

Spalancò gli occhi e fissò Rayne. Non poteva vederla bene a causa delle lacrime che le annebbiavano la vista, riusciva solo a vederne il contorno sfocato. Tutto il dolore che aveva provato quando aveva saputo che il cancro era tornato riaffiorò in superficie.

«Non volevo che tu dovessi guardarmi morire!» gridò.

Le parole risuonarono nella stanza prima che continuasse: «L'ultima cosa che volevo era che la mia migliore amica, la donna che amo più di ogni altra cosa al mondo, mi vedesse deperire sapendo che non avrebbe potuto fare niente per evitarlo. Volevo che i tuoi ricordi di me fossero belli.» Mary chiuse gli occhi ancora una volta e tirò su con il naso. «Non volevo che dovessi affrontare quell'esperienza, Raynie. Non potevo sopportarlo. *Sapevo* che saresti stata lì per me, che non mi avresti mai permesso di allontanarti se avessi saputo che il cancro era tornato. Saresti rimasta al mio fianco fino alla fine, e mi avrebbe ucciso vederti così triste e sconvolta.»

Dopo la sua dichiarazione nel caveau calò il silenzio. La stanza insonorizzata non lasciava trapelare nulla di ciò che stava accadendo nell'atrio. Mary non aveva idea se i ladri fossero ancora lì, se ci fosse una sparatoria o se la rapina fosse ancora in corso. Tutto ciò che poteva sentire era il battito del proprio cuore e gli occasionali singhiozzi. Ma non osò riaprire gli occhi.

Si era appena messa a nudo con la sua migliore amica ed era terrorizzata che Rayne l'avrebbe respinta per sempre, che quella sarebbe stata la fine della loro amicizia una volta per tutte. Non sapeva cosa avrebbe fatto senza di lei nella sua vita. Gli ultimi due mesi erano stati un inferno. Un inferno assoluto.

Mary sussultò quando sentì una mano sul braccio e aprì gli occhi. Si voltò e vide Rayne accucciata al suo fianco.

«Grazie» le disse.

«Come?»

«Per tutto questo tempo, ho pensato di aver fatto qualcosa di sbagliato, che fossi arrabbiata con me perché amavo Ghost e mi ero trasferita da lui. Sapevo cosa pensavi degli uomini. Ma ho sbagliato tutto, mi stavi proteggendo.»

Annuì semplicemente.

A quel punto Rayne si spostò, le si sedete accanto e l'abbracciò. Mary appoggiò la testa sulla sua spalla e si strinse a lei con tutta se stessa. Il profumo familiare del suo bagnoschiuma preferito penetrò i suoi sensi e fu come tornare a casa.

«Mi dispiace» disse. «Mi dispiace tanto.»

«Va tutto bene» la rassicurò. «Capisco, e ti perdono.»

Mary si tirò indietro. «Così, come se niente fosse?»

«Proprio così. Ti voglio bene.»

Si fissarono negli occhi. «Ma non fare mai più una cosa del genere. Voglio saperlo, anche solo se tiri su con il naso. Adoro il fatto che volessi proteggermi, ma non farlo più. Mi hai capito?»

«Sì, Raynie. Ho capito. Ma *per favore*, sposa Ghost. Siete perfetti l'uno per l'altra e so senza ombra di dubbio che non ti lascerà mai. Mai.»

«Lo so.»

«Quindi ti sposerai?»

«Sì, ma a una condizione.»

Alzò gli occhi al cielo e si asciugò il viso. «Quale?»

«Tu e Truck rinnoverete le vostre promesse con noi.»

Mary si irrigidì e il desiderio che provò di poterlo fare fu quasi doloroso. «Non so...»

«Quel patto che abbiamo fatto era una stronzata, lo sappiamo entrambe. Voglio dire, non avrei mai rimandato il matrimonio con Ghost se tu non avessi avuto un uomo nella tua vita. Ma ce l'hai... Truck. Vedo il modo in cui lo guardi quando non ne è consapevole, e come lui guarda te. Pensavo che se io avessi rimandato abbastanza a lungo, ti saresti resa conto di ciò che avevi proprio davanti agli occhi e avremmo potuto celebrare le doppie nozze.»

«Mi dispiace di non averti parlato del mio matrimonio.»

Rayne agitò la mano come per liquidare la questione. «Non mi interessa. Sono contenta che tu l'abbia fatto. Ti ha salvato la vita, quindi non posso essere incazzata per quello. Ma... ora che *siete* sposati, potete rinnovare le vostre promesse con me e Ghost. Non hai nulla in mano per obiettare. Sarà proprio come avevamo programmato tanti anni fa.»

«Le cose tra me e Truck non sono esattamente come tra marito e moglie.»

«In che senso non sono come tra marito e moglie?» chiese Casey.

«Sì. Voglio dire... non abbiamo...»

«Oh, merda, non hai dormito con lui?» domandò Rayne scioccata.

«Be', abbiamo dormito, ma è tutto.»

«Santo cielo» sussurrò Emily. «Non ci posso credere. Truck ti guarda con un tale desiderio negli occhi che tutti pensavamo che ci stavate dando dentro di brutto.»

Mary fece una smorfia. «Sì, be', non è che potessimo farlo quando stavo male. E ora le cose sono... strane.»

«Lo desideri?» chiese Rayne. Poi aggiunse: «E non mentire.»

Mary annuì.

«Lo ami?» insistette.

«Non lo so, Raynie. Non sono sicura di sapere cosa sia l'amore.»

«Cazzate. Ami *me*.»

«È diverso.»

«Non lo è. Guarda, capisco. Da che ci conosciamo, ci siamo trovate d'accordo sul fatto che gli uomini fanno schifo ma, anche allora, avevo capito che non lo dicevi solo perché ti eri appena lasciata con qualcuno. Ci credevi davvero. Quella stronza di tua madre ti ha inculcato quell'idea quando eri solo una bambina. Ma Truck *non* è uno di quei ragazzi del tuo passato. Non è uno dei tuoi *zii*. Penso che abbia dimostrato ampiamente di stare con te perché ti ama e non perché vuole qualcosa in cambio.»

«Lo so.»

«Allora, cosa ti trattiene?»

Mary si morse il labbro e poi guardò la sua migliore amica. «Ho paura di farmi vedere, sai... senza...» Si indicò il petto. «Ma non è solo questo. Voglio dire, so che anche lui ha le sue cicatrici e se c'è qualcuno che potrebbe capirmi quello è Truck, ma l'ultima volta che ho detto a un ragazzo che lo amavo mi ha mollata il giorno dopo. Temo davvero che se lo dovessi dire di nuovo, accadrebbe la stessa cosa.»

«Lo stai sottovalutando e non è giusto» disse Rayne con convinzione. «Capisco. È spaventoso aprirsi, sia fisicamente sia emotivamente, ma Truck non è quel tipo d'uomo. Se gli dicessi che lo ami, ho la sensazione che cambierebbe la vita a entrambi. In meglio. Dagli una possibilità, Mary.»

«Ci proverò.»

«Ooh...» gemette Emily lì vicino, ed entrambe si voltarono a fissare l'amica incinta.

«Che c'è? Cos'hai?» le chiese Rayne allarmata.

«Non ne sono sicura» rispose con evidente preoccupazione nella voce.

«Sdraiati» le ordinò Casey, già pronta ad aiutarla a stendersi a terra.

Le altre due si misero al suo fianco, una prese la mano di Emily e l'altra si aggrappò alla gamba. «Fai respiri profondi» le ordinò Rayne. «Cerca di rilassarti.»

«Penso di stare bene» le rassicurò. «È stata solo una fitta, mi mancano ancora due mesi. Non sono in travaglio.»

«Certo che non lo sei» disse Mary. «*Non* permetterò che il fratello di Annie nasca nel bel mezzo di una rapina in banca, in questa specie di grotta.»

«Non sai se è un maschio» ribatté Emily.

«Lo è. Annie vuole un fratello, quindi è un maschio.»

Emily alzò gli occhi al cielo, ma portò subito lo sguardo su di lei. «Grazie per non aver allontanato Annie. Ti vuole un mondo di bene e non avrebbe capito.»

Mary annuì. «Io e lei siamo anime affini. Annie è preziosa e sa essere irriverente, proprio come me. Mi... mi perdoni?» Non era mai stata così insicura in tutta la sua vita. Di solito non le importava niente di cosa la gente pensasse di lei, ma quello era troppo importante per comportarsi in modo sprezzante.

«Certo che sì» rispose subito Emily. «Ero turbata perché Rayne era sconvolta. Ma non ti ho mai odiata.»

«Grazie» le disse in tono sommesso.

«E io sono troppo nuova per conoscere tutta la storia» si intromise Casey. «Quindi ti perdono anch'io.»

Rayne rise. «Ragazza, non ti sei mai schierata. In realtà, mi hai tormentata di continuo affinché parlassi con Mary per ricucire il nostro rapporto.»

«Vero» disse allegramente Casey. «E ora lo avete fatto. Non vedo l'ora di chiamare Wendy, Kassie e Harley e dire loro che è tutto a posto.»

Mary fece una smorfia. «Anch'io ho bisogno di parlare con loro. Di spiegare.»

Rayne le mise la mano sul braccio. «Lo farò io.»

«Grazie. Ma non è giusto. Magari possiamo farlo insieme? Le portiamo a pranzo o qualcosa del genere?»

«Sarebbe fantastico. E possiamo chiamare anche Bryn.»

Mary rabbrividì. «Quella donna. Le voglio bene ma, accidenti, sai che analizzerà la situazione fin nei minimi particolari e poi passerà a voler sapere tutto sul mio cancro, com'è non avere le tette e cosa'hanno detto i dottori... nel dettaglio.»

Ridacchiarono. Tutte conoscevano Bryn e sapevano che si sarebbe comportata proprio così. La sua curiosità era vorace e in genere le loro telefonate deviavano sempre verso argomenti strani a causa del modo in cui funzionava la sua mente. Ma era unica e non aveva un grammo di cattiveria in corpo.

«Quanto tempo è passato?» chiese Emily, tenendo una mano appoggiata sulla pancia arrotondata in modo protettivo. «Cosa pensi stia succedendo?»

Mary guardò l'orologio. «Circa quindici minuti. Richiamo Truck.» Si alzò e andò al telefono sul muro. Sapeva che era un rischio, se fosse stato nel bel mezzo dell'azione della Delta Force, non sarebbe stato in grado di rispondere, e avrebbe potuto distogliere la sua attenzione da ciò che stava facendo, ma aveva bisogno di sapere cosa stesse succedendo dall'altra parte della parete.

Inoltre, era preoccupata per Emily, anche se l'altra donna pensava di essere a posto doveva vedere un medico per esserne certi. Mary non stava scherzando quando aveva detto che non voleva far nascere un bambino lì.

Compose il numero di Truck e lui rispose al secondo squillo.

«Mary?»

«Sì, cosa sta succedendo?»

«State tutte bene?»

«Sì, però non riusciamo a sentire nulla. Ed Emily ha qualche dolorino.»

«Merda. I poliziotti stanno evacuando l'area adesso. Dovremmo essere lì da voi entro cinque minuti circa. Resisterà fino ad allora?»

«Sì. Credo di sì. Sembra che al momento stia bene. È sdraiata. Evacuare l'area? Quindi sono tutti al sicuro?»

La voce di Truck si abbassò, il suo tono la calmò di nuovo, proprio come in precedenza. «Sì. Siamo arrivati qui contemporaneamente alla polizia e per fortuna li conoscevamo. Ci hanno lasciato prendere il comando. La squadra di Trigger ha fatto irruzione dalla porta sul retro e noi siamo entrati da davanti. Quei bastardi non hanno nemmeno resistito, hanno semplicemente lasciato cadere le armi quando si sono visti circondati.»

«E i clienti?»

«Stanno bene. Scossi, ma tutti incolumi. Gli idioti stavano cercando di convincere la direttrice ad aprire il caveau del denaro, come avevi detto tu. Stava per farlo quando ci siamo precipitati dentro, e nessuno è rimasto ferito.»

«Grazie a Dio.»

«Sì. Ok, quattro minuti e saremo lì. Mi farò dare il codice. State lontane dalla porta, ragazze. Stiamo arrivando. Di' a Em di resistere, ok?»

«Lo farò.»

«Mary?»

«Sì, Truck?»

«Tutto bene? Voglio dire, tu e Rayne non andate esattamente d'accordo. È tutto a posto?»

«Stranamente, sì.»

Sentì Truck tirare un sospiro di sollievo. «Bene. A presto, piccola.»

«Ciao.»

Il vezzeggiativo era stato sorprendente, ma gradito. Truck di solito la chiamava Mary con un tono amorevole, ma ultimamente non lo aveva usato molto. Quindi, sentirlo chiamarla *piccola* le fece gonfiare il cuore per l'emozione.

Aveva riparato la relazione con la sua migliore amica, ma aveva ancora molta strada da fare con lui.

Ci sarebbe arrivata. Doveva. L'alternativa era impensabile.

Si girò verso le altre. «Truck e i ragazzi stanno arrivando. Sono entrati con l'altra squadra Delta e hanno circondato i ladri. Si sono arresi senza sparare a nessuno.»

«Sìì!» esclamò Casey e tutte risero.

«Emily, so che mi hai sentito dirgli che avevi qualche dolore, quindi preparati ad andare in ospedale» ordinò Mary.

«Vorrei che non avessi detto niente» mormorò l'altra donna. «Sto bene.»

«Figuriamoci» disse, alzando gli occhi al cielo. «Andrai all'ospedale e basta. Ripeto, l'ultima cosa che voglio è che il povero Hank nasca in una "bank".»

Tutte scoppiarono a ridere per la rima intenzionale.

Mary non si sentiva bene come in quel momento da mesi. Non era malata, aveva di nuovo la sua migliore amica e una nuova missione... dire a Truck che voleva cambiare la natura della loro relazione.

Quattro minuti e mezzo dopo, tutte e quattro le donne si voltarono a guardare la porta che si apriva lentamente. Prima che Mary potesse battere ciglio, Truck era lì. La tirò su dal pavimento dov'era seduta tenendo la mano di Emily, e la abbracciò.

Seppellì il viso tra i suoi capelli e si allontanò da Fletch, Ghost e Beatle che stavano prendendo le loro donne.

I piedi di Mary non toccavano il pavimento, ma l'unica cosa su cui riusciva a concentrarsi era il suo profumo e come si sentisse bene tra quelle braccia, che erano come barre d'acciaio intorno alla sua schiena. All'improvviso, si rese conto che non c'era posto al mondo in cui si sentisse più al sicuro che nell'abbraccio di Truck. Quando la stringeva, aveva la sensazione che niente e nessuno avrebbe potuto farle del male. Quella consapevolezza era arrivata un po' tardi, considerando da quanto tempo viveva con lui, ma non per questo era meno sentita.

Aveva un odore incredibile. Il bagnoschiuma che usava non era niente di speciale, ma permeava ogni centimetro del suo appartamento, anche le lenzuola. Mary spesso scambiava i cuscini prima che lui andasse a letto in modo da poter avere il suo profumo nelle narici mentre si addormentava.

«Sei sicura di stare bene?» le mormorò all'orecchio.

Mary annuì. «Nel momento in cui mi sono resa conto che stava succedendo qualcosa, le ho portate qui e ho bloccato la porta.»

La allontanò da sé e la rimise in piedi. Mary provò una fitta di rimpianto per la perdita delle sue braccia intorno a lei, ma lui le prese le mani e le tenne strette mentre parlavano, facendola sentire un po' meglio. «Come facevi a sapere di dover entrare qui?»

«Addestramento» rispose subito. «Sono venuti alcuni esperti di sicurezza e ci hanno insegnato le cose giuste da fare, e cosa non fare, in caso di rapina. L'azienda ha dotato questo caveau di una linea telefonica esterna. L'esperto ha detto che era un posto quasi perfetto per nascondersi poiché ha il climatizzatore, l'isolamento acustico e il telefono.»

«Grazie» disse Ghost accanto a loro, che ovviamente aveva ascoltato la sua spiegazione. «Non so cosa farei senza Rayne.» La guardò stringendole affettuosamente la vita.

«E grazie anche da parte mia» disse Beatle accanto a Casey. «Hai pensato in fretta e te ne sono grato.»

Mary si sentiva in imbarazzo, non era abituata alle persone che la elogiavano, soprattutto non di recente, così si limitò ad annuire.

«Te l'ho detto, sto bene» si lamentò Emily dal pavimento dietro di loro. Tutti si voltarono in tempo per vedere Fletch che la prendeva in braccio come se pesasse al pari di una bambina, piuttosto che come una donna incinta di sette mesi.

«E io ti ho sentita, ma andrai comunque all'ospedale» ribatté lui.

Emily alzò gli occhi al cielo, ma non si lamentò ulteriormente mentre suo marito la portava fuori dal caveau e attraversava la banca per recarsi a un'ambulanza.

«Vuoi incontrare l'altra squadra Delta?» chiese Truck a Mary.

«Accidenti, sì!» esclamò. Era affascinata dalle dinamiche delle squadre delle forze speciali. Quei soldati erano il meglio del meglio ed estremamente leali, tra di loro e verso l'esercito. Non avrebbe mai perso l'occasione di incontrare altri uomini come Truck.

Attraversarono l'atrio della banca mano nella mano, e sembrava incredibilmente tutto normale. C'era solo qualche giornale per terra e un paio di borsette, ma per il resto avrebbe potuto essere un qualsiasi altro giorno. Mary non vide nessuno dei suoi colleghi.

Vedendo il suo sguardo confuso, la informò: «La maggior parte dei dipendenti e alcuni clienti sono stati portati in ospedale. Sembravano stare bene, ma alcuni avevano la pressione alta e i paramedici volevano solo essere sicuri che non ci fossero altri problemi.»

«E la direttrice?»

«È andata anche lei.»

«Oh. Ok. Dovrei rimanere e chiudere a chiave tutto allora... credo» disse Mary.

Truck le baciò la testa. «No, hanno chiamato qualcuno della società. Penso sia quello laggiù.» Indicò un uomo con un costoso completo a tre pezzi accanto a un gruppo di agenti di polizia.

«È già qui? È stato veloce.»

«Immagino che quando la banca viene rapinata da teppisti armati, il contenimento dei danni venga attivato immediatamente» disse in tono secco Truck.

Mary scrollò le spalle. «Immagino di sì.»

«Andiamo, gli altri sono qui.»

Si lasciò condurre attraverso il parcheggio verso un gruppo di uomini che stavano in disparte. Mentre si avvicinava, sbuffò incredula.

«Che c'è?» le chiese.

«Sul serio?»

«Che cosa?» ripeté pazientemente.

«Sono tutti attraenti. Voglio dire, *molto* attraenti. Ma che avete voi delle forze speciali? Siete *tutti* belli?»

Truck ridacchiò. «Non lo so, ma siamo tutti in forma. Dobbiamo esserlo, considerando quello che facciamo per vivere.»

«Non sono solo i muscoli» protestò Mary. «È tutto l'insieme. Siete alti, belli e muscolosi. Merda, potreste essere delle star del cinema.»

«Presente escluso» disse, indicandosi il viso.

Mary si fermò bruscamente e si mise le mani sui fianchi mentre lo rimproverava. «Non farlo. Quella cicatrice sul viso non toglie nulla al tuo fascino, Ford Laughlin.»

Invece di guardarla accigliato, sorrise con indulgenza.

«E non ridere di me!» lo ammonì in tono burbero.

«Non posso farci niente. Sei adorabile.»

«Come vuoi, ma non è vero.»

«Hai ragione. Non è vero. Sei sexy. Bellissima. Stupenda. Non adorabile.»

Mary si sentì arrossire. «Zitto. Pensavo stessi per presentarmeli.»

«Stavo, ma ora non credo che lo farò. Non quando pensi che siano tutti attraenti» le disse, voltandosi per tornare indietro.

Lo prese per il braccio e lo guardò, aspettandosi di vederlo sorridere. Ma non stava affatto sorridendo, era del tutto serio.

Mary parlò senza pensare, volendo solo rassicurarlo. «Ho occhi solo per te. La prima volta che ti ho visto, sapevo che saresti stato un problema per me, che potevi essere l'uomo che mi avrebbe spezzato il cuore.»

«Non voglio spezzarti il cuore, Mary» disse in tono calmo.

«Lo so.» Gli mise una mano sulla guancia sfregiata. «Non voglio nessuno tranne te» disse con dolcezza, aprendosi un po' a lui per la prima volta.

Truck comprese esattamente il peso di quelle parole, perché le mise una mano sulla nuca con gli occhi colmi di desiderio. «Ah sì?»

Mary annuì. «Ho paura.»

«Di me?»

«Sì.» Quando si accigliò, lo rassicurò subito. «Ma non come pensi. Non ho mai espresso il mio amore a nessun altro oltre a Rayne, da quando avevo sedici anni. E credimi quando dico che *quella volta* non è andata benissimo. È difficile per me... ma ci sto provando.»

Truck chiuse gli occhi e appoggiò la fronte sulla sua. «Grazie, piccola. Non hai idea di quanto significhi per me.»

Rimasero così ancora per un momento, poi lui si raddrizzò e le prese di nuovo la mano tra le sue. «Dai. Te li presento e poi ti porto a casa.»

«Non devi tornare alla base e riferire o qualcosa del genere?»

«Sì, ma quello può aspettare finché non ti avrò sistemata a casa e mi sarò assicurato che tu stia bene.»

«Sto bene.»

«Assecondami, Mary. Lascia che mi prenda cura di te. Sentirti dire che eri in banca durante una rapina a mano armata mi ha scombussolato. Devo assicurarmi che tu sia a casa sana e salva prima di tornare al lavoro.»

Cosa avrebbe potuto fare se non annuire?

Si avviò di nuovo verso il gruppo di uomini che si voltarono tutti a guardarli mentre si avvicinavano.

«Ehi, ragazzi. Vorrei farvi conoscere mia moglie Mary.»

Rimase sbalordita. Era la prima volta che Truck la presentava in quel modo a qualcuno. Lo avevano tenuto segreto per così tanto tempo da non aver pensato al fatto che, ora che lo sapevano tutti, non avrebbero più dovuto nascondere la loro relazione.

Una per una, strinse la mano ai sette uomini. Erano tutti alti, come aveva già osservato, e di bell'aspetto. Poteva dire che erano muscolosi anche se indossavano le uniformi da combattimento a maniche lunghe.

I loro soprannomi erano folli quanto quelli del team di Truck, ma non fece commenti. Trigger, Lefty, Oz, Grover, Lucky, Brain e Doc, la salutarono calorosamente, e le girò la testa nel tentativo di ricordarseli tutti.

«Quindi anche voi ragazzi partirete alla fine della settimana, eh?» chiese, cercando di fare conversazione.

«Già» rispose Trigger ammiccando. «Truck e il suo team hanno pensato di aver bisogno che mostrassimo loro come vanno fatte le cose.»

Mary alzò gli occhi al cielo. Sapeva che la stava prendendo in giro, ma non riuscì a trattenersi dallo stare al gioco con l'altro uomo. «Sì, Truck l'ha accennato. Ha detto che avevano bisogno di qualcuno che stanasse i cattivi. Sai, come quando i cani da caccia corrono nel campo e fanno disperdere gli uccelli in modo che i cacciatori possano sparargli?»

Lefty e Oz − almeno pensava che fossero quelli i loro nomi − gettarono indietro la testa e risero, mentre gli altri le fecero un sorrisetto.

Sentendosi a disagio, pensando che forse non avrebbe dovuto mostrare il suo lato irriverente un attimo dopo aver conosciuto quegli uomini, Mary fece del suo meglio per sorridere in modo disinvolto. Truck la attirò contro di sé e le baciò di nuovo la testa.

«Ti do un consiglio, Trigger. Non sfidare mai mia moglie a un gioco di sarcasmo. Vincerà ogni maledetta volta.»

«Pensa che *siamo* i cani» disse Lefty ridacchiando. «Ma tu sei il cane più brutto tra tutti.»

E in quell'istante, l'umorismo di Mary svanì. Si allontanò

dall'abbraccio di Truck e marciò verso l'altro uomo. Lo colpì sul petto, scandendo ogni parola con un dito sullo sterno. «Non è divertente.»

«Ehi» disse Lefty, allontanandosi di un passo dalla donna incazzata e alzando le mani in segno di resa. «Non la intendevo come offesa.»

«Allora perché l'hai detto? Truck ha una cicatrice. Sai che roba. Non va bene prenderlo in giro per quello. Se Brain laggiù perdesse una gamba, inizieresti a chiamarlo Storpio? No. Rispetteresti lui e tutto quello che ha passato. Quindi, prendere in giro l'aspetto di Truck, non ti rende più fico. Ti rende uno stronzo.»

Rimasero tutti in silenzio per un secondo, poi sentì delle risate intorno a lei, il che la fece arrabbiare ancora di più. Si voltò, pronta a sgridare gli altri, ma Truck andò da lei, la avvolse con le braccia e la attirò contro il proprio petto. La strinse forte e abbassò la testa per parlarle nell'orecchio. «Tranquilla, Mary. Non l'ha detto con cattiveria e non mi sono offeso.»

«Be', dovresti» protestò lei, dimenandosi tra le sue braccia. «Non è bello. Sei stato ferito servendo il tuo Paese e loro dovrebbero rispettarti per questo, non prenderti in giro.»

«*Lo* rispettiamo» intervenne Trigger. «Ma soprattutto, rispettiamo *te* per aver preso le sue difese.»

Mary sbatté le palpebre e smise di lottare per allontanarsi da Truck. Fissò Trigger, poi incontrò gli occhi degli altri uomini. La guardavano con un misto di divertimento e ammirazione.

All'improvviso arrossì. Cazzo, l'aveva fatto di nuovo, aveva parlato senza riflettere. Sarebbe stato un miracolo se non l'avessero considerata una grandissima stronza.

Si costrinse a sorridere e afferrò l'avambraccio di Truck, affondando le unghie e cercando di darsi un contegno. «Va bene allora, ora che *abbiamo* chiarito, grazie per essere venuti a dare una mano oggi.»

Tutti annuirono e borbottarono varie versioni di "nessun problema" e "non poteva essere altrimenti".

Truck le baciò la testa e si mise al suo fianco mentre un paramedico si avvicinava a loro. Era una donna alta e snella con lunghi capelli castani, che al momento erano raccolti in una coda di cavallo.

Mary sorrise, pensando che fosse andata lì per assicurarsi che lei stesse bene, ma invece si avvicinò a Truck e sorrise civettuola.

«Il mio nome è Ruth e volevo assicurarmi che stesse bene. Hanno detto che ci sono stati degli spari. È stato ferito?»

Mary la fissò, stupita. Spari? Non aveva sentito nulla, ma d'altronde era chiusa all'interno del caveau. Il paramedico non guardò nessuno degli altri uomini lì intorno, e di certo non lei. Aveva occhi solo per Truck.

«Sto bene» disse rivolto a Mary, vedendo la sua preoccupazione. «Un pezzo della porta che abbiamo sfondato si è rotto mentre entravamo nell'edificio.»

«Ne è sicuro?» chiese Ruth, ignorando il fatto che Truck non stesse parlando con lei. «Ha del sangue secco sulla testa.» E con quell'osservazione, gli toccò la tempia con la punta delle dita.

Lui reagì all'istante, si ritrasse di scatto e la fissò con uno sguardo così intenso che persino *Mary* si sarebbe allontanata se non lo avesse conosciuto bene. Sembrava fosse a circa due secondi dall'attaccare duramente la graziosa paramedico.

Decidendo di dover limitare subito i danni, andò al fianco di Truck, gli mise un braccio intorno alla vita e guardò Ruth. «Sta bene. Mi assicurerò di dargli un'occhiata quando arriveremo a casa.»

Per una volta, le parole non uscirono sarcastiche. Era ovvio che l'altra donna fosse attratta da lui, ma per qualche ragione Mary non ne fu intimidita, semmai si sentì un po' dispiaciuta per lei. Il suo uomo era sexy e non poteva biasimarla per aver provato a flirtare. Ma Truck era *suo*, e lui lo aveva messo bene in chiaro ripetutamente.

«Dovrebbe essere controllato da un professionista» insistette Ruth sbattendo le ciglia. «Non ci vorrà molto. Possiamo andare all'ambulanza e mi prenderò cura di lei personalmente.»

Mary sentì Truck irrigidirsi e prima che potesse intromettersi di nuovo, parlò.

«È pazza?»

Ruth sbatté le palpebre confusa. «Come scusi?»

«Lei. È. Pazza? Sono qui con la mia donna, che si trovava in banca quando quegli stronzi hanno deciso di entrare ad armi spianate, e viene qui tutta spavalda a *provarci* con me?»

«Truck, non c'è problema» lo tranquillizzò Mary.

«Sì che c'è» ribatté. «È ovvio che stiamo insieme, sei tra le *mie braccia* e lei ha avuto il coraggio di provarci?»

«Non aveva cattive intenzioni. Voglio dire, sei così bello che non la biasimo per averlo fatto.»

Truck mantenne gli occhi fissi su quelli di Mary, ignorando il paramedico come se non fosse lì. «Mary, sono con te. Sarò *sempre* insieme a te. Non è accettabile che qualcuno cerchi di rimorchiarmi, *soprattutto* in tua presenza.»

Si appoggiò a lui e guardandolo gli accarezzò il petto in modo rassicurante. «Va bene, Truck.»

«Ho solo pensato...» iniziò Ruth, ma lui la interruppe.

«È questo il problema. Mi sembra chiaro che lei *non* abbia pensato. È una ragazza carina, ma è dannatamente presuntuoso da parte sua pensare che qualsiasi uomo le piaccia, sceglierà lei piuttosto che la donna con cui sta. Tanto perché sia chiaro, non la voglio. Voglio Mary. Sono *con* Mary e *sarò* sempre con Mary.»

«Oh... ok... scusi... ho sbagliato.» Ruth si guardò alle spalle disperata. «Devo andare. Si assicuri di consultare il suo medico in caso di mal di testa, vertigini o altro.» E con quello, girò sui tacchi e andò verso una delle ambulanze.

«Cazzo» disse Truck, chiudendo gli occhi, la frustrazione evidente sul suo viso. «Eri proprio qui. Non posso credere che l'abbia fatto. Voglio dire, è più che ovvio che sono pazzo di te. Stupida stronza.»

Mary gli sorrise. Non era entusiasta che l'altra donna ci avesse provato con il suo uomo, ma non poteva negare di essere contenta del modo in cui lui l'aveva subito respinta. «Stai bene?» gli chiese con dolcezza, cercando di pulire il sangue sul lato della sua testa, di cui non si era proprio accorta prima che lo facesse notare il paramedico.

Le prese la mano e se la portò alla bocca. Le baciò il palmo e annuì. «Sto bene.»

«Ha sempre avuto una testa dura» scherzò Trigger.

«Puoi dirlo forte» ribatté Truck.

Mary annuì e si voltò verso il team Delta Force. «Se per voi va bene, penso che adesso mi farò portare a casa. È stato bello incontrarvi. Prendetevi cura di mio marito questo fine settimana, ok?»

Le stavano tutti sorridendo, come se fosse una comica su un palcoscenico piuttosto che qualcuno che stava cercando di ritrovare la sua dignità.

«Certo» disse Doc. «È ciò che facciamo.»

Dopo un ultimo giro di "È stato un piacere conoscerti", Truck la prese per mano e la condusse via.

«Dio, sparami subito» mormorò Mary.

Le avvolse un braccio intorno al collo e se la attirò sul fianco. Lei gli gettò un braccio intorno alla vita per mantenere l'equilibrio e si appoggiò a lui. «Sei incredibile» le disse, mentre andavano verso la sua macchina.

Le aprì la portiera del passeggero e la fece sistemare, poi andò dall'altro lato passando davanti all'auto. Dopo essere salito e aver avviato il motore, si voltò verso di lei. «Aspetta che dica ai ragazzi che hai chiesto a Trigger di prendersi cura di me come se fossi un bambino scapestrato.»

«Se fossi in te non lo farei» lo avvertì nel modo più minaccioso possibile.

«Altrimenti cosa?»

«Non lo so. Ma penserò a qualcosa» disse, sforzandosi di pensare a una minaccia adatta, senza riuscire a trovarne una.

Truck le mise una mano sulla nuca e la attirò a sé. «Non vedo l'ora» mormorò contro le sue labbra, prima di stringerla tra le braccia e baciarla con passione.

Mentre Mary respirava a fatica e cercava di ricordare che si trovavano in un parcheggio pubblico, alla fine la lasciò andare e la fece sentire meglio il fatto che anche lui fosse un po' affannato.

«Grazie per essere venuto» gli disse con dolcezza.

«Verrò sempre per te» ribatté.

«Mi dispiace di essere stata una rompipalle» continuò. «Ma non di averti sposato e voglio che questo matrimonio funzioni.» Quelle erano le parole più difficili che avesse mai pronunciato, ma il modo in cui gli occhi di Truck si illuminarono, la ripagarono.

«Non hai idea di cosa significhi per me» le disse prima di baciarla sulla fronte per poi sistemarsi di nuovo sul sedile. «Purtroppo devo tornare alla base. Non c'è niente che vorrei di più che stare a casa con te, ma non posso. Siamo nel bel mezzo della pianificazione dell'operazione e manca poco alla partenza.»

«Capisco.»

«Ma ascoltami bene, Mary, quando tornerò, farò tutto ciò che è in mio potere per mostrarti quanto sei importante per me. Compreso nella nostra camera da letto. Sei d'accordo?»

«Sì, Truck. Sono decisamente d'accordo» gli rispose, anche se non era ancora sicura al cento per cento di volere che lui la vedesse nuda.

Tornarono a casa con le dita intrecciate, in un confortevole silenzio. Mary era spaventata al pensiero che in qualche modo avrebbe potuto rovinare le cose, ma per la prima volta nella sua vita, sentì che quella era la decisione giusta.

Truck la amava e ciò rendeva in un certo senso le cose più facili. Sarebbe stato più indulgente se lei avesse commesso degli errori nella loro relazione. Accidenti, era già stato più indulgente di quanto avrebbe dovuto. Ne era consapevole.

Truck era a conoscenza della sua doppia mastectomia, sapeva che lei era scostante con la maggior parte delle persone e che usava il sarcasmo per proteggersi. Non aveva idea di come avesse potuto innamorarsi di lei, ma era felicissima che fosse successo. Nella loro relazione era stato lui a fare tutto il lavoro duro e tutte le prime mosse.

Mary era sicura che se Truck non fosse stato già innamorato e fosse toccato a lei darsi da fare per corteggiarlo, avrebbe fallito miseramente. Non aveva mai cercato di conquistare un uomo in vita sua e non avrebbe saputo da dove cominciare se avesse dovuto rifare tutto da capo. Era stata davvero fortunata con Truck.

Appoggiando la testa contro il sedile, Mary si voltò per guardarlo guidare, godendosi semplicemente il fatto di stargli accanto. Di sentirsi al sicuro e protetta. Non sapeva cos'avrebbe fatto senza di lui.

CAPITOLO TRE

IL GIORNO successivo alla partenza del team verso luoghi sconosciuti per un periodo di tempo imprecisato, Emily invitò tutte nella sua nuova casa. Lei e Fletch si erano trasferiti dopo che la costruzione di quella vecchia era stata completata. Erano successe troppe cose perché entrambi si sentissero a proprio agio a rimanere lì.

Ne avevano acquistato una in stile ranch. Fletch si era rifiutato di vivere in qualsiasi cosa che avesse più di un piano, dopo aver sentito come Annie e Sadie si erano dovute calare giù dalla finestra della camera di sua figlia, quando la casa era stata colpita da una granata a propulsione a razzo. Era circondata da quattro ettari di terra, che Fletch aveva dotato di telecamere e sistemi di sicurezza sufficienti a tenere al sicuro il Presidente degli Stati Uniti, se avesse sentito il bisogno di andargli a fare visita.

Era enorme, circa cinquecento metri quadrati. Aveva cinque camere da letto e una cucina degna di uno chef. Il cortile sul retro era vasto e Fletch aveva in programma di installare una piscina prima o poi. Emily, appena trasferiti, aveva detto che le sembrava troppo grande, ma ora amava lo spazio extra e non vedeva l'ora di riempirlo con altri bambini.

Mary era seduta sul pavimento a gambe incrociate con Annie in braccio, Rayne era sul divano con Wendy e Sadie, Emily su una delle comodissime poltrone e Harley e Casey erano sedute insieme su un enorme pouf in un angolo. Avevano tutte un bicchiere di vino in mano tranne Emily e Annie, e si sentivano tranquille e rilassate.

«Come stanno Kassie e la piccola Kate?» chiese Casey a nessuno in particolare.

«Ho parlato con lei questa mattina» rispose Harley. «Stanno benone. Sono tornate a casa ieri e Kassie e Hollywood si stanno adattando alla vita con un bambino.»

«È fantastico che non sia dovuto andare in missione» disse Emily un po' malinconica.

«I ragazzi stanno bene» la rassicurò Sadie con dolcezza. «Sai che non c'è nulla che possa impedire a Fletch di tornare a casa da te e dal tuo piccolo.» Indicò la sua pancia con la testa.

«Lo so. È solo che... mi manca quando è via.»

Annuirono tutte, sapevano esattamente come si sentisse.

Mary strinse Annie più forte tra le braccia. Era quasi strano stare con il gruppo in un momento come quello. In passato, quando gli uomini erano andati in missione, era stata invitata a quegli incontri dove le fidanzate e le mogli si riunivano per commiserarsi insieme, ma a causa della sua salute e del fatto che avesse nascosto loro la malattia, aveva sempre rifiutato. Si riunivano una volta sola dopo che erano partiti per lavoro, poi si facevano coraggio e continuavano la vita di tutti i giorni senza i loro uomini a fianco.

Ora che Mary stava meglio e il segreto del suo matrimonio con Truck era stato svelato, Rayne le aveva detto che se non si fosse unita a loro, sarebbe andata a prenderla e l'avrebbe trascinata fisicamente al raduno. Non era stato molto difficile accettare, quelle donne le piacevano moltissimo. Le erano mancate terribilmente quando per un po' avevano smesso di parlarsi.

Bevendo un altro sorso di vino, Mary appoggiò il mento sulla testa di Annie e ascoltò le chiacchiere intorno a lei.

Durante una pausa nella conversazione, la bambina fece una domanda sconvolgente.

«Cosa succede se papà non torna a casa?»

Emily si voltò a guardare sua figlia a occhi spalancati «Cosa?»

«Cosa succede se i cattivi lo uccidono? Dobbiamo tornare in

un appartamento? Potremo permetterci di comprare cibo? Dovrò vendere il mio soldato?»

«Vieni qui, piccola» disse Emily, tendendole la mano.

Mary la aiutò ad alzarsi e cercò di dare la colpa all'alcol per le lacrime che aveva agli occhi.

Annie si avvicinò a sua madre e si sedette sulla poltrona con lei. Era un po' stretta dato che il pancione occupava tanto spazio, ma comunque riuscirono a starci. Appoggiò la testa sulla spalla di Emily e una mano sulla pancia, mettendosi ad accarezzarla con il pollice.

«Tuo padre è molto più intelligente dei cattivi» disse alla figlia. «Non solo, ma ci sono tutti gli altri lì ad aiutarlo e a tenerlo al sicuro.»

«A volte accadono cose brutte alle brave persone» disse la piccola con tristezza. «Il papà di Amber è stato ucciso in Afni-Stan e ora lei deve trasferirsi.»

Amber era una bambina che frequentava la stessa classe di Annie. Mary avrebbe voluto sorridere per la pronuncia sbagliata dell'Afghanistan, ma non c'era assolutamente nulla di divertente nella conversazione. Proprio nulla.

Emily guardò le altre con occhi straziati. Era più che ovvio che non sapesse cosa dire e non avesse idea di come consolare sua figlia senza fare promesse che non avrebbe potuto mantenere.

«Ricordi quando Harley era sparita e ci siamo assicurati tutti che Coach mangiasse?» le chiese Rayne.

La bambina annuì.

«E quando Kassie e sua sorella sono scomparse, e tuo padre e gli altri hanno fatto tutto il possibile per ritrovarle?»

Annuì di nuovo.

«E quando Casey era nei guai? Cos'è successo dopo?»

«Sono andata nella stanza sicura e papà e l'Uomo Insetto sono corsi a salvarla.»

«Giusto» concordò Rayne. «E quando Chase è stato ferito perché un uomo malvagio ha fatto saltare in aria la tua vecchia casa?»

Mary trasalì. Non era sicura che avrebbe dovuto ricordarle quel giorno, ma la bambina non si turbò.

«Io e la mamma abbiamo preparato un sacco di cibo e lo abbiamo portato a casa sua così Sadie non ha dovuto cucinare.»

«E quando i cattivi hanno preso te e tua madre dalla macchina e ti hanno messo in quel container? Ricordi che sono venuti *tutti* i ragazzi e vi hanno tirate fuori, giusto? Hanno lavorato insieme, assicurandosi che tutti fossero al sicuro e tornassero a casa sani e salvi.»

Annie annuì di nuovo, in modo più energico.

«Qualunque cosa accada, tu e la tua mamma non siete più sole» disse Rayne, spostandosi in modo da sedersi sul bordo del divano. «Tuo padre e Ghost, Coach, Beatle, Truck, Blade e tutti gli altri faranno tutto ciò che è in loro potere per tornare a casa da noi. Ma se dovesse succedere qualcosa e non potessero farlo, puoi scommettere che Chase e Hollywood saranno ancora qui per te. Voi due non avrete mai fame, non sarete mai sole, e avrete sempre noi come amiche. Hai capito?»

Annie annuì, ma guardò sua madre. «Mi manca papà.»

«Oh, piccola. Anche a me.»

«Ma sta proteggendo il mondo dai cattivi.»

«Esatto» concordò Emily.

«È importante.»

«Sì.»

«Pensi...» si interruppe.

«Cosa, Annie?»

«Pensi che tornerà prima della nascita di mio fratello?»

«Penso che farà tutto il possibile per assicurarsi che ciò accada» la rassicurò Emily. «Ma, Annie, non sai se sarà un fratello» disse con dolcezza. «Potrebbe essere una sorella.»

«No» continuò ostinata. «È un maschio.»

Emily sospirò e guardò esasperata il soffitto. Mary aveva avuto la stessa conversazione con Annie più di una volta in passato. Lei voleva un fratellino e niente e nessuno avrebbe potuto farle cambiare idea.

Mary pensava che fossero pazzi a mantenere segreto il sesso del bambino fino alla nascita, ma come famiglia avevano deciso di aspettare, ed Emily era determinata a farlo.

«Ho sentito che tuo padre ha cambiato il motore del tuo

carro armato con uno più potente. Vuoi mostrarmelo?» le chiese Sadie cambiando argomento.

E come se non avesse appena parlato della possibilità che suo padre morisse e non tornasse più a casa, Annie annuì e si alzò in fretta dalla poltrona, corse da lei e le prese la mano tirandola su dal divano. «Sì! Andiamo!»

«Grazie» mimò Emily con la bocca all'altra donna che veniva trascinata davanti a lei.

Sadie le mandò un bacio e uscì con la bambina, lasciando le altre da sole a parlare di argomenti di cui non serviva che la piccola fosse al corrente.

«Come ti senti?» chiese Casey a Emily. «Cos'ha detto il dottore dopo l'episodio in banca?»

«Sto bene» rispose. «Mi ha spiegato che il dolore era probabilmente correlato allo stress. Mi ha detto di andare a casa, di tenere i piedi in alto e di rilassarmi.»

Tutte ridacchiarono. «Figurati» disse Rayne.

«Vero?» Emily convenne. Ma il suo sorriso sparì subito. «Qualcuno sa dove sono andati?»

Sapevano tutte a chi e a cosa si riferisse.

«Lo sai che non lo sappiamo» disse con dolcezza Harley. «I ragazzi fanno molta attenzione a non darci informazioni che ci farebbero impazzire se vedessimo qualcosa al telegiornale.»

«Lo so. È solo che... questa volta in un certo senso sembra diverso.» Emily si posò la mano sulla pancia.

Mary non sapeva come si fossero sentite le altre in passato, perché aveva sempre affrontato da sola le partenze di Truck, ma era d'accordo con lei, questa volta *sembrava* diverso, per qualche motivo era più inquietante.

Scosse la testa. Si stava comportando da sciocca. Quello era ciò che facevano i loro uomini. Partivano, facevano il culo a qualcuno, poi tornavano ed erano di nuovo i soliti alfa protettivi. Non sarebbe andata diversamente questa volta.

Si alzò in piedi e chiese: «Chi ha bisogno di un altro giro?»

Alzarono tutte la mano.

Mary andò a prendere due bottiglie di vino e riempì tutti i bicchieri.

Quando furono pieni, alzò il suo in un brindisi improvvisato.

«Ai nostri Delta. Che possano prendere a calci in culo qualche terrorista e tornare a casa il prima possibile.»

«Tutti interi» aggiunse Harley.

«Sani e salvi» disse Rayne.

«Amen» concordò Wendy.

Bevvero un sorso di vino e rimasero in silenzio, pensando agli uomini che amavano più della vita.

Alla fine, Casey si schiarì la gola e le informò: «Allora... io e Beatle abbiamo parlato di matrimonio.»

Le ragazze strillarono di gioia e lei alzò una mano per zittirle. «Ok, ok, calmatevi.» Ridacchiò e si voltò verso Wendy. «Volevo sapere se tu e Blade potreste essere interessati a una doppia cerimonia.»

La richiesta uscì un po' titubante, ma l'amica non esitò a rassicurarla balzando giù dal divano per abbracciarla forte. Harley stava ridendo e cercò di togliersi di mezzo, ma dato che era nell'enorme pouf a sacco con Casey fu impossibile, e Wendy finì su di loro.

«Sì, mille volte sì. Mi piacerebbe!»

«Non dovresti chiedere prima a Blade?» le chiese in tono ironico.

«No. Continua ad assillarmi riguardo al matrimonio, ma non riesco nemmeno a iniziare a pensare all'organizzazione. Mi stressa. In questo modo puoi fare tutto *tu* e io mi limiterò a presentarmi e a sorridere!»

Le due amiche si scambiarono un sorriso. «Ne sarei onorata» dichiarò Casey. «E poi saremo cognate.»

«Oh, merda» disse Wendy tirando su col naso. «Mi farai piangere, stronza.»

Mary le osservò con un enorme sorriso sul viso. Probabilmente sembrava un po' sciocca, ma non le importava.

Wendy si voltò a fissare Rayne. «E tu? Vuoi unirti?»

Lei sembrò stupita per un secondo. «A cosa?»

«Vuoi sposarti insieme a noi?»

Mary spalancò gli occhi sorpresa, erano grandi quasi quanto quelli di Rayne.

«Sul serio?»

«Sì. Se dobbiamo fare un ricevimento, tanto vale farne uno

mega!» rispose Casey raggiante.

Rayne appoggiò il bicchiere sul tavolino e disse: «Va bene. Ma...» La sua voce si affievolì

«Ma cosa?»

«Anche lei deve sposarsi con noi» disse, voltandosi verso Mary che non poté far altro che fissare la sua migliore amica. «Hai detto che avresti rinnovato i tuoi voti con Truck e avremmo organizzato una doppia cerimonia di matrimonio. Sei contraria a farne una quadrupla?»

Deglutì a fatica e guardò tutte le sue amiche che stavano sorridendo e annuendo incoraggianti.

«Mi vuoi davvero con te dopo quello che ho fatto?»

Rayne si alzò e si avvicinò a lei. Si sedette per terra e la prese tra le braccia. «Accidenti, sì. Siamo migliori amiche. Mi hai fatto incazzare e so che ti farò incazzare anch'io in futuro, è ciò che fanno gli amici, ma voglio assolutamente che tu sia al mio fianco quando sposerò Ghost. Ci sei stata fin dall'inizio. Ti ricordi, ti ho inviato tutti i dettagli quando ho deciso di avere quell'avventura di una notte con lui a Londra. Per favore, di' di sì.»

Mary si rivolse a Wendy e Casey. «Siete sicure ragazze? Blade e Beatle potrebbero non essere entusiasti di dover condividere quel giorno importante.»

«Probabilmente non dovrei confessarlo» intervenne Harley «ma Coach si è lasciato sfuggire che tutti i ragazzi hanno deciso di voler fare un enorme matrimonio quadruplo, il giorno della sparatoria di quello stronzo all'Organizational Day alla base.»

«Davvero?» chiese Rayne, sorpresa.

«Sì.»

«Sul serio?» domandò Mary.

«Sì. Non chiedermi come lo so, perché potrei aver usato la tortura sessuale per farlo spifferare a Coach.»

Ridacchiarono tutte. «Allora? Mary, cosa ne pensi?»

Lei annuì piano. «Se Truck ci sta, ci sto anch'io.»

«Porca vacca» disse Rayne in tono sommesso. «Ci sposeremo insieme, Mary.»

Sapeva che le cose non erano così semplici, ma annuì comunque. Probabilmente non avrebbe accettato così facilmente se non avesse bevuto quattro bicchieri di vino, ma in fondo non c'era nient'altro che volesse di più che sposare Truck per le giuste ragioni. Magari non era pronta a dirgli in faccia che lo amava, forse non lo sarebbe mai stata, ma era più che pronta a passare il resto della sua vita con lui. Non poteva immaginare di *non* averlo al suo fianco.

Qualsiasi pensiero potesse aver avuto su un eventuale divorzio era scomparso da tempo. Se doveva essere onesta con se stessa, dal momento in cui lui aveva detto "Lo voglio" in tribunale, si era sentita persa. In quel periodo stava di merda e sapeva che forse non sarebbe vissuta abbastanza per vedere il matrimonio diventare reale, ma anche se non aveva fatto altro che lamentarsi era stata elettrizzata che Truck avesse insistito per sposarla.

«Non appena torneranno, lo farò sapere a Beatle» disse Casey felice. «Sarà estatico. Mi ha tormentato per settimane per fissare una data.»

«Penso che Blade gli abbia parlato, perché anche lui è stato un rompipalle al riguardo» concordò Wendy.

«Posso chiedervi un favore?» si intromise Emily.

«Quale?» chiesero tutte insieme.

«Possiamo per piacere aspettare finché non avrò avuto questo bambino? Non voglio essere l'unica balena spiaggiata a quella gigantesca cerimonia.»

«Ovvio!» le rispose Casey.

«Non riusciremo comunque a organizzare un matrimonio quadruplo in due mesi» aggiunse Wendy.

«Non scommetterci» disse Rayne. «Penso che nell'istante in cui Ghost saprà che finalmente lo sposerò, avrà tutto organizzato e pronto nel giro di ventiquattr'ore.»

Risero tutte. Mary era d'accordo con lei, ma rimase zitta. Non era sicura di cosa avrebbe pensato Truck dell'intera situazione, ma sperava che sarebbe stato felice. Voleva ricominciare da capo la loro vita coniugale, sbarazzarsi delle vecchie scuse usate per sposarsi e farlo perché volevano entrambi passare la vita insieme.

Il resto della serata trascorse tranquillamente. Bevvero dell'altro vino e poi Sadie e Annie tornarono, la ragazzina scoprì dell'imminente matrimonio quadruplo in cui sarebbe stata una damigella d'onore e mangiarono troppi dolci e cibo spazzatura.

Quella sera tardi, Mary si rannicchiò sotto le coperte in una delle stanze degli ospiti di Emily con Rayne nel letto accanto.

«Sei sicura di essere d'accordo?» le chiese la sua migliore amica a bassa voce.

«Stranamente, sì» rispose.

«Capirei se non lo fossi.»

Mary si voltò per guardarla. «Sono più preoccupata per ciò che potrebbe pensare Truck. Non è stato esattamente felice ultimamente.»

«Davvero?»

«Sì. Dopo l'episodio in banca, pensavo che le cose fossero migliorate tra noi, ma così non è stato.»

«Ti ama, Mary.»

«Lo so. Ma temo che si stia stancando di aspettare che io ricambi. E se quando torna decidesse di voler chiudere?»

«Non lo farà» la rassicurò con un tono convinto.

«Non credo che sopravvivrei se mi lasciasse» sussurrò Mary.

Rayne si sollevò su un gomito. «Pensavo che aveste parlato. Vi ho visti in banca, non mi sembrava che avesse intenzione di andarsene.»

«Sì, abbiamo parlato, ma... non mi abbraccia più di notte.» Mary era imbarazzata ad ammetterlo. Ma quella era Rayne, la sua migliore amica al mondo, se non poteva parlare con *lei* di ciò che stava succedendo con Truck, con chi avrebbe potuto?

«Cosa intendi?»

Sospirò. «Ha visto il mio petto nudo. Quando stavo male, mi prendeva tra le braccia e mi stringeva tutta la notte. Anche quando mi sentivo di merda e gli dicevo di andarsene, non lo faceva. Quando le radiazioni mi facevano così male che poi non riuscivo nemmeno a sopportare di essere sfiorata da una canotta o un lenzuolo, mi avvolgeva il braccio intorno alla pancia, dormendo con i piedi che sporgevano dal letto solo per poter stare accanto a me. Sembrava che non gli importasse mai che il mio petto fosse piatto come quello di un bambino. Mi baciava sempre sulla fronte al mattino e mi toccava in continuazione; il braccio, la mano, la parte bassa della schiena. Mi faceva impazzire... ma ora è come se avessi la peste. È accanto a me, ma potrebbe benissimo essere a chilometri di distanza.»

«Gli hai chiesto il motivo?»

«No. Come faccio a chiedergli qualcosa che ho sempre finto di odiare? Mi manca, Raynie. Voglio dire, certo, mi manca ora che è in missione, ma mi mancava già da prima anche se era proprio vicino a me. So che era felice che non mi fosse successo niente in banca, ma in seguito credo che abbia iniziato ad avere dei ripensamenti quando non mi sono aperta subito con lui. Ho paura che stia cercando di capire come dirmi che vuole rendermi di nuovo libera. Che ha intenzione di rinunciare a me.»

Rayne si mise a sedere e gettò indietro le coperte. Attraversò il piccolo spazio tra i letti e la spinse in là. Senza una parola, si infilò sotto le coperte e la strinse forte. Rimasero sdraiate così, abbracciate nel piccolo letto, e Mary fece del suo meglio per trattenere le lacrime.

Dopo diversi minuti, Rayne disse con dolcezza: «Quell'uomo ti ama, Mary. Ne sono sicura al cento per cento. Devi aprirti a lui. Parlagli. Digli tutto ciò che non hai detto a *me* sulla tua infanzia, non importa quanto sia difficile. Digli che razza di stronza era tua madre. Raccontagli degli zii.»

«E poi?»

«Seducilo.»

Mary quasi soffocò e ci vollero un paio di minuti per ricomporsi. «Sul serio? Questo è il tuo consiglio?»

«Ha funzionato per me e Ghost.»

«È diverso.»

«Non proprio.»

«Non sono più esattamente attrezzata per sedurlo, Rayne» le disse in tono sarcastico, più che consapevole del suo petto completamente piatto.

«Non gliene frega niente che tu non abbia le tette» ribatté lei.

«A me sì.»

«Cosa dice il tuo chirurgo riguardo alla ricostruzione?»

Mary si rese conto che a causa della frattura tra di loro, non ne avevano parlato. «Che è possibile farla, ma ci vorrà circa un anno e mezzo per l'intero processo. Prima devono fare la liposuzione delle cellule adipose dalle cosce e dalla pancia e inserirle nel petto per allargare la pelle. Ciò richiederà diverse sessioni, e molto tempo. Poi inseriranno gli espansori e dovrò andare ogni settimana per riempirli di soluzione fisiologica, finché non raggiungerò le dimensioni che desidero, o finché la pelle inizierà a deteriorarsi e il dottore fermerà la procedura di riempimento. Dopo diversi mesi, gli espansori avranno creato una tasca in cui si adatteranno gli impianti e potrò sottopormi a *quell'*intervento.»

«E?»

Rayne la conosceva troppo bene. «Odio l'aspetto che ho adesso. Non riesco nemmeno a guardarmi allo specchio, figuriamoci a immaginare di espormi a Truck. Voglio dire, mi ha visto, ma all'epoca stavo così male che non mi importava davvero. Te l'avevo detto la prima volta che non potevo sopportare di avere qualcosa contro la pelle quando le bruciature della radio mi facevano male, ma questo è diverso. E il pensiero di avere delle tette finte mi fa sentire una tale ipocrita. Mi conosci, sai come ho sempre preso in giro le donne con le protesi al seno.»

«Questo è diverso.»

Mary chiuse gli occhi. «È il karma, Rayne.»

«Cosa intendi?»

«Mia madre si è rifatta i seni per poter attirare gli uomini. Non avevamo abbastanza soldi per mangiare, ma in qualche modo ha raggirato uno dei suoi fidanzati per farsi pagare l'operazione. Ha sempre detto che gli uomini farebbero qualsiasi cosa per un bel paio di tette. Immagino che non avesse torto. Quando sono stata abbastanza grande da capire, le ho detto che era patetica. Che solo le puttane si fanno le protesi al seno. Mi ha schiaffeggiato dicendomi che ero una stupida stronza, e che se non avessi capito che agli uomini interessano solo le tette e la fica, non ce l'avrei mai fatta nel mondo.»

«Aveva torto» disse subito Rayne, tirandosi indietro e mettendole le mani sul viso. «Mary, tua madre *aveva torto*.»

Non riuscì più a trattenere le lacrime. «Sarò condannata, che lo faccia o meno, Raynie. Voglio che Truck mi ami, ma so che il seno è importante per gli uomini. Non voglio sembrare una bambina di dieci anni quando sono nuda, ma allo stesso tempo, se metterò le protesi, sento che ciò non mi renderà migliore di mia madre.»

«Tua madre era una stronza. Scusa, ma era anche una puttana. Ha usato gli uomini, punto e basta. Quelli che uscivano con lei lo facevano solo per il suo aspetto e probabilmente perché era brava a succhiare il cazzo. Ma Truck non è così. Penso che abbia ampiamente dimostrato che sta con te per come sei *tu*. Ma sai una cosa? Dimenticati di lui per un secondo, questo non ha *niente* a che fare con lui o con qualsiasi altro uomo.»

«Come puoi dirlo?» le chiese.

Rayne lasciò cadere le mani e attirò la sua testa contro petto. «Si tratta di te, Mary. Cosa provi *tu*. Non importa cosa penso io. Non importa cosa pensa Truck. Non importa nemmeno cosa pensa il tuo medico. Tutto ciò che conta è quello che pensi *tu*. Se la ricostruzione ti farà sentire più a tuo agio o più carina, allora dovresti farla. Se vuoi rimanere esattamente come sei adesso per via della libertà delle donne o altro, allora fallo. Puoi indossare le imbottiture nel reggiseno oppure no, e mandare al diavolo tutti quelli che potrebbero guardarti in modo strano. Alla Mary che conosco non frega niente di ciò che pensano gli altri di lei. Se vuoi tatuarti ogni centimetro del petto e camminare nuda, allora dovresti farlo. Se vuoi farti delle protesi delle dimensioni di Dolly Parton, fallo. Fanculo a quello che pensano tutti gli altri.»

Mary sorrise. «Quindi se *ti chiedessi* cosa pensi che dovrei fare, ti rifiuteresti di rispondermi, giusto?»

«Esatto. Ti vorrò bene a prescindere dalle dimensioni dei tuoi seni. Che tu sia piatta come una tavola o li abbia enormi come cocomeri, non farà differenza per me. E non farà alcuna differenza per chi ti conosce e ti ama, incluso Truck. Le uniche persone che ti giudicheranno sono quelle che non ti conoscono... e fanculo comunque, la loro opinione non ha importanza.»

«Stai usando una mia citazione, stronza?» le chiese Mary, le parole soffocate perché era sdraiata contro il petto di Rayne.

«Assolutamente, cazzo. Mi hai detto la stessa cosa quando ero preoccupata che le persone scoprissero della mia avventura di una notte con Ghost.»

«Sai che ti voglio bene, vero?» le disse dopo che erano trascorsi diversi minuti.

«Sì. Non sarei sdraiata in questo lettino se non fosse così» ribatté lei.

«Ci rimarrai?».

«Ovvio.»

«Starò bene domattina» Mary sentì il bisogno di spiegare. «È solo che mi è mancato così tanto Truck e...»

«Non devi spiegarmi niente» disse Rayne, e abbracciò più forte la sua amica.

«Quando Truck tornerà, gli dirò di nuovo che voglio una relazione vera» decise Mary. «Spero di riuscire a usare le parole giuste questa volta, così mi crederà davvero. Non so come andrà con il sesso, ma sono disposta a provarci.»

«Questa è la Mary che conosco e amo. È bello riaverti.»

«Sto davvero cercando di tenere a freno la mia stronzaggine» ammise. «Non è facile, ma se ho imparato qualcosa nell'ultimo anno è che la vita è breve, e voglio cercare di smetterla di essere così arrabbiata e sarcastica tutto il tempo.»

«Basta che non perdiamo la Mary che tutti conosciamo e amiamo. Voglio dire, penso che ci siano momenti in cui potresti usare un po' più di tatto, ma ti adoriamo esattamente come sei. È bello avere qualcuno che non ha paura di dire quello che stiamo pensando tutti.»

«Ci sto. Abbiamo qualche idea di quando torneranno i ragazzi questa volta?» chiese.

Rayne scosse la testa. «Purtroppo no.»

«Capisco perché sia tutto così segreto, ma fa comunque schifo» borbottò.

«Benvenuta nella tipica vita da moglie di un soldato della Delta Force» replicò con ironia.

Rayne si addormentò poco dopo, mentre Mary rimase sveglia per parecchio tempo. Era felicissima di aver ricucito il rapporto con la sua migliore amica, ma Truck invece, nonostante il modo in cui si era comportato nei suoi confronti dopo la rapina, a casa aveva mantenuto una certa distanza tra loro. Si sentiva confusa e frustrata, e incerta sulla loro relazione. Era felice per il consiglio di Rayne sulla chirurgia ricostruttiva, anche se non sapeva ancora quale sarebbe stata la sua decisione in merito. Ma non poteva fare a meno di pensare al peggio per quanto riguardava Truck.

Era stata cattiva con lui. Orribile. Se un uomo si fosse comportato allo stesso modo con lei, non lo avrebbe mai perdonato. Ma per qualche miracolo, lui non si era arreso... per ora. L'amava. Glielo aveva detto anche quella settimana, ma Mary sapeva che amare qualcuno non significava che le cose sarebbero andate automaticamente a finire bene.

Sospirando, decise di scusarsi con lui e di mostrargli che non aveva commesso un errore sposandola. Gli avrebbe dimostrato che poteva essere di più della stronza insolente che la gente pensava fosse.

CAPITOLO QUATTRO

TRUCK SI PORTÒ il binocolo agli occhi e scrutò la radura sottostante. Sapeva che la sua squadra era nelle vicinanze, così come l'altro team Delta Force. Si erano sparpagliati e circondavano la zona. Stavano facendo ricognizioni da alcuni giorni ormai, e insieme alle meticolose ricerche del comandante, conoscevano come le loro tasche la routine degli uomini che stavano tenendo in ostaggio le oltre settanta ragazze.

Erano stati inviati in quel Paese dell'Africa più caldo dell'inferno, perché la figlia di un diplomatico francese era stata rapita, insieme ad altre studentesse. I ribelli avevano preso d'assalto la scuola internazionale a metà pomeriggio, minacciando di uccidere tutti se qualcuno si fosse intromesso. Il diplomatico la stava visitando proprio quel giorno, e aveva portato in viaggio con sé la figlia di dieci anni per mostrarle come viveva la gente nel resto del mondo.

Molte delle studentesse provenivano dai villaggi vicini, ma c'erano anche una decina di figlie di operatori umanitari internazionali che aiutavano nella zona. I Delta erano stati chiamati a intervenire dopo oltre un mese dall'inizio della prigionia.

I ribelli avevano chiesto al governo di liberare diversi prigionieri politici in cambio del rilascio in sicurezza delle ragazze, ma finora le negoziazioni non erano riuscite a porre fine a quella situazione di stallo. Le forze speciali francesi erano dall'altra parte del Paese a controllare un'altra soffiata, ma alla fine si era scoperto che erano i Delta quelli sulla pista giusta.

Truck fissò un ribelle attraverso le lenti. Aveva appena schiaffeggiato una ragazza – più o meno di dodici anni, se avesse dovuto indovinare – e stava ridendo delle sue lacrime. Avevano visto cose orribili negli ultimi giorni ed erano tutti ansiosi di entrare in azione. Truck immaginò Annie in quella situazione e si sentì ribollire il sangue. Nessuno aveva visto la ragazzina francese, ma non c'erano dubbi che fosse lì.

A guardia del campo c'erano una quarantina di ribelli. Tenevano gli ostaggi in tre tende che erano sempre sorvegliate da una decina di persone, e le guardie, a turno, trascinavano fuori le ragazze una a una e le portavano in una tenda più piccola lì vicino.

Tutti i Delta sapevano cosa stessero facendo, ma non potevano fare alcuna mossa per fermare gli abusi finché non fossero stati sicuri di poter eliminare i ribelli senza il rischio di una rappresaglia contro gli ostaggi.

Truck non vedeva l'ora di uccidere quegli uomini. Di solito non era assetato di sangue, ma non poteva evitarlo in quella situazione. Chiunque facesse del male a delle bambine meritava di perire di una morte lenta e dolorosa. Aveva sempre odiato la violenza contro donne e bambini, ma dopo aver conosciuto Annie e le mogli e fidanzate dei suoi migliori amici, *e* dopo aver incontrato e sposato l'amore della sua vita, la aborriva ancora di più.

Se qualcuno avesse osato guardare storto Mary, non avrebbe esitato a rimetterlo al suo posto. Lei sapeva prendersi cura di se stessa, ma non *avrebbe dovuto* essere necessario. Non era bello che gli uomini pensassero che fosse giusto dare una pacca sul sedere a una donna, a causa di quello che indossava. Non andava bene che facessero commenti allusivi o dicessero che sarebbe stata bene in ginocchio davanti a loro.

Truck non era sempre stato un angelo, prima che i suoi amici iniziassero a conoscere le loro compagne andavano negli strip club e rimorchiavano nei bar. Aveva circondato con il braccio la vita di qualche ragazza senza chiedere prima il permesso. Aveva palpato sederi, rubato baci e attirato donne sulle sue ginocchia, anche quando sapeva che avrebbero sentito la sua erezione sotto di loro. Ma ora che Mary era nella sua vita, così come tutte le altre, non avrebbe mai più mancato di rispetto in quel modo a una donna.

Guardare i ribelli far del male alle bambine che tenevano in ostaggio era insopportabile. Avrebbe voluto entrare subito in azione e fermarli. Se fossero riusciti a impedire anche solo a una ragazza di avere dei ricordi orribili per il resto della sua vita, ne sarebbe valsa la pena. Ma doveva aspettare. Dovevano assicurarsi di mettere a punto il loro piano. Se non lo avessero fatto, le ragazzine che voleva salvare avrebbero potuto morire.

Insieme all'odio per i ribelli, la frustrazione per la relazione con Mary non aiutava le sue emozioni. Sebbene fosse elettrizzato per Hollywood, Kassie e la loro bambina appena nata, non riusciva a fare a meno di essere geloso anche del suo amico.

Voleva quel tipo di rapporto anche lui. Voleva essere in grado di tenere la mano di Mary in pubblico senza doversi preoccupare se fosse a suo agio o meno. Voleva avere una famiglia con lei. A causa del cancro, non aveva idea se sarebbe stata in grado di avere dei figli in modo naturale, ma non aveva importanza. Avrebbero potuto adottare. Oppure, se non avesse voluto dei bambini, avrebbero potuto andare al rifugio e trovare cani e gatti che avessero bisogno di una casa. Non importava che tipo di famiglia avrebbero avuto, purché ne avessero una.

Aveva pensato che dopo la rapina si sarebbe un po' lasciata andare, ma le cose erano rimaste complicate tra loro. Voleva di più. Voleva che Mary smettesse di trattenersi e di combattere ciò che provava per lui.

«Tutto bene?» chiese Beatle dopo essersi avvicinato.

«Sì.»

«Non mi sembra.»

«Sto. Bene» disse a denti stretti.

«Come vanno le cose con Mary?»

Truck emise un sospiro frustrato e si voltò verso di lui. «Pensi che ora sia il momento di discuterne? Mancano circa dieci minuti all'assalto al castello, per così dire.»

Beatle scrollò le spalle. «Conosciamo il piano. Stiamo solo aspettando che arrivi il momento di uccidere tutti quei figli di puttana. Voglio sapere come sta il mio amico, le cose sembravano andare bene tra te e Mary in banca.»

Sapeva cosa stesse cercando di fare Beatle, ma aveva bisogno di qualcuno con cui parlare, quindi non glissò come avrebbe fatto in qualsiasi altro momento. «Lo pensavo anch'io. Ma c'è qualcosa che non va, e non capisco cosa.»

«Da parte tua o sua?»

Bella domanda. Mary si era decisamente ammorbidita nei suoi confronti, ma non era sicuro che fosse sufficiente. «Mia.»

«Ti sei pentito di averla sposata?»

«No.» La risposta fu immediata. Truck non si era pentito di ciò che aveva fatto. Mary era ancora viva perché aveva ricevuto il trattamento di cui aveva bisogno.

«Allora cos'è?»

«Non voglio una moglie che stia con me per pietà. Ne voglio una vera. Voglio quello che hai tu, Beatle. Una donna che mi guardi come se fossi tutto per lei. Una donna che sia felice di vedermi quando torno a casa a fine giornata. Che magari mi aspetti per cenare e a cui non dia fastidio se non voglio parlare dopo una missione difficile. Voglio qualcuno che non abbia paura di toccarmi e di essere toccata.»

«Quindi vuoi la versione Disney di una relazione» affermò Beatle.

«Credo di sì» borbottò Truck.

«Meglio se divorzi nel momento in cui torni, perché non esiste una relazione in versione Disney.»

Guardò sorpreso il suo amico. «Non vorrai mica dirmi che Casey non ti ama più di ogni altra cosa.»

«Oh, mi ama. Ma ci sono molte volte in cui non è felice di vedermi a fine giornata. È stanca e irritabile per aver insegnato e poi guidato fino a casa dalla Baylor. Mi trasferirei in un batter d'occhio, così potrebbe essere più vicina al lavoro, ma sai bene quanto me che non posso. Devo essere vicino alla base nel caso venissimo chiamati per una missione all'ultimo momento. E ci sono un sacco di sere in cui vado a letto, pronto ad amare la mia donna, e la trovo profondamente addormentata oppure mi dice che non è dell'umore giusto. Le relazioni sono complicate, Truck. Magari vedi me e Casey che ci teniamo per mano e ci sorridiamo in pubblico, ma non le volte in cui litighiamo o quando si rifiuta di avvicinarsi a me. O quando sono stanchissimo a causa del lavoro e tutto ciò che voglio fare è sedermi e guardare il football in televisione, e lei cerca di parlarmi così scatto urlandole di lasciarmi in pace.»

Truck lo fissò a occhi spalancati. «Voi due avete problemi?» chiese.

Beatle buttò fuori il fiato frustrato. «No. Non stai cogliendo il punto.»

«Allora sii più chiaro, stronzo» sbuffò.

«Stare con qualcuno che ami significa che hai a che fare con la merda oltre che con le rose.»

«Penso di aver avuto a che fare con più che la mia dose di merda con Mary» disse al suo amico.

«Sì, il cancro è stato una cosa orribile, ma solo perché sta meglio non significa che d'ora in poi andrà tutto a gonfie vele. Come si sente riguardo alla diagnosi? Ha paura che torni? Ha altri effetti collaterali o farmaci che la rendono irritabile? Ha avuto una mastectomia, giusto? Tu cosa provi a riguardo? *Lei* cosa prova a riguardo? Deve indossare abiti diversi ora?»

Truck rimase in silenzio per un attimo, poi ammise: «Non lo so. Non parliamo esattamente di queste cose.»

«La comunicazione è la chiave» disse Beatle. «Ho sbagliato appena Casey si è trasferita, non le ho chiesto come si sentiva riguardo a un sacco di cose: il nuovo lavoro, lasciare la Florida, se le erano rimaste delle paure dal trip causato dall'LSD... ho solo supposto che me ne avrebbe parlato se le avessero creato problemi. Alla fine ho scoperto che pensava che non le chiedessi niente perché non mi importava.»

«A me interessa» disse subito Truck. «Voglio sapere tutto di Mary. Della sua infanzia, che so essere stata di merda, del suo lavoro, di come si sente. La amo.»

Beatle si avvicinò e sibilò: «Allora *parlale*, amico. Se non ti tocca, fallo tu. Dille quanto ami la sensazione della sua mano nella tua. Dille quanto ti senti vulnerabile a causa della tua cicatrice. Ricordale che hai scelto di stare con *lei* piuttosto che con qualsiasi altra donna.»

Truck pensò a lungo alle parole di Beatle e si rese conto che aveva ragione. Aveva avuto paura di parlare con Mary, parlarle davvero, perché temeva che dicesse di volere il divorzio. Dato che stava meglio, non aveva più bisogno di rimanere sposata. Ma forse stava aspettando che facesse *lui* la prima mossa. Aveva senso. Per quanto fosse sfacciata e audace, non era poi così sicura di sé quando si trattava di relazioni. Sapeva che era a causa di come era stata educata, ma non glielo aveva chiesto in modo diretto.

Aveva bisogno di essere rassicurata tanto quanto lui, e non appena fosse tornato in Texas, sarebbe stato un uomo diverso per lei. Non l'avrebbe costretta a parlargli, ma si sarebbe assicurato che sapesse quanto l'amava e di essere disponibile ogni volta che avesse avuto bisogno di farlo. Si sarebbe aperto con Mary riguardo alla propria vita, ai propri sentimenti. Non verso di lei – anche se avrebbe fatto in modo che non passasse mai un giorno senza dirle quanto fosse importante per lui – ma come si sentiva riguardo al lavoro, alla sua famiglia, ai loro amici... tutto.

«Grazie» disse piano Truck.

«Prego» rispose, poi prese il binocolo e osservò l'accampamento dei ribelli.

«Ci muoviamo tra sessanta secondi» avvertì la voce di Ghost attraverso gli auricolari.

«Sei pronto a fare il culo ai bastardi?» gli chiese Beatle sorridendo.

«Altroché» rispose Truck. «Quegli stronzi sono già morti.»

«Puoi dirlo forte, cazzo.»

I due uomini si spostarono e si misero in posizione. Il loro compito era attaccare dal lato posteriore della tenda mensa in cui c'erano una ventina di ribelli che stavano pranzando. Se fossero riusciti a eliminarli, il numero si sarebbe dimezzato, obbligando il resto degli uomini a essere meno propensi ad accanirsi contro le ragazze e piuttosto fuggire per mettersi in salvo.

Beatle e Truck sentirono negli auricolari Ghost fare il conto alla rovescia partendo da dieci, e alla parola *Ora*, si scatenò l'inferno.

Il tempo non esisteva nel mezzo della battaglia. Se glielo avessero chiesto, Truck avrebbe fatto fatica a dire se fossero trascorsi minuti o secondi. Si impegnò completamente sul compito da svolgere e tutto il resto passò in secondo piano. Si concentrò a coprire i suoi compagni di squadra e a portare a termine il lavoro. Non sapeva quanti ribelli avesse eliminato una volta iniziata la sparatoria, ma alla fine non importava. Aveva perso le tracce di Beatle nel caos della battaglia, ma sapeva che l'uomo era alla sua destra da qualche parte. L'aria era densa di fumo e odore di polvere da sparo, e poteva sentire urlare fuori dalla tenda, ma non distolse la sua attenzione dagli uomini che si nascondevano dietro i tavoli rovesciati. Ogni volta che una testa spuntava da dietro per cercare di sparargli, Truck sparava a sua volta.

Sentì un urlo dalla sua sinistra e si voltò per mirare in quella direzione, esitò per una frazione di secondo, perché stava succedendo qualcosa di inaspettato.

Uno dei ribelli non aveva sporto la testa da dietro un tavolo per sparargli, no, l'aveva scavalcato e stava correndo verso di lui il più veloce possibile.

Truck premette il grilletto della sua arma, uccidendolo, ma si era già avvicinato troppo perché si sentisse tranquillo.

Il ribelle cadde in ginocchio e ondeggiò. I suoi occhi pieni di odio incontrarono quelli di Truck per un attimo e poi sorrise; un ghigno malvagio e sgradevole che gli fece rizzare i peli sulla nuca. Truck sollevò l'arma per sparare di nuovo... e notò troppo tardi ciò che l'uomo teneva tra le mani.

Granate. Due. E le spolette non si vedevano da nessuna parte.

Ebbe solo il tempo sufficiente per gridare: «Gra...» ma prima di poter terminare l'avvertimento, la tenda esplose in una pioggia di parti del corpo, pezzi di legno e metallo.

———

«Rapporto situazione! Rapporto situazione!» gridò Ghost, la sua voce risuonò negli auricolari degli altri uomini della Delta Force.

Trigger e la sua squadra avevano messo al sicuro e radunato tutte le ragazze nella più grande delle tre tende in cui erano state trattenute. Tre erano rimaste uccise nel raid, ma Lefty, Doc e Brain avevano eliminato gli uomini che le stavano sorvegliando prima che riuscissero a sparare di nuovo. Brain era stato incaricato di parlare con le ragazze, poiché era l'unico che *avrebbe potuto* comunicare con loro. Era un esperto di lingue e ne conosceva più di trenta diverse, da lì il suo soprannome Brain, Cervellone.

Doc si stava occupando di quelle ferite e sembrava fare del suo meglio per tenere sotto controllo il suo temperamento. Le ragazze erano completamente terrorizzate, danneggiate emotivamente, ed era più che ovvio quali di loro avessero subìto degli abusi, dato che si rannicchiavano ogni volta che un Delta si avvicinava. Nascosta in mezzo a loro avevano trovato anche la ragazzina francese. Non erano ancora sicuri se fosse stata stuprata. Durante il breve periodo in cui le squadre avevano osservato l'accampamento dei ribelli, era sembrato che i carcerieri non facessero distinzioni tra le ragazze locali e quelle straniere.

Oz e Grover stavano di guardia fuori dalla tenda degli ex ostaggi, e Lucky e Lefty si stavano dando da fare per organizzare i camion in modo da potersene andare da lì.

Coach e Blade erano scomparsi tra gli alberi circostanti, inseguendo i ribelli che avevano deciso di tagliare la corda piuttosto che restare e combattere.

«Dannazione, Beatle. Truck. Situazione!» tuonò in modo duro Ghost, pur sapendo che probabilmente non avrebbero risposto. Guardò Fletch, che stava fissando i resti della tenda che prima si trovava a dieci metri di distanza, ma che ora non era altro che una rovina fumante.

«Coach e Blade, riportate i vostri culi qui. Subito» ordinò Ghost mentre lui e Fletch si dirigevano con cautela verso le macerie.

«Hai bisogno di noi?» chiese Trigger.

«Copriteci» rispose, mentre cercava i suoi compagni di squadra. Aveva sentito dei colpi di arma da fuoco provenire dall'interno della tenda, ma era stato impegnato a eliminare la sua parte di ribelli. Beatle e Truck sapevano ciò che facevano e lui non si era preoccupato. In tutto il tempo in cui erano rimasti a sorvegliare, non avevano visto altre armi oltre ai fucili che i ribelli tenevano costantemente in mano. Niente lanciarazzi, niente esplosivi. Quegli uomini erano preparati, ma non erano esattamente una macchina militare ben oliata. I loro vestiti erano consumati e strappati e il momento clou della maggior parte delle loro giornate sembrava essere l'ora di pranzo.

Ghost fece segno a Fletch di andare a destra mentre lui proseguiva a sinistra, i suoi occhi controllavano in continuazione qualsiasi tipo di movimento. Si imbatté in alcuni ribelli che erano ancora vivi e li uccise senza pietà. Aveva visto di persona il terrore nei volti delle bambine, non provava alcuna simpatia per gli uomini che le avevano rapite e stuprate. Nessuna.

In un angolo tra le macerie fumanti, vide una gamba che indossava un paio di pantaloni neri.

Ghost si inginocchiò e rimosse freneticamente le assi e i detriti dall'uomo. Sospirò di sollievo quando vide un paio di occhi familiari che lo fissavano.

«Beatle? Stai bene, amico?»

Lui annuì e si mise a sedere lentamente con l'aiuto del suo compagno di squadra. Scosse piano la testa e disse: «Porca puttana.»

«Dov'è Truck?» chiese Ghost sollevato, più di quanto potesse esprimere, che Beatle sembrasse stare bene. Gli usciva un rivolo di sangue su un lato della testa, ma il resto del corpo sembrava a posto, e stava rapidamente diventando sempre più consapevole di ciò che lo circondava.

«Era laggiù l'ultima volta che l'ho visto.» Indicò dove Fletch stava setacciando con cautela i detriti. «Li stavamo abbattendo uno a uno quando un ribelle è corso verso di lui. Truck gli ha sparato, e dopo che il tizio è caduto in ginocchio, ha urlato qualcosa e poi boom.»

Ghost tirò su Beatle e tenne una mano sul gomito dell'amico e l'altra sul grilletto. L'ultima cosa di cui avevano bisogno era che uno dei ribelli saltasse fuori e sparasse. Andarono verso Fletch, con gli occhi costantemente alla ricerca di nemici o di Truck.

Quando lo raggiunsero, Beatle camminava quasi normalmente. Aveva riacquistato l'equilibrio e cominciato a calciare via le assi di legno dei tavoli.

«Dove lo hai visto l'ultima volta?» chiese di nuovo Ghost, ben consapevole che il tempo stringeva. Avevano fatto così tanto casino che di sicuro tutti i ribelli nel raggio di dieci chilometri li avevano sentiti. Dovevano andarsene da lì prima che arrivassero i rinforzi.

«Lì.» Indicò un punto a circa tre metri da loro. Senza parlare, i tre uomini si aprirono a ventaglio e iniziarono a sollevare ogni pezzo di legno sul loro percorso.

«Oh, merda. L'ho trovato!» disse Fletch con urgenza. «Aiutatemi!»

Ghost sentì la bile salirgli alla gola davanti al tono del suo compagno, ma non esitò ad avvicinarsi. Con l'aiuto di Beatle, gettarono via un grande tavolo di legno, due braccia, una gamba e l'intestino di qualcuno, prima di liberare completamente Truck.

Era sdraiato sulla schiena, con le braccia allargate, la sua arma non si vedeva da nessuna parte. Sembrava stesse dormendo, ma i tre Delta sapevano che non era così.

Ghost si chinò e mise le dita sull'arteria carotide di Truck e trattenne il respiro.

Tirò subito un sospiro di sollievo nel sentire la forte pulsazione. «È vivo» annunciò.

«Ferite?» chiese Fletch.

«Non ne sono sicuro» rispose. Alzò lo sguardo e vide una scatola di metallo lì accanto. Un tempo probabilmente conteneva delle munizioni, ma ora era vuota. Aveva un'enorme ammaccatura sul lato... delle dimensioni di una testa umana. «Aiutatemi a girarlo così posso controllare. Fate attenzione, tenetegli la schiena dritta.»

Con l'aiuto di Fletch e Beatle, Ghost fece una valutazione rapida del loro amico sul campo. La sua spina dorsale sembrava a posto, nessuna sporgenza nella colonna vertebrale, e non vide sangue accumularsi sotto di lui. Dando un'occhiata a gambe e braccia non c'era nulla che sembrasse rotto.

Ma visto il modo in cui era stato sepolto dai detriti, probabilmente aveva qualche frattura.

«Truck?» lo chiamò ad alta voce stringendogli la spalla.

Lui gemette ma non riprese conoscenza.

«Andiamo, amico. Devi svegliarti. Sei enorme e ci vorrebbero troppi di noi per trasportare la tua carcassa fuori da qui.»

Nessuna risposta.

Beatle si chinò e lo schiaffeggiò lievemente in faccia. «Smettila di cazzeggiare, Truck. Abbiamo settanta ragazze terrorizzate da portar via. Non è il momento di dormire sul lavoro.»

Incredibilmente, sbatté gli occhi e gemette di nuovo scuotendo la testa.

«Piano, amico» lo tranquillizzò Fletch. «Apri gli occhi.»

Tutti lo guardarono aprirli e richiuderli subito. «Cazzooo» imprecò. «Figlio di puttana, mi fa male la testa.»

Ghost sospirò di sollievo. Se Truck era abbastanza sveglio da brontolare e lamentarsi, sarebbe andato tutto bene. «Sì, be', è perché la tenda in cui ti trovavi è esplosa.»

«Fantastico» mormorò. «Rapporto situazione?»

«Le ragazze sono a posto. I ribelli o sono morti o fuggiti» disse Fletch, aggiornandolo.

Truck socchiuse gli occhi e guardò il suo amico. «Ragazze?»

«Sì, stanno bene» ripeté. «Sei un po' ammaccato, ma la tua colonna vertebrale è a posto. Niente gambe o braccia rotte, anche se dovrai dirci tu se qualcosa è fratturato o meno.»

Lo guardarono muovere le gambe e poi le braccia. Cercò di mettersi a sedere ma gemette per il dolore e crollò indietro. «Le estremità sono a posto, ma mi sembra di avere almeno un paio di costole rotte. O incrinate.»

«Ti fa male qualcos'altro? Pensi di avere lesioni interne?» gli chiese Ghost.

Truck si premette le grosse mani sull'addome. Dopo un momento disse: «Non credo. Anche se mi martella la testa. Fa un male cane. Riesco a malapena a tenere gli occhi aperti, è una sofferenza guardare la luce.»

«Commozione cerebrale» dichiarò Beatle. «Hai vertigini o nausea?»

«Entrambe» rispose.

«Pensi di riuscire a camminare?» domandò Ghost.

Truck fece un respiro profondo e annuì. «Se questo è l'unico modo per uscire da questo posto infame e tornare alla civiltà, allora sì, ce la faccio a camminare.»

«Cazzo, sì che ce la fai» disse Fletch in tono sommesso. «Forza, ti diamo una mano a rimetterti in piedi.»

I tre lo aiutarono ad alzarsi e lo tennero in equilibrio quando barcollò. Ci volle circa un minuto prima che decidessero che era abbastanza stabile da stare in piedi da solo.

Proprio quando lo lasciarono andare, Truck voltò la testa e vomitò.

Si asciugò la bocca e imprecò. «Cazzo, odio vomitare.»

«Forza, andiamocene da qui» sollecitò Fletch.

Ghost si mise alla guida del gruppo, con Truck al seguito e Beatle e Fletch in coda; il loro compagno non sarebbe stato in grado di difendersi da un potenziale ribelle. Si avviarono verso i camion e, mentre si avvicinavano, Coach e Blade si materializzarono dagli alberi circostanti.

«Abbiamo sentito» disse Blade, indicando l'auricolare. Il gruppo aveva un microfono aperto e ovviamente stavano ascoltando la vicenda dei due compagni di squadra. «È bello vedere che hai la testa dura» scherzò.

«Così dicono» rispose lui.

Tutti ridacchiarono e proseguirono verso i veicoli in cui erano già sistemate le ragazze e il team Delta Force di Trigger.

Lefty uscì da in mezzo a due camion mentre il gruppo si avvicinava e tutti guardarono increduli Truck, che muovendosi più in fretta di quanto avrebbero pensato fosse possibile per un uomo ferito in quel modo, afferrò la pistola dalla fondina alla vita di Ghost e la puntò contro l'altro soldato prima che potesse dire una parola.

«Non muoverti, stronzo» gridò Truck.

«Che cazzo?» disse Lefty, ma alzò le mani in segno di resa.

Nei secondi successivi, apparvero Trigger, Oz, Grover e Lucky che estrassero rapidamente le armi, il che portò Coach, Beatle e Blade a fare altrettanto.

«Calmatevi tutti, cazzo» ordinò Ghost, alzando le mani e mettendosi in mezzo ai due dando le spalle a Lefty. «Metti giù la pistola, Truck.»

«Chi cazzo sono?» chiese lui, senza abbassarla.

«Cosa intendi per "chi sono"?» domandò Ghost.

«Intendo proprio, chi cazzo sono? Quando siamo arrivati qui, eravamo solo noi sei. A proposito, dov'è Hollywood? Lo avete voi, stronzi?»

Lo fissò sbigottito. «Truck... Hollywood non è qui. Questa volta è rimasto negli Stati Uniti.»

«No, non e vero. Stavamo parlando proprio prima di chiamare il supporto aereo per uccidere questi fottuti terroristi.»

Ghost deglutì a fatica. Cazzo. Cazzo, cazzo, *cazzo*. «Di cosa stavate parlando?» si informò.

«Di stasera. Del fatto che finalmente ci riposeremo e rilasseremo un po', che rimorchieremo delle ragazze e ce le porteremo a letto.»

«Oh, merda» disse Fletch, e Ghost lo vide abbassare l'arma.

«Truck, metti giù la pistola» intimò di nuovo e fece un passo verso il suo amico. «Ti ordino di abbassare l'arma.»

I suoi occhi incontrarono quelli di Ghost e la confusione nel suo sguardo era evidente. E anche il dolore. «Hanno preso Hollywood? Cosa non mi stai dicendo?»

Proprio in quel momento, una delle ragazze nel camion singhiozzò abbastanza forte da essere sentita anche dove si trovavano loro. Truck si voltò in quella direzione con l'espressione confusa.

Ghost non esitò. Balzò verso il suo amico e gli colpì con la mano l'avambraccio facendolo gemere di dolore e, cosa più importante, facendo cadere la pistola. Poi con un calcio dietro le gambe gli fece perdere l'equilibrio.

L'uomo grande e grosso cadde a terra come un sasso e grugnì di dolore ancora una volta. Ghost andò subito alla sua testa e la prese tra le mani, mentre Beatle, Coach e Trigger gli saltarono sopra per tenerlo fermo.

«Attenti alle costole!» gridò Ghost. Dovevano sottomettere e controllare il loro amico, ma non ferirlo più di quanto non fosse già.

Ma Truck non si mosse. Fissò il suo leader confuso. «Cosa sta succedendo?»

«Sei stato ferito, amico. Hai sbattuto la testa.»

«Sì, fa un male cane» concordò.

«Dove siamo?» gli chiese.

«Che cosa?»

«Dove siamo, Truck?»

«In Iraq.»

«Cazzo.» Ghost sentì qualcuno imprecare sopra di loro, ma non distolse lo sguardo da quello del suo amico. «Quanti anni hai?»

«Perché?»

«Assecondami.»

«Trentacinque.»

Ghost chiuse gli occhi per un disperato secondo, poi li riaprì.

Truck aveva trentotto anni. *Erano* stati in Iraq tre anni prima, in una missione che aveva avuto delle complicazioni, proprio come questa, ed erano dovuti ricorrere all'aviazione perché sganciassero alcune bombe che desse loro copertura e per aiutarli a sbarazzarsi dei terroristi che li avevano circondati.

«Il nome Rayne ti dice qualcosa?»

Truck aggrottò le sopracciglia. «Come l'acqua che scende dal cielo? No, solo che siamo stati in questo dannato Paese così a lungo che penso di aver dimenticato com'è.»

«Ed Emily? Kassie? Annie?»

«Sono le ragazze che hai organizzato per quando arriveremo in Kuwait a rilassarci?» chiese.

«No. Pensa, Truck. E Mary?»

«Non conosco *nessuna* Mary. Cosa sta succedendo?»

Invece di rispondere, Ghost gli diede una pacca sul petto. «Questi sono i nostri amici» gli disse, indicando Lefty e gli altri. «Ci stavano aiutando. Non ucciderli, ok?»

«Dov'è Hollywood?»

«Lui sta bene. Te lo giuro. È andato avanti, per assicurarsi che la via sia libera.»

Truck sembrò riflettere su quell'informazione per un momento prima di annuire.

«Sei pronto ad andartene da qui?» gli chiese.

Annuì di nuovo. «Pensi che possa prendere un antidolorifico? Mi fa davvero male la testa. Faccio anche fatica a vederci.»

«Certo.»

Poi, per la seconda volta, si rialzò con l'aiuto dei suoi compagni di squadra che si scambiarono tutti degli sguardi preoccupati. Lo accompagnarono fino a un camion malandato lì vicino, uno senza le ragazze, e lo sistemarono sul sedile posteriore.

Ghost osservò in silenzio, poi si voltò quando sentì una mano sul braccio.

«Amnesia?» chiese Trigger a bassa voce.

«Così pare. Deve aver sbattuto la testa contro una scatola di metallo che abbiamo trovato dietro di lui. Gli ha scombussolato il cervello. Cazzo. È un casino.»

«Sono sicuro che sia temporaneo. Una volta che avrà avuto la possibilità di guarire, ricorderà» lo rassicurò Trigger titubante.

«Lo spero. Lo spero proprio.»

CAPITOLO CINQUE

MARY ERA SEDUTA sul divano a guardare la prima stagione di *Stranger Things* su Netflix. Non vedeva l'ora che Truck tornasse a casa per godersela insieme. Ovviamente nel frattempo avrebbe guardato la serie da sola, ma sarebbe comunque stata felice di rivedere gli episodi con lui per cogliere tutti i dettagli che di sicuro si sarebbe persa alla prima visione.

Era ancora immersa nella sua maratona televisiva quando bussarono alla porta.

Sorpresa, Mary mise in pausa il telefilm e andò all'ingresso. Ormai si sentiva più a casa nell'appartamento di Truck che nel suo. Certo, senza di lui sembrava vuoto... proprio come l'altro.

Guardando attraverso lo spioncino vide che era Hollywood.

In preda al panico, sbloccò subito la serratura e tolse la catena, aprì la porta e prima che potesse dire qualcosa, sbottò: «Kassie sta bene? Kate?»

Lui annuì e la rassicurò: «Sì. Stanno bene entrambe.»

«Grazie a Dio» disse Mary, portando la mano sul petto per il sollievo. Aprendo di più, gli fece cenno di entrare. «Vieni dentro.»

«Grazie.»

Seguì Hollywood all'interno e chiuse la porta dietro di loro come Truck le aveva insegnato. Non si preoccupava mai di chiudere a chiave quando era a casa sua, ma da quando viveva con lui e guardandolo costantemente preoccuparsi per la sua sicurezza, era diventata un'abitudine.

Hollywood si fermò appena dentro il soggiorno e si voltò verso di lei. «Ho delle brutte notizie.»

Mary si sentì cedere le gambe, spalancò gli occhi e le sue orecchie iniziarono a ronzare. «Truck?» chiese.

Hollywood annuì.

La stanza girò e Mary barcollò.

No. Non Truck. Non quando era finalmente pronta ad aprirsi e dirgli che le importava di lui e voleva essere sua moglie per davvero.

Vedendola barcollare Hollywood imprecò sottovoce, le mise una mano sul gomito e la condusse al divano. Non appena sistemata, lui avvicinò il tavolino e vi si sedette sopra. Si sporse in avanti e le prese le mani fredde nelle sue grandi e calde, e le strinse. «Non volevo spaventarti. Truck è vivo. È tutto ok.»

Quando lei non rispose, ma si limitò a fissarlo a occhi spalancati, continuò: «Mi hai sentito? È tutto ok. Truck è stato ferito, ma è vivo.»

Mary butto fuori il respiro. Era talmente terrorizzata che fosse stato ucciso, da non essere in grado di pensare a nient'altro. Alle parole di Hollywood, si rilassò un po'. «Dov'è? Possiamo andare a trovarlo?»

Lui scosse la testa. «Non è così semplice.»

Mary aggrottò le sopracciglia. «Cosa intendi? È all'ospedale, giusto? È in Germania? So che è lì che vanno molti soldati quando vengono feriti all'estero.»

«Sì, al momento è in Germania.»

Mary cercò di alzarsi. «Allora andiamo. Preparo subito una borsa.»

Le dita di Hollywood la strinsero ancora una volta, impedendole di farlo. «Non puoi andare a trovarlo. Mi dispiace.»

«Perché no? Sono sua moglie. L'esercito non può tenermi lontano da lui!» Sapeva di essere isterica, ma era completamente sconvolta e tremante. La possibilità che Truck o uno degli altri venissero feriti o uccisi era sempre presente quando andavano in missione, ma viverlo in prima persona era cento volte più orribile di quanto avesse mai pensato. «È stato ferito peggio di quanto mi stai dicendo? Sta morendo? Dannazione, Hollywood, dimmelo!»

«Soffre di amnesia» le disse in tono triste, senza giri di parole. «Non si ricorda chi sei... tanto meno che è sposato.»

Mary fissò il bel soldato scioccata. «Amnesia?»

«Sì. Ha battuto la testa molto forte durante la missione e ciò gli scombussolato il cervello in modo piuttosto grave.»

Gli occhi di Mary si riempirono di lacrime, ma le trattenne. «*Cosa* ricorda?»

«In sostanza, ha dimenticato gli ultimi tre anni della sua vita. Riconosce me e i ragazzi. Sa di essere nell'esercito. Ricorda tutto fino a una delle nostre missioni in Iraq di circa tre anni fa. Quando si è svegliato, pensava di essere lì.»

«Ma a parte quello sta bene?»

«Sì, Mary. Un medico che lo ha controllato in Germania ha detto che, a parte la commozione cerebrale, alcune costole incrinate... e l'amnesia ovviamente, sta bene.»

«Forse vedermi solleciterà la sua memoria» disse poco convinta.

La compassione negli occhi di Hollywood la fece quasi crollare.

«Ho parlato con Ghost oggi, lui e gli altri resteranno con Truck in Germania fino a quando lo dimetteranno... e ha detto che si è molto agitato quando Fletch gli ha rivelato di essere sposato. Si rifiutava di credergli, pensava che i ragazzi stessero scherzando. Il dottore per ora ha consigliato di portarlo a casa ma di limitare per un po' le interazioni con gli altri. Vogliono vedere se tornare nel suo appartamento risveglierà i ricordi in modo naturale. Può essere piuttosto scioccante per qualcuno nella sua situazione confrontarsi con persone che lo conoscono, ma che non ricorda.»

«Ma ricorderà, non è vero?» sussurrò Mary.

Hollywood strinse le labbra poi disse: «Non lo sanno. A volte i pazienti come lui recuperano i ricordi tutti in una volta. Altri ricordano frammenti, ma non tutto. E ci sono anche casi in cui la persona non ricorda più i momenti persi e forgia una nuova vita che parte dal momento in cui si è verificato l'infortunio.»

Mary strappò le mani dalla presa di Hollywood per coprirsi la bocca con orrore. «Potrebbe non ricordarsi più di me? Di tutto quello che abbiamo passato?»

«Mi dispiace... ma è possibile.»

«Oh, Dio.»

Sentì la mano di Hollywood sulla spalla, ma non riuscì ad accettare ciò che stava succedendo. Aveva pensato che Truck sarebbe tornato a casa, che gli avrebbe detto che voleva far funzionare il loro matrimonio e che sarebbero vissuti felici e contenti. Ma se lui non la riconosceva più, non sapeva nulla della sua lotta contro il cancro, del loro matrimonio, o che aveva giurato di amarla per sempre... come diavolo avrebbero fatto a vivere felici e contenti?

Non aveva nemmeno idea di cosa avesse fatto per convincerlo ad amarla, figuriamoci se sapeva come avrebbe potuto farlo una seconda volta.

«L'ho perso» sussurrò Mary. «L'unico motivo per cui ho attirato la sua attenzione è stato a causa di Rayne. Se non conosce nessuna di noi, come posso far sì che mi ami di nuovo?»

Hollywood si sedette sul divano accanto a lei e la abbracciò. Per la prima volta da quando aveva ricevuto la seconda diagnosi di cancro, Mary si sentì completamente scoraggiata.

«Ti ha amata nell'istante in cui ti ha vista» la rassicurò. «E ho piena fiducia che supererà questa cosa e ricorderà.»

«Non lo sai.»

«Lo so. Truck è testardo, ma lo sei anche tu. E il resto della squadra.»

«Ma se non si può farlo interagire con persone che potrebbero agitarlo, com'è possibile fargli ricordare?»

«Non lo so. Siamo scioccati dalla situazione quanto te, Mary. Ma ti giuro, lo scopriremo.»

All'improvviso le fu chiara un'altra cosa che le aveva accennato. «Se deve tornare qui nel suo appartamento, dovrò trasferirmi, vero?»

Lui sospirò. «Mi dispiace, ma... sì. Solo per un breve periodo. Speriamo che quando tornerà, il suo subconscio entrerà in azione e si ricorderà di tutto il tempo trascorso qui con te, e risveglierà il resto della sua memoria.»

Mary si guardò intorno e fece una smorfia. Negli ultimi mesi, pian piano, aveva trasferito la maggior parte delle sue cose lì. C'erano foto di lei e Rayne sulle pareti. I suoi libri preferiti sugli scaffali. Le sue lenzuola nel letto. I suoi prodotti per i capelli nella doccia. C'erano persino i suoi cibi preferiti negli armadietti. Pensare di rimuovere ogni singola cosa dall'appartamento di Truck era davvero doloroso. Cancellare la sua presenza sembrava un passo permanente ed estremamente angosciante.

Hollywood proseguì, ignaro del colpo che le aveva inferto senza volerlo. «Le ragazze ti verranno ad aiutare più tardi. Ancora non sappiamo quando torneranno Truck e gli altri, ma abbiamo pensato che fosse meglio essere preparati. Emily ha detto che puoi restare a casa sua se lo desideri.»

Mary scosse la testa, sentendosi intorpidita. «No, ho ancora il mio appartamento.»

Non gli disse che aveva programmato di chiamare il suo padrone di casa e di terminare ufficialmente il contratto di locazione dopo aver parlato con Truck, una volta tornato dalla missione. Era sciocco tenerlo quando viveva con lui a tempo pieno.

Ora non c'era più bisogno di farlo.

Il telefono di Hollywood gli vibrò in tasca e Mary si tirò indietro, dandogli spazio per tirarlo fuori. Lesse il testo e fece una smorfia. «Devo andare. È Kassie. È spaventata perché pensa che Kate stia facendo versi strani.»

Mary annuì. «Vai. Non c'è problema.»

«Non voglio lasciarti sola. Vieni con me.»

Scosse subito la testa. Non voleva stare con nessuno. Soprattutto con Kassie, che era infinitamente felice con la sua bambina appena nata. Le voleva bene, ma non poteva affrontarla in quel momento, non quando il suo mondo si stava sgretolando intorno a lei. «Starò bene.»

«Mary» la rimproverò Hollywood.

Non le piacque la sfumatura di compassione che sentì nel suo tono e raddrizzò le spalle, tirando fuori da qualche parte nel profondo di lei la vecchia Mary. «Sto bene. Sul serio. Vai. Hai cose molto più importanti di cui preoccuparti, hai fatto il tuo dovere e mi hai detto ciò che dovevi. Mi dispiace che tu abbia avuto il compito peggiore, Hollywood. Dev'essere spiacevole per te essere qui e non in Germania con i ragazzi. Faccio le valigie e me ne vado. Sapevamo entrambi che era troppo bello per durare. Truck merita qualcuno meglio di me.»

Non era preparata al modo in cui le afferrò le spalle e la voltò verso di lui, o allo sguardo frustrato sul suo volto. «*No*. Non tirare fuori l'atteggiamento da stronza con me. Truck ti ama e capisco che ti ho appena scaricato roba pesante addosso e stai cercando di adattarti, ma giuro su Dio, io e gli altri faremo tutto il possibile per aiutarlo a ricordare. Abbiamo bisogno del tuo aiuto. Non arrenderti così facilmente. Sai che se la situazione fosse invertita non avrebbe rinunciato a *te*.»

«Mi ha sposato solo perché potessi usare la sua assicurazione» protestò debolmente, sapendo di non crederci davvero. «È meglio che quello non lo ricordi.»

«Cazzate. So che è il tuo meccanismo di difesa che parla, ma non devi farlo con me. Ti conosco.»

Mary si alzò, spostando le mani di Hollywood. Si allontanò da lui finché mise tra loro il tavolino. «Credimi, non ha bisogno di ricordare tutte le notti in cui si è inginocchiato dietro di me mentre vomitavo nel water. O dei miei capelli che cadevano. Lo sapevi che quando fai la chemio puoi perdere non solo i capelli ma anche i peli? Non mi importava molto dei peli sotto le ascelle o del pube, ma perdere le sopracciglia e quelli nel naso è stato orribile. Non hai idea di quanto siano utili quei piccoli bastardi finché non rimani senza. Starnutivo tutto il tempo a causa di ciò che mi entrava nel naso e tiravo su così tanto che la gente probabilmente si chiedeva se facessi uso di droghe. Non ti dico nemmeno quanti sanguinamenti ho avuto di conseguenza.»

Hollywood sembrava scioccato, ma Mary continuò. «Non sono stata altro che problemi per Truck. Non sono esattamente il tipo di donna giusta per essere la sposa di un soldato. Alla fine dirò la cosa sbagliata alla persona sbagliata che danneggerà la sua carriera. Questa è la sua occasione per ricominciare. Di trovare una bella donna, riservata, che lo tratterà con gentilezza e che non sia una rompipalle. Se alla fine ricorderà, probabilmente sarà un sollievo per lui essere scampato con facilità al suo matrimonio.»

Hollywood scosse la testa deluso. «Speravamo che avresti reagito in modo diverso.»

Mary faceva fatica a provare qualcosa che non fosse una tremenda disperazione. Era a malapena consapevole di ciò che le diceva, voleva solo che se ne *andasse*, così in risposta, si limitò a scrollare le spalle.

«Chiamerò comunque le altre. Saranno qui tra poche ore per aiutarti a fare i bagagli e a sistemarti di nuovo nel tuo appartamento. So che stai solo cercando di allontanarmi ma non lascerò che accada. Metti da parte quell'atteggiamento e combatti per il tuo uomo, Mary. Ha bisogno di te.» E con quello, si diresse alla porta d'ingresso. L'aprì e si voltò verso di lei. «Chiudi a chiave» ordinò con dolcezza, poi se ne andò.

Il rumore della porta che si chiudeva fu tutto ciò che servì per spezzare la compostezza di Mary. Si accasciò sul pavimento, ma non versò una lacrima. Si meritava la frustrazione di Hollywood, aveva tutto il diritto di essere deluso, anche se in realtà ci era andato abbastanza piano con lei. Come aveva sottolineato, aveva liberato la sua stronza interiore, ma solo per proteggersi. Non avrebbe potuto sopportare la sua pietà.

Voleva Truck. Voleva che la abbracciasse e le dicesse che sarebbe andato tutto bene. Ma non era possibile. Forse non sarebbe mai più successo.

Non sapeva come fare a convincerlo ad amarla una seconda volta. Lei non era come le altre donne, non si vestiva elegante, non aveva mai flirtato in vita sua e di certo non era più una "damigella in pericolo".

Rannicchiandosi, Mary si scervellò per trovare dei modi per arrivare a Truck, per riuscire a fare in modo che si ricordasse di lei.

Non sapeva quanto tempo fosse rimasta lì, ma quando sentì bussare alla porta non riuscì a trovare l'energia per alzarsi e aprire.

«Mary?» sentì Rayne gridare.

Non si preoccupò di rispondere.

«Mary?» ripeté la sua migliore amica, questa volta più vicino.

Aveva aperto la porta, che non era stata chiusa a chiave, ed era entrata nell'appartamento. Quando la vide sul pavimento della sala da pranzo, si precipitò da lei.

«Oh mio Dio, Mary, stai bene?»

La guardò e le lacrime che non era riuscita a versare finalmente le riempirono gli occhi. «Cosa farò adesso?» E scoppiò a piangere. Pianse come non faceva da quando aveva cinque anni e uno degli zii più gentili se ne era andato.

Quattro ore dopo, Mary era seduta sul divano nel proprio appartamento dall'altra parte della città. Rayne aveva chiamato le altre e nel giro di mezz'ora Harley, Casey, Sadie e Wendy erano arrivate per aiutarla.

Emily era rimasta a casa perché non si sentiva molto bene e Annie era a scuola, ma le altre cinque donne avevano setacciato l'appartamento di Truck in modo sistematico e imballato tutte le cose di Mary, e persino cambiato le lenzuola e messo in lavatrice quelle sporche insieme agli asciugamani.

Era grata che ci avessero pensato loro, perché non pensava che sarebbe stata in grado di farlo da sola. Non sarebbe riuscita a trovare e inscatolare ogni singola cosa che aveva portato negli ultimi mesi. Di certo non così velocemente come avevano fatto le sue amiche.

Ma una piccola parte di lei era risentita. Loro *non* dovevano lasciare la casa in cui vivevano. *Non* dovevano fingere di non conoscere gli uomini che amavano. Uomini che sarebbero tornati a casa e avrebbero ripreso a vivere normalmente. A loro *non* avevano strappato il cuore dal petto.

Però aveva cercato di essere gentile. L'ultima cosa che voleva era allontanare le migliori amiche che avesse mai avuto, ma era arrivata al limite e voleva stare da sola, a crogiolarsi nella sua sofferenza.

Quando Mary aveva attraversato l'appartamento di Truck per l'ultima volta prima di andarsene, si era sentita di nuovo a pezzi. Sembrava come se non fosse mai esistita lì. Come se non avesse trascorso i momenti migliori e peggiori della sua vita in quell'appartamento. Si sentiva devastata come quando a sedici anni, Brian aveva ammesso di averle detto che l'amava solo per infilarsi tra le sue gambe.

«Rimango» dichiarò Rayne dopo che le altre se ne furono andate.

Lei scosse la testa. «No, sto bene.»

«Non è vero. E non mi interessa quello che dici, non me ne vado.»

Mary digrignò i denti per la frustrazione. Voleva stare da sola. Il giorno successivo sarebbe dovuta andare a lavorare e aveva bisogno di tempo per rinchiudere in un angolo della sua mente tutto ciò che era successo. Ma sapeva che Rayne non le avrebbe permesso di farlo, a prescindere da ciò che avrebbe detto o da quanto fosse cattiva con lei.

Invece di comportarsi da stronza – stava davvero cercando di cambiare – Mary sospirò e appoggiò la testa sul divano. Chiuse gli occhi e dopo un lungo momento disse piano: «Grazie.»

Rayne le prese la mano e intrecciò le dita con le sue. «Prego. So che non vuoi parlarne, ma è un peccato. Abbiamo bisogno di un piano.»

Scosse la testa ma non aprì gli occhi. «Non c'è niente che possiamo fare. Il dottore ha detto che Truck ha bisogno di tempo e non gli farebbe bene cercare di forzare il ritorno dei suoi ricordi.»

«Lo capisco. Ma questo non significa che non possiamo tentare *abilmente* di farlo ricordare.»

Mary spalancò gli occhi e guardò la sua migliore amica. «Cosa intendi?»

«Intendo dire che diamo il via all'operazione *Aiutiamo Truck A Ricordare*.»

«Non farò nulla che possa danneggiarlo» disse con fermezza.

«Neanch'io. So che non possiamo semplicemente andare da lui e presentarti come sua moglie e dirgli che ti ama, dobbiamo essere più astute.»

Nonostante la sua depressione, Mary era interessata. «Ti ascolto.»

«Ho parlato della situazione con Ghost stamattina e a quanto pare il dottore ha detto che andava bene portare Truck in alcuni dei suoi vecchi ritrovi. I posti in cui lui e i ragazzi vanno sempre. Ristoranti, la palestra e la spiaggia dove fanno allenamento al mattino, bar, cose del genere. Quindi, quando lo faranno, guarda caso noi saremo lì. Non dovremo per forza parlargli, ma magari vedendoti spesso, potrebbe scattare qualcosa che gli farà ricordare tutto.»

«E se non succedesse?»

«Allora non starai comunque peggio di adesso. Ascolta, non riesco a immaginare ciò che stai passando e quello che sto per dire non cancella in alcun modo i tuoi sentimenti, ma l'ho perso anch'io, Mary. Tutti noi lo abbiamo perso. Non possiamo trovarci con tutta la compagnia perché non sa che i suoi amici sono sposati e nessuno ha intenzione di lasciarlo fuori. Truck non può conoscere la piccola Kate, non potrà essere lì quando Emily avrà il suo bambino, e la povera Annie non capirà perché non lo vede in giro. *Tutti* vogliamo che ritrovi la memoria, per ciò che lui significa per noi.»

Mary annuì. Capiva perfettamente. Truck era molto amato nella loro cerchia. Ma lei era quella che aveva più da perdere. Le altre alla fine avrebbero potuto diventare sue amiche anche se non le ricordava. Loro avrebbero potuto riaverlo indietro. Ma se non si ricordava di lei e di quello che avevano passato insieme, sapeva di non avere la possibilità di fare in modo che l'amasse di nuovo. Di essere sua moglie per davvero.

«Lo so, Raynie.»

«Quindi, ci stai? Diamo il via all'operazione *Aiutiamo Truck A Ricordare*?»

Annuì. «Sì, ci sto. Rinuncerei a tutto pur di riaverlo.»

«Lo riavrai se avrò voce in capitolo.» Rayne tese il mignolo. «Giurin giurello.»

Mary alzò gli occhi al cielo, ma agganciò comunque il dito al suo.

«Ti voglio bene, Mary.»

«Ti voglio bene anch'io, Raynie.»

«Ce la faremo e riusciremo ad avere il nostro matrimonio quadruplo.»

«A questo punto il matrimonio è quello che mi preoccupa di

meno. Spero solo di riuscire a fare in modo che Truck non mi odi a prima vista.»

«Non lo farà.»

Mary avrebbe voluto esserne sicura come la sua migliore amica.

CAPITOLO SEI

Truck usò le chiavi per aprire la porta del suo appartamento ed entrò con Ghost alle calcagna. Gli ultimi sette giorni erano stati un turbinio di voli, medici, prelievi del sangue e sessioni dallo psicologo, mentre tutto ciò che avrebbe voluto fare era tornare a casa nel suo letto e dormire per una settimana.

La testa gli pulsava ancora, ma non così forte come prima.

Il medico lo aveva informato che aveva perso un bel po' di ricordi, ma Truck non era troppo preoccupato. Se avesse perso tutta la memoria, sarebbe stato orribile, ma perdere qualche anno non era un grosso problema.

Era un po' strano scoprire che in realtà aveva tre anni più di quanto pensasse, ma avere Ghost, Fletch e gli altri lì con lui era stato un sollievo. Si ricordava tutto di loro; che Ghost aveva un debole per le brune; che Fletch era un maniaco dell'ordine; che Coach poteva completare i puzzle di logica più velocemente di chiunque altro nella squadra; che Hollywood riusciva a collezionare almeno dieci numeri di telefono dalle donne ogni volta che uscivano; che Beatle odiava gli insetti e come Blade si fosse guadagnato quel soprannome.

Mentre era all'ospedale in Germania, era stato anche un po' strano scoprire che il team non aveva avuto intenzione di andare a rilassarsi e rimorchiare ragazze dopo la missione, e soprattutto che erano stati in Africa per un'operazione completamente diversa, tre anni nel futuro. Ma l'aveva superata prima e avrebbe potuto farlo anche adesso.

Grattandosi distrattamente la cicatrice sul viso, Truck si guardò intorno. Le cose non erano esattamente come le ricordava, ma immaginò che fosse normale dato che erano passati alcuni anni.

Quando i suoi amici gli avevano detto che soffriva di amnesia e di conseguenza aveva dimenticato tre anni della sua vita, aveva riso e accusato i ragazzi di avergli fatto uno scherzo. Ma quando nessuno di loro aveva accennato un sorriso, si era reso conto che dicevano sul serio. I dottori e i dolori alla testa erano un'ulteriore prova.

La parte più frustrante era che Truck sapeva che i suoi amici gli stavano nascondendo delle cose. Beatle e Blade sembravano essere ancora più legati di quanto ricordasse, e sussurravano in continuazione tra di loro rimanendo abbastanza lontani da non farsi sentire. Ghost era sempre al telefono e non aveva ancora una valida spiegazione del motivo per cui Hollywood non era andato in missione con loro.

A Truck era piaciuta l'altra squadra Delta. Trigger e i suoi uomini erano competenti e quando lui era stato portato in Germania per essere ricoverato all'ospedale militare, loro avevano preso in carico il ricongiungimento delle ragazze con le loro famiglie, anche per quelle che vivevano all'estero.

Ghost gli aveva detto che anche loro erano di stanza a Fort Hood, e che li avrebbero visti una volta tornati. Era stata una settimana lunga e Truck era più che felice di essere fuori dall'ospedale e a casa.

«Bentornato a casa, amico» disse Ghost.

Quando si voltò verso di lui, lo vide osservare la stanza come se non l'avesse mai vista prima.

«Sei già stato qui, perché la stai esaminando come se ci fossero dei nemici nascosti dietro i mobili?» gli chiese.

Il suo amico rise nervosamente e ignorò la domanda. «Ho organizzato che qualcuno riempisse gli armadietti e anche il frigorifero. Dovresti essere a posto per un po'.»

Truck annuì. «Grazie. C'è qualche possibilità che il comandante ignori gli ordini del dottore sul fatto di prendermi un mese di pausa dal team?»

Ghost scosse la testa. «Assolutamente no. Devi riposare. Il tuo cervello ha preso un brutto colpo. Magari ora ti pare di sentirti come nuovo, ma non esagerare. Prenditi del tempo libero e sii felice per questo. È passato un bel po' dall'ultima volta che hai fatto una vacanza.»

Sospirò. «Il fatto che io sia in panchina significa nessuna missione per il team, giusto?»

«Sì, ma va bene così, siamo felici di restare a casa per un po'.»

«Perché?»

Ghost distolse gli occhi e osservò la stanza.

Truck ribolliva dentro. Era sempre più sicuro che il suo amico gli stesse nascondendo qualcosa e non fu sorpreso quando cambiò argomento.

«Vengo domani e possiamo guardare un film o altro.»

Decidendo che non era il momento o il luogo di insistere, dato che la sua testa aveva iniziato a pulsare, chiese: «Negli ultimi tre anni è uscito qualcosa di bello che devo vedere?»

Ghost lo guardò sorpreso, poi sorrise. «Oh, amico, è fantastico che tu possa rivedere i film per la prima volta. *Deadpool*, alcuni *Star Wars*, *American Sniper*, *Il diritto di contare*, *Logan – The Wolverine*, *Sully*… e, naturalmente, *The Lego Movie*.»

«Mi stai prendendo in giro?» chiese Truck.

«Sì» rispose con un sorriso. «Solo riguardo al film *Lego*. Gli altri sono tutti fantastici. Ci vediamo domani e cerca di dormire un po'. Chiamami se hai bisogno di qualcosa o se la testa inizia a farti più male di adesso.»

«Come fai a sapere che mi fa male?»

«Perché siamo migliori amici. E perché stai strizzando gli occhi e la tieni inclinata verso destra.»

«Cazzo. Ok, sì, fa male. Prendo una pillola o due e dormo. Grazie di tutto. Sono in debito.»

«Non mi devi niente» replicò Ghost. «Capito? Striscerei all'inferno per te, *ho* strisciato all'inferno, proprio come hai fatto tu per me.»

Era vero. Truck era grato, ancora una volta, di non aver perso i ricordi dei suoi compagni di squadra. Tese la mano e Ghost gliela strinse forte. Quando il suo amico fece per lasciarla andare lui non mollò la presa.

«So che mi stai nascondendo qualcosa e lo odio, anche se capisco perché lo stai facendo. Il dottore mi ha detto che scoprire all'improvviso parti enormi della vita che ho dimenticato potrebbe essere dannoso, ma ho bisogno che tu mi prometta che se c'è qualcosa che *devo* davvero sapere, me lo dirai. O se faccio o dico qualcosa di fuori luogo in base a ciò che è accaduto negli ultimi tre anni, me lo devi far sapere.»

Ghost sospirò. «Hai dimenticato molte cose, Truck.»

«Pensi che non lo sappia?» Lasciò la mano dell'amico e sospirò frustrato. «Una parte di me vorrebbe che tu mi dicessi tutto così potrei iniziare ad accettarlo, ma l'altra parte di me sa che non sono ancora pronto. È solo che... non mi piace avere la sensazione che ci sia qualcosa che non va. Che mi sto perdendo qualcosa di importante.»

Ghost gli mise una mano sulla spalla. «Ricorderai» lo rassicurò. «Solo il fatto che tu abbia quella sensazione è significativo.»

«Suppongo di sì.»

«È così. Ho sentito cos'ha detto il dottore, il tuo cervello è gonfio e quando guarirà, o ricorderai tutto oppure niente, ma fanculo, ricorderai Truck. Lui non ti conosce, non sa cos'abbiamo passato. Sei un cazzo di Delta, non siamo come la maggior parte degli uomini. Siamo più intelligenti, più veloci, più forti e più tenaci. Ma non devi ricordare tutto stasera. Dormi un po'. È stata una settimana lunga, domani passerò a prenderti con alcuni dei ragazzi e usciamo insieme.»

«Vorrei vedere Hollywood» disse Truck.

Ghost strinse le labbra. «Vedrò se riesce a liberarsi.»

Avrebbe voluto chiedere da cosa avrebbe dovuto liberarsi, ma non lo fece. Era certo che qualunque cosa stesse facendo il suo amico doveva essere talmente importante per lui da impedirgli di andare in missione in Africa. Tuttavia, Hollywood era l'unico che non aveva visto o con cui non aveva parlato da quando si era svegliato dopo aver sbattuto la testa, e temeva ancora che i suoi compagni avessero mentito quando gli avevano detto che era vivo e vegeto.

«D'accordo. Ci vediamo domani.»

Ghost annuì e se ne andò. Truck chiuse la porta dell'appartamento e sospirò di sollievo. Era finalmente solo per la prima volta in una lunga settimana. Gli era sempre piaciuto stare da solo, per lo meno tre anni prima. Guardandosi intorno però, provò una strana sensazione; c'era stato qualcosa lì... ma nell'istante in cui cercò di concentrarsi sentì una fitta lancinante alla testa.

Non preoccupandosi di controllare di cos'avesse fatto riempire il frigo Ghost, andò direttamente in camera sua, ingoiò due antidolorifici e si lasciò cadere sul materasso. Il profumo delle lenzuola gli fece capire che erano appena state lavate e si godette il fatto che fossero pulite. Era felice di essere stato abbastanza intelligente da fare il bucato prima di partire per la missione.

Truck attirò un cuscino più vicino a sé e si girò su un fianco, cercando di alleviare il dolore alla testa. Inspirò profondamente, facendo del suo meglio per rilassarsi... e si bloccò.

La federa sapeva di sapone da bucato ma... c'era anche qualcosa di più. Non riusciva ad associarlo a niente però.

Si raddrizzò, tirò via la federa e si portò il cuscino al viso. Non sapeva perché, ma il profumo lo rendeva triste ed eccitato allo stesso tempo.

Aveva portato una donna a casa proprio prima della missione e aveva fatto sesso con lei, e ora il suo profumo persisteva sul cuscino? Non aveva senso. Ma più cercava di ricordare perché l'odore avesse innescato quella sensazione di essere tornato a *casa*, più gli faceva male la testa.

Cedendo al dolore, Truck si distese di nuovo stringendosi il cuscino al petto. Seppellì il naso nella stoffa e alla fine si addormentò, avvolto in quel profumo confortante.

CAPITOLO SETTE

«Non lo so, Rayne» disse Mary mentre si sedevano al tavolo all'angolo della steakhouse preferita di Truck. Non era una catena di ristoranti ma un'attività locale in cui, da quello che le aveva riferito la sua migliore amica, Ghost e Hollywood avrebbero portato Truck a pranzo.

«Hai detto che eri d'accordo con l'operazione *Aiutiamo Truck A Ricordare*.»

«Sì, è così. Ma... cosa succede se mi vede e cade a terra con il sangue che gli esce dalle orecchie o qualcosa del genere?» chiese quasi isterica.

«Non è così che funziona l'amnesia.»

Mary lo sapeva, ma era troppo nervosa all'idea di vedere Truck per la prima volta. Erano passati due giorni da quando era tornato a casa e, a parte gli aggiornamenti che aveva ricevuto da Rayne e dalle altre donne, non aveva idea di come stesse.

Le altre stavano facendo tutto il possibile per passarle notizie su di lui. Le notifiche sul telefono di Mary erano fuori controllo. Negli ultimi due giorni i messaggi erano stati continui, più di quanti ne avesse mai ricevuti in vita sua; tutte avevano interrogato i loro uomini non appena tornati a casa, e poi riferito a lei ogni singola cosa che Truck aveva detto o fatto.

Aveva saputo quanto gli fosse piaciuto il film *Deadpool*, soprattutto le scene di sesso. Che era andato in palestra per allenarsi con i ragazzi ed era irritato perché il dottore aveva detto che doveva avere pazienza e che Fletch continuava a dirgli di calmarsi. Casey l'aveva informata che Beatle le aveva detto che la testa gli stava dando ancora problemi, alternando dolori lancinanti a ronzii.

Mary amava e odiava quegli aggiornamenti, la stavano uccidendo, perché avrebbe voluto vedere di persona che stava bene. Era spaventata a morte per quello che sarebbe potuto accadere una volta che Truck l'avesse vista, ma il suo desiderio di vederlo in carne e ossa superava le sue paure.

«Respira, Mary» disse Rayne a bassa voce quando si furono sistemate al tavolo.

«E se vedermi gli facesse male?» le chiese.

«Allora chiameremo il dottore e ci occuperemo della cosa.»

Non era il tipo di dolore che intendeva Mary, ma non la contraddisse.

La sua migliore amica allungò una mano attraverso il tavolo e prese la sua. «Sarà orribile se non ti riconoscerà.»

«Lo so.»

«No, sul serio. Ti conosco. Farai finta che non abbia importanza, che non sia un grosso problema, ma lo sarà. L'ho incontrato ieri al supermercato e mi ha guardato, ma è stato come se non mi avesse vista. Quell'uomo mi ha trasportata sanguinante e spaventata a morte fuori da quell'edificio in Egitto, e non ho visto un guizzo di riconoscimento quando mi è passato accanto. È stato terribile per *me*, ed è per questo che so che sarà doppiamente doloroso per te.»

«Gesù, perché non prendi del succo di limone e lo strofini sulle mie ferite aperte» scherzò Mary.

Rayne le strinse più forte la mano. «Tutto quello che sto dicendo è che è normale crollare. Non ti giudicherò. In questo posto non si giudica.» Disegnò un piccolo cerchio con la mano, indicando il tavolo in cui erano sedute.

Mary digrignò i denti. «Lo so. Pensi che non faccia già male, Raynie? Dormire da sola nel mio letto troppo vuoto? Svegliarmi, aspettandomi di vederlo lì accanto? Non passa un secondo in cui non mi penta di come l'ho trattato, di non aver avuto la possibilità di ringraziarlo o di provare a dirgli che ci tengo a lui.»

«Vuoi dire che dormi?» ribatté Rayne.

Mary scosse la testa esasperata. La sua migliore amica la conosceva troppo bene. Oppure erano le occhiaie che raccontavano la loro storia. *Non* dormiva. Non molto. E faceva sogni bruttissimi. Alcuni riguardavano Truck steso a terra e sanguinante, altri sua madre che ripeteva all'infinito che gli uomini buoni e l'amore non esistevano, altri ancora non erano altro che strani rumori e forme inquietanti che la facevano svegliare di soprassalto in preda al panico, credendo che qualcuno fosse entrato nel suo appartamento.

Ma non glielo disse, annuì solamente e cercò di sembrare sincera dichiarando: «Certo che dormo.»

«Sei una pessima bugiarda» replicò lei.

«Allora qual è il piano?» chiese, sperando di evitare un'altra paternale.

«Passi vicino al loro tavolo un paio di volte.»

«Tutto qua?»

«Be', sì. Voglio dire, non è che tu possa saltargli in braccio, annunciare che sei sua moglie e che vuoi che ti porti a casa a letto.»

«Sarei tentata» sussurrò Mary ironica.

Rayne sorrise. «Ti ho sentita.»

«Lo so. Devo fermarmi e parlare con loro? Forse posso fingere di conoscere Ghost o qualcosa del genere e poi parlare a *lui*.»

«Mmmm, non è una cattiva idea, ma penso che questa prima volta sia meglio se gli passi solo accanto. Facciamo le cose con calma, vediamo qual è la sua reazione.»

Mary sapeva che probabilmente era meglio così, ma sarebbe stato davvero difficile non fare qualcosa di stupido – tipo mettersi in ginocchio e pregarlo di ricordarsi di lei.

Rayne chiamò la cameriera e ordinò tè freddo per entrambe e un piatto di patatine fritte al formaggio da sgranocchiare.

Le patatine erano più per Rayne che per lei, non riusciva a mangiare nulla e aveva la sensazione che la sua amica lo sapesse, ma apprezzava che cercasse di far sembrare la situazione il più normale possibile.

Dieci minuti dopo, la porta del ristorante si aprì ed entrarono Ghost, Hollywood e Truck.

Mary trattenne il fiato. Truck superava dalla spalla in su i suoi amici, l'angolo della bocca era abbassata a causa della cicatrice dandogli il solito cipiglio. Indossava una maglietta nera e i suoi bicipiti erano tesi contro il tessuto. Notò subito il modo in cui la sua fronte era aggrottata, come se lottasse contro un forte mal di testa.

«Oh, merda» sussurrò. «Non posso farlo.» Vederlo stagliarsi lì di persona, con lo stesso aspetto dell'ultima volta che l'aveva visto, era doloroso. Ai suoi occhi era sempre bello, esattamente come il Truck che le aveva promesso che la loro relazione sarebbe passata al livello successivo.

Lui percorse il ristorante con gli occhi, e Mary trattenne il respiro quando incontrarono i suoi per una frazione di secondo prima di passare oltre.

Senza pensarci, si premette una mano sul petto sopra il cuore. Il vuoto nel suo sguardo era stato un duro colpo. Rayne l'aveva avvertita, ma niente avrebbe potuto prepararla alla mancanza di riconoscimento nei suoi occhi.

Da quando lo conosceva, l'aveva guardata con ogni tipo di emozione intensa, anche la prima volta che si erano incontrati. Premura, preoccupazione, divertimento, amore, tenerezza... la lista continuava all'infinito, ma ignorarla come se non avesse idea di chi fosse, l'aveva quasi distrutta. Certo, non la stava ferendo di proposito, era ovvio che *non* sapesse chi fosse.

In quel momento, Mary capì di avere due opzioni e la prima era lasciare libero Truck. Farlo l'avrebbe devastata, e probabilmente trasformata nella donna cinica che era stata prima che lui decidesse che valeva la pena lottare per lei.

Oppure poteva combattere per ciò che voleva.

Era una decisione facile.

Voleva Truck.

Magari non sarebbe mai stata in grado di pronunciare quelle parole, ma poteva dimostrargli ogni giorno quanto significasse per lei e quanto lo amasse. Sarebbe stata lì per lui. Lo avrebbe sostenuto. Sarebbe stata la donna che avrebbe tenuto al suo fianco con orgoglio. Gli avrebbe mostrato ogni notte con il corpo quanto lo amasse. Lui avrebbe capito. Certo che sì, era Truck.

Non si sarebbe arresa. Lui non lo aveva fatto quando l'aveva colpita qualcosa di molto peggio della perdita della memoria, e le probabilità per lei erano totalmente a sfavore. Truck non era morto. Per qualche miracolo, non lo era nemmeno *lei*. Avrebbe combattuto per lui. Magari non avrebbe avuto successo, forse non avrebbe mai più voluto avere niente a che fare con lei, ma sarebbe stata patetica come le damigelle in pericolo che amava prendere in giro nei film se non ci avesse almeno *provato*.

Mary seguì i tre amici con gli occhi mentre si sedevano. Non riusciva a distogliere lo sguardo da Truck, anche se sapeva che se se ne fosse accorto, l'avrebbe considerata una stalker.

«Stai bene?» le chiese Rayne dall'altra parte del tavolo.

Con riluttanza, Mary guardò la sua migliore amica. «Sì.»

L'altra la fissò e poi socchiuse gli occhi. «Sei sincera, vero?»

«Sì. Fa male, non ci sono dubbi. Ma sai cosa?»

«Cosa?»

«Sono quasi morta. Due volte. Il mio corpo era così pieno di veleni e altro, che sarei stata fluorescente se qualcuno avesse puntato una luce nera su di me. Ho avuto così tanti conati che era come se avessi fatto mille addominali di fila. Ho vomitato su di me, sul pavimento, su Truck e sul letto. Sono rimasta cinque giorni senza mangiare nulla e ho bevuto solo quanto bastava per sopravvivere. Ma ho sconfitto quel maledetto cancro. Due volte. Un'amnesia? Pff.» Mary fece un verso di scherno, poi continuò. «L'amnesia *non* sa con chi ha a che fare. È come se qualcuno estraesse una graziosa e piccola Derringer quando io ho una Desert Eagle.»

«Non so cosa significhi» disse Rayne con uno sguardo confuso sul viso.

«Significa che l'amnesia *non* mi batterà. Assolutamente no. La combatterò altrettanto duramente come ho fatto con il cancro... be', ok, c'è stato un momento in cui non ho proprio lottato, ma Truck lo ha fatto per me. Quindi, gli restituirò il favore.»

«Ehm... tutto ciò è bello e sono entusiasta che non ti sia raggomitolata in un angolo di questo tavolo, ma non so come potresti combatterlo. Non è che tu possa iniettargli dei farmaci e sistemare tutto.»

«No, hai ragione, non posso. Ma posso combattere per quello che voglio. E voglio Truck.»

Rayne non reagì per un secondo, poi le apparve sul viso un enorme sorriso, strillò e balzò fuori dalla sedia per lanciarsi addosso a lei e abbracciarla più forte che riuscì. «Dio, sono così felice di sentirtelo dire.»

Mary ricambiò l'abbraccio e ridacchiò.

«Avevo tanta paura che ti arrendessi, che avresti deciso di non poterlo affrontare, che avresti pensato che per l'amore non valesse la pena.»

«Ho affrontato il cancro, posso farlo anche con questo. Non sto dicendo che sarà facile, non lo sarà affatto. E, Rayne, so che avrò bisogno del tuo aiuto, ma Truck non ha lottato per tenermi in vita solo perché io gli voltassi le spalle adesso.»

«Ben detto.»

«Ben detto» concordò Mary.

La cameriera scelse quel momento per tornare e mise il piatto di patatine al formaggio sul tavolo. Rayne tornò dall'altra parte e le due donne iniziarono a organizzare il loro piano di attacco.

———

Truck si era accorto che Ghost continuava a guardare il tavolo vicino al bancone del bar dove erano sedute due donne. Le aveva notate nel momento in cui era entrato, ma aveva fatto del suo meglio per sembrare disinteressato. Non era lì per rimorchiare, ma per parlare con i suoi amici sperando di ricordare qualcosa degli ultimi tre anni.

Una cosa che Truck *non aveva* dimenticato era il modo in cui a volte lo guardavano le donne. Come se volessero subito saltargli addosso perché era un "bad boy", oppure si comportavano come se fosse un serial killer che stava per tirare fuori un coltello da dietro la schiena per iniziare a uccidere la gente intorno a lui. La sua altezza e la cicatrice avevano allontanato più donne di quante ne potesse contare. E la ragazza in età da college che li aveva condotti al loro tavolo non faceva eccezione, aveva dato un'occhiata al suo viso e distolto subito gli occhi, parlando invece con Hollywood.

Ma la donna seduta al tavolo con i capelli corti castani e con un ciuffo rosa, non aveva distolto lo sguardo da lui quando l'aveva beccata a guardarlo. In effetti, lo aveva fissato con una tale intensità, che avrebbe quasi voluto avvicinarsi per scoprire cosa ci fosse che non andava.

Quando Ghost guardò l'altro tavolo per la quinta volta, Truck chiese: «Le conosci?»

Il suo amico ci mise un po' per rispondere, ma fu contento perché non cercò di mentirgli. «Sì.»

«Mmmm.» Truck non sapeva cosa dire. Avrebbe voluto chiedere come mai le conoscesse, ma aveva la sensazione che non glielo avrebbe detto. Non era difficile capire che i suoi amici stavano attenti a ciò che dicevano vicino a lui. Lo stavano trattando come se fosse una bomba a orologeria e se avessero detto la cosa sbagliata la sua testa sarebbe letteralmente esplosa. Quella storia stava cominciando a dargli sui nervi.

Decidendo di lasciar perdere per il momento – la testa gli faceva ancora male e aveva un appuntamento con il dottore della base prima di tornare a casa – Truck guardò il menu. Era diverso da come lo ricordava, ma non era troppo sorprendente dal momento che aveva in mente quello di tre anni prima.

Optò per una costata da trecento grammi con patate al forno e un'insalata. La cameriera fece del suo meglio per non stabilire un contatto visivo mentre ordinava, concentrandosi invece sul taccuino davanti a lei. Ovviamente, non ebbe alcun problema a flirtare con Hollywood. Truck alzò gli occhi al cielo mentalmente. *Quella* era una cosa familiare.

Le loro insalate arrivarono dopo un po' mentre parlavano della sessione di allenamento che avevano avuto quella mattina. Ghost gli stava per chiedere dell'appuntamento pomeridiano dal medico quando borbottò: «Merda.»

Alzando lo sguardo, Truck vide la donna che prima aveva catturato la sua attenzione camminare verso di loro. Teneva lo sguardo incollato al suo... e lui rimase paralizzato.

Aveva gli occhi castani più espressivi che avesse mai visto.

Trattenne il respiro mentre si avvicinava, dimenticandosi del tutto di Hollywood e Ghost.

Lei non distolse lo sguardo. Non finse di non vedere la brutta cicatrice sul suo viso. Quando si avvicinò, le sue labbra si curvarono in un piccolo sorriso.

Truck sentì le mani iniziare a sudare – che cazzo? – ma non riuscì a staccare gli occhi dai suoi.

Quando gli passò accanto, disse: «Ciao» a bassa voce. Era convinto che si sarebbe fermata a parlare con loro, ma continuò a camminare, ovviamente diretta verso il corridoio che all'entrata aveva un grande cartello che diceva "Toilette".

Truck le guardò il sedere mentre si allontanava dal tavolo. Era abbastanza alta... probabilmente intorno al metro e settantacinque/ottanta, proprio l'altezza che gli piaceva di più in una donna, ed era snella. Quasi troppo per i suoi gusti. Non aveva molte tette, ma i suoi fianchi erano piacevolmente rotondi. I suoi capelli erano corti, ma il ciuffo rosa denotava carattere. Diceva molto di lei: che non aveva paura di esporsi; che non le importava delle norme sociali; che era una persona disposta a correre rischi. Gli piaceva tutto quello.

Ma era il fatto che non avesse avuto paura di incontrare i suoi occhi e *guardarlo* davvero che in realtà gli interessava di più. Oh, aveva visto il suo sguardo spostarsi sulla cicatrice, ma poi era subito tornato al suo, ed era un atteggiamento veramente unico; la maggior parte delle donne si allontanava, mentalmente o fisicamente, o gli controllava il pacco. Come se pensassero che avrebbero potuto sopportare il suo brutto muso se avesse avuto un cazzo grosso.

Lo aveva, ma non era quello il punto.

«Allora, a che ora è l'appuntamento?» chiese Ghost. «Posso venire con te se vuoi.»

Truck non distolse gli occhi dalla donna finché non scomparve nel bagno. Poi, invece di rispondere, per qualche motivo voltò la testa e tornò a guardare il tavolo nell'area del bar dove era stata seduta. Sorprese la sua amica guardare nella loro direzione, ma abbassò subito la testa e prese una patatina fritta dal piatto quasi vuoto davanti a lei. Stava cercando di sembrare disinvolta, ma aveva visto il rossore salirle sulle guance quando l'aveva sorpresa a fissare.

Truck non era stupido, sapeva di affascinare le donne. Una volta era piacevole da guardare, e non aveva mai avuto problemi a rimorchiare quando usciva. Certo, ora attirava tipe strane che volevano farselo perché era sfregiato o per pietà, ma almeno riusciva a soddisfare i suoi bisogni.

Non c'era pietà però nella donna che aveva appena passato il loro tavolo. Non era sicuro di ciò che avesse visto nei suoi occhi, ma non era pietà né curiosità malata.

Il pulsare alla testa si intensificò mentre pensava a lei.

«Truck?» incalzò Ghost.

«Le due e mezzo» disse, rispondendo alla sua precedente domanda. «E non ho bisogno che tu venga a tenermi la mano.»

Lui ridacchiò. «Non stavo per offrirmi di farlo» replicò, fingendo di essere offeso.

Truck continuò a fare battute con i suoi amici, tenendo d'occhio per tutto il tempo il corridoio sul retro. Era curioso di sapere se la donna avrebbe rifatto quel percorso o sarebbe tornata al suo tavolo per quello più ovvio, passando in fondo al ristorante.

Dopo qualche minuto ricomparve e camminò dritta verso di lui.

Truck non riuscì a trattenere un piccolo sorriso. Sapeva che era sbilenco, ma non gli importava. Avere quella donna dall'aspetto unico che se lo mangiava con gli occhi era una bella sensazione. Bellissima.

Questa volta, quando passò davanti al tavolo, lui le fece un cenno con la testa. Lei non disse nulla, ma gli rivolse un altro piccolo sorriso. Truck avrebbe voluto voltarsi a guardarla mentre passava, ma si trattenne.

«Ti ha squadrato» osservò Hollywood.

«Già» rispose lui.

Il suo amico aprì la bocca per dire qualcos'altro, ma apparve la cameriera con le bistecche. Avevano lo stesso buon odore che ricordava ed era contento che la qualità del cibo non fosse diminuita negli ultimi tre anni.

Quando la cameriera finì di sistemare i loro piatti, Truck lanciò un'occhiata verso il bar. Fu sorpreso di trovare il tavolo delle donne libero. Era rimasto solo un piatto vuoto, due bicchieri e quello che era ovviamente il conto firmato.

Deluso, riportò la sua attenzione al cibo e ai suoi amici. Non che avrebbe potuto avvicinarsi alla donna e darle il suo numero di telefono, soprattutto quando gli mancava una parte così grande della sua vita. In un certo senso gli sembrava sbagliato anche solo interessarsi a qualcuno. Non sapeva perché, ma se avesse cercato di spiegarsi con Ghost e Hollywood, avrebbero cambiato argomento.

Avevano preso alla lettera gli ordini del dottore di non aver fretta di stimolare la sua memoria, di fare in modo che ricordasse le cose da solo. Il che era molto frustrante, perché fino a quel momento non aveva ricordato un cazzo, neanche dell'altro team Delta o della missione in Africa. L'ultima cosa che ricordava ancora con chiarezza era di essere stato in Iraq... che a quanto sembrava era successo anni prima.

Era esasperante, soprattutto quando sorprendeva i suoi amici a comunicare in silenzio, come stavano facendo in quel momento Hollywood e Ghost.

Decidendo di non chiedere spiegazioni – forse se fingeva di non sapere che gli stavano nascondendo qualcosa, si sarebbero rilassati un po' e avrebbero spifferato – Truck prese un altro boccone di bistecca e finse di essere interessato a ciò di cui stavano parlando i suoi amici.

«Allora?» chiese Rayne appena furono fuori.

Mary scrollò le spalle, ancora sconvolta dal suo piccolo incontro con Truck. Era sicura che l'avrebbe ignorata mentre camminava vicino al tavolo, invece l'aveva fissata, con quegli occhi castani penetranti nella loro intensità. Per un secondo, aveva pensato che si sarebbe alzato in piedi, l'avrebbe presa tra le braccia e detto quanto gli era mancata.

Gli aveva sussurrato un "ciao" stridulo passandogli accanto, e lui non si era mosso. Non gli era corso dietro. Non aveva dichiarato che vederla lo aveva guarito. Ma Mary aveva sentito i suoi occhi sul sedere mentre si allontanava ed entrava in bagno.

Ci erano voluti un paio di minuti per ritrovare la stabilità, e aveva scritto in modo convulso un messaggio a Rayne, chiedendole se avrebbe dovuto passare di nuovo davanti al suo tavolo, o andare dall'altra parte. Lei l'aveva incoraggiata a ripassare accanto a Truck e la seconda volta le aveva fatto un cenno con la testa.

Era stato deprimente ed eccitante allo stesso tempo.

Non aveva mai fatto, da quando aveva quattordici anni, la prima mossa in una relazione. Mai una volta. Lasciava sempre che fossero i ragazzi ad andare da lei, ma era stata una sensazione fantastica. L'aveva fatta sentire potente.

«Mary!» la sollecitò Rayne. «Cos'è successo? Non vedevo molto da là dietro.»

«Niente di cui entusiasmarsi. Io l'ho salutato la prima volta che sono passata e lui mi ha fatto un cenno con la testa quando sono tornata.»

«Ottimo» dichiarò Rayne.

«Davvero?»

«Oh, sì. Ieri sera hanno mangiato fuori, solo per farlo uscire dal suo appartamento e per assicurarsi che stesse bene. Quando la cameriera ci ha provato con lui, Ghost ha detto che non le ha nemmeno lanciato uno sguardo.»

«Che cosa?» Rayne non gliel'aveva detto e nemmeno nessuna delle altre donne. «Quando avevi intenzione di dirmelo?»

«Oh... ehm... presto. Ma volevo che ci togliessimo di mezzo il vostro primo incontro prima di dire qualcosa» rispose in fretta.

Il pensiero di qualcuno che ci provava con lui le fece venire voglia di strapparsi i capelli, ma ciò che la spaventava davvero era l'eventuale reazione di Truck. Ricordava come si era comportato quando il paramedico alla banca ci aveva provato, si era offeso che qualcuno osasse fare una cosa del genere visto che era insieme a lei.

Ma ora che non *sapeva* di stare con lei, si chiese se fosse solo questione di tempo prima che cercasse l'attenzione del sesso opposto. Dopotutto, Mary sapeva quanto tempo era passato dall'ultima volta che lui aveva fatto sesso. Almeno un anno. Non era sicura di come fosse la sua vita sessuale prima di allora, ma aveva la sensazione che da quando l'aveva incontrata si fosse astenuto dal farlo.

«Quando usciranno di nuovo?» le chiese mentre si avvicinavano alle loro macchine.

«Ehm... non lo so.»

«Non mentirmi, Rayne. Sul serio, non sai farlo, riesco a capirlo ogni volta. Dimmelo.»

La sua amica sospirò. «Questo fine settimana. Ghost ha detto che Truck voleva andare in quello squallido bar vicino alla base che frequentavano sempre. Ovviamente non sa che hanno smesso di andarci da quando hanno trovato tutti una fidanzata, pensa che sia ancora il loro solito punto di ritrovo.»

«Voglio andarci» dichiarò Mary.

«Non sono sicura che sia l'idea migliore» replicò Rayne. «Cioè, so che stiamo lavorando all'operazione *Autiamo Truck A Ricordare* e tutto il resto, ma ti conosco.»

«Cosa vorresti dire?» le chiese mettendosi le mani sui fianchi.

«Voglio dire che se qualcuno ci provasse con Truck, perderesti la testa. So che è da un po' che non succede, ma so anche che non avresti problemi a litigare, e questa è l'ultima cosa di cui hai bisogno, sia dal punto di vista della salute sia perché attirerà su di te attenzioni indesiderate e poco piacevoli. Vuoi che Truck ti veda rotolare sul pavimento sporco di quel bar? No, non credo.» Rayne parlava sempre più velocemente, come se continuando così potesse impedire a Mary di non essere d'accordo. «E hai appena stabilito il primo contatto oggi, ed è andata bene. Lascia andare Casey e Wendy. Faranno quattro chiacchiere con i ragazzi e vedranno se riescono a risvegliare la memoria di Truck.»

Sapeva che Rayne stava cercando di fare ciò che pensava fosse la cosa migliore per lei, ma si sbagliava. «Sembrava interessato a me» le disse Mary.

«Truck?»

«Sì. Abbiamo stabilito un contatto visivo e ho capito che era curioso nei miei confronti. Non c'è stato alcun tipo di riconoscimento, non proprio, ma penso che se lo rivedessi, potrei riuscire a *mantenerlo* interessato.»

«Non è una buona idea iniziare a uscire con lui, fare sesso, se non si ricorda di te. Cosa succederà se all'improvviso *ricordasse*? Potrebbe essere un disastro. Potrebbe pensare che tu lo stia ingannando... cosa che in effetti staresti facendo» sostenne Rayne.

«Può essere. È un'opportunità che sono disposta a sfruttare. Se i nostri ruoli fossero invertiti e avessi perso io la memoria, preferirei essere sedotta da Truck e svegliarmi nel suo letto piuttosto che in quello di uno sconosciuto. Riesci a immaginare quanto sarebbe orribile? Ritrovare la memoria e rendersi conto di aver dormito con qualcuno che non era tua moglie? Sarebbe devastato. Lo conosco. E poi, non permetterò mai a una stronza che gira i bar per rimorchiare, di andare con il *mio* uomo» concluse Mary con fervore.

Quando Rayne non rispose, ma fece uno strano sorriso, le chiese in tono bellicoso: «Che c'è?»

«È solo che la situazione si è ribaltata.»

«Vabbè.»

«No, sul serio. Truck ti è corso dietro per anni. Ha fatto di tutto e di più per farti sua, e ora eccoti qua, a fare la stessa cosa nei suoi confronti. A definirlo il tuo uomo. A rivendicarlo. È piuttosto divertente.»

«Non è divertente.»

«Sì, Mary, lo è. E perdonami se sono una stronza, ma ti sta bene.»

Mary sapeva che avrebbe dovuto incazzarsi con la sua amica per essere stata così schietta, ma non ci riuscì. Le sue labbra si contrassero, poi si curvarono verso l'alto in un sorriso. E poi scoppiò a ridere. Rayne fece lo stesso e continuarono fino a farsi venire le lacrime.

«Merda. Chiunque dica che il karma non esiste si sbaglia di grosso» disse Mary quando riprese il controllo.

«Vero? É davvero così, ma ce la farai, e ti aiuterò in ogni modo possibile.»

«Verrai al bar con me questo fine settimana?»

Rayne sospirò con finta esasperazione. «Sai che lo farò. Vedrò se vuole venire anche Harley o qualcun'altra. Faremo una serata tra ragazze.»

«Grazie» le disse con sentita gratitudine. Non aveva idea di cosa avrebbe fatto senza di lei. Le era mancata così tanto negli ultimi due mesi. Era stata un'idiota a cacciarla dalla sua vita quando ne aveva più bisogno.

«Domenica però ho un turno di notte» la avvertì. «È un volo

per New York, quindi dovrai continuare l'operazione *Aiutiamo Truck A Ricordare* senza di me.»

«Ti manderò un messaggio con gli aggiornamenti.»

«Sarà meglio.»

Le due donne si abbracciarono e Mary salutò con la mano mentre saliva in macchina e avviava il motore. La sua pausa pranzo era finita e doveva tornare al lavoro. La direttrice era stata un po' più indulgente dopo la rapina, ma la gratitudine per il fatto che nessuno si fosse fatto male stava diminuendo e il suo atteggiamento scorbutico sarebbe tornato presto.

Al telegiornale avevano riferito che i due uomini che avevano rapinato la banca erano membri di una gang locale e la rapina era una sorta di iniziazione. Si trovavano in prigione ma... in seguito, due clienti avevano voluto affittare delle cassette di sicurezza e a Mary non avevano fatto una buona impressione. Nonostante entrambi avessero indossato pantaloni eleganti, camicie a maniche lunghe e cravatte, Mary aveva visto dei tatuaggi sui lati del collo che l'avevano messa in ansia.

Stava tracciando un profilo di quelle persone e lo sapeva, ma non riusciva a scrollarsi di dosso la brutta sensazione che le avevano fatto provare. Ne aveva parlato alla direttrice, ma la donna le aveva detto che era paranoica.

Non c'era niente che Mary potesse fare al riguardo. Se qualcuno voleva affittare una cassetta di sicurezza e poteva pagarla, non importava se fosse il presidente degli Stati Uniti o un criminale. Non c'era discriminazione in banca.

Pensare al lavoro, le fece ripensare a Truck. E pensare a Truck la rese più determinata che mai a fare in modo che la desiderasse di nuovo. Anche se avesse voluto solo dormire con lei, sarebbe stato meglio di niente, e avrebbe impedito a qualsiasi altra donna di scaldare il suo letto. E se Truck, Dio non voglia, non avesse più ritrovato la memoria, avrebbe fatto tutto il possibile per ricominciare la loro vita. Anche se questa volta avrebbe dovuto proporsi lei.

CAPITOLO OTTO

Truck era stato impaziente che arrivasse sera, gli piaceva uscire con i suoi amici e andare al bar vicino alla base. Non era il posto più alla moda, praticamente era un buco, ma lui e gli altri ci passavano molto tempo, e aveva persino rimorchiato qualche ragazza. Certo, Hollywood di solito aveva la prima scelta dato che sembrava una fottuta star del cinema, ma era inevitabile che ci fosse qualcuna disposta a tornare a casa con lui nonostante la cicatrice.

Hollywood e Fletch quella sera però non c'erano, sembrava che non fossero più festaioli; poteva capire il motivo di Fletch, ma era rimasto sorpreso del rifiuto di Hollywood. Aveva tirato fuori una scusa che sembrava totalmente inventata, ma Truck non voleva pensare a quale fosse la vera ragione. Era sicuro che avesse a che fare con ciò che tutti gli stavano nascondendo, ma per una volta non voleva preoccuparsene. C'erano comunque Ghost, Beatle, Blade e Coach.

Non voleva nemmeno pensare alla possibilità di non ricordare più i tre anni che aveva perso, o alla testa che continuava a pulsare; non aveva mai smesso da quando si era svegliato in Africa nel mezzo dell'operazione. Tutto ciò che voleva fare era uscire con i suoi amici, flirtare con qualche donna e provare a sentirsi di nuovo normale.

Stava impazzendo rinchiuso nel suo appartamento. C'erano

volte in cui si guardava intorno e si sentiva come se mancasse qualcosa... ma non appena aveva quella sensazione, spariva subito. Avrebbe anche giurato di sentire ogni tanto una sorta di profumo di fiori, ma quando inspirava profondamente non c'era più.

Truck avrebbe voluto tornare al lavoro, ma mancavano ancora alcune settimane prima che il medico gli permettesse di farlo anche solo part-time. Era stato anche avvertito di fare attenzione agli alcolici, ma aveva bisogno di una birra. Solo una. Odiava sentirsi così destabilizzato.

Stava giocando a freccette con gli altri da circa mezz'ora quando sentì una mano sulla schiena.

Resistendo all'impulso di girarsi e neutralizzare la persona con un colpo di gamba, Truck si voltò per vedere chi fosse abbastanza stupido da toccarlo mentre stava per lanciare un dardo letale.

C'era una donna che non riconobbe. Non che significasse molto, dal momento che non riconosceva molte persone ultimamente. Aveva lunghi capelli castani e curve in tutti i punti giusti. Era carina e con un bel paio di tette. Indossava una maglietta con la scollatura un po' troppo profonda per una serata innocente. Lo sguardo negli occhi che percorrevano il suo corpo faceva chiaramente capire cosa volesse da lui.

In passato, Truck non avrebbe esitato a gettarle il braccio intorno alle spalle e attirarla a sé. Cazzo, se una donna ci provava con lui voleva solo vedere se erano abbastanza in sintonia da portarla a casa, ma quella sera era diverso.

Lui era diverso.

Non avrebbe saputo spiegarne il motivo, ma il pensiero di portare una donna a casa, *quella* donna, non gli piaceva.

«Ehi» disse la tipa strascicando la parola mentre gli faceva scorrere un dito lungo i bicipiti in modo civettuolo.

«Ehi» rispose Truck spostando lo sguardo su Ghost. Il suo amico stava facendo del suo meglio per ignorare lui e la donna al suo fianco; non avrebbe ricevuto alcun aiuto.

«Mi chiamo Ruth.»

«Truck» rispose.

«Truck.» Fece quasi le fusa ripetendo il suo nome. «Mi piace. Forse più tardi potresti mandare su di giri il mio motore»

Avrebbe voluto alzare gli occhi al cielo, ma si trattenne. A malapena.

«Posso offrirti da bere?» gli chiese. «Sembra che tu sia l'unico a non farlo qui» ridacchiò. Un suono acuto che gli diede sui nervi.

«No grazie» le rispose, non volendo approfondire il motivo per cui non stesse bevendo. Il sapore dell'unica birra che si era concesso era stato fantastico, ma gli aveva fatto pulsare di più la testa, come aveva detto il dottore.

«Andiamo» lo blandì, chinandosi su di lui e spingendo in avanti i seni così che il suo décolleté fosse ben visibile. «Bevi qualcosa con me.»

«Sono nel bel mezzo di una partita» disse alla donna, che ora lo stava ufficialmente infastidendo.

«Ok, tesoro. Se per te va bene rimarrò qui a guardare.» Riportò gli occhi sul suo corpo e, soffermandosi un po' troppo sull'inguine, si leccò le labbra e ritornò sul suo viso.

Truck sospirò. Era fin troppo ovvia, voleva vedere il suo cazzo. Voleva sapere se era grande come lui. Aveva incontrato donne del genere fin troppo spesso, non erano interessate a lui, di per sé, volevano solo dormire con il gigante e darci dentro. Una gli aveva persino detto che era un'ottima cosa che avesse il cazzo grosso dato che la sua faccia era così rovinata.

Si voltò versò Beatle e disse in modo ironico: «Vedo che *questo* non è cambiato negli ultimi tre anni.»

Il suo amico quasi sputò la birra che aveva appena sorseggiato, ma riuscì a deglutirla in modo da non spruzzarla su tutto il tavolo lì vicino.

Gli altri ridacchiarono, ma non lo aiutarono a sbarazzarsi della tipa fastidiosa. Sapendo di non poter essere scortese – solo perché non era nel suo stile – si limitò ad annuire alla donna, e poi sospirò frustrato quando lei gli sorrise raggiante e si sedette su uno degli sgabelli lì accanto. Si sporse appoggiando il gomito sul ginocchio, il che le fece quasi uscire le tette dalla maglietta.

Truck le voltò le spalle e guardò Blade esasperato. L'altro gli sorrise, poi disse: «È sempre il tuo turno.»

«Giusto» confermò, poi cercò di concentrarsi sul gioco. Le freccette non erano esattamente una sfida per i Delta, tutti facevano centro quasi a ogni lancio, ma almeno era un passatempo e un modo per stare fuori dal suo appartamento... che era il suo obiettivo. Per la prima volta in quella settimana, si sentì quasi normale.

Uscire era stata un'ottima idea. Trascorrere del tempo con i suoi amici nel loro solito ritrovo era come indossare un vecchio cappotto. Gli piaceva. Tranne per la stronza che lo aspettava. Poteva praticamente sentire che lo stava spogliando con gli occhi e se pensava che l'avrebbe portata a casa sua più tardi, sarebbe rimasta molto delusa.

Poteva andarsene con uno degli altri, forse a Coach sarebbe piaciuta; le donne con i capelli scuri erano il suo tipo.

———

«Quella troia» disse Mary a denti stretti.

Lei, Rayne, Casey, Wendy e Harley erano sedute dall'altro lato del bar. Erano arrivate prima degli uomini e, fino a quel momento, avevano celato la loro presenza.

Ma aveva deciso di averne abbastanza.

«Tranquilla» la blandì Rayne. «Ricorda, ne abbiamo parlato. Non vuoi che Truck abbia una brutta prima impressione di te – be', seconda – vedendoti rotolare e litigare sul pavimento.»

«Lo ha toccato» sbottò Mary. «Lo sa che è impegnato e lo ha toccato, cazzo. E le sue tette stanno per cadere dal reggiseno. È disgustosa.»

«Non sembra molto interessato» osservò Casey. «Voglio dire, gli si era praticamente gettata addosso, ma lui non l'ha più guardata.»

«Aveva messo bene in chiaro, quel giorno alla banca, che stava con *me*» continuò Mary. Teneva una mano stretta a pugno sulle gambe e nell'altra stringeva una bottiglia di birra.

«Deve avere davvero un bel fegato per provarci con lui dopo la strapazzata che ci hai detto che le ha dato» disse Wendy «oppure in qualche modo è venuta a sapere della sua amnesia e sta cercando di trarne vantaggio.»

«Come avrebbe potuto saperlo? Non è che sia stato scritto sui giornali» ribatté Mary. «Ma in ogni caso, è *ancora più* troia di quanto pensassi se sta cercando di farsi il mio uomo. L'ultima volta sono stata gentile. Non è vero che sono stata gentile in banca, Rayne?»

«Sì» concordò subito la sua amica. «In realtà sono rimasta piuttosto sorpresa quando mi hai raccontato cos'era successo, ma d'altronde, Truck le aveva detto senza mezzi termini che stava con te.»

Mary stava ribollendo. Bevve un sorso di birra e cercò di calmarsi. Era già stato abbastanza sgradevole il comportamento del paramedico fuori dalla banca, quando invece avrebbe dovuto lavorare, ma proporsi a lui in modo così sfacciato quella sera, per la *seconda* volta, era un colpo basso. Bassissimo.

«Allora, qual è il piano stasera?» chiese Harley. «*C'è* un piano, vero?»

Le quattro donne la guardarono. «Il piano è di presentarmi a Truck e flirtare.»

Casey spalancò gli occhi. «Andrai a letto con lui?»

Quasi si strozzò con la birra. Dopo aver deglutito, disse: «No. Accidenti. Flirterò e vedrò se riesco a catturare il suo interesse. Non ho ancora pensato a nient'altro. Dio.»

«Non è ancora andata a letto con lui» Rayne informò le altre.

Girò la testa di scatto e fissò incredula la sua migliore amica. «Rayne!»

«Che c'è?» chiese con aria non proprio innocente.

«Non voglio parlarne adesso.»

«Senti, se non puoi parlare con le tue amiche, con chi *puoi* farlo?»

Mary si strofinò una mano sul viso e fissò il tavolo. «È imbarazzante.»

Rayne le coprì la mano con la sua e disse: «No, non lo è.»

«Siamo sposati. Non è normale» insistette.

«Stavi male» affermò Harley. «Quando avresti dovuto fare sesso? Tra gli attacchi di vomito? Quando il tuo petto era così bruciato dalla radioterapia che ti si stava staccando la pelle?»

Mary la fissò scioccata. Voleva bene ad Harley, ma di solito non era così diretta, era più propensa a tenere il naso sepolto nello schermo del computer a programmare i videogiochi che amava tanto. E comunque, come faceva a conoscere tutte quelle cose sui trattamenti per il cancro al seno?

«Rayne ce l'ha raccontato» spiegò Wendy. «Voleva che capissimo perché ti eri comportata in quel modo. Non è la fine del mondo.»

Non era la fine del mondo? Lo era eccome! Alla fine l'avrebbe detto a tutti, ma voleva farlo alle sue condizioni e quando fosse stata pronta. Rivolse uno sguardo accusatorio alla sua migliore amica. Lei alzò le mani in segno di resa, ma sorrideva e non sembrava minimamente pentita di aver condiviso cose così intime con le altre.

«Non è la fine del mondo neanche che non abbiate ancora dormito insieme» disse Rayne. «Inoltre, sappiamo tutti che non sei una donna da avventura di una notte.»

«Lo ero» mormorò Mary.

«Sì, prima di incontrare Truck. Ma a parte questo, penso che il tuo piano sia buono. Stasera ne ho discusso con Ghost, gli ho detto che lo stava proteggendo troppo. Gli ho chiesto come si sarebbe sentito se fosse stato *lui* a perdere la memoria, e i suoi amici gli avessero tenuta nascosta la mia esistenza.»

«E come l'ha presa?» chiese Harley.

Rayne arricciò il naso. «Non ne era entusiasta. Ma sul serio, quei ragazzi stanno esagerando. Voglio dire, sì, non devono dargli troppe informazioni tutte in una volta, ma ammettere che hanno una fidanzata, o che sono sposati, non ucciderà Truck. Ma Ghost non era d'accordo.»

Mary si accasciò sulla sedia. «Quindi se i ragazzi non vogliono che mi avvicini a lui, questa cosa non funzionerà mai.»

«Che cazzo?» disse Rayne duramente.

Gli occhi di tutte andarono su di lei.

«Mary, non puoi arrenderti. Che fine ha fatto la mia migliore amica spietata e determinata? Quella che mi ha detto di darci dentro quando le ho mandato un messaggio riguardo a Ghost mentre ero a Londra? La donna che non aveva paura di combattere per ciò che voleva e al diavolo le conseguenze? So di essere stata io quella che ha cercato di convincerti a non venire stasera, ma ammetto di aver sbagliato, ho la sensazione che più Truck ti vedrà e più sarà curioso. A parte questo, odio dovertelo dire ma ti sei ammorbidita, e non è bello. Rivoglio la mia amica stronza.»

«Prima di tutto, non ho detto che mi stavo arrendendo» sbuffò Mary. «Ho presupposto che cercare di conoscere Truck in luoghi pubblici come questo bar, con tutti i ragazzi che ci guardano, non funzionerà. Ma ripensandoci...» lanciò un'occhiataccia a Rayne. «Rivuoi la stronza?»

«Sì!» sbottò lei. «Almeno *quella* Mary non aveva paura di un faccia a faccia con Ghost quando si comportava da coglione. Non aveva problemi a tenere testa a Truck e agli altri quando erano degli idioti. Be', anche adesso sono degli idioti, ma tu sei seduta qui accigliata e triste. Non mi piace molto quando fai una scenata, ma in questo caso sono sicura che sarebbe giustificata.»

Avrebbe voluto protestare, dire a Rayne che temeva che qualunque cosa avesse fatto, Truck non le avrebbe dato una seconda occhiata. Che avrebbe scelto Ruth il paramedico invece di lei. Ma le parole della sua migliore amica le avevano smosso qualcosa nel profondo. Aveva passato un anno terribile, ma ora si era lasciata il cancro alle spalle. Non aveva deciso all'inizio della settimana che avrebbe combattuto per Truck? Allora perché era seduta lì a deprimersi? Perché *non* stava tenendo testa a Ghost e agli altri? Era *lei* quella sposata con lui. Non loro.

«Hai ragione.»

«Puoi dirlo forte» ribatté Rayne.

Le labbra di Mary si contrassero e si voltò a guardare Truck, giusto in tempo per vedere Ruth incollata al suo fianco mentre si alzava in punta di piedi per sussurrargli qualcosa all'orecchio prima di fare un passo indietro, dargli una pacca sul petto, e avviarsi verso il bagno. «Oh, cazzo no» ringhiò.

«Oh, merda» disse Harley. «Hai risvegliato la bestia, Rayne.»

Mary bevve il resto della birra poi si alzò e si diresse verso il bagno. Non aspettò che qualcuna delle ragazze andasse con lei o la fermasse. Quella storia doveva finire. Una volta che si fosse presa cura della troietta che cercava di rubare il suo uomo, si sarebbe assicurata che Ghost e gli altri sapessero cosa pensava del loro piano di tenere nascoste così tante cose al loro compagno di squadra.

Aspettò fuori dal bagno che la donna ricomparisse. Non

aveva intenzione di entrare in quel posto sgradevole, c'era già stata prima e non avrebbe mai più ripetuto l'esperienza.

Dopo pochi minuti Ruth aprì la porta, e vedendola lì con le braccia incrociate sul petto e un cipiglio sul viso, si fermò di colpo.

«Esatto, stronza» disse Mary. «Sono io.»

Ma Ruth si riprese subito e si scostò i capelli dietro la spalla sogghignando. «Cosa vuoi?»

«Voglio che tu stia lontana da mio marito.»

«Lui non sembra della stessa idea.»

Mary si avvicinò a lei e disse in tono basso e duro: «Penso che l'altro giorno sia stato più che chiaro riguardo a cosa voglia da te. *Niente*. È mio e se insisti a metterti in imbarazzo, te ne pentirai.»

«So tutto della sua amnesia.» fece un sorrisetto. «Una mia collega è sposata con uno che lavora alla base, che lo ha saputo da una delle infermiere del Darnall Army Medical Center. Truck nemmeno si *ricorda* di te. Se foste legati come dici, non credi che lo saprebbe d'istinto e mi allontanerebbe? Ma non lo ha fatto, quindi mi pare ovvio che non siete così uniti come pensavi, e io ho intenzione di cogliere l'occasione.»

«Senti Ruth, so che pensi di essere intelligente, ma non sai un cazzo. Truck soffre di *amnesia*, non ha un sesto senso o altro. Non è così che funziona il cervello. Ma vedi di non fraintendermi, lui è mio. È *sempre* stato mio. Magari in questo momento non si ricorda di me, ma non cambia il fatto che siamo ancora sposati. Lo proteggerò da qualsiasi cosa, o da chiunque, cerchi di ferirlo.»

«Prima non sembrava infastidito di avermi al suo fianco» ribatté Ruth con un sorriso compiaciuto. «Inoltre, puoi ancora averlo, lo voglio solo per una notte o due. Non sono mai stata con qualcuno grande come lui... se capisci cosa intendo.»

Vide rosso, era stanca di cercare di essere gentile. Rayne rivoleva la stronza? Ok!

«Truck *non* è un oggetto sessuale da passarsi, e se avessi prestato attenzione, avresti notato come si è allontanato quando gli hai premuto le tette addosso. Le sue labbra si sono curvate per il disgusto quando non riuscivi a staccare gli occhi dal suo pacco. Non credere di ingannarlo, Truck non è stupido, sa che non te ne frega niente di lui come persona, che tutto ciò che ti interessa è quanto sia grande il suo uccello. Se vuoi davvero farti scopare, puoi andare in qualsiasi sexy shop e *comprarti* un cazzo enorme.»

Prese fiato e continuò: «Tanto perché tu lo sappia, Truck è la persona più straordinaria che abbia mai incontrato, darebbe via tutto ciò che possiede per chiunque ne avesse bisogno. È anche il tipo d'uomo che si comporta in modo educato con una troia invadente che si intromette in una serata tra uomini e non coglie gli ovvi indizi che dimostrano che non la vuole. Quindi, poiché sei una sprovveduta, e una ragazza, e la mia amica Rayne mi dice sempre che c'è un tacito codice femminile secondo cui le donne devono aiutarsi a vicenda, voglio essere franca: *Truck non ti vuole.* Preferisce giocare a freccette con i suoi amici e poi tornare a casa in un letto vuoto e masturbarsi, piuttosto che stare *vicino* a te. Sono stata abbastanza chiara?»

«Sei una stronza» sibilò Ruth.

«Grazie» rispose. «Ma questo non cambia il fatto che Truck non ti voglia. Non ti vorrà *mai*, non importa quanto ti getti addosso a lui. Vai a casa finché hai ancora un po' di dignità.»

Invece di rispondere, Ruth strinse le labbra e fece un passo verso di lei facendo oscillare il braccio indietro per colpirla.

Avendolo previsto, Mary sorrise e si spostò preparandosi a combattere. Era da molto tempo che non faceva abbassare la cresta a una troietta.

Ma prima che Ruth riuscisse a portare a termine l'azione, qualcuno le afferrò il polso torcendole il braccio dietro la schiena.

Le sue tette quasi saltarono fuori dalla maglietta con quel movimento, ma in qualche modo riuscì a rimanere decente quando Blade la fece girare premendole il viso contro il muro.

Mary si voltò e vide che Beatle, Coach, Ghost e Truck le stavano fissando in fondo allo stretto corridoio.

Deglutì a fatica. Merda. C'erano volte in cui non le importava di far vedere agli altri quanto potesse essere stronza, ma non quella volta.

«Quanto avete sentito?» sussurrò a Blade che con facilità teneva ferma contro il muro una Ruth che si dimenava.

«Truck non è un oggetto sessuale» le rispose con un sorrisetto.

Si rilassò un po'. Allora non avevano sentito la parte in cui avevano parlato della sua amnesia o quando aveva detto che era suo marito.

Sollevando il mento, rifiutandosi di vergognarsi di ciò che avevano sentito soprattutto perché ogni parola corrispondeva alla verità, si voltò verso gli altri sicura di sé come se avesse scontri nei corridoi dei bar ogni sera. Si avvicinò a Truck e gli tese la mano.

«Ciao. Sono Mary.»

Lui non esitò, le sorrise e la prese tra le sue. Invece di scuoterla, se la portò alla bocca e ne baciò il dorso. «Sono Truck. Ma ovviamente lo sai.»

«Sì. Ti va di offrirmi da bere?»

Il suo sorriso si fece più ampio e non le lasciò la mano.

«Non so se...» iniziò Ghost.

Lei non lo lasciò finire, si voltò e lo fissò. «Sei mio amico, Ghost, ma... togliti dai piedi.»

«Mary, non puoi semplicemente...» tentò di nuovo.

«Sul serio» lo interruppe. «So quello che faccio. Devi solo fidarti di me. Non ho intenzione di fare *nulla* che lo danneggi. Capito? Potrei non aver preso le migliori decisioni in passato, ma ho a cuore nient'altro che il suo interesse.»

«Lasciali in pace» disse Coach a Ghost. «Dopo il modo in cui lo ha difeso, direi che le deve almeno un drink.»

Ghost aggrottò la fronte e si passò una mano tra i capelli, ma alla fine annuì. «Va bene, ma staremo qui a guardare.»

Mary alzò gli occhi al cielo. «Grazie papà. Sono sicuro che Truck apprezzi molto che lo proteggiate dalla cattivona.»

Truck ridacchiò, e il suono andò dritto tra le sue gambe. Sembrava che non lo sentisse ridere da un'eternità, e quando lui intrecciò le dita con le sue e i loro palmi si unirono, non riuscì a pensare a nient'altro che a quanto fosse bella quella sensazione.

«Andiamo» le disse. «Lasciamo che i miei papà continuino a giocare a freccette mentre io e te ci conosciamo... o ri-conosciamo, com'è ovvio in questo caso.»

Lei annuì, poi si voltò a fissare Ruth, che ora sembrava

adeguatamente intimorita. Un po' troppo tardi, ma comunque...
«Non provare mai più ad attaccarmi. Mai più. Sono molto più
dura di quanto sembri. E non esiterò a difendermi.» Detto
questo, si voltò di nuovo verso Truck e disse: «Sto morendo di
sete.»

Senza dire nulla, la condusse fuori dal piccolo corridoio, in
cui avevano attirato un po' di attenzione, e andarono al lato
opposto del bar. Mary si rilassò, cogliendo il pollice in alto di
Rayne e i sorrisi delle altre donne al loro tavolo. Ghost poteva
anche pensare che non stesse facendo la cosa giusta, ma le sue
amiche sì. E ciò la faceva sentire bene.

Come poteva essere sbagliato qualcosa che sembrava così
giusto? Non aveva intenzione di dirgli che erano sposati e ci
sarebbe andata piano, ma Truck era più duro di quanto pensassero i suoi compagni.

Truck attese che la donna coraggiosa al suo fianco si sistemasse
sullo sgabello prima di avvicinare un po' quello accanto e sedersi.
Il barista si avvicinò subito e Mary ordinò una birra. Poi chiese
per lui dell'acqua in un bicchiere da martini, con qualche oliva
extra.

Sorpreso, Truck si limitò a fissarla.

Lei scrollò le spalle nel vedere il suo sguardo confuso. «Dicevi
sempre che quando sei in un bar e non vuoi bere alcolici, prefe-
risci far credere che lo stai facendo, così la gente ti lascia in pace
e non fa domande sul motivo. Quindi, questo è ciò che ordini di
solito.»

Truck annuì. Sì, era così. Ovviamente non ricordava di averlo
detto al peperino seduto accanto a lui ma, d'altronde, gli mancavano gli ultimi tre anni della sua vita. Invece di affondare nell'au-
tocommiserazione, era curioso. Curioso di sapere quanto bene
conoscesse Mary.

Era attratto da lei, ma per qualcosa di più del suo aspetto.
L'aveva vista andare verso il corridoio e l'aveva riconosciuta
subito come la donna della steakhouse dell'inizio di quella settimana. Quando aveva sentito delle voci alterate, si era preoccu-

pato ed era andato a controllare insieme agli altri. Se avesse trovato qualcuno che la stava aggredendo, se ne sarebbe pentito.

Ma nessuno le stava facendo del male, era *Mary* che stava dando una ripassata alla sciacquetta che ci aveva provato con lui – e le sue parole erano state una sorpresa. Non solo perché lo stava difendendo strenuamente, il che gli aveva fatto provare una bella sensazione, ma perché era più che ovvio che lo conoscesse. Ottimo.

Ascoltarla dare a Ruth una bastonata verbale, fregandosene di fare la parte della stronza, gli aveva smosso qualcosa nel profondo. Per gran parte della sua infanzia aveva lasciato correre i commenti offensivi riguardo alla sua taglia. Anche in seguito, quando era diventato grande e in grado di difendersi, aveva sempre taciuto. Dopo essere stato ferito, i commenti offensivi erano ricominciati, però glieli facevano alle spalle non in faccia.

Anche quando i suoi genitori erano andati a trovarlo in ospedale ed erano stati incredibilmente duri con lui, si era trattenuto dall'esprimere il risentimento che aveva sulla punta della lingua.

Lui era così, non sarebbe mai stato il tipo d'uomo che avrebbe litigato per difendersi, per il semplice motivo che sapeva che l'altra persona non avrebbe mai cambiato idea. Ma ascoltare Mary dire esattamente ciò che *pensava*, era stato sorprendente.

Si rese conto in quel momento di ciò che era mancato nella maggior parte delle sue relazioni in passato. Le donne non erano state abbastanza forti da tener testa a lui o ai suoi amici o a chiunque, in realtà. La maggior parte delle persone erano intimidite da Truck. Ma a quanto pare non la signorina Mary. Si sentiva eccitato di averla conosciuta prima e di avere l'opportunità di conoscerla di nuovo.

«Grazie» le disse. «Mi pare ovvio che mi conosci piuttosto bene.»

«È così.»

Le sorrise.

«Perché stai sorridendo?» gli chiese.

«Perché sono davvero elettrizzato che qualcuno sia onesto con me.»

«Lo fanno in buona fede» lo rassicurò.

«Lo so. Ma è comunque fastidioso. Non sono un idiota, non

ricordo gli ultimi tre anni, ma presumo di non aver vissuto in una bolla. È stranissimo vedere le persone che ti sorridono e non sapere se sono solo educate o se le conosci. Sono andato a fare la spesa l'altro giorno e la signora alla cassa mi ha sorriso, poi mi ha coinvolto in una conversazione di dieci minuti. Non so ancora se fosse solo molto gentile o se la conoscessi già.»

«È brutto» disse Mary.

«Già. Quindi, grazie.»

«Prego. Ma devi sapere che stasera non ho proprio intenzione di raccontarti l'intera storia dei tuoi ultimi tre anni, ci arriveremo pian piano.»

«Ottimo. Ciò significa che ci vedremo ancora. E poi ancora. Non voglio sovraccaricare il mio povero cervello e farlo esplodere.»

Mary rise. «Astuto, Trucker. Astuto.»

«Trucker?»

Lei arrossì e lui pensò che fosse la cosa più carina che avesse mai visto. Aveva la sensazione che non succedesse spesso.

«Sì, ehm... è come ti chiamo quando mi esasperi. O quando sono arrabbiata con te. O quando voglio solo irritarti.»

Fu il turno di Truck di ridere. «Ne deduco che mi chiami Trucker molto spesso, eh?»

Scrollò le spalle. «Abbastanza.»

«Penso che mi piaccia.»

Mary alzò gli occhi al cielo. «C'era da immaginarlo che pur non ricordando il soprannome, la prima volta che lo avresti sentito ti saresti comportato come ogni altra volta che ho provato a infastidirti usandolo.»

«Qual è il tuo cognome?» le chiese, desiderando improvvisamente sapere tutto sull'affascinante donna che aveva di fronte.

Per qualche ragione, distolse lo sguardo da lui, poi rispose: «Weston.»

«Mary Weston. Mi piace» le disse.

«Grazie.»

«Dimmi di più.»

«Tipo cosa?»

«Non so... tutto. Probabilmente conosci tutto ciò che c'è da sapere su di me, ma io non so niente di te.»

«Nemmeno io so molto di te» mormorò Mary e giocherellò con l'etichetta sulla bottiglia di birra.

Senza pensarci, Truck le sollevò il mento con un dito così lei dovette guardarlo. Nell'istante in cui la toccò, sentì una scarica di... qualcosa. La sua pelle era morbida e lui avrebbe voluto posare la sua grande mano sulla sua guancia, ma si trattenne. A malapena. «Perché?»

Scrollò le spalle. «La nostra relazione era... complicata.»

«Ci stavamo frequentando?»

«Più o meno.»

A Truck non piacque quella risposta ambigua e avrebbe voluto insistere. Quelle erano già più informazioni di quante ne avesse ottenute dai suoi amici nell'ultima settimana, e non voleva che si chiudesse in se stessa. Non vedeva l'ora di saperne di più sui tre anni dimenticati. «Molto... complicata?»

Gli fece un mezzo sorriso. «Sì. Molto.»

«Ok, allora vediamo di conoscerci. Possiamo ricominciare. Tabula rasa, per così dire.»

«Davvero?»

«Sì.»

«Perché?»

Era una tipetta difficile e a Truck piaceva «Perché sì. Voglio conoscerti... di nuovo. Hai detto che le cose erano complicate, quindi cerchiamo di renderle semplici.»

«Non verrò a letto con te» gli disse un po' sulla difensiva.

La sua onestà era una boccata d'aria fresca. «Bene, perché non voglio un'avventura di una notte» ribatté. «Guarda, capisco che questo sia strano per te, ma per me lo è ancora di più. Non ho idea di cosa significhi "complicato" in questo caso. Eravamo in una relazione aperta in cui potevamo dormire entrambi con gli altri? Ci piacciono i ménage? Magari siamo sposati e tu hai nascosto da qualche parte i nostri dodici figli. Insomma, non lo so e basta.»

Notò che Mary impallidì, ma continuò: «Però, *so* che sono attratto da te. Non ho bisogno di protezione, non mi è mai servita, ma sentirti difendermi laggiù» indicò con la testa il corridoio del bagno, «mi ha eccitato e affascinato. Mi ha anche fatto desiderare di conoscerti. Sei letteralmente la prima persona che ha ammesso che abbiamo avuto un qualche tipo di relazione prima che perdessi la memoria. Sto andando alla cieca e dovrai dirmi se "complicato" è una cosa che può essere superata, o se ricominciare da capo con me è troppo per te.»

«Non è troppo» disse subito Mary.

Truck fece un sospiro di sollievo. «Quindi, ricominciamo da capo. Sarò il più aperto possibile con te, più di quanto ovviamente non fossi prima, e così posso anche conoscerti di nuovo. Per ora non prometto nient'altro che amicizia. Ti ripeto, sono attratto da te, Mary, non posso mentire su questo, ma finché non ricordo o qualcuno mi dice tutto ciò che mi manca degli ultimi tre anni, non posso impegnarmi in niente di serio o a lungo termine.»

«Posso conviverci» affermò Mary. «Ma devi sapere che... anche tu mi piaci. Magari la nostra relazione era complicata, ma non significa che non mi importasse di te. Non sono sempre stata brava a dimostrartelo, per molte ragioni, ma questa volta cercherò di farlo di più. Non posso proprio cancellare i miei sentimenti perché non ricordi.»

Si fissarono a lungo. Truck era più impressionato di prima. Non doveva essere stato facile per lei ammetterlo.

«Posso conviverci.» Imitò la sua risposta.

Proprio in quel momento, qualcuno spinse Mary da dietro, facendole rovesciare la bottiglia di birra che stava bevendo. Per fortuna, si riversò dietro il bancone del bar invece che su di lei.

Truck si guardò intorno e si rese conto che il locale era molto più affollato di quando si erano seduti. Vide che Ghost e gli altri non giocavano più a freccette ma erano a un tavolo in un angolo con quattro donne, compresa quella che aveva visto al ristorante con Mary.

Avrebbe dovuto immaginarlo, nessuno dei ragazzi aveva mostrato alcun interesse per le tipe che c'erano al bar come facevano una volta. Che razza di soldato delle forze speciali era? Avrebbe dovuto capire che avevano delle fidanzate.

Sentendosi all'improvviso disgustato che i suoi amici non gli avessero detto di aver trovato delle donne, desiderò allontanarsi dai loro occhi indiscreti. Non voleva altro che pace e tranquillità.

Si voltò di nuovo verso Mary. «Ti va di andartene da qui?»

«Sì» disse subito, senza staccare gli occhi dai suoi.

Truck si alzò in piedi e le mise una mano sul gomito per aiutarla a scendere dallo sgabello. «Hai bisogno di dire alle tue amiche dove stai andando?»

Lei scosse la testa. «No. Non sono affari loro.»

Le labbra di Truck si contrassero. «Penso che Ghost e gli altri non sarebbero d'accordo.»

Mary si avvicinò e inclinò la testa all'indietro in modo da poterlo guardare. Gli sembrò di essere alto tre metri, e ciò la diceva lunga considerando che era già molto più alto di lei. La spinsero di nuovo e Truck le mise un braccio intorno alla schiena per sostenerla.

«Ghost è come un fratello per me e anche gli altri. Dovrebbero sapere che non farei mai nulla per ferirti e che nemmeno tu mi faresti mai del male. Ma al momento, non me ne frega niente di quello che pensano. La testa ti dà fastidio, qui è rumoroso e io e te dobbiamo iniziare a conoscerci.»

«A casa mia o tua?» chiese Truck. Sapeva di sembrare presuntuoso, ma le aveva già detto che non sarebbe andato a letto con lei. Inoltre, aveva ragione, la testa gli *martellava* e voleva conoscerla senza i loro occhi che vigilavano.

«Mia» rispose subito lei.

«Hai guidato fino a qui?»

Mary scosse la testa. «No. Sono venuta con Rayne.»

«Ti fidi abbastanza da salire in auto con me?»

A quello fece una cosa che lo sconvolse, gli mise le mani sul petto e si alzò in punta di piedi. Truck si chinò d'istinto e lei posò le labbra sulla cicatrice vicino alla sua bocca. Lo baciò con dolcezza e sussurrò: «Più di quanto mi fidi di me stessa.» Poi fece un passo indietro, gli sorrise, gli prese la mano e si avviò verso l'uscita.

Truck guardò il tavolo dove erano seduti i suoi amici – e quasi scoppiò a ridere vedendo otto paia di occhi sciocchi che guardavano lui e Mary camminare verso la porta. Fece un cenno con il mento a Ghost e poi riportò la sua attenzione sulla donna davanti a lui. Era sicuro che gli avrebbero fatto il terzo grado più tardi, ma per ora aveva intenzione di godersi la compagnia di Mary.

CAPITOLO NOVE

«Non è niente di speciale» disse Mary mentre entravano nel suo appartamento. Ed era vero. Non si era preoccupata di svuotare le scatole che le ragazze l'avevano aiutata a riempire. Il suo cuore non era lì, e sapeva che ogni volta che avesse visto qualcosa che era stato esposto a casa di Truck, le avrebbe fatto male. Così aveva lasciato tutto sigillato.

«Ti stai per trasferire?» le chiese.

Mary arricciò il naso. «No.»

A suo merito, non insistette, si limitò a scrollare le spalle e andò al divano. Era l'unica cosa che le dispiaceva di aver lasciato lì dopo essere andata a vivere con lui. In pelle scamosciata marrone era la cosa più comoda che avesse mai posseduto. Era costato una fortuna, ma valeva ogni centesimo. Aveva cuscini enormi e persino i piedi di Truck quasi non toccarono il pavimento quando ci si sedette sopra.

«Vuoi qualcosa da bere?» gli chiese, rimanendo in piedi accanto al divano.

«No. Siediti, Mary.»

Amando l'autorità nel suo tono e rendendosi conto per la prima volta di quanto le fosse mancata, si tolse le scarpe e si sistemò dall'altro lato, piegò sotto di sé le gambe coperte dai jeans e si appoggiò ai cuscini dello schienale, girata verso Truck.

Lui si spostò finché non fu vicinissimo e si sedette di lato per guardarla.

«Va meglio la testa?» gli chiese.

Annuì. «Ora che non c'è rumore, sì.»

«Ti fa sempre male?»

«Purtroppo sì.»

«Cos'ha detto il dottore al riguardo? Lo hai informato, vero?»

«Ovvio, ma mi ha spiegato che è normale. Il mio cervello ha preso una bella botta quando sono caduto ed è contuso e gonfio. Dice che è per quello che non ricordo gli ultimi tre anni. Spera che quando il gonfiore diminuirà e il cervello guarirà completamente, mi ritornerà la memoria.»

«Puoi prendere qualcosa che aiuti?» gli chiese. Non voleva nemmeno parlare della possibilità che Truck non ricordasse. Non per egoismo... ok, un po' sì, ma non riusciva a immaginare di poter perdere così tanto della sua vita. Nonostante dimenticare l'inferno che aveva passato mentre combatteva il cancro avrebbe potuto essere una benedizione, si sarebbe scordata anche di Truck, e preferiva tenersi i terribili ricordi del cancro se ciò significava poter avere quelli di quanto lui era stato meraviglioso.

Almeno non era successo di peggio. Truck avrebbe potuto perdere tutta la memoria e non ricordare nemmeno che era un soldato, o che Ghost e gli altri erano i suoi amici. Quello sarebbe stato tragico e molto più difficile da superare.

«Non mi piace prendere antidolorifici. Preferisco sopportare il leggero mal di testa piuttosto che prendere qualcosa che mi rende stanco o irritabile.»

Mary sorrise. Lo sapeva. Anche lei aveva cercato di rimandare il più a lungo possibile l'assunzione di antidolorifici e anti-nausea quando stava male, perché la facevano sentire sfasata e non voleva diventarne dipendente, ma lui non glielo aveva permesso. Una volta avevano anche litigato per quello; Mary aveva dichiarato che se Truck poteva decidere di non assumere farmaci dopo essere stato ferito in missione, lei avrebbe potuto prendere la stessa decisione riguardo al suo trattamento per il cancro. Lui aveva accettato il suo punto di vista, poi supplicata di prenderli, dato che vederla soffrire così tanto faceva star male *lui*. Così aveva ceduto.

«Che c'è?» le chiese.

C'era da immaginarselo che avrebbe capito che stava ricordando qualcosa. «Te l'ho già sentito dire. Ti ricordi cos'è successo quando ti sei fatto male?» Provò a cambiare argomento.

«No. Quando mi sono svegliato pensavo fossimo in Medio Oriente.»

«Dev'essere stata una sorpresa scoprire che eri in Africa, eh?» Mary sapeva che erano stati lì perché glielo aveva detto Rayne; Ghost le aveva riferito le cose essenziali, non conosceva il luogo preciso o il motivo, ma era stato sufficiente sapere che era stato ferito in Africa.

«Sì. Ho puntato una pistola contro uno degli altri Delta.»

«Uno della tua squadra?» ansimò Mary.

«No. Dell'altra che era con noi.»

«Sul serio?» domandò incredula. Quando Truck annuì, disse: «Porca puttana.»

Lui ridacchiò. «C'è stato qualche minuto di tensione. Ho estratto una pistola, lui non ha tirato fuori la sua ma i suoi compagni, sì. Poi lo hanno fatto anche Coach, Beatle e Blade. Ghost si è messo tra me e l'altra squadra cercando di calmarmi. Eravamo lì, nel bel mezzo di un'operazione, pronti a spararci a vicenda.»

Mary non poté fare a meno di sorridere a quell'immagine.

«Naturalmente, le menti calme hanno prevalso, ed eccomi qui» affermò con ironia.

«Sono contenta» gli disse Mary con sincerità.

Truck appoggiò la testa sulla mano e la fissò.

«Che c'è?» gli chiese dopo un momento, a disagio.

«Sto cercando di capire come diavolo ho potuto dimenticarti» le rispose.

Quella era probabilmente la cosa più carina che qualcuno le avesse detto da tanto tempo, e Mary cercò di ignorarla. «Probabilmente perché sono una stronza e tengo le persone a distanza.»

«Perché?»

«Perché?»

«Sì. Perché?»

Ecco. L'inizio dei nuovi "loro". A quel punto Mary poteva

deviare la sua domanda, oppure cogliere l'occasione di spiegargli perché fosse fatta così.

Prendendo un respiro profondo, sentì cedere un poco le difese che aveva avvolto intorno a sé per così tanto tempo. «Non ho avuto una bella infanzia» Era l'eufemismo dell'anno, ma lui non disse nulla, continuò a guardarla con i suoi intensi occhi castani. La sua tranquilla contemplazione e il fatto che non avesse iniziato subito a fare domande, le diedero il coraggio di continuare.

«Mia madre era una puttana. E non intendo nel senso generale dell'insulto, era letteralmente una puttana. Non stava agli angoli delle strade o altro, ma correva dietro agli uomini che secondo lei erano vulnerabili e avevano soldi. Li seduceva, li faceva trasferire a casa sua così che potessero pagarle i conti e li sfruttava in tutto ciò che poteva. In cambio delle spese di generi alimentari, delle bollette del telefono, della TV via cavo e dell'elettricità, andava a letto con loro. Uno dei miei primi ricordi è di mamma che litigava con uno dei miei "zii" – è così che mi aveva detto di chiamarli – e quando lui si è stancato e se n'è andato, mi ha fatto la predica per ore su quanto fossero orribili gli uomini e che tutto ciò che volevano era il sesso. Diceva che finché non mi aspettavo che mi amassero, andava bene allargare le gambe per loro, soprattutto se riuscivo a guadagnarne il più possibile. Non sapevo cosa significasse, avevo solo quattro o cinque anni, ma alla fine ho capito, perché quella predica è rimasta la stessa per anni.»

«È orribile» disse Truck in un tono che non mostrava pietà, ma solo compassione.

«Sì. Per tutta la mia infanzia mi ha ripetuto allo sfinimento che gli uomini erano buoni a nulla, che erano utili solo per i soldi e volevano solo sesso. Me lo diceva in continuazione, e mi ha mostrato con le azioni che non erano capaci di amare. Non volevo crederle. Voglio dire, sapevo che non era la mamma migliore al mondo, di certo non si prendeva cura di *me*, dovevo farlo da sola, ma pensavo che dicesse stronzate riguardo agli uomini.»

Mary smise di parlare. Non l'aveva mai detto a nessuno, nemmeno a Rayne. Oh, la sua migliore amica sapeva che sua madre era una puttana e che non era stata molto gentile, ma non era mai entrata nei dettagli. E ora eccola lì, a raccontare fondamentalmente a uno sconosciuto la storia della sua vita. Ma in un certo senso quello rendeva tutto più facile. Non sapeva nulla di lei, non aveva idee preconcette.

Truck le mise una mano su un ginocchio. «Continua» la esortò. «Butta fuori tutto.»

«È pazzesco» mormorò Mary. «Dovremmo parlare dei nostri cibi preferiti o del più e del meno.»

«Siamo oltre quella fase.»

Alzò gli occhi al cielo. «Un'ora fa non sapevi nemmeno che esistessi.»

«Ma ora lo so» ribatté Truck. «E non so spiegarlo, ma penso che una parte di me si ricordi di te. Non è un ricordo, di per sé, ma una sensazione. Ora, dimmi cos'è successo.»

Sospirò. Voleva credergli, ma sapeva quanto fosse testardo. Truck odiava non sapere cosa le passasse per la testa, il che accadeva sempre perché Mary era testarda quanto lui. Non le piaceva parlare dei suoi sentimenti o di tutto ciò che aveva dovuto affrontare.

Chiudendo gli occhi, decise di continuare. «Quando avevo quindici anni, ho incontrato un ragazzo. Era così gentile con me, mi difendeva dai bulli e mi ha fatto sentire carina e desiderata. Siamo usciti insieme per un po' e un giorno mi ha detto che mi amava. Ero così felice, gli ho detto che lo amavo anch'io. Pensavo che ci saremmo sposati e che avremmo vissuto felici e contenti. Sono andata a letto con lui. Gli ho donato la mia verginità.» Mary digrignò i denti e cercò di mantenere la calma per finire la storia.

Fu la presa di Truck sul ginocchio che le diede la forza. Aprì gli occhi e vide lo sguardo duro e furioso sul suo viso e, stranamente, vederlo arrabbiato per lei la fece sentire meglio. Gli prese la mano e la tenne tra le sue mentre finiva. «Il giorno dopo, ha rotto con me. Mi ha detto che avevo resistito più a lungo di quanto pensasse, considerando che ero la figlia della puttana del paese, e che sarebbe passato alle cheerleader del primo anno che sarebbero andate a letto con lui senza tanti problemi. Quella è stata l'ultima volta che ho detto a un ragazzo che lo amavo.»

Sollevò lo sguardo con coraggio e incontrò quello di Truck. Era come se potesse leggerle nella mente. Lui aveva capito il significato nascosto in quelle parole. «Quel ragazzo non meritava il tuo amore» commentò dopo un attimo.

«Ovvio.»

«Mi dispiace che ti sia successo, piccola. È terribile.»

Ricacciò indietro le lacrime per la dolcezza con cui aveva pronunciato quel vezzeggiativo. Forse nel profondo, dentro di lui, la ricordava *davvero* come aveva affermato? Si schiarì la gola e disse: «È stato il primo uomo a farmi del male, ma non l'ultimo. Ho cercato di dimostrare più volte a mia madre che si sbagliava, ma alla fine ho capito che aveva ragione. Tutti gli uomini con cui uscivo mi usavano per una cosa o per l'altra. Alcuni volevano qualcosa di tangibile – un posto dove vivere, per esempio – ma altri volevano solo fare sesso o cercare di rendere gelosa una ex. Non volevo ammettere che la mamma avesse ragione, ma non avevo davvero scelta.»

«Se ti fa sentire meglio, la mia infanzia non è stata esattamente idilliaca» disse Truck. «Anche se almeno i miei genitori non mi sbandieravano i loro tradimenti.»

Mary si mise a sedere più dritta. Non le aveva mai parlato della sua famiglia. *Mai*. Aveva persino convinto Rayne a chiedere a Ghost, ma le aveva riferito che neanche lui sapeva molto della vita di Truck prima di entrare nell'esercito. Non aveva mai parlato dei suoi genitori nemmeno con gli uomini che erano come fratelli per lui.

Distolse lo sguardo, a disagio. «Anche se probabilmente lo sai già.»

«Non lo sapevo» gli disse, stringendogli di più la mano quando cercò di allontanarsi da lei. «Non hai mai parlato della tua famiglia.»

«Davvero?»

Lei annuì.

«Sì, probabilmente perché non mi piace proprio pensare ai miei genitori.»

«Cos'hanno fatto?»

Truck sospirò. «Mi hanno nutrito e vestito, ma non sono mai stati molto affettuosi. Ho iniziato a crescere alle medie, e l'ho fatto così in fretta che dovevano continuare a comprarmi vestiti nuovi per far sì che non mi presentassi a scuola con i vestiti di una taglia meno. Ero magrissimo, a prescindere da quanto mangiassi. Uno spilungone, e gli altri ragazzi ovviamente mi avevano preso di mira.

Mio padre voleva che giocassi a basket dato che ero così alto, ma all'epoca ero anche scoordinato. Non sono riuscito a entrare nella squadra, non che ne fossi rimasto sorpreso. Dopo di che, è stato come se mio padre avesse rinunciato a me, non si è più interessato a niente di ciò che facevo. Se non potevo avere successo nello sport, non gli interessava prestarmi attenzione. Né lui né mia madre volevano sentire degli atti di bullismo che subivo. Ho imparato a sopportare. Se fingevo che le parole non facessero male, di solito smettevano di prendermi in giro e tormentarmi.»

«Non capisco perché i ragazzini siano così orribili, a volte» disse Mary a bassa voce. «Davvero non lo capisco.»

«Non aiutava il fatto che mia sorella fosse super popolare e bella.»

Mary si ritrasse di scatto e lo fissò sorpresa. «Hai una *sorella?*»

Truck annuì. «Immagino di non averti mai detto nemmeno questo, eh?»

Lei scosse la testa. «No. Non ne avevo idea. Quanti anni ha? Come si chiama? Dov'è adesso? Presumo che non siate legati.»

Truck strinse le labbra. «Si chiama Mercedes. Ma lei odia quel nome, si è sempre fatta chiamare Macie. E una volta eravamo molto legati. Ha circa cinque anni meno di me. Era in terza media quando mi sono diplomato e sono partito per il campo di addestramento reclute. Non le parlo dalla sera prima di partire.»

«Perché? Se eravate così legati, cos'è successo?»

«Onestamente, non lo so. Abbiamo litigato quella sera, non mi piaceva il ragazzo con cui usciva e pensava che fossi troppo protettivo. Ci siamo urlati addosso e poi me ne sono andato. Ma le ho scritto. Pensavo che avrebbe superato la cosa, ma immagino che non sia successo perché non l'ho più sentita.»

Mary gli strinse la mano. «Truck... dev'essere successo qualcosa. Voglio dire, eravate entrambi tanto giovani. Non ti ha mai risposto?»

Lui scosse la testa. «No.» La sua voce si abbassò. «Mi ha fatto soffrire. Siamo stati per così tanto tempo noi contro il mondo – e contro i nostri genitori – e quando me ne sono andato è sembrato come se l'avessi abbandonata. Anche quando mi sono fatto questa» si toccò la cicatrice sulla guancia «non l'ho sentita. Le ho scritto per anni. Penso alla fine di aver rinunciato quando avevo circa trent'anni. L'avevo pregata di contattarmi, dicendole che qualunque cosa avessi fatto, mi dispiaceva. Le ho detto che l'amavo e che volevo che facesse parte della mia vita. Ho pensato anche di assumere un investigatore privato per cercare di trovarla dopo che sono stato ferito, dopo aver realizzato quanto fossero orribili i miei genitori, ma ripensandoci mi è sembrato più che ovvio che non volesse essere trovata. Che non mi volesse nella sua vita.»

«Ma... no, niente.»

«Che cosa?»

Mary ci pensò un attimo, poi fece la domanda che aveva sulla punta della lingua. «È ancora viva?»

«Sì. I miei genitori non si sono mai fatti problemi a dirmi che figlia perfetta fosse ogni volta che mi vedevano. Certo, non parlo con loro da molto tempo, ma immagino che stia bene.»

La mente di Mary era un turbinio di pensieri. Non riusciva a credere che Truck avesse una sorella di cui nessuno sapeva. «Magari, dato che i tuoi genitori erano così orribili con *te*, hanno fatto in modo di impedirle di contattarti. Forse erano meschini anche con lei, o l'hanno minacciata in qualche modo. Ci hai mai pensato?»

Truck la fissò per quella che sembrò un'eternità, poi rispose: «No. E che razza di fratello e di uomo dimostro di essere, se ero così intrappolato nel mio odio verso di loro da non pensare nemmeno a cosa avrebbero potuto fare a Macie?»

«No» lo ammonì Mary, dispiaciuta di averne parlato. «Qualunque cosa abbiano fatto non è colpa tua. Allora... Macie era popolare e tu no?» chiese, volendo deviare un po' la conversazione verso ciò di cui stavano parlando prima della sua enorme rivelazione... cioè, il bullismo che aveva subito. Era difficile credere che un uomo come lui ne fosse stato vittima.

Truck annuì e continuò: «Quando ero in seconda liceo, ho finalmente iniziato a irrobustirmi, ma a quel punto era troppo tardi. Ero il ragazzo strano, spilungone e tranquillo, e mi sentivo molto solo perché non avevo amici. Mi sono iscritto a un'associazione cristiana giovanile locale e ho iniziato a fare pesi e a correre solo per non pensare a quanto fossi infelice. Sono entrato nell'esercito subito dopo il diploma e mio padre mi ha riso in faccia quando gliel'ho detto. Non pensava che sarei stato in grado di farcela.»

«Ma ci sei riuscito» disse Mary.

«Sì. Ho deciso che glielo avrei dimostrato. Ho fatto domanda per entrare nella Delta Force ed ero elettrizzato quando sono stato scelto. L'allenamento era tremendo, ma ogni volta che volevo rinunciare, pensavo a quei ragazzi che mi prendevano in giro e a mio padre che mi diceva che non avrei mai fatto nulla di buono. Sarei tornato a casa per gettargli in faccia non solo che ce l'avevo fatta, ma che ero una forza da non sottovalutare. Avevo anche pensato a quanto sarebbe stata orgogliosa di me Macie e ciò mi ha fatto andare avanti. Ma poi mi è successo questo.» Si toccò di nuovo la cicatrice. «L'esercito ha contattato la mia famiglia, e i miei genitori sono venuti a trovarmi in ospedale. Che tu ci creda o no, a quel tempo era molto più brutta da vedere, e mio padre ha dato un'occhiata al mio viso rovinato e mi ha voltato le spalle. Non sapevano che fossi cosciente... e ha detto a mia madre che almeno avevano ancora *una* figlia bella. Non smetteva di dire quanto fossi orribile, che nessuna donna mi avrebbe voluto, anche se ero un "soldato di prima classe".»

«Quello stronzo!» esclamò Mary. «Avrebbe dovuto inginocchiarsi e ringraziare Dio che fossi vivo.»

«Sì, be', quella è stata l'ultima volta che li ho visti. Sono rimasti sorpresi quando hanno scoperto che ero cosciente, e li ho cacciati via dicendo che avevo chiuso con loro. Per sempre.»

«Cos'hanno detto?»

«Niente. Se ne sono andati e basta.»

«Non ci posso credere!» disse, alzandosi e camminando avanti e indietro davanti al divano. «Voglio dire, sei stato ferito servendo il tuo Paese! Come hanno potuto voltarti le spalle?»

Truck le afferrò la mano quando gli passò vicino e la attirò verso di lui. Non aspettandoselo Mary strillò ed atterrò con un *uff* sulle sue ginocchia. La cinse con le braccia e si sdraiò, appoggiando la testa sul bracciolo del divano. La spostò sistemandola con la schiena appoggiata ai cuscini e il davanti incollato al suo fianco.

Mary si irrigidì. Tutto ciò a cui riusciva a pensare erano le sue tette. Erano ancora al loro posto dentro il reggiseno? E se si fossero spostate? L'ultima cosa che voleva era che Truck guardasse in basso e vedesse uno degli inserti che spuntavano dalla maglietta o un grumo al centro del busto.

Ma tutti i pensieri riguardo ai suoi seni volarono fuori dalla finestra quando lui sollevò la testa e seppellì il naso tra i suoi capelli.

«Cosa... cosa stai facendo?» chiese con voce tremante.

«Hai un odore così buono» le rispose.

«Ehm... lo sai che tutto questo è strano visto che ci siamo appena conosciuti» disse, cercando di mettere un po' di spazio tra di loro. Non che lo *volesse*, le era mancato terribilmente, ma stava cercando di fare la cosa giusta.

«Da quanto ci conosciamo?» le chiese, senza spostare il naso.

«Ehm... da un paio d'anni.»

«Quindi *non è* strano» concluse.

«Truck!» protestò lei.

«Mary!» ribatté lui. «Rilassati. Ne ho proprio bisogno adesso. Odio pensare ai miei genitori e alla mia infanzia, e tu hai un profumo così buono. Confortante. Dammi un secondo.»

Come poteva continuare a resistere quando diceva cose del genere? Non poteva. Inoltre, le piaceva stare lì con lui. In passato erano rimasti sdraiati in quel modo tante volte; l'aveva tenuta stretta quando stava male per la chemio, avevano guardato la televisione o solo dormito.

Mary si abbandonò contro di lui e spostò una gamba sopra la sua. Con il braccio avvolse il suo enorme petto e si rilassò appoggiando la testa sulla sua spalla massiccia.

«Sai, questo spiega tante cose» gli disse dopo un paio di minuti.

«Cosa spiega cosa?»

«Non rimproveri mai le persone quando sono scortesi, quando fissano la tua cicatrice come se fosse la cosa più affascinante del mondo o quando ti guardano dall'alto in basso. Mi sono sempre chiesta perché.»

«Semplicemente perché non ne vale la pena. Inoltre, ho la sensazione che probabilmente *tu* mi abbia difeso più di una volta, vero?»

Mary si irrigidì. Lo ricordava?

«Non ricordo se lo hai fatto, ma dopo averti vista stasera avventarti su Ruth, immagino che tu non sia così restia a farlo quando si tratta di persone che fissano.»

Sospirò. «Purtroppo no.»

«Perché purtroppo?»

«Perché così la gente pensa che sia una stronza e poi ti guardano con pietà perché sei con me.»

«Non mi importa che tu sia una stronza. Che ne pensi di questo: tu continui a riprendere le persone per la loro maleducazione, e io mi assicurerò che sappiano quanto sono felice di averti al mio fianco.»

«Merda» mormorò Mary.

«Che c'è?» chiese Truck.

«Non sono sicura di poter gestire tutta questa apertura» ammise con sincerità.

«Presumo che non eravamo esattamente dei gran chiacchieroni, eh?» disse con una risatina.

«Ah, no.»

«Mi piace questa nuova versione di noi.»

«Ma non ricordi la *vecchia*» ribatté.

«È vero, ma se non abbiamo parlato in questo modo, e se non sapevo della tua terribile madre e tu dei miei orribili genitori e di Macie, allora ciò che avevamo era probabilmente basato su cose sbagliate.»

Accidenti se aveva *ragione*.

Prima che potesse confermare, lui inspirò di nuovo profondamente. «Hai un odore così... familiare. È come se stessi avendo un déjà vu.»

«Pensi che potrebbe essere un bene?» Non poté fare a meno di chiedere.

«Non ne ho idea. Ma al momento non mi interessa.»

Rimasero così sul divano per un altro paio d'ore. Mary gli

raccontò alcuni dettagli sulle sue amiche, senza accennare nomi o molti particolari... tranne per quanto riguardava Rayne. Parlarono anche di ciò che amavano e odiavano. Si scambiarono opinioni riguardo al film *Deadpool* intraprendendo una vivace discussione sulla possibilità o meno di classificarlo come storia d'amore. Quando alla fine sembrò che avessero finito gli argomenti, Mary chiese: «Come va la tua testa?»

«Bene» biascicò Truck.

«Sul serio?»

«Sì. Dovrei andare.»

«No» gli disse subito. «Rimani.»

«Signorina, ti avevo avvisato che non avrei fatto sesso con te» la prese in giro.

Lei ridacchiò, poi disse con dolcezza: «Non mi sentivo così bene da mesi.»

«Vuoi davvero che rimanga?» le chiese.

«Sì.»

«Allora resto. Vuoi alzarti e andare a letto?»

Scosse la testa. «Sto bene qui.»

Strinse le braccia intorno a lei per un momento prima di rilassarsi di nuovo. «Anch'io.»

«Truck?»

«Sì, Mary?»

«Non abbiamo mai fatto sesso.»

A quelle parole sollevò la testa. «Perché no?»

«È una lunga storia» rispose evasiva.

«Ma abbiamo dormito insieme.» Non era una domanda.

«Sì.»

«Come pensavo. Mi sembra familiare averti tra le braccia. A russare.»

«Non russo» protestò, schiaffeggiandogli il petto.

Truck riabbassò la testa e posò la mano sopra la sua appiattendola contro di lui e accarezzandola con il pollice, come per calmarla.

«Sono contento» le disse.

«Sei contento che non abbiamo fatto sesso?» chiese incredula.

«Sì. Perché penso che avrei odiato sapere di essere stato

dentro di te e non ricordarlo. Mi sento più come se fossimo pari dato che non ci siamo ancora visti nudi.»

«Non ho detto questo» mormorò Mary.

Inarcò le sopracciglia. «Mi hai visto nudo?»

«No, dannazione. Ma tu hai visto me.»

«Cazzo. *Odio* non ricordarlo.»

«Non sono un granché da guardare.»

Rialzò la testa di scatto, e i suoi occhi scintillavano di rabbia. «Non dire così.»

«È vero.»

«Guardami. Tra noi due, sono io quello che non è un granché.»

Mary tolse la mano da sotto la sua e gliela posò sulla guancia. «Sei perfetto.»

«Come te.»

«Ma non sai...»

«Shhhhh» la blandì, interrompendola. «Nessuno deve spogliarsi in questo momento, quindi rilassati.»

Mary si sistemò meglio sulla sua spalla senza togliere la mano dalla sua guancia. Era così caldo e vivo sotto di lei. Sapeva che se avesse battuto più forte la testa, forse ora non sarebbe stato lì.

«Ecco, brava» mormorò Truck. «Rilassati. Questa è la prima volta che posso dormire con te... e ricordarlo. Lascia che me lo goda.»

«Sei un bruto» si lamentò senza convinzione.

Lo sentì ridacchiare e il suo petto rimbombò sotto di lei, ma era troppo rilassata e felice per discutere ancora con lui. «Sono contenta che tu sia qui» gli disse.

«Grazie per avermi difeso da quella donna orribile. Non so perché non sia riuscita a capire che non ero interessato.»

«Perché sei un uomo da sposare» gli disse Mary. «Ovvio che ti volesse.»

«Ma sto con *te*» si lamentò Truck.

Le sue parole la scaldarono dentro. Lui non sapeva ancora che stessero insieme quando l'altra donna ci aveva provato, ma comunque qualcosa gli aveva impedito di esserne attratto. Era una bella sensazione e le dava speranza che il loro rapporto potesse funzionare, dopotutto.

«Sì, è vero» concordò.

«Sono contento anch'io che tu sia qui» le disse. «Ora dormi.»

«Sì, signore» ribatté con insolenza.

«Così va meglio» dichiarò soddisfatto.

«Non abituarti, Trucker. Di solito non sono così accondiscendente.»

In risposta, l'abbracciò e abbassò la testa così che il naso fosse di nuovo sepolto tra i suoi capelli. Mary non aveva idea del perché gli piacesse tanto annusare il suo shampoo, ma non si sarebbe lamentata.

CAPITOLO DIECI

TRUCK SI SVEGLIÒ COME FACEVA SEMPRE: senza preavviso e del tutto vigile. Non aveva idea di dove fosse, ma sapeva di sentirsi a suo agio e che qualcosa aveva un profumo delizioso.

Senza aprire gli occhi, inspirò profondamente e all'improvviso, un'immagine gli balenò nella testa.

Era seduto dietro a una donna nuda in una vasca da bagno. Indossava un paio di pantaloni della tuta e aveva in mano una spugna che faceva scorrere sulle sue braccia. Lei tirava su con il naso silenziosamente, e lui sapeva che stava piangendo cercando di nasconderlo.

Truck si sentiva inutile. Quando l'aveva sentita piangere, era entrato in bagno senza pensarci due volte e si era preso solo il tempo di togliersi la maglietta prima di unirsi a lei.

Il profumo dello shampoo che si era versato nella mano gli arrivò alle narici mentre le massaggiava delicatamente la testa. C'era solo qualche ciocca corta che spuntava dal cuoio capelluto calvo, ma lei non reagì mentre le faceva lo shampoo con attenzione.

«Ci sono io» disse in tono rassicurante. «Va tutto bene.»

Ma era ovvio che non fosse così e Truck non si era mai sentito così impotente in tutta la sua vita.

. . .

«Buongiorno» disse una voce femminile, e Truck avrebbe fatto un salto in aria di tre metri se non fosse stato ben addestrato, ma non appena risuonò nel suo orecchio, la visione scomparve. Non era sicuro se fosse stato un sogno o un ricordo. Non conosceva nessuna donna calva, o almeno non ne aveva incontrate da quando era tornato a casa. Quelle immagini non avevano senso.

Guardò quella tra le sue braccia. Mary. Ricordò la sera prima e sorrise. «Buongiorno, Mary.»

Il suo viso si illuminò. «Ti ricordi di me.»

Truck ridacchiò. «Vorrei sperare, considerando che mi hai attirato in casa tua e tenuto prigioniero bloccandomi su questo divano tutta la notte.»

Lei sghignazzò, come si era augurato. «Hai fame?» gli chiese. «Posso prepararci qualcosa.»

«Purtroppo devo andare» le disse con rammarico. Non gli piaceva lo sguardo triste che apparve nei suoi occhi.

«Oh, ok. Certo.» Cercò di mettersi a sedere, ma Truck strinse il braccio intorno alla vita per tenerla ferma.

«So che è domenica, ma stamattina ho organizzato di trovarmi con i ragazzi all'allenamento. Penso che tu sappia quanto me che se non mi presento, andranno fuori di testa. Sono stati un po'… protettivi nei miei confronti. Ma solo perché me ne vado, non significa che voglia farlo.»

Lo sguardo cupo nei suoi occhi si rischiarò e annuì. «Hai ragione. Sono solo egoista. Ci vedremo più tardi, ne sono certa. Immagino che anche le mie amiche vorranno parlarmi.»

«Non lasciarti convincere a stare lontana da me» la avvertì. «Perché non funzionerà. So dove vivi e… ehm… dove lavori?»

Mary rise. «Alla banca centrale.»

«Bene. So dove vivi e lavori. Non c'è nessun posto in cui ti possa nascondere da me.»

«Non voglio farlo» ammise un po' timidamente.

«Ottimo. Quindi andiamo a occuparci dei nostri amici, così potremo capire quando possiamo rivederci.»

«Buona idea.»

Truck aiutò Mary ad alzarsi… e non riuscì a staccarle gli occhi dal sedere quando finalmente fu in piedi.

«Mi stai guardando il culo?» gli chiese, mettendosi le mani sui fianchi.

«Già» ammise senza scusarsi.

«Vabbè» disse Mary, alzando gli occhi al cielo. «Il bagno è in fondo al corridoio a destra» lo informò.

Sempre sorridendo, Truck si chinò, la baciò sulla fronte, poi si avviò lungo il corridoio.

Quando uscì pochi minuti dopo, Mary lo stava aspettando.

«Quali sono i loro nomi?» le domandò.

«Di chi?»

«Delle donne dei ragazzi.»

«Oh... ehm... non so se...»

«Mary, dopo ieri sera, è più che ovvio che le ragazze che erano insieme a te siano tutte collegate ai miei compagni di squadra. La mia testa non esploderà se me lo dici.»

«Come va questa mattina?» gli chiese invece.

«Pulsa. Ora dimmelo.»

«Testardo» borbottò sottovoce. «Va bene. Rayne, Harley, Casey e Wendy.»

«Chi sta con chi?»

Lo guardò per un attimo, poi disse: «Immagino che i loro nomi non ti abbiano risvegliato la memoria, eh?»

«Mary, se non lo ha fatto il *tuo* e hai detto che stavamo insieme – anche se l'unione era complicata – non è possibile che i nomi delle donne che appartengono ai miei amici mi facciano ricordare improvvisamente gli ultimi tre anni.»

«Come vuoi» sbuffò. Poi aggiunse: «E non "appartengono" ai tuoi amici.»

Truck sorrise. «Sai cosa intendo.»

«Vabbè. Odio quando gli uomini dicono così.»

«Ti chiedo scusa. Ora, chi sta con chi?»

«Perché ho la sensazione che tu ti stia scusando solo per compiacermi e nel momento in cui volterò le spalle dirai alla gente che ti *appartengo*?»

«Perché sei intelligente? Adesso smettila di tirarla per le lunghe.»

Buttando fuori un bel respiro, Mary alzò gli occhi al cielo e poi gli disse ciò che voleva sapere. «Rayne è con Ghost, Harley con Coach. Casey, che è *un'entomologa*, sta insieme a Beatle e Blade è il ragazzo di Wendy.»

«E Hollywood? So che Fletch è sposato... anche se è difficile da credere.» incalzò Truck.

Mary alzò le mani. «No, mi uccideranno se te lo dico.»

Avendo *bisogno* di saperlo subito, Truck la spinse contro la parete e le tenne stretti i polsi con una mano sopra la testa. Le tirò su il mento con l'altra e premette il corpo contro il suo. «Non andrò fuori di testa, a prescindere da ciò che dirai. Ho solo bisogno di saperlo. Hollywood non si comporta normalmente e ciò mi sta facendo impazzire. C'è qualcosa che non va? Sta bene? Cosa non mi stai dicendo?»

«Tranquillo, Truck» lo blandì Mary, senza cercare di liberarsi dalla sua presa. «Stanno tutti bene. Hollywood non va molto in giro perché sua moglie ha appena partorito.»

«Porca troia!» disse Truck, lasciando cadere le mani e barcollando all'indietro. «Hollywood è sposato? E ha appena avuto un *figlio*?»

«Sì. Una bambina, Kate. È adorabile. Sua moglie si chiama Kassie.»

«Wow. Sul serio? Hollywood è *sposato*. È pazzesco. Non avrei mai pensato che si sarebbe sistemato.»

«Anche la moglie di Fletch è incinta» disse Mary con calma. «Partorirà tra circa un mese e mezzo ma quest'ultimo periodo di gravidanza è stato un po' difficile. Il suo nome è Emily.»

«Dannazione» disse Truck, cercando di assimilare ciò che gli stava dicendo. «Non sapevo che fosse incinta.»

«E hanno un'altra figlia di otto anni. È di Emily ma Fletch l'ha adottata. Annie è straordinaria. È brillante, carina ed esasperante allo stesso tempo.»

«Annie» rifletté Truck.

«Ti ricordi di lei?»

Scosse la testa. «No. Ma sentendo quel nome provo un po' la stessa strana sensazione di quando sei tra le mie braccia.»

Mary lo fissò ma non commentò.

«E ora ha senso che Ghost in Africa mi abbia chiesto se conoscevo qualcuno di nome Rayne, e poi abbia sparato tutti gli altri nomi. Grazie per avermelo detto.»

Gli si lanciò contro e lui la prese di riflesso. «Ricorderai tutto, Truck. Lo so.» Lo guardò. «Spero solo che non ti pentirai di niente quando succederà.»

«Dubito» replicò lui. Non gli piaceva l'espressione preoccupata sul viso di Mary e provò a togliergliela prendendola in giro. «Ti ho detto che non avrei fatto sesso con te, quindi non c'è niente di cui pentirsi.»

Per fortuna, gli sorrise e lui si rilassò.

«Esatto, Trucker. Non sono quel genere di ragazza.»

«Lo so. Ora però devo proprio andare. Sono già in ritardo e il mio telefono sta vibrando all'impazzata in tasca. Probabilmente i ragazzi hanno già chiamato la polizia e denunciato la mia scomparsa.»

Mary sorrise. «Ok. Ti mando qualche messaggio con altri dettagli sulle ragazze, va bene?»

«Mi farebbe piacere.»

«Non ti dirò tutto, ma alcune cose importanti che le riguardano. Magari riuscirai ad averli prima dai tuoi compagni. Di certo non saranno contenti di ciò che ti ho detto.»

«Peggio per loro. Sono felice che tu l'abbia fatto ed è ciò che conta.»

«Va bene allora. Ci vediamo dopo.»

Truck fece un passo indietro. «Sì.»

«Auguri per l'assalto al castello» scherzò Mary mentre lo salutava con la mano.

«*La storia fantastica*. Adoro quel film.»

«Lo so.»

«Ci vediamo.» Truck si girò con riluttanza e si diresse verso la porta d'ingresso prima di cambiare idea. C'era qualcosa in lei che lo faceva sentire protettivo e orgoglioso allo stesso tempo.

«Come sta Emily?» chiese Truck a Fletch più tardi quella mattina, mentre stavano correndo lungo un sentiero sterrato nel mezzo di Fort Hood.

Il suo amico girò la testa per fissarlo e inciampò, rischiando quasi di piantare la faccia a terra.

«Maledizione» disse Ghost lì vicino. «Non avrebbe dovuto dirti quella cosa!»

«Perché no?» s'informò. «Perché sono debole? Fanculo. Da veri migliori amici, avreste dovuto dirmi che non volevate andare in quel bar a rimorchiare le ragazze, che tutti avete una donna. Pensavo non dovessimo avere segreti tra noi. Che ne è stato di quello, eh?» Truck smise di correre e così pure tutti i suoi amici. «È così che funziona adesso? Perché non è ciò che facevamo tre anni fa. Ci siamo sempre raccontati ogni fottuta cosa.» Respirava con affanno e non a causa dello sforzo.

«Wow, è un po' inquietante» commentò in tono ironico Beatle.

«Stai zitto» lo ammonì Fletch, poi affrontò Truck. «Certo che no. Ma questa non è esattamente una situazione normale. Non volevamo causarti delle complicazioni, e non credo che sia stata una mossa molto intelligente da parte di Mary spifferare tutto.»

«Non farlo» lo avvertì fissandolo. «*Non* parlare male di lei. È l'unica persona che è stata onesta con me da quando sono tornato.»

«Onesta, eh? Ti ha detto che eri...»

La bocca di Fletch fu coperta dalla mano di Ghost prima che potesse finire la frase.

«Altri segreti?» chiese Truck, frustrato. Non aveva idea di cosa stesse per dire Fletch, ma aveva la sensazione che fosse qualcosa di grosso. Di enorme.

«Stavamo solo facendo ciò che ci aveva raccomandato il dottore» rispose Ghost. «Ci ha avvertiti che se ti avessimo detto subito che eravamo sposati o fidanzati, avrebbe potuto essere dannoso.»

«Allora cosa, non me lo avreste mai detto? Avreste continuato a frequentare i bar e fingere di portarvi a casa qualche ragazza?» chiese Truck.

«Certo che no» borbottò Blade.

«La mia memoria potrebbe non tornare mai più. Quindi avevi intenzione di far *finta* di aver appena incontrato Wendy da qualche parte e di aver iniziato a uscire con lei? E tu, Hollywood, magari avresti organizzato un secondo matrimonio, solo per mantenere la finzione?»

Nessuno parlò, anche se i loro occhi esprimevano molto.

Truck sapeva di essere stato duro e cercò di frenare le sue emozioni. «Avete ferito i miei sentimenti» ammise con voce più gentile. «Hollywood, ho sentito che le congratulazioni sono d'obbligo. Scommetto che la tua bambina è bellissima. Mi piacerebbe conoscerla, se pensi che possa farlo senza che mi esploda la testa.» Si rivolse a Fletch. «Ed ero serio quando ho chiesto come stava Emily. Mary mi ha detto che sta avendo una gravidanza difficile.»

«Sta bene» rispose a bassa voce. «Ha avuto qualche dolore di recente e siamo preoccupati che il bambino possa nascere troppo presto, quindi è praticamente a riposo completo a letto.»

«È terribile» disse Truck al suo amico. Poi si rivolse agli altri. «Mi piacerebbe incontrare Casey. Trovo divertente che tu sia finito con un'entomologa sapendo quanto odi gli insetti. Vorrei anche incontrare Wendy e Harley.»

I tre interessati annuirono. «Piacerebbe anche a noi» disse Coach per tutti.

Poi Truck si rivolse a Ghost. «E mi risulta che tu abbia avuto un'avventura di una notte con Rayne, e poi l'abbiamo incontrata nel bel mezzo di un'operazione?»

«Di certo Mary è stata loquace» borbottò lui, ma annuì. «Sì. Rayne è meravigliosa.»

«Questo spiega il nuovo tatuaggio» disse, guardando la sua gamba.

Il suo amico annuì di nuovo.

Truck fece un respiro profondo. «Capisco che questo vi metta a disagio e che non vogliate fare nulla che possa farmi del male, ma ragazzi, potrei ritrovare la memoria come no. L'ultima cosa che voglio è che viviate nella menzogna. Siete i migliori amici che abbia mai avuto e voglio conoscere le vostre donne per la seconda volta. Voglio che ci troviamo tutti insieme. Mi rendo conto che all'inizio sarà strano, ma non tenetemi fuori dalle vostre vite.»

Annuirono tutti. «Non lo faremo» disse Hollywood. «Kassie mi sta dando il tormento perché vuole vederti.»

«Anche Emily» aggiunse Fletch. «Anche se dovrai venire a

casa nostra, dato che al momento non le è permesso alzarsi dal letto.»

«Hai comprato quella grande casa su cui avevi messo gli occhi?» gli chiese.

Fletch trasalì. «Sì. È così che ho incontrato la mia Em. Ma ci siamo trasferiti anche da lì.»

Truck inarcò un sopracciglio.

«È una lunga storia, amico. *Davvero* lunga.»

Annuì e si voltò verso gli altri. «Voglio sapere come avete incontrato le vostre donne. Mary me ne ha parlato, ma ho bisogno di tutti i dettagli. Non riesco ancora a credere che voi bastardi siate stati tutti presi a guinzaglio.»

«Proprio *tu* parli» brontolò Coach, e Ghost gli diede uno schiaffo sulla nuca.

Truck socchiuse gli occhi. «Mary mi ha detto che stavamo insieme, ma che era complicato.»

«Ha ragione» confermò Ghost. «Senti, smetteremo di nasconderti le nostre donne, ma tu e Mary dovete risolvere la vostra relazione da soli.»

«Quindi *abbiamo* una relazione?» gli chiese, volendo chiarimenti.

«Sì.»

E a quella risposta, Truck gli tirò un pugno in faccia così in fretta che l'altro non ebbe la possibilità di difendersi.

Ghost cadde a terra con un grugnito, ma si rimise subito in piedi. «Che cazzo?» disse, tenendosi la mascella.

«Sapevi che avevo una relazione e mi hai lasciato andare in quel bar e permesso a quella donna di provarci con me» ringhiò. «Non va bene. Non va affatto bene. Non c'è da meravigliarsi che Mary fosse così sconvolta.»

«Non volevi avere niente a che fare con l'altra donna» ribatté Ghost in difesa. «Non ti avremmo lasciato andare a casa con lei o con chiunque altro.»

Beatle annuì. «Magari non ti abbiamo parlato della tua relazione con Mary, ma non siamo degli stronzi.»

«Sei attratto da lei?» chiese Beatle.

«Sì.» Truck non dovette pensare alla risposta; fu immediata e sincera.

«Bene... quindi, ti è bastata un'occhiata e ti sei sentito attratto. È piuttosto sorprendente, considerando che non ti ricordi di lei.»

«Qual è il tuo punto?» gli chiese.

«È successo esattamente così *l'altra* prima volta che l'hai incontrata.»

Inarcò le sopracciglia sorpreso. «Ah sì?»

«Sì. E questo è tutto quello che ho intenzione di dire al riguardo, ma ho pensato che dovessi saperlo. Magari ti fa sentire meno strano sapere che avevi già una relazione con lei, così da poterla conoscere di nuovo senza preoccuparti di ciò che è successo in passato.»

Truck dovette ammettere che si *sentiva* meglio riguardo alla sua istantanea attrazione per Mary, sapendo che era successo allo stesso modo la prima volta che l'aveva incontrata. Quasi come se fossero destinati a stare insieme. «C'è qualcos'altro che volete dirmi?» si informò.

«Mary ti ha parlato di Fish?» chiese Blade.

«Chi?»

«Immagino che questo risponda. È un membro non ufficiale del nostro team. Per farla breve, vive in Idaho con sua moglie, Bryn, che è incredibilmente intelligente e un po' impacciata socialmente. La adoriamo tutti, ma qualunque cosa tu faccia, *non* intavolare con lei un discorso sulla tua amnesia. Chiacchiererà fino a sfinirti e non avrai il coraggio di fermarla.»

Tutti ridacchiarono e Truck non poté fare a meno di sorridere. Guardando ognuno dei suoi amici, disse: «Sono felice per tutti voi. Abbiamo visto la nostra buona parte di relazioni fallire in ambito militare ed è bellissimo vedervi tutti così felici.»

Ghost gli diede una pacca sulla spalla. «Grazie. Ora, posso chiederti una cosa?»

«Certo.»

«Cosa provi *veramente* per Mary?»

Truck si accigliò. «Perché?»

«Non metterti sulla difensiva. Chiedevo solamente.»

«Mi piace. È stimolante. Non è intimidita da me, e amo che non abbia problemi a tenere testa a voi stronzi.»

Ghost sorrise. «Certo che sei riuscito a inquadrarla in poco tempo.»

Scrollò le spalle. «È divertente, interessante e posso dire che è una guerriera.»

«Curioso. Perché?» chiese Fletch.

«Perché non si fa intimidire da niente e da nessuno. Ieri sera abbiamo anche parlato molto. Ha avuto un'infanzia di merda, e quello l'ha resa più forte.»

«Davvero?» disse Hollywood.

«Non lo sapevate?» chiese sorpreso.

«Non sì è molto aperta con noi. Kassie sa poche cose di lei, solo le più recenti.»

«Confermo» disse Ghost. «Rayne è la sua migliore amica e anche lei non conosce molti dettagli. Sa che sua madre non era un granché e che se l'è cavata da sola da quando aveva diciotto anni.»

«È l'eufemismo dell'anno» concordò Truck. «È una cosa che abbiamo in comune.»

«Andiamo, ragazzi, continuiamo ad allenarci mentre parliamo» li esortò Beatle.

I sei uomini ripresero a correre e Truck disse: «Mary ha detto che non le avevo raccontato dei miei genitori, e mi ha fatto pensare se avessi informato *voi* negli ultimi tre anni, perché so di non aver mai detto nulla prima.»

«No. Tutto ciò che sappiamo è che non fanno parte della tua vita» disse Coach. «Cioè, sappiamo che sono venuti a trovarti dopo che sei rimasto ferito, ma quando se ne sono andati hai messo bene in chiaro che non si sarebbe più dovuto parlare di loro. Non abbiamo insistito.»

«Giusto. Tanto perché lo sappiate, non è che non vi ho raccontato nulla della mia famiglia intenzionalmente, è solo che non ci penso più, dal momento che non fanno parte della mia vita.»

Lanciò un'occhiata agli altri e vide che gli stavano prestando attenzione anche mentre correvano. Così continuò: «Ho anche una sorella.»

Ghost inciampò e quasi cadde a terra. Gli altri lo fissarono a bocca aperta.

Sollevò una mano per prevenire le loro domande. «Lo so, lo

so. La reazione di Mary è stata molto simile. Mercedes – Macie – ha circa cinque anni meno di me e non la vedo da quando sono partito per il campo di addestramento. Eravamo molto legati, ma per qualche motivo non ha mai provato a contattarmi dopo che sono entrato nell'esercito. E sì, le ho scritto, ma non ha mai risposto.»

«E non sei mai andato a casa?» chiese Coach.

«No.» Così, procedette spiegando che crescendo era il bambino stecchino e preso di mira e che i suoi genitori non sembravano preoccuparsene. Raccontò della loro visita all'ospedale dopo che era stato sfigurato e di ciò che avevano detto. Non fu facile, ma era bello aprirsi ai suoi amici.

Aveva avuto una seconda possibilità nella vita. Era più che consapevole che avrebbe potuto morire invece di perdere solo tre anni. Voleva che capissero quanto significasse per lui la loro amicizia e non poteva pensare a un modo migliore di dimostrarlo che aprendosi completamente a loro.

Quando tornarono al parcheggio, Truck ebbe la sensazione di avere dei piccoli martelli che picchiavano dentro la testa, ma in un certo senso si sentiva comunque più leggero.

«Se mai avessi bisogno di aiuto per trovare Macie, se non altro per chiarire le cose, sai che siamo più che disposti a fare tutto il possibile» gli disse Ghost. «Sono sicuro che il comandante non avrebbe problemi a usare i suoi contatti per trovarla.»

Truck non rifiutò subito l'offerta. Dopo aver parlato con Mary, aveva seriamente pensato di chiamare il loro amico, Tex. Quell'uomo poteva trovare chiunque, a prescindere da quanto bene fosse nascosto. Ma forse avrebbe iniziato con il comandante. Era una buona idea. «Ci penserò.»

Ghost annuì, poi tese la mano a Truck e se la strinsero. «Rayne aveva ragione» disse.

«Riguardo a cosa?»

«Ti abbiamo protetto troppo. Mi dispiace averti tenuto nascoste le cose. Sono ancora preoccupato per la tua salute, ma proveremo a darci una calmata, giusto ragazzi?»

Furono tutti d'accordo.

«Vuoi venire a conoscere Kassie e la mia Kate?» gli chiese Hollywood.

«Cazzo, sì» rispose al suo amico.

«Grande. Vedo di combinare.»

«Ehm... devi sapere che è in corso l'organizzazione di un matrimonio di gruppo» lo informò Beatle. «La mia fidanzata, Casey, è sua sorella.» Indicò Blade.

«Porca puttana» imprecò Truck a occhi spalancati. «È fantastico!»

Il suo compagno era raggiante. «Direi di sì.»

«Congratulazioni, Beatle» gli disse, dandogli una pacca sulla spalla.

«Grazie. La doppia cerimonia è stata un'idea delle ragazze» aggiunse.

«Quando si terrà?»

«Non lo sappiamo ancora. Vogliono aspettare che Emily abbia il bambino» riferì Blade.

«Ottimo. Avrò tempo per conoscerle di nuovo.»

«Già.»

«Quindi questo ci rende gli unici rimasti non fidanzati ufficialmente, eh?» scherzò con Ghost.

«Pare di sì» fu la sua risposta, ma percepì una nota strana nel suo tono che non riuscì a interpretare.

«Dobbiamo andare» li avvisò Coach, interrompendo quel momento. «Il comandante vuole parlarci di qualcosa stamattina.»

«Devo esserci anch'io?» gli chiese.

Scosse la testa. «Non serve. Ho chiesto la stessa cosa e ha detto che si trattava della missione in Africa, e dato che non te la ricordi, sei giustificato.»

Truck avrebbe voluto insistere per partecipare, magari ascoltando ciò che era successo la memoria si sarebbe risvegliata, ma la testa lo stava uccidendo e aveva bisogno di sdraiarsi per un po'. Quindi lasciò perdere. «Va bene. Allora ci sentiamo più tardi ragazzi?»

«Decisamente. Truck?» lo chiamò Fletch titubante.

«Sì?»

«Pensi che potrei... merda.»

«Che c'è, Fletch?»

«Mary ti ha parlato di Annie?»

«Sì. Tua figlia.»

«Esatto. Be'... le manchi e sta implorando di vederti. Pensi che potremmo venire un po' da te oggi pomeriggio? Sarà una visita breve in modo da non stressarti troppo.»

«Sa cosa mi è successo? L'ultima cosa che voglio fare è ferire la ragazzina non riconoscendola.»

«Lo sa» lo rassicurò Fletch.

Truck non si sentiva proprio tranquillo, ma non poteva rifiutare. «Certo.»

Lo sguardo di sollievo sul suo viso diceva tutto; amava sua figlia, era ovvio. Sperava che la ragazzina non fosse fastidiosa. Non si fidava molto dei bambini, tendevano a spaventarsi quando vedevano la cicatrice, o facevano domande irritanti. Ma dal momento che sembrava che Annie avesse implorato di vederlo, probabilmente non aveva problemi con il suo aspetto.

«Devo andare all'incontro con il comandante. Ci vediamo più tardi.» disse Fletch affrettandosi verso la sua macchina.

Anche gli altri salutarono e, poco dopo, stava tornando al suo appartamento. In realtà, avrebbe voluto vedere Mary, ma sapeva di doverle dare un po' di spazio.

La mattinata era andata bene. Aveva chiarito le cose con i suoi compagni di squadra e sperava che avessero capito di non tenergli più nascosto nulla, a prescindere da ciò che aveva detto il dottore. Ma non aveva ricordato niente di nuovo ed era frustrante.

Si era illuso che con il passare del tempo avrebbe iniziato lentamente a ricordare delle cose qua e là, ma non era ancora successo. Il dottore gli aveva detto di essere paziente, che una settimana non era un tempo sufficiente perché la sua memoria tornasse, ma aveva sperato che avesse torto. Purtroppo non era così. Gli ultimi tre anni erano un vuoto esattamente come quando si era svegliato dopo aver battuto la testa.

I nomi delle donne dei suoi compagni di squadra non gli avevano risvegliato alcun ricordo, non significavano niente per lui, erano solo nomi a caso. Lo odiava, poiché era ovvio che significassero molto per i suoi amici. Aveva l'impressione che gli sfuggisse qualcosa di importante, ed era uno schifo.

Truck ci rimuginò fino a casa e quando entrò, invece di sentirsi meglio, vedere il suo appartamento fece aumentare il dolore alla testa. Si guardò intorno, cercando di capire cosa mancasse. C'era qualcosa, ne era sicuro, ma per quanto ci provasse, non riusciva a ricordare.

«Cazzo» imprecò.

Dato che la testa gli scoppiava, decise di prendere uno dei potenti antidolorifici prescritti dal medico. Non ne aveva presi molti perché, come aveva detto a Mary, non gli piaceva davvero prendere farmaci pesanti, ma voleva quasi disperatamente liberarsi del dolore e del nulla che aveva nella testa in quel momento.

Guardando l'orologio, vide che erano quasi le otto del mattino. Fletch aveva detto che sarebbe arrivato nel pomeriggio, quindi c'era tutto il tempo per fare un pisolino prima che arrivasse con sua figlia.

Truck sapeva che prendere l'antidolorifico lo avrebbe messo del tutto fuori combattimento; avrebbe dormito come un sasso per almeno cinque ore. Bene.

Sospettando di star scivolando nella depressione, Truck ingoiò la pillola senz'acqua. Prima fosse riuscito a dormire e a liberarsi del continuo pulsare alla testa, meglio sarebbe stato.

———

«Piano, scricciolo.»

Truck si accigliò alla voce nella sua testa.

Poi sentì qualcosa toccargli il viso. Sul lato sfregiato.

Tirando indietro la testa di scatto, sentì un peso posarsi sulla sua pancia. Spalancò gli occhi e fissò un paio di occhi azzurri.

C'era una bambina a cavalcioni sul suo stomaco. I suoi capelli biondi erano sciolti intorno alle spalle e abbastanza lunghi da sfiorargli il petto mentre era chinata su di lui. Indossava un paio di jeans consumati e una maglietta con disegnata la sagoma di un carro armato. Gli aveva posato una delle sue piccole mani sul viso, sopra la cicatrice, ed era completamente seria mentre lo guardava.

«Ciao Truck. Sono Annie.»

«Ciao» gracchiò lui, sentendosi emozionato senza capirne il motivo.

«Scusa, amico» disse Fletch da sopra di lui. «Ho bussato ma

non hai risposto. Ho usato la mia chiave per entrare, quella che mi hai dato tu tra parentesi. Volevo assicurarmi che stessi bene.»

«Nessun problema» lo rassicurò, continuando a guardare la bambina.

«Ti ricordi di me?» gli chiese la piccola.

Stringendo le labbra si sentì orribile di dover dire di *no* a quell'angioletto. «Mi dispiace, ma no.»

«Sono Annie Elizabeth Grant Fletcher. Ho otto anni. Ho un fidanzato di nome Frankie. È sordo e vive in California. Gli parlo con le mani su Internet. Mi sta insegnando come fare. Papà Fletch mi ha regalato dei soldati giocattolo la prima volta che l'ho incontrato. Non mi piace indossare vestiti, preferisco i pantaloni. Mamma e io ci siamo trasferite da papà Fletch quando si è ammalata, e poi i cattivi ci hanno rapite, ma tu e papà siete venuti a prenderci. Ti ricordi adesso?»

Dio, quella ragazzina era preziosa. Come aveva potuto presumere che sarebbe stata fastidiosa? Truck si sentiva in colpa anche se quando lo aveva pensato non l'aveva ancora incontrata.

Per tutto il tempo mentre parlava, non aveva spostato la mano dalla sua guancia e nemmeno distolto lo sguardo. Truck l'avrebbe definita "un'anima antica", e lo strano senso di déjà-vu tornò con prepotenza. *Conosceva* quella bambina, ma non la conosceva; era una sensazione frustrante e strana.

«Scusa, Annie. Non ricordo. Ma sai una cosa?»

«Che cosa?»

«Solo perché non mi ricordo di te, non significa che non mi piaci.»

«Certo che ti piaccio» disse la piccola con convinzione. «Sono simpatica. Lo dicono tutti.»

Truck sentì Fletch ridacchiare. Alzò lo sguardo verso il suo amico e lo vide accanto al divano. Sembrava sollevato e preoccupato allo stesso tempo.

«Che ne dici di lasciare che Truck si sieda, scricciolo?»

Invece di scendere da lui, Annie si adagiò sul suo petto, gli appoggiò la testa sulla spalla e tenne la mano sulla guancia. «Mi dispiace che tu sia stato ferito, Truck.»

«Anch'io.»

«Sei spaventato?»

Deglutì e le mise una mano sulla schiena, tenendola stretta a sé mentre si sedeva. Annie si aggrappò a lui come una piovra, senza spostarsi nemmeno di un centimetro.

«Prendo qualcosa da bere per tutti» disse Fletch, lasciandogli un po' di privacy con sua figlia, ora che sapeva che era in buone mani.

«Un po'» le rispose Truck con sincerità.

La piccola annuì contro di lui. «Penso che sarebbe spaventoso non ricordare le cose. Ma ci prenderemo cura di te.»

«Grazie.»

«La mamma mi ha detto che avere paura significa che stai per fare qualcosa di coraggioso.»

Truck chiuse gli occhi e cercò di controllare le sue emozioni. «L'ha detto, eh?»

«Sì. E quando i cattivi ci hanno preso, ero davvero spaventata, ma anche coraggiosa. Eri lì e ti sei assicurato che fossimo al sicuro.»

«Bene.»

«Truck?»

«Sì?»

«Farai sorridere di nuovo Mary?»

«Annie!» La rimproverò Fletch arrivando da dietro il divano. «Ne abbiamo parlato.»

La piccola sollevò la testa dalla spalla di Truck e lanciò un'occhiataccia a suo padre. «Non stavo per dire niente. È solo che Mary mi manca! Non viene a trovarmi da una vita. Voglio vederla e far pratica con lei in persona sul linguaggio dei segni. Non è la stessa cosa farlo su Internet. Ed era triste l'ultima volta che ci siamo chiamate su FaceTime.»

La mente di Truck era un turbinio di pensieri. Il pulsare sordo era tornato, ma non così forte come quella mattina. Tenere in braccio Annie lo faceva sentire bene, gli sembrava giusto. Anche ascoltare i suoi discorsi era rassicurante. Non aveva ricordi del piccolo diavoletto, ma era come se il suo *corpo* si ricordasse di lei. C'era qualcosa nella sua manina sulla guancia di molto familiare che lo faceva sciogliere dentro.

«Annie Elizabeth» la avvertì Fletch.

La bambina abbassò gli occhi. «Scusa, papà» disse contrita.

Truck avrebbe voluto mettersi a ridere. La piccola teneva in pugno il padre e lo sapeva.

«Cazzo, Fletch, non avrei mai pensato di vedere questo giorno.»

«Sono cinque dollari!» gridò Annie e tese la mano speranzosa.

«Eh?»

«Cinque dollari. Hai detto una parolaccia. Ora che ho il carro armato, vanno sul fondo per il college. Papà dice che quando sta conversando tra adulti non conta, perché a volte le parolacce escono senza volerlo, ma quando qualcuno parla con *me* in quel modo, allora conta assolutamente. Quindi... mi devi cinque dollari!»

«Quanto hai guadagnato finora?» le chiese ridacchiando.

«Circa quattromila dollari» gli disse con orgoglio.

Quasi si soffocò. «Sul serio?»

Annuì. «Gli amici di papà dicono un sacco di parolacce» disse con nonchalance, poi agitò le dita con impazienza.

Truck si inclinò e tirò fuori il portafoglio dalla tasca, prese una banconota da cinque dollari e gliela mise in mano. Lei gli sorrise raggiante e scese dalle sue ginocchia. Corse da Fletch sventolando i soldi. «Guarda, papà!»

«Vedo, scricciolo.»

Annie sorrise felice e tornò vicino a Truck sul divano. «Ti fa male la testa?» gli chiese.

Si raffigurò subito Mary che faceva la stessa domanda. Ormai era stanco di sentirselo chiedere da tutti, ma per qualche motivo, non gli dava fastidio se lo facevano loro due. «Un po'.»

«Oh. Allora dovresti riposarti ancora. La mamma dice che quando hai male da qualche parte non c'è niente come un buon pisolino per sistemarlo.»

«Tua madre sembra una persona intelligente.»

«Lo è. Le fa sempre male la pancia quindi dorme molto in questo periodo. Ma è solo perché mio fratello è impaziente di uscire e conoscermi.»

«Tuo fratello, eh?» Sollevò lo sguardo su Fletch. «Non mi avevi detto che avresti avuto un maschio.»

«Perché non sappiamo il sesso del bambino. Annie spera solo che lo sia, vuole un fratello con cui poter giocare.»

«*È* un maschio» insistette. «Lo so.»

«Solo perché vuoi qualcosa, non significa che sia vero» le disse con dolcezza Truck. Non aveva idea da dove provenissero quelle parole, ma aveva un vago ricordo di aver avuto lo stesso pensiero in passato; non sapeva riguardo a cosa, ed era frustrante. «Vorrei davvero tanto ricordare te e gli altri miei amici, ma solo perché lo desidero, non significa che accada.»

La bambina fece il broncio. «Ma... le femmine sono stupide! E cattive. Voglio un fratellino a cui mostrare il mio soldato e con cui giocare sulla terra. Voglio insegnargli come fare la corsa ad ostacoli al lavoro di papà.»

«Puoi insegnarlo anche a una sorellina» le disse Fletch. «E chi è cattivo con te, scricciolo?»

Strinse le labbra prima di mormorare: «Nessuno.»

Suo padre sospirò.

«Sai cosa fa impazzire i bulli?» le domandò Truck.

«No, cosa?»

«Essere ignorati. Non riuscire a ottenere una reazione da te.»

«Come lo sai?»

«Perché quando andavo a scuola le persone erano cattive con me.»

«Davvero?» Gli occhi di Annie diventarono enormi sul suo visetto. «Ma sei così grande che potresti schiacciarli come un insetto. Io sono la più piccola di *tutti*.»

«Non sono sempre stato di queste dimensioni. Sono sempre stato alto, ma magro, così tanto che mi chiamavano stecchino.»

«Veramente?»

«Sì. Ho imparato a ignorarli. Inoltre, dato che erano così cattivi non volevo comunque essere loro amico.»

«Anche se fossero stati popolari e amati da tutti?» gli chiese con voce sommessa.

«Anche in quel caso. Fai ciò che ti piace, Annie. E al diavolo ciò che pensano loro. Avere un solo vero amico è molto meglio che averne dieci di falsi.»

«Mi piace Amy, è nella mia classe ed è gentile.»

«Allora sii amica di Amy e non preoccuparti di tutti gli altri, se non piaci a loro non sanno cosa si perdono. Ti conosco da poco e penso che tu sia straordinaria.»

Lei ridacchiò. «Mi conosci da più tempo, Truck.»

«No.» Si batté la tempia.

«Oh, sì! L'avevo dimenticato.»

Le sorrise. «È carino che anche tu abbia poca memoria.»

Annie rise abbracciandolo. «Oh, ancora una cosa.»

«Cosa?»

«Mi devi altri cinque dollari. Hai mandato i bulli da "quello con le corna".»

Truck fece finta di guardarla male. «Dai, quella non era una parolaccia, e credo che la *tua* memoria sia davvero buona, eh?»

«Già» disse tutta contenta.

Non aveva ancora rimesso il portafoglio in tasca, così tirò fuori altri cinque dollari e glieli porse.

«Andiamo, scricciolo, direi che gli abbiamo sottratto abbastanza soldi per oggi.»

«Sottratto?»

«Lo abbiamo truffato, raggirato, abbindolato.»

«Abbindolato! Mi piace questa parola» strillò Annie, poi continuò a ripeterla in continuazione mentre andava verso la porta dell'appartamento con i suoi cinque dollari in mano.

Truck si alzò e seguì Fletch e la sua bambina.

«Posso accendere la macchina?» chiese Annie, guardando suo padre con grandi occhi imploranti.

«Certo» rispose, tirando fuori un portachiavi dalla tasca.

La piccola sorrise e si voltò per dire a Truck: «Adoro premere il pulsante magico!» E con quello, sparì fuori dalla porta e corse verso il parcheggio.

La osservò andare dritta a un Highlander che aveva un paio di anni e salirci dentro. Sentirono accendersi il motore e la videro salutarli dall'interno dell'auto.

«È straordinaria» disse al suo amico.

«Grazie. Ma non posso prendermi troppo merito, è tutto di Em.»

«È anche un diavoletto» osservò.

«Per *quello* sì, mi prendo un po' di merito» disse Fletch ridendo.

«È vittima di bullismo?» gli chiese.

«Credo di sì. Non ha detto niente a casa, ma d'altronde

eravamo piuttosto preoccupati per Emily. Annie è una bambina felice di natura e non si lamenta mai di niente.»

«Tienila d'occhio» gli consigliò. «Magari non è un grosso problema ora, ma potrebbe essere un inferno per un adolescente con gli ormoni impazziti.»

«Mi dispiace che tu abbia dovuto subirlo» disse Fletch.

Scrollò le spalle. «È stato molto tempo fa.»

«Eppure...»

Truck annuì.

«Tutto bene?» gli chiese il suo amico.

Si voltò verso di lui e sollevò un sopracciglio in una muta domanda.

«Annie ha detto molte cose, ti sei ricordato qualcosa?»

«No. Ma...» Fece una pausa, non sapendo bene come spiegare le strane sensazioni di déjà vu.

«Ma?»

«Sento come se i ricordi fossero lì. È come quando non ti viene in mente una parola, ma sai di conoscerla, ce l'hai sulla punta della lingua ma non riesci a esprimerla.»

«È diverso da come ti sentivi la settimana scorsa?»

«Sì. All'inizio succedeva solo in rare occasioni, ma ultimamente viene innescato dagli odori, dal vedere cose a caso, come quando sono andato a quell'incontro alla base la scorsa settimana e mi sono seduto nella sala riunioni, o quando tua figlia mi ha posato una mano sulla guancia.»

Fletch annuì. «Mi sembra una cosa positiva.»

«Lo spero.»

Un clacson suonò dal parcheggio ed entrambi si voltarono a guardare l'Highlander. Annie sorrise e li salutò di nuovo.

«Immagino che questo sia il segnale perché muova il culo.»

«Cinque dollari» scherzò Truck.

«Conta solo se lo sente *lei*.» Fletch sorrise, poi gli batté la mano sulla spalla. «Grazie per essere stato così eccezionale con Annie.»

«Non è stato difficile.»

«Grazie comunque. Le hai illuminato la giornata. La settimana. Il mese. Ci vediamo.»

E con quello, si diresse verso la sua macchina e la sua bambina.

Per un secondo, provò gelosia nei confronti del suo amico. Erano stati tutti single per così tanto tempo, che a Truck non era passato per la mente che avrebbero potuto trovare delle donne che rendessero più completa la loro vita.

Si sentiva escluso, come se lo avessero abbandonato. Il che era stupido, ma non poteva evitare di provare quella sensazione. E ciò lo portò a pensare a Mary e alla natura della loro relazione. Non poteva negare di provare dei sentimenti per lei, ma definirli era più difficile. Una parte di lui sentiva di amarla, il che era pazzesco, dal momento che non la conosceva nemmeno più. Ma un'altra parte era diffidente, come se il suo cervello lo stesse avvertendo di andarci piano con lei, di trattenersi per qualche motivo. Aveva la sensazione che Mary potesse davvero ferirlo. Non lasciava mai che le donne gli si avvicinassero troppo perché era stato deluso più di una volta. Era frustrante non sapere esattamente come fosse stata la sua relazione con lei.

Ma guardare Fletch con Annie e sapere che sarebbe tornato a casa dalla moglie incinta, gli fece desiderare di poterlo avere anche lui. Voleva tornare a casa da Mary, voleva che sorridesse quando lui entrava dalla porta e lo accogliesse a braccia aperte.

Sentendo lo stomaco brontolare, Truck sorrise con tristezza. Desiderare le cose non le avrebbe magicamente fatte succedere. Gli era stata data la possibilità di un nuovo inizio con Mary e l'avrebbe sfruttata. Avrebbe finto che qualunque cosa accaduta tra loro in passato fosse solo quello... passato.

Magari non avrebbe mai più ricordato a che punto fosse stata la loro relazione, ma non vedeva l'ora di vedere dove sarebbe arrivata in futuro.

Sorridendo, Truck chiuse la porta del suo appartamento ed entrò in cucina per preparare un pranzo ritardato/cena anticipata. Avrebbe avuto tempo di conoscere Mary prima di dover tornare al lavoro, ed era proprio ciò che aveva intenzione di fare: passare le due settimane successive a frequentarla. A parlare. A imparare a conoscerla.

Che riacquistasse la memoria o meno, voleva avere Mary al suo fianco come fidanzata per quando sarebbe tornato al lavoro.

CAPITOLO UNDICI

MARY ERA sulla soglia del caveau delle cassette di sicurezza e guardava con diffidenza il giovane che la ispezionava. Un paio di settimane prima aveva sospettato che stessero tramando qualcosa, ma ora ne era sicura.

Quello era il decimo ragazzo venuto a chiedere di affittare una cassetta nelle ultime due settimane e mezzo. Si erano presentati in giacca e cravatta, ma non riuscivano comunque a coprire tutti i loro tatuaggi, ne avevano sul collo e sul dorso delle mani, alcuni persino sul viso.

Però, i due uomini che avevano tentato di rapinare la banca circa un mese prima non si erano visti. Da quel che ne sapeva, dovevano trovarsi ancora in prigione in attesa di processo, ma se avesse dovuto indovinare, avrebbe detto che erano tutti della stessa banda. Ne aveva parlato di nuovo alla direttrice, Jennifer, che non pensava ci fosse qualcosa di cui preoccuparsi però aveva detto che avrebbe indagato.

Mary non le credeva, ma che altro avrebbe potuto fare?

Il giovane di quel giorno era stato un po' più ovvio rispetto agli altri nel fare domande sulla sicurezza del caveau e delle cassette. Aveva anche voluto sapere chi altro avesse una chiave per aprirle e cosa sarebbe successo se avesse perso la sua. Gli aveva spiegato che erano necessarie due chiavi, che una ce l'aveva la banca e l'altra il proprietario e dovevano essere inserite contemporaneamente e lasciate nella serratura mentre la cassetta veniva estratta, che c'erano anche delle procedure da seguire nel caso qualcuno perdesse la chiave, e che ci sarebbero voluti un paio di giorni per farne una nuova.

Era impossibile aprire più di tre cassette alla volta, perché quello era il numero di chiavi universali che la banca aveva a portata di mano, ma non lo disse al cliente.

«Cosa succede se dovesse esserci un incendio?» chiese l'uomo. «Le mie cose sarebbero protette?»

«Se sta chiedendo se le cassette sono resistenti fuoco, lo sono» gli disse con la massima calma possibile.

«Hmmm» mormorò il tizio. «E se io e il mio amico volessimo occuparci delle nostre cose nello stesso momento, potremmo farlo?»

«No. È consentito un solo cliente alla volta nel caveau.»

«È una cosa stupida.»

Mary scrollò le spalle. «È la politica aziendale.»

«Cosa succederebbe se...»

«Mary!» gridò Rebecca, una delle impiegate agli sportelli, mentre percorreva il corridoio verso il caveau.

Voltandosi vide che teneva in mano un cellulare. «Il tuo telefono sta suonando ininterrottamente. Jennifer è incazzata, ma ho visto che era la tua amica, Rayne. Ho pensato che potesse essere importante e... oh... scusa, non mi ero resa conto che stessi ancora facendo la visita guidata.»

«Penso che abbiamo quasi finito.»

«Posso finire per te, se vuoi» disse esitante. Mary sapeva che Rebecca era altrettanto a disagio per tutti i giovani che venivano a far domande sulle cassette di sicurezza, quindi scosse la testa. «Non è necessario.» Si voltò di nuovo verso l'uomo. «Signor Smith» alzò mentalmente gli occhi al cielo al nome ovviamente falso che aveva dato, «ha il modulo per la richiesta, può riconsegnarlo in qualsiasi momento tra le nove e le quattro e mezza, dal lunedì al venerdì.»

«Va bene. Grazie» replicò l'uomo, poi uscì dal caveau sfiorandola mentre passava. «Scusi» disse, anche se non subito e con un sorriso allusivo sul volto.

Mary si morse l'interno della guancia per impedirsi di dire

qualcosa di cui avrebbe potuto pentirsi. Accompagnò il signor Smith nell'atrio e lei e Rebecca lo guardarono uscire nel caldo pomeridiano.

«Stanno decisamente tramando qualcosa» disse la sua collega.

«Oh, sì» concordò Mary.

«Hai sentito le ultime indiscrezioni sulla banca?» le chiese.

«No, che c'è adesso?»

«L'azienda vuole sbarazzarsi dei cassieri e mettere gli sportelli automatici nell'atrio. Pensano che scoraggerà le rapine come quella del mese scorso.»

«Merda. Quindi perderemo tutti il lavoro?»

Rebecca si strinse nelle spalle. «Non lo so. Immagino che succederà alla maggior parte degli impiegati. Devono comunque tenerne alcuni per gli sportelli accessibili dall'auto e per occuparsi di cose che quelli automatici non fanno... tipo ordinare la valuta estera e cose del genere, ma vogliono automatizzare il più possibile cose come i depositi, i prelievi e le richieste di bilancio.»

«Dannazione» disse Mary, poi scrollò le spalle. «Immagino che sia arrivato il momento di vedere cos'altro possiamo trovare, eh?»

«Ma questa è l'unica cosa che ho fatto» si lamentò Rebecca. «Voglio dire, non è esattamente il lavoro dei miei sogni, ma dopo otto anni e una laurea in studi umanistici, non so cos'altro potrei trovare.»

Condivideva le preoccupazioni della sua collega, ma cercò di rimanere positiva. «Siamo organizzate e affidabili. Troveremo qualcosa.»

Proprio in quel momento, il cellulare che aveva in mano suonò di nuovo e vide che era sempre Rayne. «Ci metterò solo un secondo» informò Rebecca.

L'altra donna annuì e si diresse verso la sua postazione dietro lo sportello.

«Pronto?» rispose.

«Em è all'ospedale» le disse, senza preoccuparsi di salutare. «Ha iniziato ad avere delle perdite di sangue questa mattina e Fletch ha chiamato il 9-1-1.»

«Oh no! Sta bene?» chiese.

«Non sappiamo ancora nulla.»

«Sei in ospedale?»

«Sì. Puoi venire?»

«Ho altre tre ore di turno.»

«Di' alla direttrice che è un'emergenza.»

«Non credo che le importerebbe» disse Mary quasi con rabbia. «Dov'è Annie?»

«È qui, ed è spaventata a morte.»

Il pensiero di Em in ospedale con delle complicazioni era straziante, ma sapere che Annie fosse sconvolta era impossibile da sopportare per Mary. «Sarò lì tra più o meno trenta minuti.»

«E che scusa userai al lavoro?» chiese Rayne.

«Come hai detto tu, è un'emergenza. Penserò a qualcosa.»

«Non fare niente di drastico» le ordinò.

«Chi, io?» scherzò Mary.

«Sì. Ti conosco.»

«Vabbè. I ragazzi sono lì?»

«C'è Beatle. Gli altri erano in riunione e non sono riusciti a liberarsi. Saranno qui il prima possibile.»

«E Truck?»

«Non l'ho ancora chiamato.»

«Lo faccio io» la rassicurò. Lei e Truck avevano passato molto tempo insieme nelle ultime due settimane e mezzo. Si stavano frequentando ufficialmente, ed era bello e strano allo stesso tempo. Non erano mai usciti insieme in passato. Erano passati dal punzecchiarsi come due bambini delle elementari, a lui che l'aveva costretta a trasferirsi dopo aver scoperto quanto fosse malata, a sposarsi.

Ma nelle ultime due settimane erano usciti a mangiare, guardato film nell'appartamento dell'uno o dell'altra, fatto passeggiate e persino un viaggio nel fine settimana a Enchanted Rock, nella vicina Fredericksburg. Era stato affascinante conoscere Truck senza il fattore malattia. Sapeva già che era divertente, protettivo e autoritario, ma aveva scoperto anche altre piccole cose su di lui, tipo che l'armadillo era il suo animale preferito in assoluto e che soffriva il solletico, e aveva sentito innumerevoli storie su sua sorella Macie, e su quanto fossero legati mentre crescevano.

Mary si era innamorata ancora di più di lui, se possibile.

Si erano baciati un paio di volte, ma lei aveva fermato le cose prima che si spingessero troppo oltre, temendo che lui sentisse i suoi seni finti e facesse domande. Mary sapeva di dovergli parlare del cancro prima che lo facesse qualcun altro, ma non era mai riuscita a trovare un buon momento.

Inoltre, per una volta le piaceva essere "Mary" e non "Mary che ha il cancro".

«Ottimo. Anche le ragazze arriveranno il prima possibile, a parte Kassie che non se la sente ancora di portare Kate in ospedale per via dei germi» le disse Rayne. «A presto.»

«Ciao» la salutò e spense il telefono. Cercò di pensare in fretta; cosa avrebbe potuto fare per convincere Jennifer a lasciarla andare via prima? Non aveva accumulato molte ore di malattia dopo essere tornata al lavoro, ma doveva averne almeno tre da poter usare.

Sospirando, decise di stringere i denti e andare a parlarle. Tanto, non è che amasse quel lavoro, se fosse stata licenziata per aver avuto bisogno di andarsene a causa di un'emergenza, pazienza.

Facendo un respiro profondo, andò nell'ufficio di Jennifer e bussò.

La direttrice alzò lo sguardo e chiese con impazienza: «Sì?»

Mary delineò brevemente ciò che stava succedendo e aspettò di vedere quale sarebbe stata la sua decisione.

«Hai già perso molte ore di lavoro.»

«Lo so, ma non chiederei se non fosse davvero importante.»

«Tra questo e molestare i nostri clienti, stai sfidando la fortuna» le disse.

Trattenne la dura replica che aveva sulla punta della lingua. Non molestava i clienti, le aveva riportato le sue preoccupazioni per la sicurezza, com'era giusto fare. Mordendosi l'interno della guancia, rimase in silenzio.

Alla fine, Jennifer sospirò. «Bene. Ma poi basta, e dico sul serio.»

Mary annuì, estremamente sollevata. «Grazie» disse e si voltò per andarsene.

Jennifer la fermò. «Mary?»

Si girò di nuovo per affrontarla. «Sì?»

«Apprezzo che tu me l'abbia chiesto e non ti sia inventata qualche scusa banale o non sia ricorsa a qualche messinscena per ottenere ciò che volevi.»

Mary annuì semplicemente e se ne andò, senza dirle quanto fosse andata vicina a farlo.

Mentre si affrettava verso la macchina, non poté fare a meno di pensare a ciò che stava passando la sua amica. Guidando come un fulmine verso l'ospedale, chiamò Truck.

«Ehi, Mary» rispose lui.

«Ciao. Emily è all'ospedale. Ha iniziato ad avere delle perdite di sangue questa mattina e Fletch ha chiamato un'ambulanza.»

«Merda. Dove sei?»

«Sto andando lì.»

«Rallenta.»

Mary sbatté le palpebre sorpresa. «Come fai a sapere che sto correndo forte?»

«Perché ti conosco. Fai un respiro profondo e cerca di rilassarti. Arrivare lì tre minuti prima non cambierà nulla. Preferirei che rallentassi e arrivassi lì sana e salva.»

Ricacciò indietro le lacrime che si erano formate negli occhi. Era proprio da Truck essere più preoccupato per lei che di Emily. Certo, anche Rayne e gli altri si preoccupavano per lei e volevano che stesse attenta, ma la premura di Truck era diversa. «Va bene. Vieni?»

«Certo che sì» disse in tono esasperato. «Perché non dovrei?»

«È solo che... ci saranno tutte le ragazze, e Annie è già lì. So che è ancora tutto piuttosto strano per te, e non volevo che ti sentissi a disagio ad avere intorno tutti nello stesso momento.»

«Tu sarai lì?»

«Ehm... sì. Te l'ho detto che stavo andando.»

«Allora *sarò* lì anch'io» disse Truck con convinzione.

Le sue parole si insinuarono dentro di lei e si riversarono in tutto il corpo con un calore che non aveva mai sentito prima.

Avrebbe voluto dirgli che lo amava, che nessuno si era preoccupato di lei tanto quanto lui in tutta la sua vita, ma non poteva. Si sentiva fisicamente incapace di esprimere quelle parole. Se lo avesse fatto si sarebbe esposta al rischio di essere ferita. Non poteva proprio.

Schiarendosi la gola per cercare di trattenere la voglia di piangere, Mary disse: «So che non ti piacciono gli ospedali. Starò bene.»

«Devo solo fare una doccia veloce» la informò, ignorando il suo tentativo di offrirgli una scappatoia. «Mi stavo allenando, ma sarò lì tra mezz'ora o giù di lì. Se succede qualcosa, chiamami.»

«Lo farò» disse, più felice di quanto potesse esprimere a parole del fatto che stesse arrivando.

«Guida con prudenza, piccola. Ci vediamo presto.»

«Va bene.»

«Mi sei mancata.»

Mary sorrise. «È passato solo un giorno e mezzo dall'ultima volta che ci siamo visti.»

«Un giorno e mezzo di troppo. A dopo.»

«Ciao Truck.»

Spense il Bluetooth sul volante e scosse la testa. Truck le era mancato ed era una cosa pazzesca. Era indipendente, aveva sempre vissuto da sola, ma si era abituata ad averlo intorno prima dell'incidente. La sua presenza la faceva sentire più calma, meno sulla difensiva riguardo al mondo in generale. A volte stavano seduti insieme nella stessa stanza senza nemmeno parlare, e ciò le dava un senso di serenità, e di tanto in tanto Mary si sorprendeva a guardarlo solo per assicurarsi che fosse ancora lì.

Truck era confortante, generoso, rilassante, ma soprattutto la faceva sentire al sicuro. Crescendo, non le era mai successo, aveva sempre temuto che gli zii cercassero di entrare nella sua stanza per trattarla come facevano con sua madre. Quando a diciotto anni era stata cacciata di casa, non si era sentita al sicuro perché non aveva un posto dove vivere. E anche dopo averlo trovato, nessuno degli appartamenti in cui aveva vissuto le avevano dato veramente un senso di sicurezza. Forse era il risultato della sua infanzia, o il fatto di essere una donna single, ma era abituata a quella sensazione.

Stare con Truck invece, la faceva sentire come se non avesse bisogno di guardarsi alle spalle. Non doveva alzarsi per controllare che la porta fosse chiusa, perché se n'era già occupato lui. Non aveva bisogno di preoccuparsi di tirare le tende, perché Truck le chiudeva non appena fuori faceva buio e dormiva sul lato del letto più vicino alla porta, mettendosi tra lei e chiunque potesse entrare.

Aveva comunque dei difetti. Era troppo prepotente, troppo abituato a fare a modo suo. Monopolizzava il telecomando e aveva l'abitudine di soffiarsi il naso sotto la doccia, il che era semplicemente disgustoso. Ma quelle erano piccole cose. Tutto il resto compensava di molto le sue stranezze. Inoltre, Mary sapeva di avere abitudini molto più fastidiose... e lui le sopportava tutte.

Dieci minuti dopo, entrò nel parcheggio dell'ospedale. Si affrettò verso l'ingresso e prese un profondo respiro prima di entrare. Dopo tutto ciò che aveva passato, non le piacevano proprio gli ospedali. Riportavano alla mente tanti brutti ricordi, ma lei li ignorò sapendo che Annie era lì dentro, preoccupata per la madre e il fratellino.

Ricordava dove si trovasse la sala d'attesa del reparto ostetricia, era stata lì dopo che Kassie aveva avuto la bambina. Così, senza passare dalla segretaria per chiedere dove dovesse andare, Mary si diresse verso l'ascensore, però questa volta era da sola ad attenderlo.

Una volta arrivata al piano giusto, si affrettò verso la sala d'attesa; quel giorno non era piena di persone felici e sorridenti. Nel momento in cui entrò, Annie saltò giù dalla sedia e le corse incontro, circondandole la vita e seppellendo il viso nella sua pancia.

Mary oscillò indietro su un piede, ma strinse subito le braccia attorno alle spalle della bambina. «Ehi, Annie.»

La piccola borbottò qualcosa nella pancia, ma non alzò la testa.

Guardandosi intorno, vide Rayne, Beatle, Wendy e Harley.

«Hai chiamato Truck?» le chiese Beatle.

Annuì. «Doveva farsi la doccia, poi sarebbe venuto qui. Un quarto d'ora fa ha detto che ci avrebbe messo una mezz'oretta.»

Il suo amico annuì.

«Truck sta arrivando?» chiese Annie.

Mary fece scorrere la mano sui suoi capelli arruffati. «Sì, è per strada.»

«Bene.»

Si trascinò verso una delle sedie con la bambina che la teneva ancora stretta. Si sedette su una che non aveva i braccioli e la prese in braccio mettendosela di lato sulle ginocchia. Era un po' scomodo, dato che non era più esattamente piccolina. «Hanno detto qualcosa?» chiese a Rayne.

Lei scosse la testa. «L'hanno portata dentro poco fa per fare il taglio cesareo. Fletch è lì con lei.»

Mary avrebbe voluto chiedere di più, sapere tutti i dettagli, ma non poteva finché c'era Annie. L'ultima cosa che voleva era che la bambina sentisse qualcosa di spaventoso su sua madre.

Col passare dei minuti, la stanza si riempì. Erano arrivati Ghost e gli altri ragazzi, avendo ovviamente terminato la riunione alla base. C'era anche Hollywood, mentre Kassie era rimasta a casa. Quando Truck entrò nella stanza, andò dritto da loro due.

Si accovacciò, mise una mano dietro la schiena della piccola e con l'altra afferrò il lato del collo di Mary.

Si sentì avvolta da lui; il suo profumo fresco e pulito le arrivò alle narici e inspirò profondamente.

«Come stanno le mie ragazze?» chiese sottovoce.

Era andato direttamente da loro, non aveva salutato prima i suoi compagni di squadra. Non si era fermato a salutare nessun altro. Il suo sguardo aveva percorso la stanza, cercandola, e non appena trovata era andato subito da lei.

«Siamo in attesa» lo informò Mary con voce tremante.

«Perché ci vuole così tanto tempo?» chiese Annie, il labbro inferiore tremante.

Truck si rimise in piedi e prese la mano di Mary. La aiutò ad alzarsi e prese il suo posto sulla sedia, poi la fece sedere sulle sue ginocchia. Lei teneva ancora in braccio Annie e vacillò un po' cercando di sistemarsi. Ma non c'era alcuna possibilità che cadesse, non finché c'era Truck.

La tenne ben salda e Mary si abbandonò a lui, sicura che le avrebbe tenute entrambe al sicuro, mentre Annie si raggomitolava tra le sue braccia.

«Avere dei bambini è un processo lungo» disse in tono calmo Truck. «E i medici si stanno prendendo cura al meglio di tua madre e del tuo nuovo fratellino o sorellina.»

«Fratello» disse Annie in tono di sfida. «Fratellino.»

Truck ridacchiò e Mary lo sentì rimbombare contro di lei.

«Scusa. Fratello.»

La bambina tacque e lei non riuscì a pensare a niente da dire che non la turbasse. Così i tre rimasero rannicchiati insieme in silenzio. Dieci minuti dopo, Annie russava sommessamente.

«È pesante? Hai bisogno che la prenda io?» le chiese sottovoce all'orecchio.

Scosse la testa. «Sta bene così.»

«Cosa sta succedendo? Niente di nuovo?»

«No.»

«Tutto questo mi sembra familiare, ma anche no» commentò di punto in bianco Truck.

Mary alzò la testa e lo fissò. Erano praticamente naso a naso. «In che senso?» gli chiese.

«Essere qui in questa stanza con tutti i ragazzi... e anche con le donne. Però in un certo senso è diverso.»

«Eri qui quando Kassie ha avuto la bambina» disse Mary a bassa voce, non proprio sicura di fare la cosa giusta, ma decidendo di proseguire. Nelle ultime settimane aveva condiviso con lui piccole cose come quella, e non sembrava essere peggiorato. «Però tutti ridevano ed erano felici che Kate fosse nata sana. Hollywood stava distribuendo sigari e c'era anche Annie.»

«Hmmmm» rifletté Truck. «Non sono sicuro che sia ciò che mi sembra familiare.»

«Allora cosa?»

«Penso sia l'odore di questo posto. Non mi riporta alla mente belle sensazioni. È come se avessi trascorso molto tempo qui, e nell'istante in cui sono entrato ho provato un senso di paura.»

Mary sentì una stretta allo stomaco. Stava ricordando le volte in cui l'aveva accompagnata a fare la chemio e le radiazioni? Si morse il labbro.

«Mary?»

«Sì?»

«Cosa non mi stai dicendo?»

«Adesso non è proprio il momento o il luogo.»

«Non è a causa della mia amnesia, vero?» le chiese Truck con un'intuizione pazzesca.

Mary aprì la bocca per rispondere, ma fu interrotta da un

dottore che apparve sulla soglia. «Siete tutti qui per Emily Fletcher?»

Rispose un coro di "sì" e il medico sollevò la mano. Mary avrebbe voluto svegliare Annie, ma non voleva che sentisse *eventuali* brutte notizie. Gliele avrebbe comunicate più tardi, se fosse stato necessario.

«Emily sta bene.»

«E il bambino?» chiese Rayne, torcendosi le mani.

«Anche lui. È un po' prematuro quindi, per precauzione, per il momento lo terremo in terapia intensiva neonatale per monitorarlo. Ma è grande, e parte del problema è stato proprio quello, quindi pensiamo che starà bene.»

«Sapevo che era un maschietto» disse Mary, sorridendo a Truck.

Quando tutti iniziarono a parlare insieme intorno a loro, lui mormorò con dolcezza: «Un maschio» senza distogliere lo sguardo da lei.

Mary poté solo annuire, poi si leccò le labbra come in attesa quando si chinò piano. Nel momento in cui le loro bocche si toccarono, si sentì sciogliere.

Si abbandonò a lui, confidando che la tenesse salda sulle sue ginocchia, dato che non poteva aggrapparsi perché le sue mani erano occupate a tenere Annie che dormiva. Sentì il braccio intorno alla schiena stringere mentre Truck inclinava la testa e approfondiva il bacio.

Proprio lì, di fronte a tutti i loro amici, la rivendicò. Quello era l'unico modo per spiegarlo. Sembrava che non gliene fregasse niente che tutti potessero vederli. Le divorò la bocca come se potesse essere l'ultima volta, e Mary ricambiò. Era sempre stata un po' riservata con lui, non volendo illuderlo, ma in quel momento non le importava. Amava Truck come non aveva mai amato nessuno prima, come non avrebbe mai più amato nessuno. Lo voleva al suo fianco per sempre.

Dopo un lungo momento, lui si scostò bruscamente. Respirava con affanno e, se non si sbagliava, sentì il suo cazzo grosso e duro sotto il sedere. Si leccò di nuovo le labbra e sentì il suo sapore, la sua libido si risvegliò con prepotenza. Desiderava quell'uomo. Voleva disperatamente sentirlo nel profondo di lei.

«Cos'è successo?» chiese Annie, raddrizzandosi e stropicciandosi gli occhi.

Mary sussultò sorpresa. Era stata talmente concentrata su Truck che non aveva nemmeno sentito tutto il trambusto intorno a loro.

Lui sorrise al suo evidente sconcerto e accarezzò i capelli di Annie. «Sembra che tu abbia un nuovo fratellino.»

«Davvero?» chiese, sollevando la testa ed evitando per un pelo di colpire il mento di Mary.

«Sì» confermò.

Annie balzò giù dalle ginocchia di Mary, facendola quasi cadere a terra. Solo la mano di Truck sulla sua schiena impedì che succedesse.

«Evviva» gridò la piccola, saltando su e giù. «Losapevolosapevolosapevo!»

Mary sorrise all'entusiasmo della bambina.

«Quando posso incontrarlo? Voglio mostrargli il mio soldato. Oh no, l'ho lasciato a casa! Rayne, devo andare a prenderlo così posso mostrarlo a mio fratello!»

«Avrai tempo per farlo più tardi» la rassicurò, sorridendo da un orecchio all'altro.

«Un fratello» disse Annie un po' più calma. «Sono così felice.» Poi scoppiò a piangere.

Rayne la prese tra le braccia e sorrise a Mary.

«Non ho idea di come abbia potuto dimenticare quella bellissima bambina» le sussurrò Truck all'orecchio. «Ma cosa più importante, non ho idea di come abbia potuto dimenticare com'è avere la mia bocca sulla tua e sentirti dimenare sulle mie gambe come hai fatto prima.»

Sapeva di essere arrossita, ma doveva dirgli la verità. «Prima non era così tra noi.»

Lui non replicò, ma sollevò un sopracciglio in modo interrogativo.

«È... complicato» finì Mary debolmente.

Truck le accarezzò su e giù il braccio con dolcezza. «Non mi sembra complicato adesso.»

Lei scosse la testa. «No, è vero.»

Avrebbe detto di più, ma proprio in quel momento una voce risuonò al di sopra del rumoroso festeggiamento.

«Mary?»

Si voltò e rimase paralizzata. Ogni muscolo del suo corpo si irrigidì, letteralmente.

«Cosa c'è che non va?» le chiese Truck con urgenza, sentendo ovviamente la tensione.

«Niente, torno subito.»

Scese in modo goffo dalle sue ginocchia e andò verso l'infermiera che si trovava sulla soglia della sala d'attesa. «Ehi, Donna. Come stai?»

«Sto bene. Ma la domanda è: come stai *tu?*»

«Bene.» Indicò la stanza. «Sono qui perché la mia amica ha appena avuto un bambino. Ci sono state complicazioni e le hanno fatto il taglio cesareo, ma il dottore ci ha appena informati che lei e suo figlio stanno bene.»

«Fantastico» disse Donna. «Non sei venuta all'appuntamento.»

Mary fece una smorfia. Sì, lo sapeva, sarebbe dovuta andare a parlare con il suo medico dell'intervento di ricostruzione. Doveva decidere se lo voleva fare, ma aveva saltato l'appuntamento a causa di tutto ciò che stava succedendo con Truck. A essere sincera, era stata contenta di avere una scusa per non andare, non aveva la minima idea di cosa fare e non voleva nemmeno pensarci.

«Che appuntamento?» chiese una voce profonda dietro di lei.

Mary strinse le labbra irritata e si voltò per affrontare Truck. «Non è niente.»

«Non mi pare che sia niente se hai saltato un appuntamento con un medico» replicò, aggrottando la fronte.

«Ti chiamo per riprogrammare» Mary rassicurò Donna, poi le voltò le spalle, afferrò Truck per il braccio e lo trascinò lontano dall'infermiera. L'ultima cosa che voleva era che lei gli rivelasse il perché di quell'appuntamento, o qualsiasi altra informazione sul suo cancro. Non aveva ancora avuto il coraggio di parlargliene e non voleva che lo venisse a sapere in quel momento.

«Mary, parlami» incalzò mentre si lasciava allontanare dalla porta e portare su un lato della stanza.

«Non è importante.»

«Tutto di te è importante» le disse con voce intensa, chinandosi su di lei.

Non sapeva come rispondere così lo fissò e basta.

«Non hai intenzione di dirmelo» mormorò sorpreso dopo un momento.

Mary scosse la testa.

«Tra tutti, tu sei stata la più onesta con me sin dall'inizio. Hai dato addosso a Ghost perché non voleva rivelarmi niente. Mi hai raccontato frammenti qua e là, ridandomi indietro la mia vita, e ora mi tieni nascosto qualcosa?»

«Non ha niente a che fare con te» gli disse, sapendo che nel suo tono stava riemergendo la solita stronza, ma non poteva farci niente. Era troppo presto. Le piaceva essere normale con lui e non voleva che finisse. Non ancora.

Truck fece un passo indietro alle sue parole. «Niente a che fare con me? *Tutto* ciò che ti riguarda ha a che fare con me.» Le sue parole erano intrise di sincerità.

«Mi conosci solo da poche settimane» sussurrò Mary.

«Stronzate» ribatté. «Ci conosciamo da molto più tempo. Potrei non ricordare i dettagli, ma lo so qui» disse, mettendosi una mano sul cuore. «Parliamone.»

«Adesso non è il momento.»

«Allora quando?»

«Non lo so!» gridò Mary, poi impallidì quando nella stanza cadde il silenzio. Si guardò intorno e vide che tutti li stavano fissando. Fantastico, proprio fantastico.

Sentendosi intrappolata, tornò al suo vecchio comportamento, quello che usava sempre quando le cose si facevano troppo intense. Si nascose dietro le barriere protettive che aveva alzato e parlò senza riflettere.

«Penso che tu abbia abbastanza di cui preoccuparti con i *tuoi* problemi di salute» sbottò. «I mal di testa non ti passano, in effetti, stanno peggiorando. Ne hai parlato con il dottore, eh? E con il tuo comandante? Non puoi tornare al lavoro se ti sembra che la testa stia per esplodere, no?»

Vide la mascella di Truck contrarsi come se stesse digrignando i denti. Fece una smorfia, rendendosi conto che probabilmente non avrebbe dovuto tradirlo in quel modo. No, non voleva parlare dell'appuntamento perso, ma nemmeno darlo in pasto ai lupi per salvarsi.

«Ti fa male la testa?» chiese Beatle.

«Merda, Truck. Non va bene» aggiunse Ghost.

«L'ultima cosa che ti serve è perdere ancora altra memoria» rincarò Coach.

Lanciò un'occhiataccia a Mary prima di voltarsi verso i suoi amici e sollevare le mani. «Calmatevi tutti. Sto bene. Il dottore ha detto che avrei continuato ad avere dolori per un po'. Non è così male come lei vi ha fatto credere.»

Si sentiva sempre peggio mentre Truck rispondeva alle domande sulla sua salute. La vecchia lei sarebbe stata contenta di non dover parlare del suo appuntamento e di aver deviato l'attenzione, ma aveva promesso a se stessa di provare a tenere a freno l'atteggiamento ostile. Non aveva avuto intenzione di metterlo in difficoltà, ma lo aveva fatto comunque. E ora si sentiva di merda.

Rayne si avvicinò a lei mentre Truck rassicurava i suoi amici. «L'hai fatto apposta?» le chiese.

Non cercò nemmeno di fingere di non sapere di cosa stesse parlando. «No.» Quando la sua amica sembrò scettica, continuò. «Davvero. Mi è solo sfuggito, non stavo cercando di metterlo nei guai con i ragazzi.»

«Perché?»

«L'infermiera voleva sapere perché non avevo riprogrammato l'appuntamento che avevo saltato.»

«E non hai ancora detto a Truck del cancro» dedusse correttamente.

«No.»

«Oh, Mary. Devi farlo.»

Lei sospirò. «Lo farò.»

«Quando?»

«Non lo so, ok? Voglio godermi il fatto di essere semplicemente *me stessa*, non la povera donna senza tette che è quasi morta.»

Invece di lasciarsi scoraggiare dalle sue parole dure, Rayne la fissò e poi disse: «Smettila di frignare.»

«Come scusa?» chiese scioccata.

«Mi hai sentito. Abbiamo già avuto questa conversazione, ma

sembra che dovremo riaverla. Voglio sapere dov'è andata la mia amica stronza. La ragazza che non si lascia mai abbattere da niente. Che era come uno di quei cazzo di giocattoli strambi Weeble.»

«Eh?» Non riusciva a credere che i ruoli fossero invertiti; Rayne si stava comportando da stronza con *lei*.

«Sai... quei pupazzetti che oscillano ma non cadono mai. Ti ho sempre ammirata perché quando le cose si mettono male, non te ne stai lì a piangere, le affronti. Ma non stai per niente affrontando la situazione del cancro.»

Mary si stava arrabbiando. «Non capisci.»

«Stronzate. Capisco benissimo.»

«No, non penso. Cazzo, tu non sei quasi morta, due volte. Le tue tette non hanno cercato di ucciderti, così da doverle far togliere. Hai un cazzo di corpo da sballo con curve bellissime su cui il tuo uomo ama mettere le mani dappertutto. Io sono ancora troppo magra, sono piatta come una tavola. Scusami se volevo che Truck continuasse a guardarmi come fa ora. Senza provare *pietà*.»

«Non ti ha mai guardato *una volta* con pietà» replicò Rayne. «Se aprissi gli occhi e lo guardassi bene, lo sapresti. Lui ama *te*. Non il tuo corpo, né le tue tette.»

Mary avrebbe voluto continuare a ribattere a tono, ma non ci riuscì. Voleva credere davvero tanto a Rayne, ma era spaventata. Temeva che nel momento in cui avesse abbassato la guardia, Truck sarebbe tornato in sé o avrebbe ricordato tutto. Com'era stata orribile con lui quando era malata, che l'aveva vista nei suoi momenti peggiori, che pensasse che lo aveva sposato solo per la sua assicurazione quando invece lo aveva fatto perché lo amava.

Doveva scusarsi con lui. Dirgli che non aveva avuto intenzione di spifferare dei suoi continui mal di testa. «Ho bisogno di parlare con Truck.»

La voce della sua amica si addolcì. «Raccontagli del cancro» la esortò. «Ti sta divorando dentro.»

«Ci penserò.»

Rayne si sporse in avanti e l'abbracciò forte. «Fallo. E stasera chiamami, stronza, così ti do un aggiornamento su Emily e il bambino.»

Annuì. Sapeva di non meritare una migliore amica come lei. Magari litigavano, ma facevano sempre pace e non serbavano mai rancore. Amava quel lato della loro amicizia.

Fece un respiro profondo e si avvicinò a Truck che stava parlando con Ghost. «Truck?»

Quando lui si voltò quasi trasalì allo sguardo frustrato sul suo viso. Il suo amico si allontanò, dando loro un po' di privacy.

«Mi dispiace» gli disse senza indugio. «Mi è sfuggito di bocca.»

Lui si passò una mano sulla mascella e annuì.

Mary deglutì. In passato, le avrebbe subito detto che non c'erano problemi e lasciato perdere... rendendole facile continuare a comportarsi in modo odioso, perché non aveva subito nessuna conseguenza. Ma ora che aveva dovuto confessare le sue colpe e lui non l'aveva automaticamente perdonata, si rese conto di quanto avesse approfittato della sua natura accomodante.

Sentendosi a disagio e sapendo che aveva bisogno di defilarsi per leccarsi le ferite, si morse il labbro e mormorò: «Devo andare.»

Truck si limitò a fissarla.

Si sentiva in imbarazzo e sapeva che stava per fare ciò che faceva sempre – fuggire – ma non poteva farci niente. «Ti parlerò più tardi.»

Quando lui non rispose, ma continuò a guardarla con quell'espressione delusa sul viso, non riuscì più sopportarlo. «Di' ciao ad Annie da parte mia» sussurrò, poi si voltò e andò verso l'uscita.

———

Truck guardò frustrato Mary andarsene. Gli stava nascondendo qualcosa. Qualcosa di grosso. E lo odiava. Le credeva sul fatto che non avesse avuto intenzione di parlare agli altri dei suoi mal di testa, e l'aveva già perdonata per quello, ma voleva che gli spiegasse perché avesse sentito il bisogno di cambiare argomento.

Avrebbe voluto trovare quell'infermiera e chiederle dell'appuntamento che aveva saltato, ma sapeva che non gli avrebbe risposto. Era frustrante da morire.

«Sei sicuro di stare bene?» chiese Ghost per la decima volta.

«Sì» rispose Truck... di nuovo. «Abbastanza.»

«Sono passate tre settimane» disse Coach. «Il mal di testa dovrebbe iniziare a diminuire.»

«Il dottore ha anche detto che c'era una possibilità che non succedesse, che ci sarebbe voluto più tempo perché gli edemi sul mio cervello guarissero» rimarcò Truck.

«Ricordi qualcos'altro?» chiese Beatle.

«Forse.»

«Forse? Che razza di risposta è?» domandò Blade

«Onesta.» Truck ridacchiò. «Non ricordo niente di specifico, sono più sensazioni, come se fossi già stato da qualche parte o avessi fatto qualcosa prima.»

«Tipo?» chiese Ghost.

«Tipo oggi, quando sono entrato in questa sala d'attesa, mi sembrava di averlo già fatto.»

«Sì» confermò Coach. «Quando Kassie ha partorito.»

«Già. È quello che ha detto Mary. Ma c'è dell'altro. Gli odori sono importanti per me. Ne sento uno e provo un'immediata sensazione di déjà vu. Anche un rumore può farmi provare la stessa cosa. È... strano.»

«È una buona cosa» disse Ghost.

«Sì, lo penso anch'io. Ecco perché non sono troppo preoccupato per il mal di testa. È davvero solo un fastidio.»

«Allora perché Mary ha fatto tutto quel polverone?» chiese Blade.

«Perché è preoccupata per me» disse senza esitazione. «Onestamente, non credo che intendesse mettermi nei guai con voi ragazzi, ma ha perso un appuntamento di qualche tipo e l'infermiera glielo ha rimarcato. Quando le ho chiesto a cosa servisse si è zittita, e non è da lei. Di solito non ha problemi a rispondere alle mie domande, soprattutto quando è qualcosa che sa che ho dimenticato.»

Aspettò che qualcuno gli dicesse ciò che voleva sapere, ma all'improvviso tutti erano estremamente interessati al loro orologio o al pavimento o alle pareti.

Fanculo a tutti, era stanco di quelle stronzate.

«Me ne vado.»

«Truck, aspetta» lo implorò Ghost.

«Sono davvero stufo di essere tenuto all'oscuro delle cose della mia cazzo di vita. Pensavo lo avessimo chiarito.»

«Non spetta a noi dirtelo» disse Coach. «Ma a Mary.»

«Sarebbe *spettato* a voi parlarmi delle vostre donne» ribatté Truck. «Ma lo ha fatto lei, non voi. Qualcuno me lo dica adesso, cazzo.»

Concesse ai suoi amici dieci secondi di disagio e quando nessuno parlò, scosse la testa e si diresse verso la porta.

Era incazzato. Più che incazzato.

Nel momento in cui si precipitò fuori, nella stanza entrò una donna e strillò allarmata quando lo vide. Ma a Truck non importava. Di solito faceva del suo meglio per non sembrare intimidatorio quando era in pubblico, ma al momento non gliene fregava niente.

Era stufo di tutti i segreti.

Stufo di non sapere cosa diavolo stesse succedendo intorno a lui.

Ma soprattutto, era preoccupato.

Per Mary.

Non riuscì a smettere di pensare a lei mentre tornava a casa.

Pensò a lei mentre saliva nel suo appartamento.

Pensò a lei mentre si preparava qualcosa da mangiare per cena.

Pensò a lei mentre sedeva sul divano a guardare il telegiornale.

Pensò a lei mentre si lavava i denti.

E ovviamente, pensò a lei mentre era sdraiato a letto.

Quando chiuse gli occhi, Truck poté giurare di sentire il corpo di Mary accanto al suo. Infatti, allungò un braccio, ma quando la sua mano non incontrò nient'altro che le lenzuola fresche, capì di avere delle allucinazioni.

Oppure no?

Forse stava ricordando?

Mary aveva passato due volte la notte lì dopo che avevano dormito insieme sul suo divano, ma entrambe le volte erano rimasti in soggiorno.

Allora perché poteva praticamente percepirla lì, nella sua camera da letto?

Aprendo gli occhi e voltandosi, Truck accese la luce sul comodino. I suoi occhi vagarono lentamente per la stanza, alla ricerca di qualcosa, *qualsiasi cosa*, che gli facesse capire che non si stava solo inventando cose che desiderava fossero vere.

I suoi occhi si fermarono su un punto nella parete, vicino alla porta che dava sul corridoio.

Fissò il muro bianco per diversi minuti, cercando di mettere a fuoco qualcosa che gli sembrava di essere a un passo dal cogliere.

Sospirando frustrato, Truck ricadde sul letto e fissò il soffitto.

Mary era sua. Lo sapeva fin nel midollo, ma non aveva idea di come penetrare la barriera che c'era ancora tra loro. Era frustrante. Avrebbe voluto dirle che qualunque cosa fosse successa tra loro in passato, ora non era importante, ma aveva la sensazione che lo *fosse* davvero tanto.

L'indomani avrebbe iniziato ad andare a fondo alla questione. Era un soldato della Delta Force, per l'amor di Dio, attualmente in pausa forzata. Era arrivato il momento di cercare di scoprire il passato suo e di Mary, da solo.

Sentendosi meglio ora che aveva una sorta di piano, Truck chiuse di nuovo gli occhi. La sua immaginazione prese il sopravvento e la mano si mosse di sua spontanea volontà. La passò sopra il cazzo e diventò subito duro.

«Fanculo» sussurrò e spinse giù i boxer, liberandosi l'uccello. Poi, concentrandosi sulla sensazione di avere Mary accanto, Truck si portò all'orgasmo. Dopo essere andato in bagno a pulirsi, tornò a letto sentendosi molto più rilassato.

Mary era sua.

Punto.

Nessuno l'avrebbe tenuto lontano da lei.

Non i suoi amici, e di certo non Mary stessa.

CAPITOLO DODICI

La mattina successiva, dopo aver preparato una caraffa di caffè e una frittata di spinaci e funghi, Truck sentì bussare alla porta. Quando guardò attraverso lo spioncino, rimase scioccato di vedere Mary dall'altro lato.

Aprì in fretta e disse stupito: «Mary?»

«Sorpreso di vedermi?» gli chiese un po' esitante.

«In realtà, sì» le rispose, ma era davvero contento che lei fosse lì. Aveva avuto il tempo di pensare a ciò che era successo il giorno precedente e si era reso conto che più Mary era brusca, più significava che si sentisse emotivamente fragile. Qualunque cosa fosse accaduta un attimo prima che spifferasse agli altri dei suoi continui mal di testa, l'aveva toccata nel profondo.

«Posso entrare? Dobbiamo parlare.»

«Certo» disse Truck, aprendo di più la porta. Inspirò profondamente mentre gli passava accanto e, ancora una volta, fu colpito da quella sensazione di familiarità.

Mary era sdraiata a letto accanto a lui e usava il suo braccio come cuscino. Truck aveva il mento posato sulla sua testa e il braccio libero avvolto intorno alla sua vita. Lei gemeva piano e lui le mormorava parole sommesse.

Si sentiva impotente a non poterla aiutare. Non poteva farle passare la nausea. Non poteva guarirla magicamente. Tutto ciò che poteva fare era stringerla e farle sapere che non era sola. Che le era vicino. Che la amava.

Mosse la mano per far scorrere lievemente le dita su e giù per il suo braccio. Nessuno dei due parlava, ma le stava facendo sapere senza parole che era lì. Che poteva contare su di lui. Che si sarebbe preso cura di lei.

«Truck?»

Sbatté le palpebre e la visione scomparve. Era stata così reale che era certo fosse un ricordo.

Tenendolo per sé, disse: «Scusa. Hai detto qualcosa?»

«Stai bene?»

«Sì. Non ho bevuto abbastanza caffè questa mattina.»

Sorrise a quell'affermazione. «Adori il caffè» sussurrò, poi più forte: «Devo andare al lavoro, ma mi dispiaceva che le cose tra noi restassero come le avevamo lasciate, e non volevo mandarti un messaggio o parlare al telefono.»

Truck rimase sorpreso. Non sapeva perché, ma aveva la sensazione che quella non fosse la Mary che conosceva. Gli sembrava più probabile che serbasse rancore a lungo e che sarebbe toccato a lui fare la prima mossa. «Ho sempre tempo per te, Mary» disse con dolcezza.

Lei abbassò lo sguardo sul pavimento. «Scusami per ieri. So di averlo già detto, ma devo farlo ancora. Ti chiedo scusa non solo per aver rivelato dei tuoi mal di testa, ma perché so che non è giusto dirti alcune cose e tacere su altre. Io... vorrei parlartene, ma ho paura.»

Truck fece un passo verso di lei e le mise una mano sul collo. «*Non devi* aver timore di me» ordinò in modo un po' burbero, scoraggiato al solo pensiero.

«Non ho paura di te, di per sé» spiegò subito, senza staccarsi da lui. «So che non mi feriresti... fisicamente.»

«Pensi che potrei ferirti emotivamente?» le chiese.

Mary annuì. «Lo ha fatto ogni uomo che ho frequentato.»

«Io non sono loro» ribatté, desiderando che gli credesse.

«Lo so. Ed è per questo che sono qui» ammise.

Non riuscendo a trattenersi, Truck si chinò e la baciò sulla fronte. Fu un bacio casto, ma sembrava più intimo di qualsiasi cosa avessero mai fatto. Era quasi una promessa. «Ogni volta che avrai bisogno di me, ci sarò.»

Gli rivolse un sorriso tremante. «Va bene. Come ho detto, devo andare al lavoro. Abbiamo una riunione questa mattina con la direttrice. Penso che annuncerà i licenziamenti e non sarà piacevole.»

«Cazzo. Perderai il posto?» le chiese preoccupato.

Mary scrollò le spalle. «Non lo so, ma è probabile. Ma credo che non mi dispiacerà se dovesse succedere. L'anno scorso ho perso molte giornate di lavoro e dopo essere tornata non è più stata più la stessa cosa. Sono rimasta sorpresa che ieri mi abbia lasciata andare via presto, ma penso sia perché sta solo accumulando motivi per potermi licenziare. Credo sia frustrata per non essere riuscita a farlo prima, e poi ho scoperto che non ho la stessa motivazione che avevo una volta. Senza contare che i bastardi con cui abbiamo avuto a che fare di recente, stanno rendendo la situazione davvero tesa.»

«Che tipo di bastardi?»

Scrollò le spalle. «È quello il problema, non ne sono sicura, cioè, sono sicura che siano dei bastardi, ma in realtà non hanno fatto qualcosa di particolare da portare la direttrice a prendere provvedimenti.»

«Mary. Sputa il rospo» la incalzò.

«Sì, scusa. È solo che sono venuti in banca molti ragazzi a fare domande riguardo al noleggio delle cassette di sicurezza, che in apparenza non è un problema, ma hanno questo atteggiamento un po' ambiguo. Sembrano troppo giovani per avere davvero bisogno di noleggiarne una – le statistiche dicono che la maggior parte dei contraenti sono più vecchi – e ho proprio una brutta sensazione al riguardo. L'ho detto a Jennifer, ma mi ha risposto che sono solo paranoica.»

«Non sembra qualcosa da prendere alla leggera. E se stessero studiando il posto?» ipotizzò Truck. «Magari vengono lì per ottenere informazioni, per vedere la struttura della banca, sapere quanti dipendenti ci lavorano, cose del genere. L'ultima cosa di cui hai bisogno è che qualcuno venga a fare una rapina.»

Mary distolse lo sguardo dal suo portandolo a chiedersi quale fosse il motivo, ma lei si limitò ad annuire e disse: «Lo so. Ma come ho già detto, per qualche ragione che ignoro, secondo lei non è un problema. Ad ogni modo, tutte queste cose messe insieme fanno sì che non sia turbata all'idea di essere licenziata.»

«Quindi cosa faresti nel caso?»

«Non lo so. Ma ci sono un sacco di organizzazioni nei dintorni per le quali potrei fare volontariato finché non lo capisco.»

Truck aveva la sensazione che sapesse esattamente cosa volesse fare, ma non si sentiva ancora abbastanza a suo agio a dirglielo. Quindi, lasciò perdere ancora una volta. «Ti va di tornare qui dopo il lavoro?»

«Sì, se per te va bene.»

«Certo. La mia casa è la tua casa» affermò, ed ebbe l'impressione di averglielo già detto.

Mary sorrise. «Ok. Ti mando un messaggio prima di venire. Grazie, Truck. Mi dispiace di essere così odiosa a volte. È che... sono proprio così.»

Lui si sporse in avanti e posò la fronte sulla sua. Il loro respiro si mescolò e poteva sentire il calore del suo corpo contro il proprio. Il suo fresco profumo era più intenso stando così vicini, e se lo godette. «Mi piace come sei. E non mi dà fastidio il tuo atteggiamento pungente. So cosa c'è dietro.»

«Cosa?»

«La mia Mary» disse semplicemente.

Lei deglutì a fatica e chiuse gli occhi. Rimasero così per un lungo momento prima che Truck si allontanasse con riluttanza.

Lo guardò e annuì. «Allora ci vediamo più tardi.»

«Certo. E, Mary?»

«Sì?» Si fermò con la mano sulla maniglia.

«Andrà tutto bene. A prescindere da ciò che devi dirmi, ti tratterò con cura.»

Lo fissò per alcuni secondi. «Lo so. Temo solo che t'incazzerai tanto da non volerlo fare più.»

«Niente mi farà incazzare fino a non volere più» fece un gesto per indicare loro due, «*questo.*»

«Vedremo» disse Mary.

«Esatto. A dopo. Guida con prudenza.»

«Certo. A più tardi.»

Truck fissò la porta che aveva chiuso dietro di lei e in quel momento gli passò per la mente un'altra immagine; Mary seduta sul divano. Era pallida... e completamente calva.

Si chinò su di lei con un piatto di minestra e disse: «Devi mangiare, Mary.»

«Non ho fame.»

«Non mi interessa. La mangi lo stesso.»

«E più tardi la vomiterò. Truck, lascia perdere.»

«No. Mangia.»

Lei sospirò e gli prese il piatto dalle mani. «Ok, ma più tardi te lo rinfaccerò, quando mi dovrai sostenere mentre vomito.»

«D'accordo.»

Si chinò e le baciò la testa bianca e calva...

Poi la visione scomparve e lui si ritrovò a fissare di nuovo la porta del suo appartamento.

«Figlio di puttana» imprecò. Il mal di testa era ricomparso con più intensità, ma era certo che gli stesse tornando la memoria. I piccoli sprazzi che aveva erano confusi e irritanti, ma con ognuno di loro capiva sempre di più cosa intendesse Mary quando aveva detto che la loro relazione era stata complicata.

Sperava davvero che quella sera gli avrebbe spiegato tutto. Stava iniziando a fare le sue deduzioni, in base a ciò che aveva ricordato di recente, ma sperava di sbagliarsi.

Gli si strinse lo stomaco e pregò come non aveva mai fatto che i problemi di Mary fossero nel passato. Non poteva averla ritrovata, solo per perderla.

———

Mary non rimase sorpresa quando Jennifer annunciò la nuova direzione che voleva intraprendere la banca riguardo al fatto di rimpiazzare i cassieri con gli sportelli automatici, aggiungendo che solamente cinque di loro non sarebbero stati licenziati. Tutti avrebbero ricevuto due mesi di buonuscita e ci sarebbe stata la possibilità di richiedere l'indennità di disoccupazione se qualcuno ne avesse avuto bisogno.

Dopo la riunione ringraziò Rebecca per averla avvisata. Tutti i dipendenti erano di cattivo umore quel giorno, ma Mary riusciva solo a pensare alla possibile reazione di Truck quando più tardi gli avrebbe parlato.

Non era ancora pronta a comunicargli che in realtà erano marito e moglie, ma gli avrebbe detto del cancro. Una cosa alla volta. Sperava che magari sapere della malattia gli avrebbe risvegliato la memoria tanto da fargli ricordare da solo la cerimonia di matrimonio, così non avrebbe dovuto dirglielo lei e spiegargli perché glielo aveva proposto e, cosa più importante, perché alla fine lei avesse accettato.

Si sentì in colpa pensando al loro certificato di matrimonio incorniciato, ancora sepolto dentro a una delle scatole che aveva portato a casa. Aveva pensato più di una volta di tirarlo fuori e appenderlo, ma non voleva che Truck lo vedesse per sbaglio quando andava da lei.

Ma ogni giorno che passava, diventava sempre più difficile tenergli nascoste le cose. Il pomeriggio precedente era troppo incazzata e aveva deliberatamente evitato di dirgli dell'appuntamento, ma una volta tornata a casa si era sentita così in colpa, da programmare subito di andare da lui la mattina seguente per implorarlo di parlarle; per fortuna, non l'aveva fatta supplicare.

Ma ora doveva trovare il coraggio di vuotare il sacco. Non voleva che Truck la guardasse con pietà o la trattasse in modo diverso. Era difficile essere per tutto il tempo la Mary piena d'energia che le persone si aspettavano, c'erano giorni in cui tutto ciò che voleva fare era stare a letto e non vedere o parlare con nessuno.

Durante la giornata al lavoro, il suo telefono aveva suonato in continuazione con i messaggi da parte di tutte le ragazze. Rayne aveva inviato un selfie di lei ed Emily che aveva un aspetto fantastico nonostante avesse partorito solo il giorno prima. Ma era stata la foto di Annie che teneva in braccio il suo nuovo fratellino a far inumidire gli occhi di Mary.

La bambina aveva un'aria decisamente estasiata. Era una scena adorabile e bellissima allo stesso tempo. Il pensiero che avrebbe potuto perdersi tutto quello, se Truck non l'avesse costretta a sposarlo, faceva male. Lui aveva fatto la cosa giusta, per quanto fosse stata dura ripetere i trattamenti, vedere Annie e il suo fratellino ripagava.

Quando aveva chiesto a Rayne come Emily e Fletch avessero chiamato il figlio, le aveva riferito che nessuno lo sapeva ancora. I Fletcher avrebbero organizzato una festa di benvenuto non appena Em e il bambino fossero stati dimessi dall'ospedale, il che sarebbe avvenuto entro quel fine settimana. Solo allora lo avrebbero rivelato.

Mary scosse la testa; a Emily piaceva ospitare persone a casa, adorava ancora di più se erano *tutti* presenti. Nonostante ciò che era successo al suo matrimonio, amava le grandi feste chiassose.

Quando arrivarono le quattro e mezzo, era mentalmente esausta. La giornata era stata orribile, tutti erano depressi e sembrava che ci fossero stati più clienti del normale, e Mary aveva dovuto fare un altro tour del caveau delle cassette di sicurezza con un altro personaggio losco.

Aveva provato a parlare ancora una volta con Jennifer, per spiegarle che qualcosa non andava e che serviva una maggiore sicurezza o qualcosa del genere, ma lei l'aveva di nuovo ignorata. Aveva cercato di convincersi che si comportasse così perché era completamente immersa nella riorganizzazione dello staff e stava cercando di capire quando sarebbero arrivati i nuovi macchinari per l'atrio, ma secondo Mary c'era qualcosa che non quadrava.

Nell'aria c'era un senso di inquietudine, e non poté fare a meno di pensare che la situazione sarebbe degenerata. Nessuno dei giovani che avevano visitato il caveau era tornato per restituire la richiesta e noleggiare una cassetta di sicurezza. Nemmeno uno. E ciò rafforzava la teoria che stessero tramando qualcosa di brutto. Mary non riusciva a capire perché Jennifer stesse ignorando tutti i segni.

Quando lasciò la banca a fine giornata, era cotta. Finita

mentalmente. Lo stress di sapere che presto molto probabilmente sarebbe stata disoccupata, la preoccupazione del se, o quando, i membri della banda avrebbero fatto una mossa, e il pensiero di cosa avrebbe detto a Truck, per non parlare che aveva saltato il pranzo, le avevano fatto venire voglia di tornare a casa, infilarsi sotto le coperte e non uscire per una settimana.

Ma erano rimasti d'accordo che sarebbe tornata da lui dopo il lavoro, e non era una che si rimangiava la parola data. Anche se sapeva che sarebbe stato meglio aspettare di essere in uno stato d'animo migliore, Mary bussò alla porta dell'appartamento di Truck.

Lui la aprì quasi all'istante e le rivolse il suo sorriso sbilenco. Fu travolta dal desiderio di crollargli addosso e lasciare che si prendesse cura di lei, ma si trattenne.

«Ciao» le disse. «Com'è stata la tua giornata?»

«Di merda» rispose senza mezzi termini.

Sembrò sorpreso della sua risposta, ma poi la sua espressione si addolcì e le prese la mano. «Mi dispiace, Mary. Entra. Lascia che ti prepari qualcosa da bere. Hai fame?»

La trascinò in casa e chiuse la porta. Lei non rispose mentre la portava in cucina, la mano ben stretta nella sua.

Era una bella sensazione.

Le ricordava come si era sempre preso cura di lei quando stava male.

E all'improvviso si sentì stanca di tutto.

Non le piaceva tenere segreti con Truck, ma odiava davvero tanto dovergli dire del cancro. Non le piaceva parlarne, preferiva fingere che non fosse mai successo... e non sopportava di trovarsi in quella posizione.

Mary sapeva che i suoi sentimenti erano irrazionali, ma non poteva farci niente. Era andata da uno psicologo su richiesta del suo medico quando le era stato diagnosticato per la seconda volta. Le aveva assegnato il compito di scrivere su un diario ciò che provava, e di portarlo alla seduta in modo da poterne parlare. Ci era tornata solo una volta e poi aveva smesso del tutto.

Non le piaceva condividere ciò che provava. Aveva continuato a scrivere di tanto in tanto in quel maledetto diario, ma alla fine non l'aveva fatta sentire meglio. Non sapeva dove fosse finito, probabilmente in fondo a una delle scatole che le ragazze avevano imballato quando l'avevano aiutata a trasferirsi di nuovo nel suo appartamento, ma all'improvviso sentì l'impulso di scriverci di nuovo qualcosa, per riversarvi tutto ciò che stava provando in quel momento.

«Mary?» chiese di nuovo Truck. «Vuoi che ci prepari qualcosa per cena?»

Le aveva lasciato la mano e la stava guardando in attesa di una risposta, davanti al frigorifero.

«Ho avuto il cancro al seno» sbottò. «Due volte. Ho subito una doppia mastectomia. Conosco quasi tutto il personale del reparto perché ho trascorso lì un sacco di tempo. Ecco perché ieri quell'infermiera mi ha chiamato, ho saltato l'appuntamento per parlare della ricostruzione del seno perché non riesco ancora ad affrontarlo.»

Fissò Truck con aria di sfida. Non era esattamente così che aveva programmato di dirglielo, ma le parole erano uscite da sole. Non sarebbe riuscita a parlare del più e del meno e fingere che andasse tutto bene. Era stato necessario dirglielo, e ora che lo aveva fatto, la palla passava a lui.

———

Le parole di Mary gli provocarono una stretta dolorosa allo stomaco. Dopo i flashback, o ricordi, o qualunque cosa fossero, aveva avuto la sensazione che quello fosse il suo grande segreto, ma sentirla confermarlo in modo così diretto, lo scombussolò.

Abbassò piano la mano dal frigorifero e si avvicinò a lei.

Lo ferì vederla allontanarsi, rifiutando il conforto che voleva – no, aveva *bisogno* di darle.

«Vuoi qualcosa da bere?» le chiese.

«Mi hai sentito?» ribatté invece lei, e Truck vide che le tremavano le mani. «Ho avuto il cancro al seno e c'è la possibilità che ritorni una terza volta.»

«Cosa dicono i dottori?»

Scrollò le spalle. «Non lo sanno. Pensano di aver tolto tutto questa volta, ma nessuno lo sa veramente. Dovrò prendere farmaci per i prossimi otto, dieci anni per tenerlo a freno. Farò analisi ogni anno per verificare che non sia ritornato.»

Truck non riuscì a trovare le parole giuste che potessero confortarla. L'amava. Il pensiero che lei non fosse lì di fronte a lui in quel momento era così insopportabile che fece una smorfia. «Come ti senti?» le chiese stupidamente.

«Bene. Be', a parte il torpore alle dita dei piedi, che è fastidiosissimo. E prima che tu me lo chieda, preferisco tenere i capelli corti. Sono stata calva per un po', ma non ho intenzione di farli crescere più di così. Mi piacciono di questa lunghezza.»

«Piacciono anche a me. Sono carini.»

Mary alzò gli occhi al cielo. «Proprio ciò che voglio, essere carina. Che schifo.»

Le labbra di Truck si contrassero. Si avvicinò di un altro passo, ma lei non se ne accorse o non sentì il bisogno di mantenere la distanza tra loro. Ne fu felice. «Immagino di averti aiutata quando eri malata.»

Annuì. «Sì. Mi... hai aiutato molto.»

«Bene.» Gli passò per la mente la visione di essere entrato nel suo appartamento dopo il lavoro e aver trovato Mary sdraiata per terra in soggiorno. Era caduta e non aveva avuto la forza di rialzarsi. Lei aveva tentato di fargli credere di aver deciso di proposito di fare un pisolino sul pavimento, ma non c'era cascato. «Sei incredibile» disse con dolcezza.

«No, non è vero.»

«Sì, Mary, lo sei. Il cancro è una malattia orribile, doverlo combattere *una volta* spezza le persone, ma tu non solo lo hai battuto una volta, ma due. È stupefacente.»

«Non volevo farlo la seconda volta» ammise. «La prima, Rayne è stata sempre lì per me, ma avevo deciso che non avrei potuto farlo di nuovo. Ero pronta ad arrendermi.»

«Ma non l'hai fatto.»

Scosse la testa. «No. Perché *tu* non me lo hai permesso.»

Le parole rimasero sospese nell'aria per un momento...

«No! Stai dicendo assurdità!» gridò Mary.

«Non è vero, e lo sai. È l'unico modo» ribatté Truck nel tono più calmo

possibile. Non poteva credere che si stesse opponendo all'idea. Non in quel momento, dopo tutto ciò che era successo di recente.

«No!»

«Sì!»

«No!»

Truck avrebbe potuto discutere tutta la notte, ma vedere le lacrime negli occhi di Mary, scorrere poi lungo le guance, gli spezzò il cuore. «Dì' di sì, Mary» cercò di convincerla. «Per favore. Per Rayne. Per Annie. Per me.»

Lei lo fissò a lungo e Truck si costrinse a non muoversi, anche se avrebbe voluto prenderla tra le braccia e tenerla stretta. Doveva dire di sì, ma non poteva forzarla, a prescindere da quanto lo desiderasse.

Alla fine... Mary annuì. Truck andò subito da lei e l'abbracciò, stringendola a sé mentre piangeva.

Sbatté le palpebre quando all'improvviso tornò in sé e si rese conto che Mary lo stava fissando nervosa, ovviamente aspettando che dicesse qualcosa. Non aveva idea di cosa stessero discutendo nel flashback, ma non aveva importanza.

«Grazie per aver combattuto» le disse Truck. «Grazie per non aver mollato. Sono sicuro che avresti voluto, ma ti ringrazio per avermi permesso di aiutarti.»

Mary abbassò lo sguardo sul pavimento. Rimasero in silenzio per circa un minuto, poi Truck si azzardò a fare un altro passo verso di lei. Quando non indietreggiò, ne fece un altro e un altro ancora, e quando fu proprio di fronte a lei, l'abbracciò con delicatezza e la strinse, proprio come aveva fatto nel suo ricordo.

Lei gli cinse subito la vita e gli mise la testa sul petto. Truck sospirò di sollievo e chiuse gli occhi. Da dopo l'incidente si sentiva completamente rilassato solo quando stringeva Mary tra le braccia. Non aveva senso, sapeva solo che era così.

«Parlami della ricostruzione» la esortò, intuendo che per lei sarebbe stato più facile parlarne se non lo avesse guardato.

«Devo decidere se voglio le tette» disse in modo conciso.

«Quali sono i pro e i contro?» le chiese. «Parliamone insieme.»

«I pro sono che non sembrerò una bambina di otto anni e avrò delle tette sode che non cederanno quando ne avrò ottanta;

potrei trovare un lavoro da spogliarellista e soddisfare tutti i pervertiti che ci sono in giro e che vogliono farsi una donna anziana.»

Truck ridacchiò. «Sì, certo. Non succederà, piccola.»

«Altri vantaggi sono che potrei indossare di nuovo maglie con lo scollo a V. Avrei un bel décolleté. Potrei mettere normali costumi da bagno senza dovermi preoccupare di assicurarmi di inserire le tette finte impermeabili. Potrei chinarmi senza far cadere gli inserti dal reggiseno. Mi sentirei... di nuovo attraente.»

Sussurrò l'ultima parte e Truck capì che la riteneva la cosa più importante tra quelle elencate. La strinse più forte. Per quanto avrebbe voluto dirle subito di farlo, desiderava soprattutto che lei si *sentisse* bella come in effetti già *era*. Voleva che si vedesse come la vedeva lui... assolutamente mozzafiato. Ma era anche preoccupato per i rischi. «E quali sono i contro?»

«L'intero processo durerebbe più di un anno. Devono prendere le cellule di grasso dalle cosce e dallo stomaco e iniettarmele nel petto per cercare di tendere la pelle, in modo da poter inserire gli impianti. Ho il terrore che farlo, potrebbe mascherare in qualche modo il ritorno del cancro. E ho sempre odiato le donne che hanno i seni finti, sembra che lo facciano solo per cercare di attirare gli uomini, ed è una cazzata, sono solo mucchi di grasso sul nostro petto... non dovrebbero avere tutta questa importanza.»

La capiva, e purtroppo non aveva assolutamente nessun consiglio per lei. Non era qualcosa che potesse decidere. Di certo tutta la procedura non sembrava molto piacevole. Odiava il pensiero che lei dovesse affrontare dell'altra sofferenza solo per conformarsi alla società, ma se l'avesse fatta sentire meglio con se stessa come donna, poteva valerne la pena.

«Quindi? Cosa dovrei fare?» gli chiese.

Truck aveva temuto quella domanda. «Non posso prendere questa decisione per te, Mary.»

Sbuffò contro il suo petto e si allontanò bruscamente. «Già. Pazienza.»

Le afferrò le braccia impedendole di allontanarsi. Lei sollevò le mani per spingerlo via, ma lui non mollò la presa. «Mi piaci esattamente come sei, Mary. Non me ne frega niente se hai le tette o no.»

Gli balzò alla mente il ricordo di essere a letto sdraiato accanto a lei, a cercare di trovare un posto in cui poterla toccare senza farle male. E un altro di Mary nuda dalla vita in su perché non sopportava di sentire nulla contro il petto, che era rosso, con la pelle che si staccava a causa delle radiazioni. Non aveva mai visto nulla di così orribile in tutta la sua vita, e durante il suo periodo come medico nell'esercito ne aveva viste parecchie di cose.

«Certo» strascicò la parola. «Agli uomini piacciono le tette. Stringerle, succhiarle e vederle rimbalzare. Il décolleté è come una droga per loro, non possono distogliere lo sguardo.»

«A me piaci *tu*» disse Truck con un pizzico di impazienza. «Mi piace quello che c'è qui.» Le mise una mano sul lato della testa. «E qui.» Posò l'altra sul cuore, notando per la prima volta che i suoi seni non erano naturali. «Il resto è solo apparenza.»

Mary si liberò dalla sua presa e fece un passo indietro. «Non ti credo. Tutti gli uomini vogliono una bella donna al loro fianco.»

«Guardami» le ordinò.

«Che c'è?»

«La mia cicatrice ti fa vergognare di stare al *mio* fianco? Ti fa sentire meno attratta da me?»

«Non è la stessa cosa» protestò lei.

«È esattamente la stessa cosa. Non hai idea di quante volte le donne si sono rifiutate di guardarmi negli occhi a causa di quest'orribile cicatrice. O di quante siano andate dritte da uno dei miei amici, ignorandomi perché non sopportavano di vederla. Ma il punto è che non me ne frega niente. Se non riescono a vedere oltre la mia cicatrice, non voglio avere niente a che fare con loro. Mary, quando ho perso la memoria, avresti potuto cogliere l'occasione per evitarmi del tutto. Avresti potuto fingere di non conoscermi, ma non l'hai fatto. Quando quella ragazza al bar ci ha provato con me, tu eri lì, pronta a difendermi e a rivendicarmi. Perché?»

Mary distolse lo sguardo. «Lo avrebbe fatto chiunque.»

«No, non è vero e non l'ha fatto nessun altro. Però *tu* sì. Perché?»

Strinse le labbra, poi disse: «Cosa vuoi sentirti dire, Trucker? Che non posso vivere senza di te? Che ti devo la mia vita? Che cosa?»

«Che ne dici di dirmi che ti importa? Riesci ad ammettere che ci tieni a me? Almeno un po'?»

Lo fissò con occhi enormi. Truck poteva vedere le emozioni che si stavano agitando in lei, ma sapeva che non gli avrebbe dato ciò che voleva. Ciò di cui aveva bisogno.

Decise di giocare il suo asso nella manica.

«Ti amo, Mary Weston. Anche senza conoscere la nostra storia, ti amo.»

Le si riempirono gli occhi di lacrime, ma rimase ostinatamente in silenzio.

«Le ultime settimane sono state meravigliose. Mi è piaciuto molto conoscerti... di nuovo. È tutto una novità per me ed è stato emozionante imparare cosa ti piace e cosa no, e le tue stranezze. Amo i tuoi capelli. Amo il tuo profumo. Amo la tua irriverenza e il fatto che faresti qualsiasi cosa per i tuoi amici. Adoro il modo in cui guardi la piccola Annie e che pensi prima a tutti gli altri e poi a te. Difendi i più piccoli, gli oppressi. Ti vedo per quella che sei, Mary. So che sgrideresti un uomo che non si è preoccupato di tenere la porta aperta per qualcuno dopo essere entrato, per poi girarti ed essere educata e rispettosa verso una madre single che sembra essere allo stremo delle forze. Adoro come ti accoccoli contro di me quando guardiamo la televisione, e il modo in cui discuti con me su ogni dannata cosa. Sei tu, Mary. Non il tuo aspetto. Non quanto sono grandi le tue tette. *Tu*.»

Lo fissò per un attimo, poi disse: «Devo andare.»

«Dannazione, Mary! Non farlo.»

«È stata una giornata tremenda e ho bisogno di andarmene. Devo chiamare Emily e vedere come sta. E anche Annie. Faranno una festa questo fine settimana se il bambino sarà a casa per allora, e devo vedere se le serve che faccia qualcosa.»

Anche questo gli sembrava familiare; Mary che scappava quando le cose si facevano intense tra di loro. A Truck non piaceva, ma sapeva che in quel momento non sarebbe riuscito a fare niente. Non quando alzava quelle barriere insormontabili intorno a lei.

Raddrizzò le spalle e indicò la porta. «Fuggire non farà sì che ti ami di meno, Mary» le disse. «E non renderà nemmeno più facili le tue decisioni.»

«Grazie, Einstein» mormorò, poi andò alla porta, la aprì, uscì e la chiuse piano dietro di sé. Nessuno dei due salutò.

Nell'istante in cui sentì il "clic", Truck lanciò un urlo esasperato, si voltò e prese a calci il divano più forte che poté.

———

Mary sentì l'urlo di frustrazione di Truck dopo essersi allontanata di nemmeno tre passi dalla porta, ma non rallentò. Non tornò indietro, anche se avrebbe voluto farlo con tutta se stessa.

Riuscì a malapena a vedere dove stava andando a causa delle lacrime che le annebbiavano gli occhi. Avrebbe voluto dirgli che ci teneva, che le aveva letteralmente salvato la vita, che non poteva immaginare di vivere senza di lui. Che si sentiva più a casa nel suo appartamento che nel proprio, anche senza le sue cose in giro. Che era orgogliosa e felice di essere sua moglie... ma non poteva.

C'era qualcosa di davvero sbagliato in lei. Ogni volta che apriva la bocca per dirglielo, si bloccava. Forse per colpa di tutti quegli anni in cui sua madre l'aveva condizionata quand'era piccola. Forse perché l'unica volta in cui aveva detto a qualcuno che lo amava, quell'amore le era stato rigettato in faccia. Non lo sapeva.

Ma era certa di essersi appena allontanata dalla sua unica possibilità di essere amata. *Completamente* amata. E non aveva dubbi che Truck l'amasse. Lo aveva dimostrato di continuo con le parole e le azioni. Sapeva che non gli fregava un cazzo che non avesse le tette, che sarebbe rimasto al suo fianco a prescindere da quale sarebbe stata la sua decisione riguardo alla ricostruzione.

Le lacrime scendevano dai suoi occhi in un flusso costante. Il suo telefono squillò, era la suoneria personalizzata di Rayne, ma lo ignorò. Non poteva parlare con la sua migliore amica in quel momento, le avrebbe detto che si stava comportando da stupida, che avrebbe dovuto tornare indietro e parlare con Truck. Ma non poteva farlo. Voleva stare da sola, ne aveva bisogno.

Avrebbe dovuto *abituarsi*, perché dopo aver lasciato Truck in quel modo, era impossibile che lui volesse stare ancora con lei. Era una spina nel fianco e lo aveva appena rifiutato.

Era meglio che lui non sapesse che erano sposati.

CAPITOLO TREDICI

Truck ansimava con le mani sulla testa nel mezzo della sua camera da letto distrutta. Aveva perso un po' la testa dopo che Mary se n'era andata e aveva preso a calci le cose, rovesciato mobili e rotto un po' di roba. Quando in soggiorno non era rimasto più nulla su cui sfogare la sua frustrazione, si era trasferito in camera da letto.

Era frustrato di non ricordare tutti i dettagli riguardo alla malattia di Mary, di non poter cancellare il suo dolore, di non poterla proteggere dal dover prendere decisioni difficili, come farsi ricostruire o meno il seno. Ma soprattutto, era frustrato che la sua memoria non stesse tornando in fretta come avrebbe voluto.

Sfogarsi sulle sue cose era stato piacevole; aveva rovesciato il cassettone, sollevato il materasso girandolo contro il muro e rotto la lampada accanto al letto, ma a Truck non fregava un cazzo. C'erano vestiti ovunque sul pavimento e l'unica foto appesa al muro ora aveva un buco grande come un pugno nel vetro che la ricopriva.

Truck era irritato con il suo medico e i suoi compagni di squadra. Avrebbe voluto che le cose tornassero com'erano prima... anche se non riusciva a ricordarle. Magari non erano state perfette, ma di sicuro meglio di così.

Come poteva stare con una donna, se lei non gli diceva nemmeno i sentimenti che provava?

Non era sicuro di poterlo fare, aveva bisogno anche lui di sentirglieli esprimere.

Ma il brutto era che *sapeva* che a Mary importava di lui. Se non fosse stato così, non lo avrebbe difeso in quel modo al bar, non avrebbe trascorso le ultime settimane a permettergli di conoscerla, non gli avrebbe parlato del cancro.

Cancro.

Aveva avuto un maledetto *cancro,* e lui se l'era dimenticato. Come diavolo aveva potuto? La donna che amava più della vita aveva sofferto per mesi e lui se n'era dimenticato, cazzo. E stando ai pochi ricordi che gli erano passati per la mente, era stata una battaglia tremenda, e lui c'era stato in ogni fase del percorso. Non aveva dubbi.

La verità lo colpì come una mazzata, e Truck indietreggiò finché non andò a sbattere contro il muro, dove scivolò giù. Si sedette sul pavimento e fissò il letto senza vederlo. La rete a molle era ancora al suo posto, ma il materasso era in piedi contro la parete più lontana.

Mary lo amava.

Magari non riusciva a pronunciare quelle parole, ma era così. Lo sapeva bene quanto sapeva di chiamarsi Ford Laughlin.

Era stato uno stronzo anche solo per aver pensato di non poter avere una relazione con lei se non gli avesse confessato i suoi sentimenti.

Ma gli aveva dimostrato più volte con le sue azioni che era importante per lei. Più che importante. Anche solo nell'ultimo mese; come i suoi occhi si illuminavano quando lo vedeva, la foga che metteva quando litigavano, quando lo chiamava Trucker, sorridendo. Il modo in cui si sedeva accanto a lui e giocava con un filo sui suoi pantaloni. Come guardava la sua cicatrice, anche se sembrava non vederla.

Truck chiuse gli occhi e sospirò. Quella sera aveva fatto un casino. Avrebbe dovuto aspettare per dirle che l'amava. Le aveva fatto troppa pressione, per qualcosa che avrebbe potuto non essere mai in grado di dargli. La domanda era... avrebbe potuto sopportarlo?

Aprì gli occhi e sospirò. Sì, avrebbe potuto sopportare di non sentire mai quelle parole, se l'avesse avuta al suo fianco.

Fece per alzarsi in piedi per iniziare a sistemare il casino che aveva fatto nell'appartamento e nella sua vita, quando qualcosa attirò la sua attenzione. Era un taccuino. Un semplice taccuino bianco e nero sul pavimento vicino al letto. Doveva essere caduto quando aveva avuto lo scatto d'ira e ribaltato il materasso.

Truck non pensava che fosse suo, però avrebbe potuto sbagliarsi. Dio sapeva quante cose non ricordava della sua vita. Si avvicinò e lo raccolse. Per qualche ragione aveva la strana sensazione di trovarsi davanti a una porta chiusa a chiave; dalla sua parte era buio e piovoso, ma dall'altra, era sicuro che fosse bello e soleggiato.

E il taccuino che teneva tra le mani era la chiave per arrivare dall'altra parte. Per uscire dall'oscurità e immergersi nella luce.

Lentamente, come se ci fosse il rischio che un serpente potesse uscire dalle pagine e morderlo, Truck lo aprì.

Fissò la scrittura e istintivamente capì che era di Mary. Non ricordava di aver visto nulla di scritto da lei, ma non c'era nessun altro a cui avrebbe potuto lasciare libero accesso in casa sua. Nessun altro avrebbe potuto avere l'opportunità di mettere un taccuino sotto il materasso, per sicurezza.

Lesse le parole sulla prima pagina.

Diario di Mary

Se il tuo nome non è Mary Weston e stai leggendo, smettila. Sul serio. Ti troverò, ti sventrerò e ti farò desiderare di poter tornare indietro nel tempo e prendere una decisione migliore. Sto scrivendo questa roba solo perché il mio medico mi ha detto che mi avrebbe fatta sentire meglio. Non ne sono sicura, voglio dire, ho il cancro al seno per l'amor del cielo, in che modo scrivere i miei sentimenti mi farà sentire meglio? Di certo non mi curerà magicamente. Vabbè. Non ho niente da perdere...

. . .

Quelle parole fecero sorridere Truck. Erano la quintessenza di Mary. Portando il diario con sé, Truck lasciò la camera da letto e tornò in soggiorno. Si sedette sul divano – che per fortuna era ancora intero, anche se ora si trovava quasi dall'altra parte della stanza rispetto a prima – e non esitò a voltare pagina e continuare a leggere.

Magari era sbagliato farlo, ma stava cercando disperatamente di capire la donna che amava. Voleva sapere tutto di lei, per rimettere insieme i pezzi mancanti della sua memoria e quella avrebbe potuto essere la sua unica possibilità di ottenere risposte. Non aveva intenzione di lasciar perdere, anche se si stava intromettendo nei suoi pensieri privati.

Mary non aveva annotato nessuna data, sembrava solo che avesse iniziato a scrivere come se non riuscisse a buttare giù le parole abbastanza in fretta sulla pagina.

Il cancro è tornato. Il maledetto cancro è tornato. Non posso farlo di nuovo. Non posso far subire a Rayne di nuovo tutto quanto. Questa deve essere la punizione per essermi comportata da stronza per tutta la vita. Evidentemente avere una mamma puttana non è stato un castigo sufficiente. E nemmeno essere fregata un sacco di volte dagli uomini. Mi scuso per qualsiasi cosa abbia fatto in una vita passata. Mi sentite, CHIEDO SCUSA! Cazzo. Fanculo a tutto.

Il suo dolore si percepiva bene. Erano solo parole su una pagina, ma Truck poteva sentire fisicamente il suo terrore. Era spaventata a morte e ciò lo uccideva. Aveva un'idea di quello che provava, non che gli fosse mai stato detto di avere una malattia mortale, ma quando il medico in Germania lo aveva informato dell'amnesia e che forse non avrebbe mai ricordato gli ultimi tre anni della sua vita, aveva avuto parecchi pensieri simili a quelli di Mary dopo aver sentito la diagnosi; *non era giusto. Perché lui?*

L'annotazione successiva fu commovente quanto la precedente.

. . .

Ho deciso. Non farò la chemio e le radiazioni. Non posso. L'ultima volta mi hanno quasi uccisa. Preferisco morire alle mie condizioni piuttosto che rivivere tutto. Inoltre non lo dirò a Raynie, altrimenti metterà di nuovo tutta la sua vita in pausa per me. Mi minaccerà finché non accetterò il trattamento. Ma sono stanca. Maledettamente stanca. Lei non capisce. Potrei prendere in considerazione un trattamento se sapessi che la mia assicurazione lo coprirebbe, ma dopo aver speso così tanti soldi per quello precedente, sono abbastanza sicura che questa volta non coprirà tutto. Hanno detto qualcosa riguardo a un tetto sui pagamenti, che è una stronzata. Ho un buon stipendio, ma non è sufficiente a pagare tutti i trattamenti senza l'aiuto dell'assicurazione. Cazzo, una maledetta pillola anti-nausea costa trecento dollari. È ridicolo. Quindi, andrò avanti con la mia vita e quando arriverà la mia ora, arriverà la mia ora. Non sottoporrò Rayne al dolore di vedermi morire. Non le farei mai una cosa del genere. La spaventerebbe a vita. Quando starò troppo male, lascerò il lavoro e andrò su una spiaggia da qualche parte, un giorno una cameriera entrerà nella mia stanza d'albergo e troverà il mio corpo. E va bene così. Meglio lei che la mia migliore amica.

Truck si sentì male. Il pensiero che Mary andasse a morire in qualche maledetto hotel gli fece venire voglia di vomitare. Non era affatto sorpreso che avesse voluto risparmiare la sofferenza alla sua migliore amica, sapeva quanto fossero legate, ma aveva anche la sensazione che se Rayne avesse saputo cosa stava progettando Mary, avrebbe dato di matto. Continuò a leggere velocemente.

Che schifo. Stasera avrei dovuto fare da babysitter ad Annie e sono stata così male da non riuscirci. Erano tutti

ad Austin per il ballo dell'esercito, e ho dovuto chiamare Truck e dirgli che avevo bisogno di aiuto. *Odio* chiedere aiuto. Odio essere malata. Odio il cancro, cazzo!

Truck è venuto ad aiutarmi, ovvio. È maledettamente perfetto in tutti i sensi, ma non lo ammetterei mai con lui. Ovviamente, invece di prendere Annie, portarmi a casa mia, e poi ritornare e farle lui da babysitter, mi ha fatto rimanere lì. E così ho finito per vomitare su tutto il pavimento del bagno perché non sono arrivata al water in tempo. E figuriamoci se non ero anche troppo debole per alzarmi, così mi sono riempita anche tutti i vestiti.

Odio la mia vita.

Cerco di essere coraggiosa e dura, ma è difficile. Tanto difficile.

E lo è ancora di più quando l'uomo più perfetto che abbia mai conosciuto entra in bagno, mi vede sdraiata nel mio stesso vomito e non solo deve aiutarmi a ripulirmi, ma deve anche pulire il bagno.

Non auguro il cancro nemmeno al mio peggior nemico. Nemmeno alla mamma.

«Porca puttana» sussurrò Truck. Non ricordava il ballo dell'esercito o l'incidente descritto da Mary, ma solo leggerlo lo distrusse. Doveva essersi sentita così impotente. Leggendo quelle parole, era evidente ai suoi occhi che a quel tempo l'amasse e se gli aveva chiesto un aiuto, era stato scontato per lui darglielo. Le avrebbe dato qualsiasi cosa.

Era anche ovvio che la richiesta d'aiuto era stata qualcosa di enorme per lei. Mary non chiedeva mai molto, anche ora che non era malata. Odiava pensare che fosse stata così debole da non riuscire ad arrivare in bagno. L'unico motivo per cui aveva chiesto un aiuto, era perché stava badando ad Annie. Se non fosse stato per la bambina, probabilmente sarebbe rimasta sdraiata sul pavimento del bagno di casa sua, fino a quando non avesse trovato magicamente la forza di rialzarsi. Dio, detestava quel pensiero.

. . .

Avevo detto che Truck era perfetto? Ho mentito. È pazzo. Folle. Fuori di testa. Dopo l'episodio a casa di Emily, quando ho vomitato in bagno, Truck è venuto nel mio appartamento dicendo che aveva una domanda da farmi.

Quello stupido mi ha chiesto di sposarlo!

Tutto ciò che sono riuscita a fare è stato fissarlo incredula. Sto *morendo*. Perché diavolo avrebbe voluto sposarmi? Ma... più ci pensavo... più avrei voluto dire di sì. Quell'uomo mi fa impazzire, ma penso di amarlo. Eh, lo so, lo so, ho detto che non avrei mai amato un altro uomo per il resto della mia vita, ma parliamo di TRUCK. Non si arrabbia quando sono bisbetica, infatti sembra trovarlo divertente (il che è fastidioso). Non mi permette di allontanarlo (fastidioso anche quello), e mi dice in continuazione che sono carina (so che è una bugia, perché ehi... ho i capelli da chemio!!).

Ma sai cosa? L'attimo in cui ho aperto la bocca per dirgli di sì, che l'avrei sposato e avrei passato il resto dei miei (limitati) giorni con lui amandolo, ha dovuto parlare di nuovo.

Mentre stavo male a casa di Emily, gli avevo stupidamente rivelato che la mia assicurazione non avrebbe pagato per ulteriori trattamenti di chemio. Che ci avevo provato, ma avevo lasciato perdere. Avrei lasciato che il cancro facesse il suo dovere così sarebbe finita una volta per tutte. La mia unica scusa per aver spifferato tutto era che mi mancava Rayne. Non la vedo da una vita (se mi vedesse perdere di nuovo i capelli, capirebbe ciò che sta succedendo e non posso rischiare), e le ho parlato solo un po' di volte al telefono. Quindi, ero sola, così gli ho vomitato addosso il mio piano di andare in spiaggia e morire pacificamente. Da sola. (Ok, so che non sarebbe in modo pacifico, ma sto cercando di ingannare me stessa per non spaventarmi a morte.)

Quindi ero lì, quasi pronta ad accettare la proposta di Truck, più felice di quanto sia mai stata nella vita perché quell'uomo perfetto e straordinario voleva *sposarmi.* Quali erano le probabilità?

Be', poi mi ha spiegato che se lo avessi sposato, avrei avuto diritto a tutti i benefici dell'esercito... compresa la sua assicurazione sanitaria. Quando si dice una doccia fredda. Ero pronta a dirgli che volevo essere la signora Laughlin, e doveva farmi capire che me lo stava chiedendo solo per salvarmi.

Fanculo la mia vita.

Truck chiuse gli occhi e si concentrò sul respiro.

Mary lo amava.

Ne era già quasi certo, ma lei lo aveva messo nero su bianco.

Poi avrebbe voluto prendersi a calci. Mary avrebbe detto sì se lui non avesse aperto bocca per dirle che in quel modo avrebbe potuto usare la sua assicurazione, ed era piuttosto sicuro che fosse stato solo un disperato stratagemma per convincerla ad accettare.

Ora la sua testa pulsava forte. A ogni frase che leggeva, sprazzi che la riguardavano gli balenavano nella mente. Aveva vissuto lì con lui. Avevano dormito nello stesso letto ogni notte. Avevano guardato la TV insieme. Le aveva preparato i pasti. L'aveva costretta a mangiare quando stava così male da non voler far altro che dormire.

Lo amava e di conseguenza aveva voluto accettare la sua proposta. Sì, le cose tra loro erano state decisamente "complicate", come le aveva definite lei.

Desiderando sapere quali altri casini avesse combinato, Truck continuò a leggere.

Truck non vuole arrendersi. Mi chiama tutti i giorni e mi ordina di sposarlo. Mi dice che non è pronto a lasciarmi andare. Che mi ama e vuole vedere il mio viso sorridente ogni giorno per il resto della sua vita. So che dice stronzate perché ultimamente non ho sorriso affatto.

Perché ha tirato in mezzo la sua assicurazione sanitaria?

Gli ho detto di andare a fanculo.

Truck scosse la testa. Sì, aveva davvero sbagliato a parlare dell'assicurazione. Mary era orgogliosa, non avrebbe mai accettato di sposarlo per quello.

Avrebbe dovuto perdere la testa all'idea di aver chiesto a una donna di sposarlo e non riuscire a ricordarlo, ma l'unica cosa che gli interessava era sapere se alla fine avesse ceduto o meno. Proseguì con la lettura.

Oggi pensavo di morire. *Speravo* di morire. Non sono mai stata così male, nemmeno la prima volta che ho fatto la chemio. Non riuscivo ad alzarmi dal letto. Non mangio niente da due giorni. Non c'è niente di peggio del tuo corpo che si consuma dall'interno. Non ho idea se sia quello che sta succedendo o no, ma ho quell'impressione.

Ero sdraiata lì pregando di morire, quando all'improvviso è arrivato Truck. Il mio "uomo perfetto" ha fatto irruzione nel mio appartamento (anche se devo ammettere che è eccitante che riesca a scassinare le serrature!) Usando la sua formazione medica ha capito che ero disidratata e dovevo mangiare. Ma va!

È rimasto con me tutto il giorno. Costringendomi a bere, facendomi mangiare, anche se ho vomitato due volte dopo averlo fatto. (Buon Dio, possibile che almeno una volta nella mia vita non riesca a *non* vomitare davanti all'uomo perfetto?!?)

Poi ho ceduto.

Mi ha detto che si era informato e avremmo potuto sposarci entro tre giorni. Tutto ciò che doveva fare era procurarsi il modulo di richiesta e poi saremmo potuti andare in tribunale e farlo. Un gioco da ragazzi. Mi ha detto che l'assicurazione sarebbe partita da subito e che avrei potuto ricominciare la chemio.

Era l'ultima cosa che volevo, ma per qualche motivo, ho lasciato che mi convincesse. Sono solo stanca. Stanca di combatterlo. Stanca di essere malata. Stanca di preoccuparmi di ogni cazzo di cosa. Truck ha detto che si sarebbe preso cura di me e io gli credo. Magari mi sposa perché così non schiatto, ma non ho dubbi che farà tutto il necessario per prendersi cura di me.

Credo di essermi arresa perché a nessuno (a parte Raynie, ma ora è diverso perché non viviamo insieme) è mai interessato qualcosa di me. Di certo non a mamma e nemmeno a tutti quegli zii.

Se non fossi così stanca e malata, so che probabilmente avrei tenuto duro. Mi sarei attaccata al mio orgoglio. Ma quando hai toccato il fondo, cos'è l'orgoglio?

Mary aveva accettato di sposarlo?

Porca puttana!

Truck appoggiò la testa sul divano e chiuse gli occhi.

Lo avevano fatto? Pensava di sì, dato che era ancora viva. Se stava così male, era impossibile che fosse riuscita a sconfiggere il cancro senza la chemio.

Era sposato? Mary era sua *moglie*?

Ansioso di scoprire cosa fosse successo in seguito, Truck aprì gli occhi e lesse l'annotazione successiva il più velocemente possibile.

Bene, è fatta. Oggi ho sposato Truck. Non è stato esattamente romantico, in trenta minuti siamo entrati e usciti dal tribunale, ma ora sono la signora Laughlin. Come ho festeggiato? Ho vomitato su tutto il pavimento del bagno. Di nuovo. Vita di merda.

Truck mi aveva portata nel suo appartamento e messa a letto, per poi andare alla base per compilare i documenti così che potessi essere inserita nella sua assicurazione. Era distratto perché tutti i ragazzi sono partiti per andare in Idaho. Qualcosa che aveva a che fare con Fish e

la sua nuova donna. **Ma ovviamente non so cosa stia succedendo perché non ho parlato con Rayne o le altre quanto avrei voluto.**

Poi, mentre era via, ho battezzato la nostra vita coniugale vomitando sul pavimento del bagno.

Sono patetica.

E orripilante (è un bene che il sesso sia fuori discussione perché Truck darebbe un'occhiata al mio petto piattissimo e scapperebbe urlando dalla stanza, dicendo che non è un molestatore di bambini).

E sono sposata.

Cazzo. Che cos'ho combinato?

Ho sposato un uomo per amore e lui mi ha sposata per pietà.

Cazzo!

Guardando il suo anulare, Truck ebbe un chiaro ricordo di Mary che vi faceva scivolare un anello. Dov'era adesso?

All'improvviso, trovare la sua fede nuziale era più importante che leggere. Mettendo da parte il diario, si alzò e tornò nella camera da letto distrutta e andò dritto in bagno.

Sapendo d'istinto dove fosse, aprì l'ultimo cassetto a sinistra del lavabo, si accovacciò e frugò tra le cianfrusaglie, tirando fuori da dietro un piccolo sacchetto di velluto. Non aveva idea di come avesse saputo dove guardare, ma quando rovesciò il contenuto sulla mano, due anelli tintinnarono cadendo nel suo palmo.

Le loro fedi nuziali.

Chiudendo gli occhi, all'improvviso si ricordò perfettamente il giorno in cui li aveva riposti lì.

«Non terrò indosso l'anello» disse Truck a Mary.

I suoi occhi erano tristi, ma annuì. «Ok.»

«Non perché non sono felice di essere sposato con te, ma perché non è intelligente mentre siamo in missione.»

«Ok» ripeté, poi se lo tolse anche lei. «Se non lo indossi tu, non lo metterò nemmeno io. Se avrai il dito spoglio, ce l'avrò anch'io.»

«Non è necessario» le disse.

«Invece sì. E non vale solo per questa missione. Ogni volta che toglierai l'anello, lo farò anch'io. Capito?»

Truck ricordò di aver annuito, ma di non essersene preoccupato molto perché non aveva intenzione di togliersi l'anello se non per le missioni. Non avrebbe mai tradito Mary e non l'avrebbe mai lasciata volontariamente. Aveva pensato che il fatto di non volere indossare l'anello se non poteva farlo anche lui fosse una cosa romantica. Così aveva preso entrambe le fedi, le aveva messe nel sacchettino posandolo poi sul ripiano. In seguito, lo aveva riposto nell'ultimo cassetto per tenerli al sicuro.

Aveva avuto intenzione di dirle dove li aveva nascosti, ma erano stati entrambi impegnati e se n'era dimenticato.

Truck si infilò la fede al dito e non riuscì a credere a quanto gli sembrasse giusto, giocherellò malinconicamente con quella più piccola poi, con riluttanza, se la tolse e le rimise tutte e due nel sacchettino di velluto. Avrebbe voluto andare a prendere Mary, trascinarla di nuovo nel suo appartamento e chiederle quando avrebbe avuto intenzione di parlargli del loro matrimonio, per poi farle indossare l'anello dichiarandola sua. Proprio come l'avrebbe *messo* lui, per assicurarsi che donne come quella del bar sapessero che era impegnato. Invece, si mise il sacchettino in tasca.

Aveva bisogno di capire come far confessare a Mary che erano sposati, ma nel frattempo non poteva sopportare di separarsi dai loro anelli. In un certo senso sentiva che, se li avesse portati con sé, avrebbe reso il loro matrimonio più reale.

Truck tornò nella zona giorno ma andò in cucina per prendersi un bicchiere d'acqua. Lo bevve, poi tornò sul divano.

Gli stava decisamente tornando la memoria. Con ogni parola che leggeva e con ogni ora che passava, era sempre più certo che alla fine avrebbe ricordato tutto. Gli pulsava la testa, ma niente poteva impedirgli di leggere le parole di sua moglie.

· · ·

Devo ammettere che mi sento meglio. Ho finito i cicli di chemioterapia (che sono stati terribili) e ho ricominciato con la radio. Vengo trattata tutti i giorni feriali per quindici minuti. Non sento niente, il che è positivo, anche se le radiazioni mi hanno lasciato sulla schiena un segno scuro permanente. Non può essere una cosa salutare, vero?

E la pelle inizierà lentamente a bruciare. Lo ricordo dall'altra volta.

Truck è stato molto premuroso per tutto il tempo e devo ammettere che mi piace (anche se non glielo dirò mai. Si monterebbe la testa o qualcosa del genere. Ah-ha!).

Ci sono volte in cui proprio non riesco a capire come possa amarmi. Sono una rompipalle. Non può essere divertente stare con me in questo momento, con i miei problemi di salute e il fatto che sono sempre odiosa. Potrebbe avere qualcuno di migliore.

Ma se decidesse di non poter più sopportare il cancro, o me, mi distruggerebbe. Più di quanto abbia fatto Brian quando ero un'adolescente. Più di tutti gli altri uomini che mi hanno delusa. Truck significa tutto per me, anche se non gliel'ho mai detto. Non so cosa farei senza di lui.

Truck chiuse gli occhi e fece un respiro profondo. Mary riusciva ad ammettere quanto ci tenesse a lui solo nel suo diario, ma leggere i sentimenti che provava nei suoi confronti significava più di quanto avrebbe mai potuto esprimere a parole. Non gli piaceva sapere di avere il potere di distruggere Mary, ma non era sorpreso... semplicemente perché avrebbe potuto benissimo distruggerlo anche lei. Quando riaprì gli occhi, dovette sbattere le palpebre un paio di volte per scacciare le lacrime che gli annebbiavano la vista, in modo da poter continuare a leggere.

Oh, Dio. Avevo dimenticato quanto fossero terribili le radiazioni. Non sopporto nulla che mi tocchi il petto, il

che è imbarazzante perché praticamente vivo a tempo pieno con Truck nel suo appartamento. Mi ha aiutato a dar sollievo alla pelle con la lozione che mi hanno dato, ma brucia da morire. Ed è così umiliante che lui mi veda.

Razionalmente, so che i seni non fanno di me la persona che sono, ma Truck come potrà mai vedermi come qualcosa di diverso dalla patetica carcassa di donna che sono adesso? Non che io abbia il minimo desiderio di fare sesso, ma in futuro? Se Truck rimarrà sposato con me, ho intenzione di saltargli addosso, ma nemmeno io vorrei scoparmi qualcuno che avesse il tipo di cicatrici che ho. Non sono per niente attraenti.

Le notti sono i momenti peggiori. Giuro che posso sentire la pelle squamarsi e screpolarsi. Sto sdraiata a letto sulla schiena, senza maglietta perché fa male, e Truck dorme accanto a me. Scivola giù, finché i suoi piedi non penzolano dal bordo del letto e mi avvolge un braccio intorno alla vita. Si preme contro il mio fianco e mi dice quanto è orgoglioso di me. Quanto sono forte.

Quello che ignora è che è tutta una menzogna. Sono un'imbrogliona. Non sono affatto forte. Se lo fossi, gli direi che lo amo, che voglio che stia con me per me, non perché avevo bisogno della sua fottuta assicurazione. Ma non dico una parola. Rimango sveglia la maggior parte della notte a memorizzare la sensazione di averlo accanto, perché so che quando tutto sarà finito, e starò meglio (Dio, per favore fammi stare meglio!), lo perderò.

Truck ricordava di aver dormito con lei in quel modo. Ricordava l'impotenza che aveva provato per non poter fare nulla per aiutarla. Odiava che provasse dolore. Odiava che a volte, anche la brezza del ventilatore a soffitto contro il suo petto, fosse troppo da sopportare. Mary era dannatamente forte. Non riusciva nemmeno a capire come fosse riuscita a sopravvivere.

Ma vedere le parole "Lo amo" nero su bianco ancora una volta, lo rese più determinato che mai a farle finalmente credere di essere bella dentro e fuori.

Lo amava.

Mary lo amava, cazzo.

Truck sorrise.

È passato un po' di tempo dall'ultima volta che ho scritto qui. Le cose sono... strane.

Il dottore mi ha detto che il cancro è sparito (sì, come se ci credessi. L'avevano detto anche l'altra volta).

Sono ancora con Truck, mi sono praticamente trasferita da lui.

I suoi amici hanno scoperto che siamo sposati, e non ne sono stati felici. Erano incazzati che glielo avesse tenuto nascosto, perché non hanno segreti tra loro. Ho paura che Truck mi dirà di tornarmene a casa mia, che dovremmo divorziare, ma finora non l'ha fatto.

Ma la cosa peggiore è che Rayne mi odia. Non posso biasimarla, davvero. Ci eravamo promesse di sposarci insieme, e invece l'ho fatto di nascosto e senza di lei. Ovviamente quella promessa era stata una stronzata, eravamo entrambe ubriache quando l'avevamo fatta, ma comunque... conosco Rayne, e so che sognava che io sposassi Truck e lei Ghost in una doppia cerimonia, e apprendere che sono già sposata ha distrutto quel sogno. Ho distrutto il suo sogno, cazzo.

Ho pensato molte volte che sarebbero tutti molto più felici se non io non ci fossi.

Se non avessi sposato Truck e non avessi ricevuto il trattamento, avrebbero potuto piangermi, ma Rayne si sarebbe sposata, Truck avrebbe potuto trovare qualcuno meno irritante di me e i ragazzi non avrebbero litigato.

Dio. Che schifo.

Mary e Rayne avevano fatto un patto per sposarsi insieme? I ragazzi avevano litigato perché lui non aveva detto di aver sposato Mary? Non riusciva a immaginare perché non ne avesse parlato ai suoi migliori amici... a meno che non la stesse proteggendo. Sì, era una cosa che potrebbe aver fatto per non farla sentire a disagio con gli altri.

Ma non credeva nemmeno per un secondo che le donne, o i suoi amici, sarebbero stati più felici senza di lei. Quella era proprio una stronzata, ed era meglio che non ci credesse ancora.

La situazione fa ancora schifo, ma almeno Annie mi parla. Facciamo pratica insieme con la lingua dei segni. Lei è così adorabile. Dice che sposerà Frankie, il ragazzo sordo che ha conosciuto e che vive in California. "Parlano" su Internet tutto il tempo.

Mi manca la mia migliore amica.

Truck sembra aver sistemato le cose con i suoi amici, grazie a Dio, ma Rayne mi odia ancora. Non so cosa provi Harley, ma dal momento che sono molto legate, probabilmente mi odia anche lei. Kassie sta per partorire. Emily lo farà poco dopo (e sta per avere un maschio! Una delle infermiere che ho conosciuto in ospedale me l'ha rivelato. Ho promesso di non dirlo, ma è stato divertente dire a Emily che "so" che sta avendo un maschio perché Annie vuole un fratello. Sarà così felice).

Non conosco Casey o Wendy molto bene, e mi dispiace perché sembrano davvero gentili. Il fratello di Rayne ora sta con una donna che si chiama Sadie. Truck mi ha raccontato quanto sia divertente Bryn, la moglie di Fish, ma d'altronde non posso saperlo perché non sono più nella loro cerchia.

Truck è... Truck. È sempre tanto gentile con me e ora che non sto più male, dormire accanto a lui è una tortura. Poco prima che venga a letto, gli rubo il cuscino così posso sentire il suo odore tutta la notte. Lui però non lo sa. Ha sempre un profumo così buono.

Oh, e... mi manca il sesso. È una cosa sciocca. Voglio dire, sono stata malata per così tanto tempo che non riuscivo nemmeno a immaginare di volerlo fare ancora. Ma una notte, mentre Truck era al lavoro, mi sono masturbata. Sono venuta in modo intenso, perché stavo

pensando alle sue grandi mani sul mio corpo, alla sensazione che avrei provato se mi avesse leccata.

Sono così patetica. Ma, ragazzi… ora che ho iniziato a pensarci, non riesco a smettere.

Truck deglutì e sentì il cazzo contrarsi nei pantaloni. Leggere di Mary che voleva fare sesso e si masturbava, era così dannatamente sexy che non riusciva quasi a sopportarlo.

Non sapeva quanto vecchie fossero le annotazioni del diario. Magari di anni, o avrebbero potuto essere state scritte poco prima dell'ultima missione in cui era rimasto ferito; non ne aveva idea perché non erano datate. Era felice che le cose con i suoi amici si fossero sistemate, ma gli dispiaceva che Mary si fosse sentita ostracizzata. Era ovvio che avesse fatto pace con Rayne, perché ora erano costantemente in contatto, ma odiava che avessero litigato, soprattutto perché era stato a causa del loro matrimonio.

Rayne e io ci siamo RIAPPACIFICATE!

Avevo deciso che era durata abbastanza e che avrei chiesto scusa per tutto. Ma poi la banca è stata rapinata e ho dovuto nascondermi nel caveau con lei.

Le ho confessato tutto e MI HA PERDONATA!

Dio. Non c'è sensazione più bella che riavere Rayne.

Ho anche detto a Truck che lo desideravo. Che volevo essere una vera moglie per lui.

Ultimamente le cose sono state strane tra noi, ma spero di non aver rovinato del tutto le nostre possibilità. Mi sto impegnando a essere più gentile, non solo con lui ma con tutti. È stata dura (specialmente quando quella parassita di paramedico ci ha provato con lui), ma non voglio essere sempre io la stronza.

Deve andare in missione questo fine settimana, ma quando tornerà gli dirò che mi piace. Tantissimo. Vorrei dirgli che lo amo, ma devo lavorarci un po' per riuscirci.

Grazie a Dio, non devo preoccuparmi di informarlo

che non ho le tette, dato che lo sa già (ma va!). Posso passare subito a dirgli che voglio succhiargli il cazzo. Hahahaha!

Tutti gli uomini lo vogliono, no? Se dovessi sedurlo partendo da zero (sembra strano, ma si capisce cosa intendo), fallirei del tutto. Niente tette, niente capelli lunghi da far ondeggiare e il mio atteggiamento acido... proprio una ricetta per fallire. Ma dal momento che so che gli piaccio già (mi ama?), dovrebbe funzionare.

Stasera lavora fino a tardi, quindi mi masturberò di nuovo. Adoro mettermi il suo cuscino sotto il sedere e fingere che mi stia penetrando. Dio. Sono così patetica. Questa ragazza ha bisogno di scopare un po'! Ma magari potrebbe essere una cosa subliminale... sentirà il mio odore sul suo cuscino e mi salterà addosso. Almeno questo sarebbe il piano. Vedremo se funzionerà.

Porca puttana. *Aveva* sentito il suo odore sul cuscino. Truck si ricordò di quando era tornato nel suo appartamento dopo l'incidente, di come avesse tenuto il cuscino vicino tutta la notte perché aveva un profumo così dannatamente buono anche se non riusciva a capire perché.

Quella piccola subdola.

Fece un ghigno.

Sembrava che lui e Mary avessero ancora molte cose di cui parlare. Non gli era piaciuto leggere della rapina alla banca, non glielo aveva raccontato, ma si chiese se magari non fosse un evento collegato agli uomini loschi di cui aveva parlato di recente.

Ma soprattutto, gli aveva detto di voler essere una vera moglie per lui. Di voler un vero matrimonio.

Richiedeva coraggio. Non aveva mai dubitato della sua forza, ma ciò lo aveva dimostrato ancora una volta.

Che quella sera fosse andata lì a parlargli del cancro era stata una mossa estremamente coraggiosa da parte sua, soprattutto alla luce di ciò che aveva appena letto. Non sapeva quando avesse deciso di sedurlo, ma aveva la sensazione che fosse una cosa abbastanza recente. In tal caso, il problema della perdita di memoria aveva cambiato tutto.

Ma Truck era davvero colpito che non si fosse arresa, che avesse superato le sue insicurezze e preoccupazioni rimanendogli accanto, difendendolo quando aveva pensato che ne avesse bisogno e non avesse rinunciato a loro come coppia.

Mary lo amava.

L'aveva già capito prima di trovare il suo diario, ma leggere i suoi pensieri intimi, sapendo ciò che aveva passato, lo rese ancora più chiaro.

Lui e Mary erano sposati.

All'improvviso, Truck capì cosa mancasse nella sua camera da letto, in quel punto del muro vicino alla porta, quello che guardava tutto il tempo pensando che fosse troppo vuoto: il certificato di matrimonio. Ricordava che Mary aveva alzato gli occhi al cielo quando lui lo aveva appeso lì con orgoglio, in modo che potessero vederlo ogni giorno.

Si chiese dove fosse, voleva che tornasse nel posto a cui apparteneva.

Voleva che *Mary* tornasse nel posto a cui apparteneva.

Con lui. Lì. Nel loro letto. Sotto di lui.

Poi realizzò un'altra cosa: *davvero* non avevano mai fatto sesso. Glielo aveva detto, ma non ci aveva dato molto peso perché si stavano ancora conoscendo. Dopo aver letto le sue ultime due annotazioni sul diario, si rese conto che era la verità. Ad un certo punto, Mary avrebbe voluto cambiare la natura della loro relazione, ma non sembrava che fosse successo prima dell'incidente.

Non avevano ancora consumato.

Lo detestava, perché le avrebbe dato una buona ragione per annullare il matrimonio, ma d'altra parte era contento che non lo avessero fatto, che non l'avesse avuta per poi dimenticarlo. Una parte di lui voleva credere che non avrebbe mai dimenticato di essere stato profondamente dentro di lei per la prima volta, ma l'altra non ne era così sicura. Non riusciva a immaginare come avrebbe potuto sentirsi lei se Truck avesse dimenticato che avevano fatto sesso.

Dopo aver letto il suo diario, comprese un po' meglio la

reazione di Mary di quella sera. Si sentiva insicura riguardo al suo corpo, di conseguenza, temeva che l'avrebbe rifiutata. Ma non aveva nulla di cui preoccuparsi. Nulla.

Mary era sua. Alla fine, non aveva dubbi che avrebbe recuperato tutti i suoi ricordi, ma nel frattempo, doveva assicurarsi che lei sapesse che non avrebbe rinunciato a loro. Che l'amava davvero. Che non avrebbe mai dovuto preoccuparsi di dirglielo a parole, perché sapeva che anche lei lo amava, e non solo per ciò che aveva scritto sul diario.

Truck si alzò e sistemò la zona giorno. Poi prese il diario, andò in camera da letto e lo mise sopra il comodino, raccolse più cose possibili e passò l'aspirapolvere sui vetri rotti.

Non aveva intenzione di mentire sul fatto di averlo letto. Mary non aveva nulla di cui vergognarsi. Proprio nulla.

Mentre era in bagno a prepararsi per andare a dormire, toccò con le dita il sacchettino di velluto che conteneva le loro fedi nuziali. Non c'era un anello con diamante lì dentro, ma avrebbe rimediato il prima possibile. Voleva regalarle qualcosa di enorme, così non ci sarebbe stato alcun dubbio che fosse impegnata, ma sapeva che l'avrebbe odiato. Avrebbe dovuto essere creativo nell'ideare il suo anello, doveva essere sobrio ma allo stesso tempo bellissimo.

Odiando dover rimettere il sacchettino nel cassetto, lontano dalla sua vista, Truck si consolò al pensiero che presto Mary sarebbe tornata lì, a vivere con lui. Che si sarebbero rimessi gli anelli al dito affinché tutto il mondo potesse vederli.

Ma questa volta non ci sarebbero stati malintesi e nessuna malattia. Solo loro due e il loro amore.

Sorrise compiaciuto.

CAPITOLO QUATTORDICI

MARY NON VOLEVA ANDARE al lavoro. Avrebbe voluto darsi malata... o semplicemente licenziarsi. Ma sapeva che avrebbe avuto bisogno dei sussidi di disoccupazione per sopravvivere una volta che l'avessero lasciata a casa, e non li avrebbe ricevuti se si fosse licenziata lei. Quindi, con riluttanza, si vestì e si preparò per uscire.

Pensò a cosa avrebbe fatto della sua vita. Ci aveva già riflettuto molto e alla fine deciso: voleva aiutare altre donne come lei che avevano, o erano sopravvissute, al cancro al seno. Non sapeva in che modo, ma era ciò che le sarebbe piaciuto fare.

Quando era stata malata, aveva ricevuto molte offerte d'aiuto da parte di perfette sconosciute: per portarle il cibo, stare sedute con lei mentre faceva la chemio e persino andarla a prendere a casa per accompagnarla a fare commissioni. Di certo non le era servito alcun aiuto una volta che Truck si era insinuato nella sua vita, ma senza di lui sarebbe stata in un mare di guai e quelle offerte sarebbero state estremamente importanti.

Quindi era ciò che voleva fare, aiutare le altre donne, dire loro che sapeva cosa stessero affrontando, perché ci era passata anche lei. Voleva essere una spalla su cui piangere, la persona con cui poter lasciar cadere la maschera e cessare di mostrarsi forte.

Mary non aveva ancora preso una decisione riguardo alla ricostruzione del seno, ma non doveva farlo proprio in quel momento, e anche se la sera prima era stata odiosa con Truck, aveva preso a cuore le sue parole.

Lui l'amava esattamente così com'era. Non era ansiosa di farsi vedere nuda ma sapeva, senza ombra di dubbio, che non gli sarebbe piaciuta di meno solo perché non aveva le tette.

Se avesse deciso di fare la ricostruzione, lo avrebbe fatto per *se stessa*, non per voler essere più carina per Truck, non perché voleva che gli altri la guardassero e apprezzassero ciò che vedevano.

Sentendosi meglio riguardo a quella parte del suo viaggio contro il cancro al seno, Mary uscì dall'appartamento e andò alla macchina. Il senso di colpa per come aveva trattato Truck la sera precedente la tormentava ancora, così tirò fuori il telefono e gli mandò un messaggio prima che la paura le facesse cambiare idea.

Mary: Mi dispiace per ieri sera. Sono stata una stronza. Di nuovo. Ti va di pranzare con me oggi? Di parlare?

Salì in macchina e avviò il motore. Stava per partire per uscire dal parcheggio quando il telefono vibrò. Sorpresa che Truck le avesse risposto così velocemente, sorrise mentre leggeva ciò che aveva scritto.

Truck: Buongiorno, bellissima. Sì, mi piacerebbe parlare. Abbiamo molte cose di cui discutere.

Mary non sapeva cosa volesse dire, ma almeno non la stava ignorando.

Mary: Oggi ho solo trenta minuti di pausa per pranzare.
Truck: Ti porto qualcosa, se non è un problema.
Mary: Perfetto.
Truck: A che ora?

Mary: 11:30?
Truck: Ci sarò. Ti amo.

Mary fissò il telefono. Non poteva credere a ciò che le aveva appena scritto. Be', forse sì.

Mary: A dopo.

Sorridendo, e di umore decisamente migliore rispetto a cinque minuti prima, mise via il telefono e partì per andare al lavoro. Per la prima volta da molto tempo pensò che le cose con Truck avrebbero potuto funzionare. Sì, a un certo punto avrebbe dovuto dirgli che erano sposati, ma quello poteva aspettare.

A metà mattinata entrò in banca una donna, la notò solo perché rimase per un po' ferma davanti alla porta d'ingresso. Sembrava che stesse per vomitare o svenire. Quando non ebbe più clienti da seguire, Mary lasciò la sua postazione dietro il bancone e le si avvicino.

Era alta più o meno come lei, aveva lunghi capelli castani, e occhi dello stesso colore. Indossava un paio di blue jeans e una maglietta che diceva: «La gente? Non sono una fan.» Mary avrebbe voluto ridere, ma più si avvicinava a lei, più capiva che c'era qualcosa che non andava.

«Tutto bene?» le chiese a bassa voce quando le arrivò accanto.

La donna sussultò, come se non l'avesse vista andare verso di lei. Sbatté due volte le palpebre, il suo viso era pallido. «Sto bene» disse in tono sommesso.

«Ha bisogno di sedersi?» insistette Mary guardandosi intorno. «Posso portarle una sedia, non è un problema.»

«Sono solo nervosa» sbottò. Poi chiuse gli occhi e prese un profondo respiro. Avvolse le braccia intorno a sé e si pizzicò la pelle su entrambe le braccia. «Sono venuta per vedere te» le disse la donna dopo un momento.

«Me?»

«Il mio nome è Macie Laughlin. Ford Laughlin è mio fratello. Sei sposata con lui, vero?»

Mary riuscì solo a fissarla. *Quella* era la sorella di Truck? Ma più a lungo la guardava, più riconosceva i tratti familiari. Non sapeva da dove venisse o come facesse a sapere che lavorava lì, o addirittura chi fosse, ma niente di tutto ciò aveva importanza al momento. «Oh mio Dio, sei davvero Macie?»

L'altra annuì.

Mary era raggiante. «Lui sarà così felice!»

Fu il turno di Macie di fissarla. «Davvero?»

«Sì! Ha chiesto al suo comandante di vedere se riusciva a scoprire dove fossi, per poterti parlare. Per recuperare il tempo perduto. Odia di non averlo fatto per così tanto tempo e si sente in colpa al riguardo.»

«Non è colpa sua. È mia. Sono abbastanza sicura che sia *tutta* colpa mia» sussurrò.

Mary scosse la testa, entusiasta di trovarsi faccia a faccia con la sorella di Truck. «Come mi hai trovata? Devo chiamarlo!»

Macie scosse freneticamente la testa. «No! Non farlo. Cioè... voglio parlare con lui, ma non oggi. Ho dovuto racimolare tutto il mio coraggio per venire a parlare con *te*. Non posso, nel modo più assoluto, incontrarlo oggi.»

Mary guardò a lungo la donna di fronte a lei. Ora che stava prestando attenzione, era sicura che fosse sul punto di avere un attacco di panico. Probabilmente lo *stava* avendo proprio in quel momento; respirava con affanno e socchiudeva gli occhi, chiaro segno di mal di testa o emicrania. «Va bene» disse, cercando di tranquillizzarla. «Non lo chiamerò.»

«Abito qui vicino. A Lampasas. Conosco un tizio che è bravo con i computer e mi ha tenuta aggiornata su Ford. In realtà è un hacker. So che è illegale, ma mio fratello mi è mancato così tanto e mi sono sentita in colpa per esserci persi di vista. Il mio amico ha trovato il vostro certificato di matrimonio online e ho deciso che era arrivato il momento di provare a contattarlo. So che non avrei dovuto curiosare, ma gli voglio bene, è mio fratello maggiore e mi sono comportata come una stupida per troppo tempo.»

Parlava in modo frettoloso come se stesse cercando di sbrigarsi ad esprimere le parole prima che il suo corpo le impedisse di lasciarle dire qualcosa.

«Io... mi sono trasferita in Texas circa due anni fa ed è da allora che voglio vederlo, ma pensavo che non volesse avere niente a che fare con me. Dopo che è stato ferito... di nuovo... ho deciso che dovevo ingoiare il rospo e farlo, anche se non sapevo se si ricordasse di me, con la sua amnesia e tutto il resto. Quindi, ho pensato di venire a parlarti per capire se secondo te poteva essere disposto ad ascoltarmi, a lasciarmi scusare. Così... eccomi qui.»

«Macie» disse Mary con dolcezza, desiderando abbracciarla ma trattenendosi. «Tuo fratello sarà al settimo cielo per avere la possibilità di parlare con te. Te l'ho detto, anche lui ti ha fatto cercare dal suo comandante. Sarà così felice di sapere che vivi qui vicino. E per rispondere alla tua domanda, sì, si ricorda di te. Vorrà *decisamente* parlarti.»

Macie si rilassò un po', ma era comunque ancora troppo tesa. «È un buon segno» replicò infine.

«Certo» la rassicurò con un sorriso. «Posso dirgli che sei passata di qui? Lascia che ti dia il mio numero, così puoi chiamarmi e organizzeremo qualcosa, ok?» Avrebbe avuto altre cento domande da porle, ma era più che ovvio che la sorella di Truck fosse pronta a scappare.

Macie annuì. «Mi piacerebbe.»

Mary si voltò, prese un biglietto da visita da una scrivania vicina e scarabocchiò il suo numero di cellulare sul retro. Glielo porse. «Sul serio, Truck mi ha raccontato tante storie su voi due. Ti vuole bene, Macie.»

«Truck?» chiese confusa.

«Scusa, Ford. Truck è il suo soprannome... per ovvie ragioni.»

Macie allora sorrise; un piccolo guizzo delle labbra, e Mary osservò stupita la trasformazione che si verificò sui suoi lineamenti. Era bellissima. Il suo viso mostrava un po' troppo i segni dell'ansia ed era evidente che la vita fosse stata dura con lei, ma Mary sentì il bisogno di fare tutto il possibile per farle mantenere quel sorriso.

«Se lui è Truck, io immagino di essere Car» disse in tono scherzoso.

Mary ridacchiò. «Penso che "Camion" si addica a tuo fratello meglio di quanto lo faccia "Auto" per te.»

«Non ho alcun dubbio. Grazie per aver parlato con me» sussurrò.

«Truck viene qui per pranzo, se vuoi restare sono sicura...»

«Non posso» la interruppe Macie. «Mi metterò in contatto e organizzeremo qualcosa, un posto dove incontrarci. Di' a mio fratello che mi dispiace.»

«Per cosa?»

«Diglielo e basta, ok?»

«Lo farò» la rassicurò subito, vedendo che si stava agitando di nuovo.

E con quello, Macie annuì, chinò la testa, si girò e lasciò la banca senza voltarsi indietro.

Mary avrebbe voluto mandare subito un messaggio a Truck per dirgli che aveva appena incontrato sua sorella, ma decise di aspettare e dirglielo di persona. Non vedeva l'ora di dargli la buona notizia.

———

Truck si fermò nel parcheggio della banca e chiuse gli occhi. La testa lo stava uccidendo. Doveva proprio chiamare il dottore per fargli sapere che aveva cominciato a ricordare sempre più cose, che per lo più avevano a che fare con Mary, ma anche andare in giro per la città aveva iniziato a risvegliare ricordi improvvisi.

Vedere il negozio di alimentari gli aveva fatto venire in mente di aver comprato lì qualcosa che Mary avrebbe potuto non vomitare.

Era passato vicino alla vecchia casa di Fletch, e aveva avuto un flash di un matrimonio che si svolgeva nel cortile sul retro e di aver fermato i bastardi che pensavano che fare una rapina sarebbe stato divertente.

Anche vedere il negozio JCPenney al centro commerciale gli aveva fatto ricordare di colpo che lì lavorava Kassie.

Era come se la sua mente fosse uno di quei vecchi film che giravano sulla bobina. Era stato fermato, ma ora si stava lentamente riavviando, a scatti. La cosa lo confondeva e scombussolava, ma oh, se era gradita.

Visto che era in anticipo, parcheggiò e prese il telefono per chiamare Ghost.

«Ehi, Truck. Come stai?»

«Bene. Ho una domanda.»

«Spara.»

«La figlia del diplomatico francese stava bene? E le altre ragazze?»

Ci fu un attimo di silenzio dall'altra parte della linea, poi Ghost disse: «Te lo ricordi.»

«Non tutto, solo qualche frammento. Ricordo che stavamo cercando nello specifico quella ragazzina, ma che ce n'erano anche molte altre da salvare.»

«Esatto. Lei sta bene.»

«Quanti ne abbiamo perse?» si informò.

«Tre.»

«Dannazione.»

«Cos'altro ricordi?» chiese Ghost.

«Al momento nel mio cervello c'è una gran accozzaglia di cose» ammise. «Degli sprazzi qua e là che non hanno molto senso, ma ho fiducia che sia solo una questione di tempo prima che mi ritorni tutto in mente.»

«Meno male, cazzo.»

«Già. Allora... ho la sensazione che eravate tutti incazzati con me per aver sposato Mary, eh?»

«Te lo ricordi?»

«Non la parte di voi incazzati, ma il matrimonio, sì» Era una piccola bugia. Truck in realtà non si ricordava ancora della cerimonia, e aveva dovuto scoprirlo dal diario di Mary, ma non importava.

«È fantastico. Hai già chiamato il dottore?»

«No, ma lo farò oggi pomeriggio. Sono alla banca per pranzare con Mary. Ghost, spero davvero che abbiate accettato il mio matrimonio con lei, perché la amo. Non ho intenzione di rinunciarci. Sarà nella mia vita per un tempo dannatamente lungo, e vorrei che tutti voi foste d'accordo.»

«Siamo più che d'accordo» lo rassicurò subito.

«Bene.»

«Lei sa che ricordi?» gli chiese esitante.

«No. Ma rimedierò al più presto, voglio prima parlare con il dottore e sentire cosa dice, poi farò due chiacchiere con mia moglie stasera quando finirà di lavorare.»

«Bravo, fallo» replicò, e riuscì quasi a sentire il sorriso nel suo tono. «È bello riaverti, Truck.»

«Non sono ancora tornato del tutto» lo avvertì.

«Ma succederà.»

«Sì. Mi risulta che Fletch voglia fare qualcosa questo fine settimana.»

«Sì. Giovedì porterà a casa dall'ospedale Emily e il bambino e lei ha insistito per fare una piccola rimpatriata – parole sue – sabato, per poter condividere il nome che hanno dato al figlio.»

«Che c'è che non va nel comunicarlo con un messaggio?» borbottò.

Ghost ridacchiò. «Ciò che Emily vuole, lo ottiene» scherzò.

Truck capiva perfettamente. Se Mary glielo avesse chiesto, le avrebbe dato il mondo. «Va bene, devo andare dentro, ha solo trenta minuti per pranzare. Oh, e avrà bisogno di trovare un altro lavoro.»

«Perché?»

«La banca si sta riorganizzando, vogliono sbarazzarsi dei cassieri e sostituirli con i macchinari.»

«È un'idiozia.»

«Sono d'accordo. Ad ogni modo, apprezzerei se tenessi le orecchie aperte per qualcosa che potrebbe interessarle.»

«Lo farò. Posso dirlo a Rayne?»

Truck esitò, poi disse: «Magari non ancora. Sono sicuro che Mary glielo dirà, ma preferirei che non avesse qualche altro motivo per arrabbiarsi con me.»

Ghost rise. «È sempre incazzata con te, *Trucker*, aggiungere una ragione in più non cambierà niente.»

Truck sbuffò. «Niente di più vero, ma è così divertente farla arrabbiare. Non si comporta come la maggior parte delle donne, mi affronta faccia a faccia e mi rimette al mio posto. Stranamente, mi piace.»

«Ovvio.»

«Sul serio, so sempre esattamente a cosa sta pensando. È stimolante. Non ha affatto paura di me, e per quanto mi riguarda è un fottuto miracolo viste le mie dimensioni e il mio aspetto.»

«Capisco benissimo che possa essere una cosa positiva.»

«Lo è. Certo, non le farei mai del male... e lei lo sa, e quello mi rende difficile convincerla a fare ciò che voglio *e ho bisogno* che faccia, per tenerla al sicuro. E ora devo proprio andare, non voglio perdere nemmeno un minuto della nostra pausa pranzo.»

«Mi chiamerai dopo aver parlato con il dottore?»

«Sì. A dopo, Ghost.»

«Ci sentiamo, Truck.»

Chiuse la chiamata e si mise il telefono nella tasca posteriore dei pantaloni. Poi prese i due sacchetti del pranzo che aveva preparato nel suo appartamento, scese dalla macchina e si avvio verso l'ingresso.

Aprì la porta ed entrò nella banca... dritto nel mezzo del caos più totale.

———

Nell'istante in cui i cinque uomini entrarono nell'atrio della banca, Mary capì che erano nei guai. Tutti i suoi avvertimenti erano rimasti inascoltati da Jennifer e ora era arrivato il momento di pagarne il prezzo.

Gli uomini erano vestiti con jeans e magliette e nessuno aveva il viso coperto. Mary pensò che non promettesse niente di buono, avrebbero dovuto nascondere le loro identità e il fatto che non se ne fossero preoccupati era un brutto segno. Ne riconobbe tre, quelli a cui aveva fatto fare il tour del caveau, ma gli altri due erano estranei. I cinque erano di carnagione bianca e avevano tatuaggi lungo tutte le braccia.

Avrebbe dovuto farsi prendere dal panico, invece era stranamente calma. Lei e gli altri dipendenti erano addestrati per situazioni come quella e, sebbene fosse spaventata, Mary non aveva intenzione di fare nulla che avrebbe messo in pericolo la sua vita o quella di chiunque altro.

Tre degli uomini si sparpagliarono e iniziarono a raggruppare clienti e dipendenti. Gli altri due si avvicinarono al bancone dove erano sedute lei e Rebecca, puntando loro le pistole in faccia.

«Alzatevi, stronze» disse uno dei tizi.

Mary sollevò subito le mani, assicurandosi che entrambi potessero vederle chiaramente. Spinse indietro la sedia e si alzò in piedi. Mentre un uomo le teneva sotto tiro, l'altro balzò oltre il bancone, facendo cadere tutti gli oggetti che c'erano sopra. Sentì Rebecca tirare su con il naso, come se stesse piangendo, ma non distolse gli occhi dal rapinatore di fronte a lei.

«Ci incontriamo di nuovo» sogghignò fissandola.

Lei sollevò il mento; non sarebbe indietreggiata davanti a nessuno. Aveva già affrontato la morte due volte e vinto. Nessun teppistello l'avrebbe fatta cedere adesso.

Doveva sforzarsi di tenere a freno la lingua per non inimicarsi i bastardi. Con Truck e i suoi amici non aveva problemi a inveire e comportarsi da stronza, ma solo perché sapeva che non le avrebbero fatto del male... perché erano persone oneste e buone.

Ma questi tizi? Sapeva d'istinto che non avrebbero esitato a piantarle una pallottola in corpo. Mentre cresceva aveva visto molti uomini e ragazzi come quelli, ai quali veniva insegnato a pensare che le donne fossero inferiori, e ogni tentativo di dimostrare loro che avevano torto veniva accolto con una punizione rapida e immediata.

«Prendi le chiavi del caveau, stronza» intimò il ragazzo sogghignando.

Mary non pensava avesse molto più di diciotto anni, se ci arrivava. Indicò un cassetto in fondo al bancone con la testa. «Sono lì.»

«Allora prendile» sbottò con impazienza.

«Non volevo che pensassi che stessi prendendo un'arma o premendo un pulsante antipanico» disse con calma, anche se dentro era tutt'altro.

«Non mi interessa se lo fai o no, ti faccio saltare in aria prima che tu possa provarci. Adesso sbrigati, cazzo» ringhiò.

Rabbrividì, ma si affrettò a obbedire. Sentiva vagamente gli altri piangere intorno a lei e i malviventi urlare, ma era concentrata sul suo compito. Una volta prese le chiavi, l'uomo l'afferrò per il braccio e la spinse verso il retro del locale. L'altro condusse

Rebecca in un ufficio con gli altri ostaggi. Non le piaceva venire separata da tutti, ma cercò di mantenere la calma.

Proprio mentre stavano per entrare nel caveau, l'ultimo posto in cui avrebbe voluto stare da sola con un membro della banda armato di pistola, la porta della banca si aprì.

Si voltò a guardare chi fosse entrato e rimase scioccata di vedere Truck.

Guardò l'orologio. Le undici e ventisei. Era arrivato giusto in orario per pranzare insieme. Dannazione.

«Truck» Il suo nome le sfuggì involontariamente e nell'istante in cui se ne rese conto fece una smorfia.

«Alza le mani!» gridò uno dei membri della banda, e Truck obbedì subito facendo cadere due sacchetti di carta marrone ai suoi piedi.

«Chi cazzo è che non ha chiuso a chiave la porta?» gridò uno degli uomini.

«Avrebbe dovuto farlo Snake.»

«Chiudi quella cazzo di bocca, Grass» ringhiò il tizio che immaginò fosse Snake.

«State zitti tutti e due!» intimò quello che la teneva per il braccio. Poi si voltò e gridò: «Jennifer, chiudi la porta!»

Si irrigidì. *Jennifer*? La conosceva?

Prima che potesse elaborare del tutto le implicazioni, le chiese: «Lo conosci?»

Ebbe paura di rispondere in modo affermativo, quindi rimase zitta. Evidentemente era stata la cosa sbagliata da fare, perché il bastardo le piegò il braccio dietro la schiena e lei non poté evitare di lasciarsi sfuggire un gemito. Il dolore fu intenso e si alzò in punta di piedi per cercare di alleviare la pressione dal braccio.

«Ti ho fatto una domanda, stronza.»

«È un cliente» ansimò.

«Non ti credo.» L'uomo sogghignò e le strinse di più il braccio. Il dolore era così insopportabile che non poté fare a meno di spifferare la verità. «Sì lo conosco! È il mio ragazzo.»

«Bene» biascicò. «Tu, porta qui il culo!» gridò a Truck.

«Non sono sicuro che sia una buona idea, Deuce.»

«Ti ho chiesto qualcosa, Fez? *No*.»

Mary cercò di memorizzare i nomi che gli uomini stavano usando, ma era difficile concentrarsi con il braccio torto in quel modo dietro di lei e le ondate di energia incazzata che le arrivavano da Truck.

«Sono qui» disse lui. «Lasciala andare.»

«Ti stai scopando questa stronza?» gli chiese Deuce, strattonandole il braccio.

Truck annuì.

«Vuoi continuare a scoparla?»

Annuì di nuovo.

«Bene. Sembri forte, avrò bisogno di te, ma se fai qualcosa che non mi piace, le ficcherò una pallottola nel ginocchio. Poi nell'altro. Poi nella sua cazzo di testa. Capito?»

«Capito» disse in tono piatto.

Mary sollevò lo sguardo e non vide un briciolo di emozione sul suo viso. Aveva le labbra serrate e non lanciò il minimo sguardo verso di lei. Tutta la sua attenzione era concentrata sull'uomo che la teneva.

«Bene. Dai.» Deuce camminò di sbieco, senza mai allentare la presa sul braccio di Mary e mantenendo Truck nel suo campo visivo. La trascinò nel caveau che conteneva le cassette di sicurezza. Una volta dentro, le prese il portachiavi dalla mano e poi la spinse via. «Siediti laggiù, non muoverti e non dire una parola» le ordinò.

Senza esitare, si lasciò cadere a terra davanti a una serie di cassette e piegò le gambe stringendosi le ginocchia al petto. Il braccio le pulsava, ma lo massaggiò in silenzio, cercando di non attirare su di sé più attenzione di quella che aveva già ricevuto.

«Tu, vai laggiù» ordinò Deuce a Truck, indicando l'altro lato della stanza. «Snake, fa entrare gli altri quando arrivano. Dovrebbero mancare altri due minuti.»

Mary si morse il labbro mentre la stretta allo stomaco si faceva sempre più forte. Gli altri? Cazzo, quanti erano? La situazione peggiorava di minuto in minuto.

«Scommetto che ti starai chiedendo cosa abbiamo in programma di fare» le disse.

«Sì, infatti.»

«Ai ragazzi Ladbrook non piace non ottenere ciò che desiderano. E l'ultima volta che due dei miei sono stati qui, non hanno *decisamente* ricevuto ciò che volevano. Quindi siamo qui per assicurarci che tutti sappiano che con noi non si scherza e che otteniamo sempre ciò che ci spetta.»

Mary lo fissò. Quel tizio sapeva quanto fosse stupido? Stavano di sicuro per ricevere quello che spettava loro. Non si rendevano conto che l'ora di pranzo era uno dei momenti più frenetici per una banca? Che ci sarebbero state un sacco di persone che sapevano che non avrebbe dovuto essere chiusa a quell'ora e che avrebbero chiamato la polizia? Non sarebbero mai usciti vivi da lì.

«E nel caso te lo stia chiedendo, abbiamo messo un cartello sulla porta che dice che la banca è chiusa perché in questo momento c'è un corso di formazione. E alcuni dei nostri ragazzi stanno tenendo occupati i poliziotti con chiamate riguardo a rapine in tutta la città. Ci saranno anche un paio di incendi e qualche incidente stradale. Nessuno verrà qui finché non avremo finito e ce la saremo filata. I ragazzi Ladbrook faranno in modo che questa città sappia che facciamo sul serio.»

Non poté fare altro che fissarlo. Merda, in realtà ci avevano riflettuto abbastanza, dopotutto. Ma perché mai avrebbero dovuto sprecare tutto quel tempo con le cassette di sicurezza invece di prendere di mira l'altro caveau ed entrare e uscire in pochi minuti con mucchi di contanti?

«Non posso aprire le cassette» gli disse a bassa voce. «Te l'avevo detto quando hai visitato questo posto. In realtà abbiamo solo quelle tre chiavi universali e le altre le hanno i proprietari. Non stavo mentendo su quello.»

«Lo so, ma non ha importanza» disse Deuce mentre gettava le chiavi di lato.

Mary era confusa. Perché le aveva chiesto di prenderle se sapeva che non avrebbero funzionato? «Ah no?»

«No. La mia ragazza dice che i soldi nell'altro caveau sono dotati di bombe d'inchiostro. Nel momento in cui ci allontaneremo troppo dalla banca, scoppieranno e il denaro sarà inutilizzabile. Ma Jen mi ha parlato dei gioielli e dei soldi che la gente custodisce qui.»

«Quando i clienti aprono una cassetta, non restiamo nella

stanza mentre ci mettono dentro i loro effetti personali. Jennifer non può sapere cosa c'è e cosa no.»

Deuce le puntò la pistola in faccia prima ancora che potesse sbattere le palpebre. «Stai dicendo che la mia donna mente?»

Scosse subito la testa. «No.»

«Giusto, come pensavo. Ha detto che qui c'è una telecamera e ha guardato. Dice che ultimamente un bel po' di clienti ci hanno messo dentro diamanti e contante. Contante *pulito*. Non come quella merda nell'altro caveau.»

Deuce lanciò un'occhiata a Truck per assicurarsi che non si fosse avvicinato, poi tornò da Mary. «Inoltre, è colpa tua se sta succedendo tutto questo. Jen mi ha raccontato che sei stata *tu* a chiamare la polizia l'ultima volta che i miei amici sono stati qui. Aveva convinto le altre stronze a consegnare i soldi che avevano in cassa, ma poi sono arrivati i poliziotti del cazzo. A causa *tua*, i miei amici sono rinchiusi in prigione. Hai chiamato i maiali da qui dentro! Quindi mi pare appropriato che sia proprio qui che imparerai dal tuo errore. Avresti dovuto solo stare lì rannicchiata e lasciare che i miei amici facessero le loro cose.»

Al che, Deuce si alzò, puntò la pistola contro il telefono nell'angolo e sparò un colpo facendolo esplodere, i pezzi di plastica volarono ovunque.

Mary strillò e si rannicchiò, coprendosi la testa e pregando che il bastardo non stesse per puntare l'arma su di lei o Truck.

Proprio in quel momento, entrarono altri cinque uomini. Trasportavano tutti delle scatole. «Grande, cazzo!» esclamò uno di loro quando vide ciò che aveva fatto il suo complice. «Bel colpo! Immagino che nessuno chiamerà la polizia questa volta.» Poi rise.

«Guarda questo» disse Deuce con un sorrisetto, e puntò l'arma verso la porta del caveau. Sparò parecchi colpi, e due degli altri uomini estrassero le pistole e lo imitarono.

Quando il caos di fermò, Mary vide che i proiettili avevano disattivato il meccanismo di blocco della spessa porta, il metallo era appena ammaccato, ma era impossibile che si chiudesse correttamente ormai. Durante l'ultima rapina, Mary era riuscita a rinchiudersi lì con le altre donne, ma ora quell'opzione era stata eliminata.

«Dove vuoi che mettiamo queste scatole?» chiese uno degli dei tizi una volta che Deuce ebbe ricaricato la pistola.

Mary si voltò verso di lui e si rese conto di cosa stessero trasportando.

Ovviamente se ne accorse anche Truck, perché disse: «Cazzo» con voce bassa e incredula.

Deuce sorrise. «Esatto, Sfregiato. Faremo saltare in aria questo cazzo di posto. Non abbiamo bisogno delle fottute chiavi per aprire le cassette. Le faremo semplicemente saltare in aria.»

Li fissò inorridita, mentre posavano le scatole e iniziarono a disimballarle. Non sapeva cosa stesse guardando, ma ovviamente Truck sì. Le sue mani erano chiuse a pugno ed era chiaro che fosse incazzato. Non stava affatto cercando di nascondere le sue emozioni.

«Ci farai ammazzare tutti qui dentro» disse a Deuce.

«Naa. Forse voi due, ma va bene così fintantoché riusciamo ad aprire le cassette e prendere il bottino.»

Sorrise mentre teneva la pistola puntata contro Mary. Gli altri uomini iniziarono ad ammucchiare contro la parete di cassette di sicurezza quelle che le sembravano piccole scatole verdi.

Infilarono un cavo in ognuna poi tornarono a prenderne delle altre, e mentre stava supponendo che fossero esplosivi Truck disse: «Guarda, sono nell'esercito, arma del Genio, demolizioni. Lascia che vi aiuti. Non me ne frega un cazzo se rubate i gioielli della corona, è solo che non voglio che qualcuno si faccia male. E se il tuo piano è quello di far saltare in aria le cassette per rubare quello che c'è dentro, non ci riuscirai con quello che hai lì.» Indicò con la testa dove i due teppisti preparavano gli esplosivi.

«Ah sì?» gli chiese. «Perché dovrei crederti?»

«Perché voglio uscirne vivo. E se lo fai saltare» indicò ancora una volta l'esplosivo «in quel modo, *nessuno* di noi uscirà da qui tutto intero. Hai abbastanza TNT per abbattere *l'intero blocco* di edifici. Non rimarrà nulla di nessuno se non minuscoli pezzettini.»

Deuce studiò a lungo Truck, poi si rivolse agli altri. «Che ne dici, Shoebaloo? Pensi che dovremmo lasciare che ci aiuti?»

Shoebaloo? Mary avrebbe riso se ci fosse stato qualcosa di lontanamente divertente in quella situazione.

«Cazzo, sì, tanto vale usarlo. Vogliamo uscire di qui con quei fottuti gioielli *e* i soldi.»

«Vieni qui» ordinò Deuce a Mary.

Lei sbatté le palpebre. «Io?»

«Cos'ho detto, puttana? Vieni. *Qui.*»

Mary balzò in piedi e cercò di ignorare le fitte di dolore al braccio dove l'aveva afferrata con tanta crudeltà prima. Andò da lui e quando fu abbastanza vicina, la prese e le avvolse una mano intorno alla gola.

Tentò subito di afferrargli il polso, ma lui le puntò la pistola sulla fronte. Lei si bloccò e la sua vita le balenò davanti.

Deuce si voltò a guardare Truck. «Fai una mossa che non mi piace e il cervello della tua ragazza schizzerà su tutto il caveau. Chiaro?»

«Sì» rispose lui a denti stretti.

«Farai meglio a non mentirmi. L'unica possibilità che hai di uscirne vivo è se ci aiuti. Capito?»

«Capito. Non sto mentendo. So quel che faccio quando si tratta di esplosivi.»

Deuce annuì ma non tolse la pistola dalla fronte di Mary. La mano era ancora avvolta intorno al suo collo rendendole difficile, anche se non impossibile, inspirare.

Cercò gli occhi di Truck e li incontrò per una frazione di secondo, prima che lui distogliesse lo sguardo e si chinasse a guardare nelle scatole che gli altri membri della banda avevano portato.

Quello che aveva visto nel suo sguardo le fece chiudere gli occhi e rafforzò la sua determinazione. Non aveva visto rimpianto o preoccupazione, ma solo rabbia pura. Aveva visto un soldato della Delta Force incazzato e letale. Non sapeva se sarebbe stato in grado di tirarli fuori da quel casino, non dubitava delle sue capacità riguardo agli esplosivi, ma erano comunque almeno dieci contro uno.

Però avrebbe corso il rischio in qualsiasi momento... se quell'uno era Truck.

Per la prima volta in vita sua, Mary ripose piena fiducia in un uomo. Non si preoccupò di cosa dover fare per uscire dalla situazione. Non elaborò un piano B nella sua mente. Truck li avrebbe tirati fuori o sarebbero morti insieme. Era così semplice... e così complicato.

.

———

Truck si arrovellò il cervello per trovare il modo di avvisare la sua squadra che aveva bisogno di loro, ma non gli venne in mente nulla. Deuce aveva preso sia il suo cellulare sia quello di Mary, e poiché aveva distrutto il telefono all'interno del caveau, quell'opzione era fuori questione.

Avrebbe dovuto cavarsela da solo. Normalmente non gli sarebbe importato, sapeva il fatto suo, ma c'era Mary e se avesse sbagliato ne avrebbe pagato lei il prezzo, ed era inaccettabile.

Quel bastardo di Deuce finalmente non teneva più la pistola puntata sulla sua fronte, ma ciò non lo fece sentire meglio. Ora c'era uno dei suoi amici teppisti a sorvegliarla... e il tizio allungava troppo le mani. Ogni volta che quel coglione la toccava, Truck avrebbe voluto ucciderlo.

Ma non poteva. Non ancora. Doveva aspettare il suo momento.

Deuce aveva puntato sull'unica cosa che potesse tenerlo sotto controllo: Mary.

Il TNT che la banda aveva portato poteva fare dei danni seri ma ovviamente non avevano idea di quanto fosse potente quella roba. Gli stronzi che lo avevano impilato contro le cassette di sicurezza ne avevano usato fin troppo. Non aveva mentito; se lo avessero fatto esplodere, sarebbe andato tutto in frantumi. Non sarebbe rimasto lì a guardare mettendo così a rischio la vita di Mary. Era dovuto intervenire e non se ne pentiva, sperava solo di riuscire a manomettere gli esplosivi per far sì di causare il minor danno possibile, pur facendo ciò che voleva Deuce... valeva a dire, aprire il maggior numero di casseforti in miniatura.

Impiegò una ventina di minuti per rimuovere la maggior parte delle bombe che gli altri uomini avevano messo contro la parete laterale del caveau. Rimise tutto nelle scatole e le portò vicino alla porta in modo che i membri della banda potessero portarle via. Ci vollero altri dieci per montare gli inneschi e collegare i cavi. Era un lavoro rozzo, ma pensò che avrebbe funzionato.

Truck si alzò tenendo in mano il detonatore, collegato ai fili che uscivano dagli esplosivi. «Ecco. A posto.»

Deuce unì le mani felice. «Eccezionale. Shoebaloo? Vuoi divertirti un po' prima di recuperare la nostra refurtiva?»

Truck si irrigidì. Era meglio che non intendesse quello che pensava.

L'altro membro della banda sorrise e annuì. «Assolutamente, cazzo.»

«Snake, fuori. Fa venire qui Cheese, Grass e Nightshop.»

«Vuoi che porti fuori anche questo tizio?» chiese Snake, indicando Truck.

«No. Lui resta. Voglio che guardi. Tienilo d'occhio, Shoebaloo.»

Ogni muscolo del corpo di Truck si irrigidì mentre il teppista molto in sovrappeso sollevava la pistola e gliela puntava contro. Non avrebbero fatto del male a Mary di fronte a lui. Assolutamente.

Pensò di far saltare gli esplosivi in quel momento, ma non poteva rischiare di ferirla. Poi pensò di lanciarsi contro Deuce, ma c'era la fastidiosa questione dell'altro uomo con la pistola. Merda... probabilmente non gli avrebbe creato problemi prendersi una pallottola, ma stavano arrivando altri membri della gang; lo avrebbero riempito di buchi e non sarebbe più stato in grado di aiutare Mary.

Truck si sentiva impotente, e ciò lo fece incazzare ancora di più.

Deuce si avvicinò a Mary e le afferrò la maglietta, allargando la scollatura tanto da far vedere il pizzo del reggiseno.

Truck ringhiò e fece un passo verso di loro, ma si fermò quando lei infilò con calma le mani dentro la maglia e tirò fuori qualcosa.

La porse al bastardo e disse con appena un piccolo tremore nella voce: «Se speri di vedermi il seno, lascia che te lo renda più facile. Ecco, tieni.»

Lui le fissò la mano e lasciò andare la maglietta. «Che cazzo è *quella roba*?»

«È la mia tetta» rispose, come se gli stesse offrendo una caramella o qualcosa di altrettanto innocuo. Quindi infilò di nuovo la mano nella maglia e tirò fuori l'altra, cercando di dargli anche *quella*. «Ho avuto il cancro al seno, le mie tette hanno cercato di uccidermi, così le ho fatte tagliare via. Ora indosso quelle finte. Vedi? È morbida, proprio come quella vera.»

Truck avrebbe riso per l'espressione sul viso di Deuce, ma non c'era nulla di lontanamente divertente in quella situazione. Il delinquente sembrava inorridito e disgustato.

«Non hai le tette?»

In risposta, Mary tirò la maglia appiattendola sul petto, dimostrando che no, non ce le aveva affatto.

«Sei una di quelle persone trans o qualcosa del genere?» chiese Shoebaloo con orrore. «Sei un uomo?»

Mary fece un respiro profondo e scrollò le spalle. «Non avere le tette ti rende trans?»

«Ha i capelli corti, amico» continuò Shoebaloo. «Scommetto che è un ragazzo.»

«Cazzo» disse Deuce, allontanandosi da lei.

Mary abbassò le braccia lasciando cadere gli inserti sul pavimento. Non si era fatta intimidire dai membri della banda, ma non li aveva nemmeno indispettiti apertamente. Si era comportata in modo perfetto. Non doveva essere stato facile per lei, e Truck avrebbe voluto prenderla tra le braccia più di quanto volesse respirare. Gli tremavano le mani per lo sforzo di trattenersi e rimanere dov'era.

«Facciamo saltare in aria questo posto o cosa?» incalzò Truck, cercando di riportare l'attenzione degli uomini sull'argomento in questione: la loro avidità.

«Dovrei ucciderla» disse Deuce, e sollevò la pistola puntandola di nuovo sulla testa di Mary.

Il cuore di Truck smise di battere.

Lei non disse una parola, tenne con coraggio gli occhi fissi sul bastardo.

All'interno del caveau cadde il silenzio per un momento mentre tutti trattenevano il respiro.

«Deuce, ci sono persone al cellulare fuori...» iniziò uno dei rapinatori mentre entrava nel caveau. «Che cazzo sta succedendo?» chiese, quando vide la pistola puntata contro Mary.

«Bang!» gridò Deuce, poi rise quando lei sussultò spaventata. «Stramba del cazzo» mormorò, poi calciò in un angolo uno dei seni finti. Si rivolse a Truck. «Se per caso hai fatto un casino, la tua ragazza strana morirà. Poi *morirai* anche tu. Capito?»

«Capito» rispose con la massima calma possibile. «Gli esplosivi che ho piazzato dovrebbero far saltare in aria le cassette, ma non il muro dietro. Non so di cosa sia fatto questo caveau, ma presumo che assorbirà abbastanza bene l'onda d'urto.»

«Per il tuo bene, lo spero» lo minacciò, poi si avvicinò a lui e gli strappò di mano il detonatore e ordinò con un cenno della testa a Shoebaloo e all'altro uomo di uscire dalla stanza.

Truck socchiuse gli occhi. «Perché?»

«Perché tu e il tuo fenomeno da baraccone rimarrete qui quando esploderà tutto. Farai meglio a *sperare* di non aver combinato cazzate. Se in qualche modo lo disabiliti quando usciamo e non detona, te ne pentirai.» Poi lo salutò con un ghigno diabolico e indietreggiò con in mano il rozzo detonatore costruito in gran fretta.

«Non puoi lasciarci qui!» sbottò Truck. Aveva ridotto la quantità di esplosivo, ma di certo non era sicuro rimanere nel caveau quando sarebbe deflagrato.

«Sta a vedere» sogghignò Deuce e uscì. Dopo essersi assicurato che i cavi permettessero ancora alla porta di venire chiusa quasi del tutto, li imprigionò all'interno insieme all'esplosivo.

Truck rimase a fissare la porta per un secondo prezioso, non credendo che il bastardo li avesse effettivamente lasciati lì dentro. Se non avessero sparato alla serratura, avrebbe potuto lanciarsi verso la porta e chiuderla così lui e Mary sarebbero stati al sicuro dentro al caveau per poi scollegare il detonatore. Ma ora non c'era modo di tenere fuori quei delinquenti.

Truck non aveva nemmeno il tempo di disattivare completamente tutti gli esplosivi. Anche se avesse potuto farlo, Deuce sarebbe tornato e li avrebbe uccisi.

Prendendo una decisione all'istante, sapendo che in qualsiasi momento il bastardo avrebbe potuto attivare il detonatore, Truck si spostò *verso* gli esplosivi invece che allontanarsi da loro.

Sentì Mary gridare il suo nome con disapprovazione, ma la ignorò, era concentrato sugli ordigni. Strappò in fretta due cavi dall'ultima fila, sperando che l'inevitabile esplosione non fosse letale per loro. Se ci fosse stato solo lui, avrebbe rischiato di affrontare Deuce e gli altri, ma non era così, doveva pensare a Mary.

Truck si voltò e si precipitò verso di lei. A parte un piccolo "uff", non emise alcun suono, si limitò ad aggrapparsi a lui con tutte le sue forze. La sollevò e la condusse nell'angolo più lontano del caveau poi, posandola a terra con delicatezza, disse: «Raggomitolati, Mary. Copriti le orecchie.»

Aspettò che facesse come le aveva ordinato e si precipitò verso il tavolo al centro della stanza. La sua unica opzione era fare il possibile per proteggerli dall'esplosione che sapeva sarebbe arrivata da un momento all'altro.

Gettò a terra le scatole vuote e altre cose che aveva usato per posizionare gli esplosivi sul pavimento, poi cercò di sollevare il tavolo, rendendosi conto che era bloccato. Aveva sperato di poterlo usare per nascondervisi dietro. Imprecando, tornò da Mary.

La prese tra le braccia e si avvolse intorno a lei come meglio riuscì; voleva che ogni centimetro del suo corpo fosse coperto. Per la prima volta, Truck fu felice di essere così enorme. Aveva quella stazza per poter proteggere la sua donna. Era diventato un gigante spaventoso proprio per quel momento.

Mary sollevò le mani per coprirgli le orecchie, e lui fece lo stesso per lei.

Rannicchiato contro la donna che amava e teso in attesa dell'esplosione, pregò come mai aveva fatto in vita sua.

All'improvviso, Mary lo sconvolse. «Ti amo» gli sussurrò.

Non la sentì, ma percepì le parole contro il collo.

Disse solo quello, non approfondì. Non commentò la possibilità di non uscire vivi da quel caveau... aveva solo voluto che lo sapesse.

Ciò rese le sue parole ancora più toccanti e significative.

Truck aprì la bocca per ricambiare, quando tutto intorno a loro esplose.

CAPITOLO QUINDICI

«Abbiamo una richiesta d'intervento!» disse a gran voce il colonnello Colton Robinson, comandante dei team Delta Force, quando entrò nella sala riunioni in cui si trovava la squadra. «Hanno di nuovo preso di mira la banca in centro. La rapina è ancora in corso.»

Pochi secondi dopo, Ghost, Fletch, Coach, Hollywood, Beatle e Blade erano in piedi e stavano correndo verso la porta. Mentre si precipitavano ai loro veicoli, il comandante disse loro ciò che sapeva.

«In città è successo un casino. Incendi, rapine, sparatorie e caos generale. La polizia è sommersa da chiamate e non riesce a starci dietro. Mi hanno chiamato dalla centrale quando hanno ricevuto delle segnalazioni riguardo a qualcosa in corso nella stessa banca che è stata rapinata il mese scorso. Le porte sono chiuse e c'è un cartello grossolano con scritto qualcosa riguardo a un corso di formazione. Ma un cliente ha visto qualcuno con una pistola dentro e ha avvisato la polizia.»

«Cazzo, è la banca in cui lavora Mary?» chiese Fletch.

«La moglie di Truck? Sì» rispose cupo il comandante.

«Truck oggi era lì per pranzare con lei» disse Ghost. «Mi ha chiamato per dirmi che ha recuperato parte della memoria. Si ricorda di averla sposata. Doveva andare dal medico dopo pranzo e poi farmi sapere cos'avesse detto.»

«Potrebbe essere una buona cosa se è dentro» commentò Hollywood.

«O brutta» ribatté Beatle. «Se i rapinatori dovessero scoprire che fa parte dell'esercito, potrebbero ucciderlo all'istante.»

«Non è che Truck sembri esattamente innocuo» aggiunse Blade.

«Prendete il camion» ordinò il comandante, lanciando un paio di chiavi a Ghost. «Radunerò l'altra squadra e ci incontreremo lì.»

Lui annuì ma non si prese la briga di rispondere e insieme al resto della squadra si diresse verso l'autocarro assegnato alla loro unità.

Non parlarono durante il tragitto verso la banca, in parte perché Ghost stava guidando come un pazzo e quindi gli altri erano occupati a tenersi aggrappati con tutte le forze, ma anche perché erano preoccupati per i loro amici.

Truck e Mary erano come... i piselli e le carote; il burro d'arachidi e la marmellata; il latte e i biscotti. Dovevano stare insieme. Sì, avevano avuto alti e bassi, ma nessuno aveva mai dubitato che fossero anime gemelle.

Sembrava che Mary non vedesse la faccia sfregiata di Truck o il suo aspetto enorme e spaventoso, e che a lui non fregasse niente del carattere pungente della donna. Dalla prima volta in cui lo aveva affrontato per difendere Rayne, aveva capito che fosse quella giusta per lui.

Nessuno poteva immaginare che uno esistesse senza l'altro. Era impensabile non averli più intorno. Era già abbastanza spiacevole che Truck fosse rimasto ferito e avesse perso la memoria, ma almeno era vivo.

La piccola Annie aveva bisogno di lui e anche che Mary le insegnasse a non farsi mettere i piedi in testa da nessuno.

Lo zio Truck doveva essere d'ispirazione al nuovo bambino di Fletch.

Casey aveva bisogno che Truck l'aiutasse con il suo disturbo post-traumatico da stress, perché sapeva esattamente cosa avesse passato nella giungla.

E Rayne. Cazzo. Aveva bisogno di Mary tanto quanto Mary aveva bisogno di lei. Non sarebbe stata più la stessa se non fosse riuscita ad uscire da quella banca tutta intera.

Rimasero in silenzio, persi nei loro pensieri, finché il camion non entrò nel parcheggio della banca. Pochi minuti dopo ne arrivò un secondo e Trigger, Lefty, Oz, Grover, Lucky, Brain e Doc saltarono giù. Erano tutti armati e passarono rapidamente i fucili che avevano portato per la squadra di Ghost.

Doc era già andato ad allontanare dall'edificio gli spettatori, quando ci fu una forte esplosione all'interno della banca.

Senza esitare, i tredici uomini si diressero verso le porte. Non avevano avuto il tempo di fare un piano, ma non ne avevano bisogno. Erano Delta Force. Ognuno di loro sapeva cosa avrebbero fatto gli altri senza dover chiedere. Senza dover pianificare.

———

Mary faticava respirare. Truck era sdraiato sopra di lei e la copriva completamente. Le aveva avvolto le braccia intorno alla testa tenendola contro il petto per proteggerla dai detriti. Le fischiavano le orecchie, ma quella era l'ultima delle sue preoccupazioni.

Dopo che Deuce li aveva lasciati soli nel caveau, si era davvero spaventata quando Truck si era avvicinato agli esplosivi invece che allontanarsi. Ma non si era attardato lì, aveva solo armeggiato con alcuni fili prima di tornare da lei.

Al momento non riusciva a respirare. Il fumo nel caveau era parecchio denso e non riusciva a vedere nulla, inoltre Truck la schiacciava, e sembrava più pesante di quando all'inizio si era avvolto intorno a lei.

«Truck» gracchiò, poi iniziò a tossire.

Lui non rispose. In effetti, non si mosse affatto.

Presa dall'agitazione, Mary si dimenò finché non riuscì a liberare un braccio. Senza pensare a quanto fosse stata vicina a essere violentata, o di avere praticamente gettato le sue tette finte a Deuce, o che lui potesse tornare da un momento all'altro per recuperare tutti gli oggetti di valore possibili, Mary continuò a fare tutto il necessario per uscire da sotto il corpo di Truck.

Quando finalmente riuscì a liberare il busto, capì perché era così pesante. Attraverso il fumo, vide che il tavolo, che prima non era stato in grado di spostare, si era staccato dal pavimento e atterrato sopra di lui.

Usando tutte le sue forze, Mary riuscì a spingerlo via dalla schiena di Truck e fissò sgomenta il sangue sulla sua nuca.

«Merda» piagnucolò. «Non di nuovo!»

Avrebbe voluto girarlo, ma non voleva ferirlo più di quanto già non fosse. La sua mano si mosse senza che se ne rendesse conto e la premette contro il taglio sul cuoio capelluto, sentendo l'umido del sangue. Gli girò con cautela la testa di lato per far sì che potesse respirare, sperando con tutta se stessa di aver fatto la cosa giusta. Di non averlo reso paralizzato per tutta la vita.

Gli agitò la mano davanti al viso, cercando di ripulire l'aria dal fumo e continuò a tossire, incapace di prendere un respiro profondo. «Forza, Truck. Respira» gli ordinò.

La porta del caveau si spalancò, ma non si voltò nemmeno.

La luce di una torcia illuminò lei e Truck, ma l'attenzione di Mary rimase sull'uomo disteso immobile accanto a lei.

«Ha funzionato!» gridò Deuce. «Figlio di puttana, ha *funzionato!*»

Mary lanciò una rapida occhiata e vide che gli ordigni sistemati da Truck aveva fatto esattamente ciò che avevano pianificato; le cassette più vicine agli esplosivi erano state distrutte al punto da renderle irriconoscibili, ma a quelle tutto intorno era saltata solo la parte anteriore. Vide gioielli e denaro sparsi sul pavimento. C'erano anche molti documenti, ma a Deuce ovviamente non importava.

Aprì uno zaino e iniziò a infilarci dentro il più possibile. «Ehi, Shoebaloo!» gridò in direzione della porta.

Mary spostò d'istinto lo sguardo e ansimò.

Ghost e Trigger erano lì.

Ricordava l'altro Delta dalla rapina precedente. Nessuno dei due aveva emesso un suono. Entrambi avevano i fucili puntati contro Deuce.

Prima che Mary potesse fare qualsiasi cosa, il bastardo alzò la testa per vedere cosa l'avesse fatta ansimare e lasciò cadere lo zaino sollevando la pistola per puntarla contro di lei.

«Getta l'arma» ordinò Ghost.

«Ora, figlio di puttana» aggiunse Trigger.

«Allontanatevi, lentamente» ribatté Deuce. «O le farò saltare le cervella.»

Mary trattenne il respiro, non le piaceva trovarsi nel mezzo dello scontro.

Era abbastanza sicura che Ghost e Trigger si sarebbero occupati del bastardo, ma Mary si gettò sulla schiena di Truck cercando di proteggerlo il più possibile nel caso gli fosse partito un colpo.

Nell'istante in cui lo coprì, Trigger sparò e Deuce cadde a terra.

Non si muoveva più e aveva un buco al centro della fronte.

Ghost si avvicinò e calciò via la sua pistola, anche se l'uomo era chiaramente morto.

«Dannazione, Trigger» si lamentò. «Sai quante scartoffie dovremo compilare adesso?»

Mary sentì il divertimento nel suo tono e poteva dire che non gli importasse proprio che Deuce fosse morto. Si sarebbe assicurata che i poliziotti sapessero che Trigger non aveva avuto scelta, perché il rapinatore avrebbe potuto benissimo sparare a lei, a Truck o a uno dei Delta.

Trigger scrollò le spalle. «Non m'importa. Mi chiamano Trigger per un motivo.» Fece un ghigno. «Ho il grilletto facile, lo sai. Inoltre, ha puntato una pistola contro Mary, e nessuno punta una cazzo di arma contro la donna di un compagno di squadra e la fa franca.»

Mary avrebbe voluto sorridergli, ma in quel momento non ce la faceva. Guardò Ghost e disse: «Truck non si sveglia. Il tavolo lo ha colpito alla testa e sta sanguinando.»

Lui non parlò, ma si avvicinò subito a loro. Trigger uscì dalla stanza, ma l'attenzione di Mary era sull'uomo sdraiato immobile come morto accanto a lei.

«Togli la mano» le disse Ghost.

«Sta sanguinando molto» ribatté.

«Lo vedo.» La guardò negli occhi e la rassicurò: «Ci penso io, Mary. Fidati di me.»

Annuì e la tolse piano, osservò il suo amico spostargli i capelli e controllare la ferita, poi infilare una mano in una tasca e tirare fuori un paio di guanti. Se ne infilò uno e coprì di nuovo la ferita.

«Andrà tutto bene, Mary. Non è molto profondo, serviranno un paio di punti al massimo. Forse solo una graffetta.»

«Sei sicuro?»

«Sì. Sono più preoccupato per il suo cervello. Non è passato molto da quando ha preso la prima botta.»

Mary si mordicchiò il labbro inferiore e non trovò niente da dire. Truck doveva stare bene. *Doveva*.

Proprio mentre quei pensieri la sfioravano, lui gemette.

Si chinò e lo chiamò: «Truck?»

Sbatté un po' le palpebre e Mary pronunciò di nuovo il suo nome.

Questa volta li aprì del tutto. La vide, ma li richiuse subito. «Cazzo» imprecò. «Cazzo, cazzo, *cazzo*.»

«Stai bene» disse Ghost al suo amico. «Hai solo un piccolo bernoccolo sulla nuca.»

Non appena finì di parlare, il resto della squadra entrò nel caveau. Fletch e Hollywood presero Deuce e lo portarono fuori, consegnandolo a qualcuno che Mary non riuscì a vedere. Beatle e Blade andarono dove si trovavano lei, Truck e Ghost. Coach spostò il tavolo per dare più spazio a tutti.

«Sta bene?» chiese Fletch.

«E *tu* come stai, Mary?» si intromise Hollywood.

«Bene. È Truck che mi preoccupa» rispose, guardando di nuovo l'uomo che amava con tutto il cuore. Era difficile credere che gli avesse davvero detto quelle parole. Non sapeva se lui le avesse sentite o meno, ma non era stata colpita da un fulmine per averle espresse. La considerò una vittoria.

«Potete chiudere tutti quella cazzo di bocca?» sussurrò Truck.

«Che c'è?» gli chiese Ghost.

«Mi fischiano le orecchie e la testa fa un male cane» rispose.

Mary si morse di nuovo il labbro preoccupata. L'aveva guardata, ma sembrava non l'avesse riconosciuta. Aveva perso il resto della memoria? Aveva una ricaduta? Cazzo, non sarebbe riuscita ad affrontare tutto di nuovo.

Ok, era una bugia, *poteva farlo*, avrebbe fatto qualsiasi cosa per Truck, ma di sicuro non avrebbe voluto.

«È un bene che tu abbia la testa così dura» scherzò Beatle. «Altrimenti il tuo cervello ormai sarebbe un purè di patate.»

Trasalì a quell'immagine. «Non sei d'aiuto» mormorò.

«Se non stai attento, chiederò a Casey di trovare alcune di quelle formiche proiettile e di metterle nel tuo cazzo di letto» lo minacciò Truck.

Nessuno parlò per un momento mentre recepivano le sue parole.

«Figurati» ribatté Beatle, con voce soffocata a causa della forte emozione. «Mi ama.»

«È vero» confermò. Poi riaprì gli occhi e fissò Mary. «Vieni qui» disse, cercando di sollevare il braccio e tirarla giù verso di lui, ma non riuscì a muoversi molto bene con Ghost che lo teneva fermo e con la mano sulla ferita dietro alla testa.

Mary si chinò finché non fu quasi naso a naso con lui. Trattenne il respiro mentre fissava i suoi bellissimi occhi castani. «Sì?»

«Infila la mano nella tasca davanti dei miei jeans, piccola.»

Ruotò il fianco a sufficienza da permetterle di arrivarci. Confusa, obbedì, non volendo fare nulla che potesse stressarlo. Era ovvio che stesse provando un dolore lancinante, e non aveva idea di quanto grave fosse.

Frugò nella tasca, ignorando il commento sarcastico di Hollywood sullo stare attenta a ciò che stava afferrando laggiù, e tirò fuori un sacchettino di velluto.

«Aprilo» le ordinò.

Mary si sedette sui talloni e allentò il laccio che lo chiudeva. Lo capovolse e due anelli le caddero nel palmo.

Come paralizzata, fissò Truck.

«Le nostre fedi nuziali» le disse. «Sono tornato dalla mia missione, quindi possiamo rimettercele al dito. Non metterò il mio se non indosserai il tuo.»

«Truck» sussurrò sopraffatta.

«Aiutatemi a mettermi a sedere» chiese, e Ghost si diede subito da fare senza togliere mai la mano da dietro la sua testa, e raddrizzandolo con una presa salda sul braccio.

«Ti amo, Mary» disse Truck. «Ti ho chiesto di sposarmi perché ti amo, non per l'assicurazione. Be', anche per quello, ma è stato un mezzo pratico per farti dire di sì e per salvarti la vita.»

«Te lo ricordi» sussurrò lei.

«Ricordo tutto» confermò. «Ogni secondo. Sei mia, Mary

Laughlin. C'è un certificato di matrimonio da qualche parte che lo dimostra. E non ti lascerò andare. Mai.»

Mary si leccò le labbra e cercò di non scoppiare a piangere. Chinò la testa e si infilò la fede sull'anulare della mano sinistra. Poi prese quella di Truck e fece altrettanto con lui, che poi tenne la mano stretta nella sua prima che potesse allontanarsi.

«Stai bene?» le chiese.

Annuì. «Hai avuto tu la peggio.»

«Bene.» Spostò gli occhi sopra la sua testa. «Presumo che qualcuno si sia occupato di tutta la banda di teppisti.»

«Certo» lo rassicurò Blade.

«E Jennifer?» chiese Mary. «Era d'accordo. Frequentava Deuce.»

«Ce l'hanno in custodia i poliziotti» la rassicurò.

«Ottimo» mormorò.

«I paramedici dovrebbero essere qui a momenti» la avvertì, e nell'istante in cui le parole uscirono dalla sua bocca, sentirono il suono delle sirene attraverso la porta aperta del caveau.

«Dobbiamo smetterla di incontrarci qui in questo modo» disse Truck a Mary, guardandola di nuovo negli occhi.

«Mi licenzio. Con effetto immediato» replicò lei.

«Bene.»

«Fate largo!» gridò una voce femminile. «Paramedici!»

«Oh, *cazzo*, no» esclamò Mary. «Non esiste che metta le mani sul mio uomo!»

Tutti i Delta ridacchiarono, ma lei era seria. Quando Ruth entrò nel caveau, Mary si alzò e si mise le mani sui fianchi. «Niente da fare. Torna da dove sei venuta, cazzo.»

«Fatti da parte» disse l'altra con fare altezzoso «Devo vedere il paziente.»

Mary piegò le mani come fossero artigli e stava per avventarsi sulla donna, ma i compagni di squadra di Truck si mossero in fretta. Beatle l'afferrò per la vita e Hollywood prese il braccio di Ruth e la tirò indietro portandola fuori dal caveau. Lo sentì informarla senza mezzi termini che avrebbe dovuto occuparsi dei teppisti feriti, non del loro compagno.

«La mia Mary» mormorò Truck e le tirò la gamba dei pantaloni.

Si dimenticò subito di Ruth e tornò in ginocchio accanto a lui che aveva gli occhi socchiusi ed era evidente che stesse soffrendo molto. «Merda, scusa, Truck. Mi sono dimenticata della tua testa. Non intendevo urlare.»

Le sorrise. «Amo vederti diventare protettiva e gelosa.»

Mary alzò gli occhi al cielo. «Vabbè.»

Un uomo in camicia blu scuro e pantaloni cachi entrò nella stanza con un kit medico. «Allontanatevi dal paziente» disse in un tono che non scherzava.

Tutti, tranne Mary e Ghost, obbedirono e lasciarono spazio al paramedico.

«Chi è lei?» chiese, guardandola.

«Mia moglie» rispose al posto suo Truck. «E va dove vado io.»

«Va bene, ma prima devo esaminarla.»

E con questo, Ghost procedette a dirgli tutto ciò che sapeva sull'incidente.

Cinque minuti dopo, Truck fu caricato su una barella per essere trasportato in ospedale. Mary si rifiutò di lasciargli andare la mano e non riuscì a distogliere gli occhi dai loro anelli.

Proprio mentre stavano per uscire dal caveau, Truck gridò: «Beatle?»

«Sì, amico?»

«Fammi un piacere e prendi le tette di mia moglie, assicurati che vengano sterilizzate e che gliele restituiscano in ospedale, ok?»

Mary non riuscì a trattenersi dal ridere vedendo lo sguardo sul volto degli altri.

Per la prima volta dal suo intervento chirurgico, non le importò di come appariva senza gli inserti per il seno o di quello che gli altri avrebbero potuto pensare. Lei e Truck erano vivi, e lui aveva ritrovato la memoria. Tutto il resto non aveva importanza.

———

CAPITOLO SEDICI

———

TRUCK SI TROVAVA in ospedale da due giorni; due giorni di troppo secondo lui. Era il peggior paziente del mondo e Mary era sul punto di strangolarlo. Aveva trascorso quasi ogni minuto nella sua stanza, rifiutandosi di lasciare il suo fianco. I medici avevano fatto la risonanza magnetica e le analisi del sangue ed eseguito una serie di test per assicurarsi che il suo cervello non fosse danneggiato irreparabilmente.

Ma sembrava che Beatle avesse ragione. Truck aveva la testa dura, grazie a Dio.

La sera in cui era stato ricoverato Mary gli aveva parlato di Macie, raccontandogli che si era presentata all'improvviso in banca prima che succedesse tutto il casino, che viveva nella vicina Lampasas e voleva incontrarlo. Truck avrebbe voluto chiamarla subito, ma lei si era resa conto di non avere il numero di sua sorella; le aveva dato il suo, ma non aveva ricevuto in cambio quello di Macie.

Alla fine, non era stato un problema, perché Macie si era presentata alle otto del mattino seguente, prima dell'orario ufficiale di visite, dopo aver sentito dell'incidente in banca probabilmente dal suo amico hacker, ed era scoppiata in lacrime alla vista di Truck sdraiato sul letto. All'inizio era stata molto nervosa, ma dopo aver capito quanto il fratello fosse contento di vederla, si era rilassata. Mary li aveva lasciati soli a parlare e quando era tornata, quarantacinque minuti dopo, stavano ancora recuperando il tempo perduto.

Quando Macie stava per andarsene era arrivato Colt, il comandante di Truck, mostrandosi anche lui molto contento di incontrarla, soprattutto perché era stato il primo a muoversi per cercare di localizzarla. Mary aveva notato l'attrazione immediata che sembrava ci fosse tra i due, ma poiché Macie si era mostrata nervosa e poco sicura di sé, non aveva detto nulla al riguardo. Prima di andarsene aveva scambiato il numero di telefono con Truck e lui le aveva promesso di chiamarla una volta tornato a casa dall'ospedale, per continuare a parlare. Poi i due fratelli si erano salutati con un abbraccio lungo e sentito, e gli occhi di Mary si erano riempiti di lacrime.

Da quel momento in poi c'era stata una parata ininterrotta di persone nella camera. Ad un certo punto, Truck aveva addirittura cercato di corrompere Beatle per farsi portare via dall'ospedale. Per fortuna, dato che era andata a prendergli qualcosa da mangiare al bar, Mary era tornata giusto in tempo per mandare all'aria la "grande fuga".

Poi erano passati Emily e Fletch, che per potergli fare visita avevano lasciato il neonato a casa loro con Rayne.

Annie si era avvicinata al letto e gli aveva chiesto: «Mi conosci adesso?»

Truck aveva sorriso. «Sì, scricciolo, ti conosco.»

«Ti ricordi?»

«Sì.»

E con quello, Annie si era arrampicata e accoccolata accanto a lui mettendogli come sempre la manina sulla guancia.

Mary non avrebbe mai dimenticato l'espressione sul viso di Truck. Era lo stesso identico sguardo di quando era stata malata e sofferente e lui si accoccolava accanto a lei di notte: era amore.

Gli adulti non avevano cercato di far scendere Annie dal letto, ma semplicemente conversato come se lei non stesse infrangendo le regole dell'ospedale. Mary di certo non aveva potuto protestare, poiché aveva fatto la stessa cosa la sera prima; si era stesa accanto a Truck e si erano tenuti stretti.

«Rimandiamo di una settimana la festa per svelare il nome del bambino» li aveva informati Emily.

«Non è necessario» aveva protestato Truck.

«Sì, invece. Non la faremo senza di te, quindi, rassegnati» aveva detto il suo amico «Ma non oltre. Non mi interessa se esci e ti fai travolgere da un'auto, non rimandiamo di nuovo. Non posso continuare a chiamare mio figlio "Piccolo Fletch".»

Mentre tutti ridacchiavano, Annie aveva sollevato la testa e guardato Truck. «Il suo nome è bellissimo.»

«Sai qual è, scricciolo?»

Lei aveva annuito.

«Ti do cento dollari se me lo dici» aveva scherzato Truck.

Ma Annie aveva scosso la testa. «No. Le mie labbra sono sigillate» aveva replicato, fingendo di chiuderle con la cerniera. Poi si era risistemata accanto a lui.

Avevano chiacchierato per altri quarantacinque minuti e poi i Fletcher se n'erano andati.

Mary era grata per il flusso costante di visitatori che erano venuti a trovare Truck. Lo avevano tenuto occupato ed era stato meno scontroso. Erano passati anche Kassie e Hollywood e avevano portato Kate. Mary si era quasi sciolta quando Truck aveva preso la piccolina tra le braccia. L'aveva guardata con riverenza e sussurrato: «Non puoi uscire con nessuno fino a quando non avrai venticinque anni, piccola.»

Kassie e Mary avevano riso, ma non i due uomini. «Io le ho detto trenta» lo aveva informato il suo compagno di squadra.

«Mi sembra giusto» aveva replicato e poi aggiunto: «È perfetta. Congratulazioni.»

Hollywood, raggiante, con un braccio intorno alla moglie aveva risposto: «Grazie.»

Quando erano venuti a fargli visita Harley e Coach, lei gli aveva lasciato lì da provare l'ultimo videogioco che stava sviluppando; lo aveva tenuto impegnato per due ore intere, consentendo a Mary di farsi una doccia e di staccarsi dal suo scontroso uomo alfa che era pronto per tornare a casa.

Casey, Beatle, Blade, Wendy e suo fratello Jackson, erano venuti tutti insieme. Avevano parlato un po' del matrimonio di gruppo che stavano organizzando, ma Mary aveva cambiato rapidamente argomento, non ancora pronta a parlare di cerimonie nuziali.

Erano andati anche Ghost e Rayne, e a seguirli Chase e Sadie. Mary aveva notato che Truck si era divertito a vedere i suoi amici, soprattutto ora che la sua memoria era completamente tornata, ma si era anche resa conto quando aveva iniziato a stancarsi.

Dopo che si erano presentati tutti e sette i Delta dell'altra squadra − e avevano trascorso un'ora a prendere in giro Truck per non essere stato in grado di sopraffare tutti i membri della banda da solo, e perché avevano dovuto salvarlo loro − Mary aveva deciso che era abbastanza.

Aveva cacciato tutti fuori dalla camera, dicendo che era arrivato il momento per Truck di schiacciare un pisolino.

Ovviamente, ciò aveva fatto ridere ancora di più tutti i Delta che avevano iniziato a fare battute al riguardo, ma sembrava che a Truck non gliene fregasse nulla, aveva semplicemente detto: «Preferisco di gran lunga passare il mio tempo con Mary che con voi stronzi.»

Ma per Mary era stata la conversazione con il *suo* medico il momento più carico di emozione.

Lui aveva appreso che si trovava in ospedale e si era preso il tempo di rintracciarla. Voleva parlarle della ricostruzione, dato che aveva saltato l'appuntamento.

Così i tre, avevano valutato a lungo le sue opzioni. Truck aveva posto un milione di domande sulla sicurezza e sulle ripercussioni a lungo termine per quanto riguardava le protesi. Aveva voluto sapere quali fossero le probabilità che il cancro si ripresentasse e se avere protesi al silicone le avrebbe aumentate o se in qualche modo avrebbero impedito di rilevare se il cancro fosse tornato.

Quando il dottore se n'era andato Mary non aveva ancora preso una decisione, ma si era resa conto di quante cose avesse nascosto a Truck e di quanto fosse meraviglioso avere qualcuno con cui parlare di tutto ciò. Non gli aveva raccontato molto dei disagi causati dalla malattia, essendosi sentita in imbarazzo a condividere dettagli così intimi. Cavoli, non si sentiva a suo agio nemmeno a fare pipì senza chiudere la porta, figuriamoci se a quel tempo sarebbe riuscita ad ammettere che le vampate di calore erano state così insopportabili che a volte le facevano dimenticare anche le piccole cose, o a chiedergli aiuto quando il drenaggio all'improvviso iniziava a colare su tutta la sua maglietta.

Nel momento in cui Truck aveva chiesto informazioni riguardo al sesso e sugli eventuali bambini, Mary aveva capito di non averlo trattato come meritava per mesi. Si era tenuta dentro un sacco di cose per paura che lui non volesse davvero stare con lei. Che magari *avesse pensato* di tenerci, ma che sarebbe scappato una volta conosciuti tutti i dettagli sgradevoli della sua malattia.

Le aveva dimostrato in tutti i modi che l'amava e che lei era tutto per lui, solo che Mary non aveva prestato attenzione, troppo convinta che lui l'avrebbe lasciata e troppo occupata a tenere alzate le difese nel caso avesse deciso che non valesse la pena lottare per lei, come aveva fatto ogni altro uomo nella sua vita.

Gli doveva delle scuse, ma prima lo avrebbe portato a casa e sistemato.

Nel tardo pomeriggio del secondo giorno, entrando nella stanza di Truck il medico chiese con voce allegra: «Pronto ad andare via?»

«Sì, da un giorno e mezzo» borbottò lui.

Mary nascose un sorriso. Truck nell'ultima ora e mezza non aveva fatto altro che lamentarsi perché il dottore non lo aveva ancora dimesso.

«È stato incredibilmente fortunato» gli disse per nulla turbato dal suo paziente scontroso. «Staccare quei fili un attimo prima della deflagrazione le ha salvato la vita. È esplosa solo la fila superiore di cariche, facendo staccare il tavolo dal pavimento che piombando su di lei vi ha protetti da un danno peggiore. Anche se atterrare sulla sua testa non è stato esattamente il risultato ideale, e dato che ha preso due botte piuttosto intense a poche settimane di distanza, deve stare molto attento per i prossimi tre mesi.»

«Merda» disse Truck.

«Esatto. Niente lavoro; nessuna missione per *almeno* novanta giorni. Faremo un'altra risonanza magnetica tra due mesi e ci assicureremo che gli ematomi sul cervello siano spariti e che tutto sia a posto. Poi aspetteremo un altro mese solo per essere sicuri. Se inizia ad avere uno degli effetti collaterali di cui abbiamo parlato ieri, deve venire qui il prima possibile. Dico sul serio, Ford. Un trauma cerebrale non è qualcosa con cui scherzare. Svenimenti, ansia, aggressività, ripetizione di parole o azioni, pupille dilatate, nausea, sensibilità alla luce o ai suoni, visione offuscata...»

«Ricordo tutto, dottore» replicò Truck, interrompendo la litania dei possibili disturbi.

«Ottimo.» Si rivolse a Mary. «Lo tenga d'occhio. I soldati spesso cercano di nascondere i loro sintomi perché secondo loro dovrebbero solo sopportarli, o perché sono imbarazzati.»

«Non si preoccupi, lo farò» lo rassicurò.

«Bene. Ora, Ford, ha ancora mal di testa?»

Truck annuì con riluttanza.

«Non credo che ci sia qualcosa di cui preoccuparsi in questo momento. Dovrebbe scomparire dopo circa una settimana e vorrei che restasse a letto per tutto quel periodo, solo per permettere al cervello di guarire.»

«Non esiste» dichiarò Truck, mentre Mary diceva allo stesso tempo: «Ci penso io.»

Il dottore sorrise. «Non la invidio, signora. Ecco la ricetta per gli antidolorifici. Dovrà tornare tra circa una settimana per controllare le graffette e, si spera, rimuoverle. Possono essere bagnate, ma non immerse nell'acqua. Non si lavi i capelli, faccia solo brevi risciacqui.»

Mary annuì, sapendo che la settimana successiva sarebbe stata dura per loro. Le passarono per la mente vari modi per tenerlo occupato anche se il dottore continuava a parlare di cosa aspettarsi nei giorni seguenti. Avrebbe potuto far venire Annie dopo la scuola e assicurarsi che anche i ragazzi gli facessero visita a turno.

«Se dovesse succedere qualcosa che vi preoccupa, non esitate a contattarmi» proseguì, porgendole un biglietto da visita. «A questo numero risponde la segreteria, ma dite solo che si tratta di un'emergenza e mi contatteranno subito, così vi richiamerò. Va bene?»

Annuì, sollevata di avere qualcuno da chiamare se Truck ne avesse avuto bisogno.

«Sto bene» disse di nuovo lui.

«Certo. E nel caso non l'avessi detto prima... grazie per il suo servizio e avete fatto un ottimo lavoro nel fermare quegli stronzi in banca.» Poi il dottore si voltò e uscì dalla stanza. Prima che Mary potesse dire qualcosa, infilò di nuovo la testa dentro. «E aspetti l'infermiera con la sedia a rotelle, Laughlin. So che a voi uomini duri non piace essere trasportati in quel modo, ma è una regola. Non se la prenda con lei, d'accordo?» Poi scomparve di nuovo.

Mary ridacchiò vedendo l'espressione sul viso di Truck. «Dai, non sarà tanto brutto» lo tranquillizzò.

Passò un'altra mezz'ora prima che l'infermiera si presentasse e quando furono finalmente in viaggio, Mary tirò un sospiro di sollievo. Aveva provato a suggerirgli di stare nel suo appartamento una volta uscito dall'ospedale così avrebbe potuto stargli dietro, ma Truck le aveva risposto senza mezzi termini che sarebbe tornato a casa *sua*, e lei sarebbe andata con lui.

Non aveva protestato molto, dato che era proprio dove voleva stare. Avrebbe comunque dovuto andare a riprendere le sue cose, ma prima doveva sistemare Truck, gli avrebbe preparato la cena e, una volta che si fosse addormentato, sarebbe tornata in fretta al suo appartamento. Non se ne sarebbe nemmeno reso conto, soprattutto perché lo avrebbe costretto a prendere uno degli antidolorifici prescritti dal medico.

Parcheggiò l'auto e quando andò per aiutarlo a scendere, lui era già in piedi vicino alla portiera.

Mary si accigliò. «Dovresti lasciare che ti aiuti» gli disse, avvolgendogli il braccio intorno alla vita.

«Perché? Le mie gambe stanno bene. È la testa che è ferita.»

«Perché sì» grugnì, ignorando la risatina di Truck mentre camminavano verso l'appartamento. Lo lasciò aprire la porta, senza lamentarsi quando la fece entrare per prima.

Nell'istante in cui Mary varcò la soglia, rimase senza fiato.

Lo sentì vagamente richiuderla ma non lo aspettò. Con la bocca spalancata per lo shock, entrò nella zona giorno.

«Come... quando?» balbettò.

Truck la tirò indietro contro il suo petto e appoggiò il mento sulla sua testa. «Mentre facevi la doccia all'ospedale, ho parlato con Ghost e mi ha informato che le ragazze ti hanno aiutato a impacchettare e a trasferirti di nuovo a casa tua dopo che ho perso la memoria, quindi gli ho detto che poteva far ritrasferire tutto di nuovo da me, e grazie mille. I ragazzi hanno fatto tutto il lavoro di fatica e le ragazze hanno risistemato tutto.»

Gli occhi di Mary si riempirono di lacrime mentre si guardava intorno, tutte le sue cose erano tornate al loro posto; la foto di lei e Rayne sullo scaffale; la sua coperta preferita sullo schienale del divano; i suoi soprammobili erano dappertutto e persino la sua caffettiera era di nuovo sul bancone della cucina.

«Truck...»

«Sei mia moglie» la interruppe. «Il tuo posto è qui con me. Nell'istante in cui sono entrato dopo aver perso la memoria, ho capito che qualcosa non andava. *Sembrava* tutto sbagliato. Era troppo vuoto, troppo... qualcosa. Mancavi *tu*, Mary. Tu e tutte le tue cose. Hai reso questo posto una casa per me. Potevate anche aver rimosso i tuoi oggetti, ma la tua presenza non potrà mai essere rimossa dalla mia vita. Quella prima notte, quando mi sono sdraiato a letto da solo, mi sentivo a disagio e non riuscivo a capire perché.»

Fece un respiro profondo, poi si voltò tra le braccia di Truck e lo guardò. «Sei sicuro?»

Invece di risponderle, le disse: «Ho trovato il tuo diario.»

«Che cosa?»

«Ero davvero frustrato quando te ne sei andata l'ultima volta, e sono andato un po' fuori di testa. Ho preso a calci le cose e le ho rovesciate come un bambino. Ho ribaltato il materasso e il tuo diario, che era nascosto sotto, è caduto.»

«Oh, merda» sussurrò Mary, e abbassò gli occhi sui bottoni della sua camicia.

Truck non l'avrebbe lasciata nascondersi. Le mise un dito sotto il mento e la costrinse a guardarlo. «L'ho detto nel caveau e lo ripeto. Ti ho chiesto di sposarmi perché ti amo, Mary. Sì, volevo che tu potessi usare la mia assicurazione, ma era solo una scusa. Avrei detto qualsiasi cosa per farti diventare mia per davvero.»

Quando non rispose, lui sorrise. «Nessun commento?»

Scosse la testa.

Tornò di nuovo serio. «Ti amo, Mary. Amo la tua irriverenza. Adoro come tieni testa alla gente. Mi piace che tu abbia Rayne nella tua vita e mi dispiace che tu abbia dubitato del mio amore anche solo per un secondo. Non essere imbarazzata per aver vomitato davanti a me o per qualsiasi altra cosa riguardo al cancro. Ti amo esattamente come sei. Con le tette, senza tette, con i capelli, senza capelli. Non mi importa.»

«Io... anche tu sei importante per me, Truck, ma... *quelle parole*, per me è davvero difficile dirle.»

«Lo so.»

Mary scosse la testa e gli strinse più forte la camicia. «Vorrei dirle, ma non ci riesco. Mi terrorizzano.»

«In banca le hai dette» le ricordò.

Fece una smorfia. «Pensavo che stessimo per morire. Che avrebbe potuto essere la mia unica possibilità di farlo.»

«Mary, mi dici ogni giorno che mi ami» le assicurò. «Le tue azioni parlano forte e chiaro. Non ho bisogno delle parole.»

«Ma non è giusto» protestò.

«Mi ami?» le chiese. «Tutto ciò che devi fare è annuire o scuotere la testa.»

Strinse le labbra e annuì.

«E questo mi basta» la rassicurò Truck. «Andiamo.» La girò e le prese la mano conducendola in camera da letto e quando entrò, si girò a guardare il muro.

Mary fissò il loro certificato di matrimonio.

«Sapevo che lì mancava qualcosa» le disse con dolcezza. «Di notte mi sdraiavo a letto e fissavo quel punto, cercando di costringere il mio cervello a smettere di provare a ricordare. Il giorno più felice della mia vita è stato quando hai detto di sì, Mary. Affronterei cento bande di rapinatori e farei saltare in aria altre mille banche pur di averti al mio fianco. Non ti tradirò mai. Non deciderò mai di non volerti più. Combatterò con le unghie e con i denti per tenerti al sicuro e felice. Se questo significa che dovrò affrontare di nuovo il maledetto cancro, così sia.»

Gli posò una mano sulla guancia. «Ti credo.»

«Bene»

Si fissarono per un lungo minuto prima che Truck sospirasse.

«Odio ammetterlo, perché ho la sensazione che me lo rinfaccerai per un bel po', ma ho bisogno di sdraiarmi.»

Mary sbatté le palpebre, poi si riscosse dalla confusione in cui si trovava la sua testa. «Merda! Ovvio. Hai le vertigini? Forza, il letto è proprio qui.»

Truck ridacchiò. «Non sto per collassare, donna. Rilassati.»

«È solo che... sono preoccupata per te. Forse dovrei dormire sul divano stanotte» suggerì.

«Assolutamente no» replicò in tono deciso. «So che sei preoccupata e non hai idea di quanto significhi per me.» Si sedette sul letto e la attirò a sé. Tenendole le mani e guardandola, continuò: «Ma non esiste che io passi un'altra notte lontano da te se posso evitarlo.»

«Penso che si possa fare» replicò Mary con un sorriso. «Hai fame? Posso prepararti qualcosa da mangiare.»

«Sì, grazie» le rispose sistemandosi sul letto.

Mary corse fuori per vedere cosa ci fosse di facile da preparare in cucina. Non era un granché come cuoca, ma sarebbe stata in grado di inventarsi qualcosa per accontentarlo. Più tardi, quando Truck si fosse sentito meglio, avrebbero potuto cucinare insieme. Per la maggior parte del tempo in cui aveva vissuto lì, si era sempre occupato lui dei pasti, semplicemente perché lei non aveva fame o stava troppo male per farlo da sola.

Non era ancora convinta di poter essere una brava moglie, ma avrebbe fatto del suo meglio. Si fidava di Truck, ed era ciò che contava. Sorridendo, aprì il frigo e si chinò per vedere cosa ci fosse da mangiare.

CAPITOLO DICIASSETTE

ERA la sera che precedeva la festa di Fletch ed Emily per l'annuncio del nome del bambino e Truck aveva deciso che il tempo di Mary era scaduto. I primi due giorni dopo essere uscito dall'ospedale aveva dormito molto, poi le sue giornate erano state piene di chiacchiere con i suoi amici. Sapeva che Mary aveva organizzato le visite e l'amava ancora di più per quello.

Un giorno lei e Rayne erano andate a fare la spesa e avevano comprato cibo a sufficienza per sfamare un esercito, che praticamente era più o meno ciò che era passato nel suo appartamento nell'ultima settimana: un esercito di amici. La piccola Annie aveva anche trascorso la notte lì e avevano guardato *Cenerentola*, due volte. Un'altra sera, Mary aveva invitato Trigger e avevano chiacchierato fino a mezzanotte prima che l'altro Delta, alla fine, decidesse di tornare a casa.

Anche Macie era andata lì a cena. Truck non aveva ricevuto una vera spiegazione riguardo a ciò che era successo in passato e il motivo per cui non l'aveva mai contattato, ma lei era decisamente cambiata nel corso degli anni. Certo, ne erano passati *venti* dall'ultima volta che l'aveva vista quando erano entrambi fondamentalmente ancora ragazzini, ma a quei tempi era estroversa e sorrideva sempre. Adesso, sembrava nervosa e a disagio anche con lui, e non gli piaceva. Così aveva cercato di fare tutto il possibile per mantenere la conversazione leggera e tranquilla, senza parlare di cose che avrebbero potuto stressarla.

Avrebbe voluto sapere tutto di sua sorella. Del suo lavoro di progettazione di siti web, soprattutto per autori, ma in realtà per chiunque la contattasse. Del motivo per cui non fosse sposata, dei suoi anni al liceo e quelli del college. Avrebbe voluto *davvero* sapere qualcosa riguardo ai loro genitori; se fosse ancora in contatto con loro e se, come sospettava, avessero qualche responsabilità sul fatto che lei che non gli aveva più parlato dopo che se n'era andato.

In sostanza, Truck avrebbe voluto conoscere ogni piccolo dettaglio della sua vita, ma era sicuro che se le avesse chiesto qualcosa di troppo personale, si sarebbe chiusa in se stessa. Quindi aveva mantenuto le cose semplici, parlando soprattutto di lui, dei suoi compagni di squadra e anche del suo comandante e dell'altro team della Delta Force di cui era responsabile, dato che Macie era sembrata particolarmente interessata quando aveva accennato il colonnello Robinson.

Prima o poi sarebbe arrivato il momento di un faccia a faccia con lei, in cui avrebbero chiarito le cose una volta per tutte e parlato di cosa fosse successo tanti anni prima ma, per il momento, era contento di riaverla nella sua vita.

Non c'era mai stato un viavai così di gente nel loro appartamento, e Truck sospettava che Mary stesse facendo di tutto per evitare di restare da sola con lui, soprattutto all'ora di andare a dormire. Una sera gli aveva detto che stava provando una nuova ricetta e che l'avrebbe raggiunto poco dopo. Ovviamente era già profondamente addormentato quando lei aveva finito.

Un'altra sera, aveva chiamato Rayne proprio mentre Truck stava per andare a dormire, e poi aveva avuto il coraggio di passare la notte sul divano.

Non avrebbe più aspettato.

Sapeva che Mary aveva paura di andare a letto con lui, ma non le avrebbe più permesso di evitarlo. Doveva affrontare quell'ostacolo a testa alta, come aveva fatto per tutte le altre cose della sua vita, compreso il lavoro.

Non era stato necessario che si licenziasse, dato che il manager regionale aveva concesso a tutti un congedo retribuito fino a quando non avessero ricostruito il caveau e riesaminato le misure di sicurezza. Inoltre, avevano rassicurato tutti i dipendenti che se avessero voluto "perseguire altre opzioni", la banca avrebbe fatto tutto il possibile per aiutarli.

Mary, insieme a Rayne e alle altre, aveva riflettuto su ciò che avrebbe voluto fare, senza però prendere una decisione. Stava voltando pagina con la sua vita lavorativa, era arrivato il momento di farlo anche con quella personale.

In quel momento era seduta all'altra estremità del divano rispetto a lui, lo sguardo ostinatamente fisso sul televisore. Passava da un canale all'altro, ma Truck capì che non stava davvero prestando attenzione.

Si alzò, odiando vederla sussultare un po', ma ignorò il suo disagio, le si avvicinò, e chinandosi la prese in braccio.

«Truck!» esclamò, avvolgendogli le braccia intorno al collo. «La tua testa! Mettimi giù!»

«No» ribatté con calma. «È ora di andare a letto.»

«Prima devo fare delle cose» disse in tono quasi disperato.

«No, non devi.»

«Sì, invece.»

«No.»

«Trucker» lo avvertì, irrigidendosi.

Lui continuò a ignorarla ed entrò nella loro camera da letto, mettendola in piedi davanti alla porta del bagno. «Hai cinque minuti per fare quello che devi.»

«E se avessi bisogno di più tempo?» chiese in tono bellicoso, con le mani sui fianchi.

Lui si chinò e le passò un dito sul naso. «Allora verrò a prenderti.»

Mary fece un sospiro ed entrò in bagno, sbattendo la porta dietro di sé.

Truck si limitò a sorridere. Amava quando si alterava, era una reazione molto più sincera della cauta preoccupazione che gli aveva mostrato nell'ultima settimana.

Si sentiva molto meglio, il mal di testa era quasi completamente scomparso. Le graffette gli causavano prurito piuttosto che dolore, e si sentiva molto più in forze. Per niente al mondo avrebbe voluto stare fermo tre mesi, ma se fosse riuscito a superare la barriera che Mary aveva messo tra loro, sarebbe stato divertente averla tutta per sé senza doversi preoccupare di essere spedito in missione fuori dal Paese.

Truck si precipitò nel bagno degli ospiti e fece le sue cose prima di stendersi sul letto. Si era tolto la maglietta e i pantaloni della tuta, ma aveva tenuto i boxer. Sarebbero spariti anche quelli, ma prima doveva domare la sua scontrosa moglie.

Mary aprì la porta con venti secondi di anticipo e rimase lì incerta.

Truck trattenne il fiato vedendo ciò che indossava. Aveva lasciato lui quel babydoll sul ripiano del lavandino, ma sembrava cento volte più sexy su di lei che sulla gruccia.

I suoi capelli corti erano arruffati, il ciuffo rosa lo richiamava come il canto di una sirena. Erano diventati molto più folti dopo aver finito il secondo ciclo di chemio e amava come si sentiva solleticare il palmo quando la teneva stretta.

La lingerie era nera con le spalline sottili e le arrivava a metà coscia, e riuscì a vedere anche lo smalto rosso; non lo metteva mai sulle unghie delle mani, ma amava dipingersi quelle dei piedi. Mary era ancora troppo magra, almeno secondo lui; poteva vedere chiaramente le clavicole. Prese mentalmente nota di assicurarsi che mangiasse tre pasti abbondanti al giorno... e facesse un sacco di spuntini.

«Scattami una foto, potrai guardarla più a lungo» scherzò.

Lo sapeva che era nervosa e sorrise. «Vieni qui» disse, tendendo una mano.

Esitò, ma Truck non le mise fretta. Sarebbe andata da lui con i suoi tempi; era una delle cose che amava di più di lei.

Alla fine, Mary fece un respiro profondo e attraversò la stanza, mise la mano nella sua e Truck sentì il cuore sussultare nel petto. Qualsiasi cosa facesse quella donna lo emozionava. Era nervosa e a disagio, ma nonostante tutto gli stava dimostrando quanto ci tenesse, fidandosi di lui.

Truck si portò la sua mano alla bocca e la baciò, poi si spostò più in là nel letto portandola con sé sopra il materasso.

Mary si sdraiò e fece uno sbadiglio enorme. «Dio, sono stanca. Non vedo l'ora che arrivi domani. Mi chiedo come abbiano chiamato il bambino Em e Fletch. Tu no? Voglio dire...»

Smise di parlare di colpo quando Truck le mise una mano sulla pancia.

Gli afferrò subito il polso e lo fissò mordendosi il labbro.

«Ti amo» le disse Truck con dolcezza. «Ti ho già vista nuda, Mary. Ti ho spalmato la lozione su tutto il petto quando stavi facendo la radioterapia. Ho dormito con la testa sulla tua pancia quando avevi così tanti dolori da non volermi vicino al seno, pur non permettendomi di allontanarmi da te. Abbiamo pianto e riso insieme. Abbiamo affrontato il cancro a testa alta e l'abbiamo sconfitto *insieme*. Quando ho perso la memoria, non hai rinunciato a noi. In effetti, ci sei andata giù dura con quella stronza di paramedico. Non sai quanto abbia significato per me sapere che eri disposta a restarmi accanto quando non ricordavo chi fossi. Non aver paura di me dopo tutto quello che abbiamo passato. Ti amo e non ti farei mai del male. Né fisicamente né emotivamente.»

«Adesso è diverso» sussurrò, senza togliergli le mani dal polso e fissandolo con i suoi grandi occhi castani.

«Perché non sei malata? Perché mi desideri quanto io desidero te?» le chiese.

Mary sbatté le palpebre sorpresa, ma poi annuì.

«Ti sentiresti meglio con le luci spente?»

Scosse subito la testa. «No. Non ha senso, è del tutto assurdo, ma voglio vederti. Ho sognato che facevi l'amore con me per tanto tempo e non voglio perdermi nemmeno un secondo di questa esperienza. Ma ho paura che mi guarderai e non ti ecciterai. Tra il peso che ho perso e il seno piatto come una tavola... non sono bella.»

«Col cazzo che non lo sei» disse con uno sbuffo. «Lasciami andare.»

Sorprendentemente, Mary allentò la presa sul suo polso. Truck si sollevò in ginocchio e poi si mise a cavalcioni sul suo corpo e le tirò su piano il babydoll. Lei non si mosse per aiutarlo ma non ne aveva bisogno. La stoffa si ammucchiò sulla sua pancia, ma lui continuò a spingerla su fin sopra al petto.

Truck non distolse lo sguardo dal suo. Lei sollevò le braccia e gli permise di toglierle del tutto l'indumento. Nel momento in cui lo sfilò dalla testa, si chinò su di lei. La vide lottare per trattenersi dal coprirsi, ma invece gli si aggrappò ai bicipiti. Le sue dita non arrivavano a toccarsi intorno ai suoi grossi muscoli, ma si afferrò a lui come se fosse l'unica cosa tra lei e la morte certa.

«Respira, piccola» disse con dolcezza, poi si chinò di più e le baciò la fronte, si spostò sulla punta del naso e poi sulle guance. Saltò le labbra andando invece sul suo orecchio sinistro. «Senti quanto sono duro per te, Mary. Per *te*.»

E lo era. Il suo cazzo era duro come l'acciaio dentro i boxer. Aveva la sensazione che la punta fuoriuscisse dalla fessura sulla stoffa, ma non si preoccupò di sistemarsi. Abbassò i fianchi per farglielo sentire contro la pancia, poi continuò con le carezze.

Truck strofinò il naso sulla pelle sensibile sotto l'orecchio, poi passò sul collo e inspirò profondamente.

La percepì ridacchiare sotto di lui più che sentirla e si rilassò un po'. «Ecco, così, rilassati. Sono io. Mi sparerei alla testa piuttosto che farti del male in qualsiasi modo.»

Si arrischiò a spostarsi più in basso lungo il suo corpo e le appoggiò la testa sul petto. Il suo cuore batteva molto più velocemente del normale e i suoi respiri uscivano in rapidi sbuffi, ma sentì una delle sue mani posarsi dietro la testa, rimanendo lontana dalla ferita mentre lo teneva contro di sé.

«Non riesco a sentire niente» disse dopo un po'. «Le terminazioni nervose sono completamente morte. Quindi, se stai pensando di baciarmi lì o di eccitarmi in quel modo, non farlo.»

Truck sollevò la testa e le prese il viso tra le mani. «Va bene. Conosco altri posti in cui sei sensibile.» E per dimostrarglielo le prese il lobo dell'orecchio tra i denti e lo morse. La sentì rabbrividire sotto di lui e sorrise.

Decidendo di averla stuzzicata abbastanza a lungo, prese un cuscino e glielo spinse sotto i fianchi poi, continuando a fissarla negli occhi, scese lungo il suo corpo sistemandosi tra le sue gambe. Riusciva a sentire l'odore della sua eccitazione, ma non le guardò il sesso.

«La prima notte che ho passato qui dopo essere tornato dall'Africa, ho sentito il profumo più incredibile, quando sono venuto a letto. Ho tolto la federa e mi sono portato il cuscino al viso per poterlo sentire meglio. Non sapevo cosa fosse o perché ne fossi così ossessionato finché non ho letto il tuo diario. Ti sei masturbata sul mio cuscino» l'accusò.

Per la prima volta quella sera, Mary fece un sorriso. Era timido e un po' malizioso. Scrollò le spalle. «Non sono riuscita a trattenermi. Ti desideravo tanto, ma non sapevo come fare per cambiare la natura della nostra relazione. Ho dovuto fare qualcosa per avere un po' di sollievo.»

«Considerala cambiata» disse prima di abbassare gli occhi. Osservò il battito che le pulsava sulla gola, la pelle ancora leggermente arrossata del petto dove era stata bruciata dalle radiazioni. In realtà fu sorpreso di quanto fosse più sana rispetto all'ultima volta che l'aveva vista dopo i trattamenti. Era ancora un po' strano vederlo completamente piatto, ma evocava sentimenti di amore e orgoglio, non di disgusto. La sua Mary era una ragazza dura. Quando le succedeva qualcosa nella vita, l'affrontava di petto e non lasciava che nessuno, o nessuna malattia, le dettasse come avrebbe vissuto.

Osservò le sue costole chiaramente visibili, la pancia concava, il grazioso ombelico. Poi fece scorrere le dita tra i peli pubici sopra la fessura.

«Truck» gemette e inarcò la schiena allargando le gambe.

La sua richiesta era chiara e, senza esitare, le separò le pieghe con le dita leccandola fino al clitoride.

Il primo assaggio di Mary sulla sua lingua lo fece gemere. Aveva un sapore meravigliosamente buono. Truck era sicuro che avrebbe ricordato quel momento per sempre. Sì, lei era sua agli occhi della legge, ma *quella* era la data che avrebbe celebrato come anniversario, da quel momento fino alla fine dei suoi giorni.

Usando le mani per tenerle le gambe aperte il più possibile senza crearle disagio, Truck seppellì il viso tra le sue cosce e si concentrò a farla venire.

Non ci volle molto. Nell'istante in cui si attaccò al clitoride e iniziò a succhiare e leccare in modo alternato, Mary iniziò a dimenarsi. Spinse i fianchi verso di lui, poi si ritrasse quando sentì il suo orgasmo avvicinarsi sempre di più.

«Truck, oh mio Dio... ancora... lì... oh, merda... troppo sensibile... non fermarti... sì, proprio lì. Caaaazzo!»

E perse il controllo; le sue cosce tremarono, la pancia si irrigidì, gettò indietro la testa ed esplose.

Truck si spostò e fece scivolare una delle sue grosse dita all'interno del suo corpo continuando a leccare il piccolo fascio di nervi. Era bagnata e calda, ma dannatamente stretta. Gli serrò il dito e iniziò a muoversi contro di esso, venendo una seconda volta.

I suoi umori ricoprivano il viso di Truck quando finalmente alzò la testa godendosi il momento; c'era una macchia sul cuscino sotto di lei e anche il suo dito e il palmo erano completamente bagnati.

Si trascinò sopra di lei lasciandole il sedere sollevato e si allungò per prendere il preservativo che, in previsione, aveva messo sul comodino accanto al letto. Aprì la bustina e si abbassò i boxer, se lo infilò e aspettò che Mary aprisse gli occhi e lo guardasse.

Nell'istante in cui lo fece, sistemò il cazzo sul suo sesso e spinse dentro solo la punta.

Lei gemette allungò le braccia sopra la testa e inarcò la schiena.

«Voglio farlo senza prima o poi» le disse.

«Va bene.»

«Chiederemo al tuo medico quale sia il miglior anticoncezionale per te.»

«Non sono sicura di poter avere figli» lo avvertì Mary. «O addirittura di volerne.»

«Un motivo in più per cui è importante parlarne con il tuo medico» ribatté Truck, rimanendo fermo solo con la pura forza di volontà.

«Vuoi dei bambini?» gli chiese.

«Voglio quello che vuoi tu. Se vorrai bambini, allora farò tutto il necessario per darteli. Se vorrai una casa piena di cani, gatti e paguri, allora è quello che avremo.»

I suoi occhi brillavano di lacrime, e Truck sapeva che a un certo punto avrebbero dovuto avere di nuovo quella conversazione, ma il suo cazzo pulsava disperatamente e voleva andare in profondità dentro di lei, quindi non era quello il momento. «Sono grande» la avvertì.

«Posso prenderti» disse subito Mary.

«Farò piano.»

«Posso prenderti» ripeté. «Scopami Truck. È una vita che lo aspetto.»

«Doveva essere la mia battuta» ringhiò lui. «Ti ho desiderata dall'istante in cui ti ho sentita rimproverare Ghost per non aver cercato subito Rayne dopo la loro avventura di una notte. Quando ti ho messo una mano sulla bocca e tu ti sei voltata e mi hai visto, non hai battuto ciglio. Non hai nemmeno guardato la mia cazzo di cicatrice. Lì, ho capito che eri mia. Non so spiegare come lo sapessi, ma nonostante tutto quello che è successo da allora a oggi, non ne ho mai dubitato. Ho fatto tutto il necessario per averti proprio qui.»

Truck si spinse ancora un po' dentro il suo corpo e gemette. Era incredibilmente stretta e lui sentiva che non sarebbe durato a lungo quella prima volta.

«La cicatrice è solo un segno sulla tua pelle, non è quello che sei» sussurrò Mary, sollevando di più le ginocchia.

Truck scivolò dentro di un altro centimetro.

«Così come le tue non sono chi sei *tu*» ribatté stringendo i denti.

«Se non smetti di parlare e mi scopi, non sarò responsabile delle mie azioni» lo minacciò.

Portando una mano tra i loro corpi, le accarezzo il clitoride con il pollice. Mary si inarcò ancora di più, e mentre si stringeva intorno al suo cazzo, lui si spinse fino in fondo dentro di lei.

Truck si fermò subito, smise di muovere il pollice sul clitoride e gettò indietro la testa trattenendo il respiro, cercando di riprendere un po' il controllo. Sentiva i suoi muscoli stringersi come una morsa intorno al suo cazzo. Era così calda, e niente in tutta la sua vita era mai stato così bello come essere dentro di lei. *Niente*.

Quando pensò di potersi muovere senza venire subito, Truck la guardò e la vide sorridergli. Amava quello sguardo malizioso e soddisfatto sul suo viso.

Con le braccia ancora sopra la testa, era aperta a lui. Magari all'inizio non era stata sicura che avrebbero fatto l'amore, ma se la posizione e l'atteggiamento rilassato erano un'indicazione, in quel momento era tutt'altro che insicura.

«Ci eri vicino, eh?» chiese compiaciuta.

Truck sorrise. «Sì. Nell'istante in cui ti ho sentito stringermi il cazzo, avrei voluto venire, riempirti con il mio sperma finché non fosse traboccato dal tuo corpo.»

Ciò cancellò lo sguardo compiaciuto dal suo viso che fu sostituito da uno così appassionato e di desiderio che Truck gemette.

«Non avrei mai pensato che saremmo finiti qui» disse Mary seria, abbassando le braccia per circondargli il collo. «Voglio dire, anche quando ci siamo sposati, non avrei mai immaginato che mi avresti voluta in questo modo.»

«Ti ho sempre voluta così» replicò. «Sempre.»

«E *questo* lo puoi sopportare?» gli chiese, abbassando il mento per indicare il suo petto.

Invece di rispondere, le domandò a sua volta: «Puoi sopportare il fatto che io sia un Delta, e la possibilità che un giorno possa tornare a casa con qualcosa di più serio di una botta in testa e qualche altra cicatrice come quella che ho sul viso?»

«Certo» rispose con uno sbuffo.

«Ottimo. Allora perché pensi che *non sarei* in grado di affrontare le conseguenze del tuo cancro?»

Mary aprì la bocca e la richiuse. Poi la riaprì. Truck vide il conflitto nei suoi occhi. Si chinò e la baciò con passione. «Non farlo» sussurrò quando si sentì stordito per la mancanza d'aria. «So che mi ami, non serve che tu me lo dica.»

«Non ti merito.»

«Stronzate» ribatté lui. «Ci meritiamo l'un l'altro. Chi altri ci sopporterebbe?»

«È vero» convenne. «Ora... mi scoperesti per favore?»

Truck sorrise. «Con piacere.»

Tirò indietro i fianchi e poi, senza preavviso, sprofondò dentro di lei.

Mary gemette e si inarcò.

«Mani sopra la testa» le ordinò.

Lei obbedì subito, stringendo nel pugno il lenzuolo mentre inarcava la schiena.

Truck si alzò in ginocchio e sollevò il sedere di Mary. Le sue prime spinte furono fluide, ma presto perse il controllo e iniziò a scoparla con forza. Senza impazzire al punto da non voler far venire anche lei, riportò la mano sul suo clitoride e lo strofinò.

Dopo pochi secondi, sentì le palle tendersi e capì che stava per venire.

«Ti amo, Mary» grugnì.

Ti amo, mimò lei con la bocca mentre lo fissava negli occhi. Non l'aveva detto ad alta voce, ma il sentimento dietro quel gesto andò dritto al suo cuore.

Bastò quello. Truck affondò dentro di lei il più possibile e strofinò freneticamente il pollice sul clitoride. Cominciò a venire un secondo prima di Mary, e il modo in cui lei si strinse intorno al suo uccello rese l'orgasmo ancora più intenso.

Stavano entrambi respirando affannosamente quando Truck si riprese abbastanza da cambiare posizione. Si tirò fuori da lei con un gemito e senza toglierle il cuscino da sotto il sedere si sdraiò e posò di nuovo la testa sul suo petto. La sentì giocare con i suoi capelli corti. La testa aveva ripreso a pulsare, ma non osò dirglielo finché era sotto di lui; gli avrebbe cacciato una pillola in gola così in fretta che non avrebbe fatto nemmeno in tempo ad accorgersene.

«Grazie» disse Mary in tono sommesso.

Quella parola gli fece sollevare la testa. Appoggiò il mento sulla mano e le chiese: «Per cosa?»

«Per aver visto *me*, non una sopravvissuta al cancro al seno.»

«Sei sempre stata solo Mary per me» le assicurò Truck. «La Mary rompipalle»

Lei alzò gli occhi al cielo e scosse la testa. «Vabbè'.»

Truck si appoggiò di nuovo sul suo petto. Probabilmente avrebbe dovuto alzarsi e occuparsi del preservativo prima di fare un disastro sulle lenzuola, ma non riuscì a trovare l'energia per farlo.

Si addormentarono in quel modo. Truck si svegliò qualche tempo dopo, si alzò e si pulì. Portò una salvietta calda in camera da letto e pulì anche una Mary assonnata. Poi le tolse il cuscino da sotto il sedere e sorrise mentre lo rigirava e se lo sistemava sotto la testa. L'indomani avrebbe fatto il bucato, ma sperava che il suo profumo avrebbe comunque permeato il cuscino, così l'avrebbe avuta sempre con sé.

Senza preoccuparsi di vestirsi, e sentendosi incredibilmente elettrizzato dal fatto che Mary non si fosse mossa per coprirsi, la prese tra le braccia.

Il rossore sul suo petto sembrava ancora doloroso per lei, anche se Mary insisteva di non sentire nulla dalle clavicole fino alla base della gabbia toracica.

Truck non aveva assolutamente alcuna opinione riguardo alla ricostruzione del seno, tranne che voleva ciò che fosse più sicuro per lei. Poteva farsi i seni di Dolly Parton o una modesta coppa B, o decidere di non volere affatto la ricostruzione, non gli sarebbe importato. La immaginava addirittura sfoggiare un bellissimo tatuaggio sul petto per celebrare la sua femminilità e per dire vaffanculo al cancro. Non aveva importanza ciò che avrebbe scelto di fare, perché l'avrebbe amata a prescindere dalla sua decisione.

Truck le baciò la testa e sorrise quando borbottò qualcosa e gli voltò le spalle. Si rannicchiò dietro di lei, adorando che spingesse il sedere contro il suo inguine. Mary non aveva un carattere facile, ma era sua. Era tutto ciò che importava.

CAPITOLO DICIOTTO

TRUCK STRINGEVA la mano di Mary mentre lei bussava alla porta di Emily. Erano in ritardo, ma pensava che nessuno avrebbe detto qualcosa al riguardo. Mary aveva l'aria di una che era stata appena scopata per bene... ed era così.

Si era svegliato arrapato da morire e pronto a mostrare a sua moglie come avrebbero trascorso i successivi tre mesi di convalescenza. L'aveva portata all'orgasmo leccandola e poi messa a carponi per prenderla da dietro. Poi l'aveva trascinata nella doccia e lei si era inginocchiata per dimostrargli che non gli avrebbe permesso di prendere sempre lui l'iniziativa per quanto riguardava il sesso durante la loro vita matrimoniale, il che gli andava più che bene.

Sarebbero usciti dall'appartamento in tempo se lei non lo avesse stuzzicato mentre stavano preparando la colazione, così per vendicarsi l'aveva distesa sul tavolo e banchettato.

«Siamo in ritardo» mormorò Mary.

«Già» disse Truck senza un briciolo di rimorso.

Gli lanciò un'occhiataccia. «Potresti almeno provare a mostrarti dispiaciuto» lo rimproverò.

Seppellì il naso nella pelle al lato del suo collo e le circondò la vita con un braccio. «Ma non lo sono e i nostri amici ci perdoneranno per il ritardo non appena ci guarderanno in faccia.»

«Non succederà, Trucker, ed è meglio che tu non...»

«Dove siete stati?» chiese Emily in tono imbronciato quando aprì la porta. «Stanno tutti aspettando di... oh...» La sua voce si affievolì quando li guardò bene.

«Ciao, Emily» disse Truck, raddrizzandosi ma senza spostare il braccio intorno alla sua vita. «Scusa per il ritardo.»

«Non c'è problema... eravamo comunque seduti a chiacchierare... entrate.»

Fece l'occhiolino a Mary quando Emily voltò le spalle, e lei alzò gli occhi al cielo.

Entrarono in casa e si meravigliò ancora una volta della vista dal soggiorno. C'erano finestre dal pavimento al soffitto che si affacciavano su chilometri di paesaggio collinare del Texas. Doveva ammettere di essere stato dispiaciuto dopo aver ricordato la vecchia casa di Fletch. La squadra aveva un sacco di bei ricordi lì, per non parlare dei fantastici vicini, ma non poteva biasimare il suo compagno di squadra per aver voluto ricominciare da capo.

Sì, c'erano stati molti bei momenti nella sua vecchia casa, ma anche tanti brutti. Terribili. E Fletch gli aveva detto di non volere che il suo bambino vivesse in un posto in cui potesse persistere un'atmosfera spiacevole.

Fu sorpreso di vedere che c'erano anche Fish e Bryn. Sorridendo, Truck si avvicinò alla coppia.

«Fish! Non sapevo che saresti venuto!»

«Non me lo sarei perso per niente al mondo.»

«Be', ce lo *stavamo* quasi perdendo» lo corresse Bryn. «Avevamo i biglietti per lo scorso fine settimana, ma quando ti sei fatto male abbiamo dovuto annullarli ed è stato quasi impossibile trovare un altro volo. Non ce ne sono di diretti da Spokane a qui, quindi abbiamo preso l'aereo fino a Denver, un altro per Dallas, poi abbiamo dovuto noleggiare un'auto.»

Truck sorrise. Gli piaceva Bryn. Sapeva che l'Asperger le rendeva difficile capire quali fossero le cose giuste da dire e da fare socialmente, ma per lui era una boccata d'aria fresca. Non doveva mai preoccuparsi di cosa pensasse veramente, perché glielo diceva subito. «Be', sono contento che ce l'abbiate fatta, comunque. Per quanto tempo vi fermate?»

«Probabilmente solo per un altro paio di giorni. Bryn deve

tornare per fare una presentazione sui survivalisti alla biblioteca locale.»

«Davvero?» chiese Truck, alzando un sopracciglio sorpreso. Si era messa nei guai qualche tempo prima perché era andata a vedere una proprietà in cui pensava ci fosse un survivalista, ma in realtà si era trovata davanti un terrorista locale mentalmente squilibrato. Truck non era potuto andare lì per aiutare a salvarla poiché stava per sposare Mary, ma gli avevano raccontato tutti i dettagli dopo il fatto.

«Sì» confermò Bryn. «La maggior parte dei survivalisti sono fraintesi. Non sono persone cattive, un po' paranoiche magari, ma quello che fanno è affascinante e la popolazione in generale potrebbe imparare molto da loro sulla vita sostenibile.»

«Vi lasciamo andare a salutare gli altri» disse Fish con un sorriso.

Truck annuì e condusse Mary un po' più avanti. Notò che erano stati decisamente gli ultimi ad arrivare alla festa. Rayne e Ghost erano in piedi vicino a una delle finestre con un piatto in mano e parlavano con Chase e Sadie. Harley e Coach erano seduti su uno dei divani. Hollywood si trovava in piedi dietro a una grande poltrona di pelle dall'aspetto confortevole su cui era seduta Kassie, con in braccio la piccola Kate. Beatle e Casey erano nella cucina annessa, e Annie stava intrattenendo Blade e Wendy.

Quando la piccola li vide entrare, corse verso di loro. «Siete arrivati, finalmente!» gridò con entusiasmo.

«Sì, siamo qui» disse Truck con un sorriso.

Mary salutò Annie con il linguaggio dei segni, la bambina rispose allo stesso modo poi si sorrisero e abbracciarono.

«Avete fame? Abbiamo un sacco di cibo, non l'ha fatto la mamma però, era troppo stanca. Mio fratello la tiene sveglia fino a tardi e papà dice che è una buona cosa che esista il cibo da asporto, altrimenti moriremmo di fame.»

Lui cercò di nascondere un sorriso dietro la mano, ma fallì quando Emily disse: «Grazie per aver rivelato tutti i segreti dei Fletcher, tesoro.»

Tutti ridacchiarono. Truck si sistemò in un angolo del divano e attirò Mary accanto a sé. Le chiacchiere ricominciarono, e lo aggiornarono su ciò che stava succedendo al lavoro. Rise quando Ghost gli disse che Trigger e l'altro team della Delta Force erano più che felici di sostituirli con le missioni, mentre lui era fuori combattimento. Nessuno degli uomini dell'altra squadra era sposato o aveva una relazione seria. Truck ricordava quando anche loro erano così; vivevano per le missioni e non ci pensavano proprio a sistemarsi.

Guardandosi intorno, non riuscì a immaginare di tornare a quella vita. Aveva dimenticato gli ultimi tre anni per un po', ma niente era meglio che vedere le famiglie che lui e i suoi amici stavano creando. E riavere Macie nella sua vita era stata la ciliegina su una grande torta al cioccolato.

Ascoltò le chiacchiere che riempivano la stanza e chiuse gli occhi contento, lasciando che l'atmosfera rilassata e felice pervadesse il suo corpo.

«Stai bene?» sussurrò Mary.

«Benissimo» le rispose, aprendo gli occhi e fissando i suoi. «Sono felice. Stare con *te* mi rende felice, ma anche essere qui con i nostri amici e vedere quanto sono contenti e appagati.»

Gli sorrise e Truck sentì il suo cazzo contrarsi. Sì, aveva la sensazione che non si sarebbe mai stancato di fare l'amore con sua moglie.

«Siete tutti a posto e comodi?» chiese Fletch ad alta voce, richiamandoli all'attenzione.

Quando annuirono tutti e dopo che Beatle e Casey lasciarono la cucina per unirsi a loro, Fletch prese suo figlio dalle braccia di Emily e se lo strinse al petto. «Grazie per essere venuti oggi, e vi ringraziamo in ritardo anche per essere stati lì per noi quando Em è andata all'ospedale. Sapere che c'eravate tutti ha significato molto per entrambi.»

Gli amici annuirono e Truck strinse il braccio intorno a Mary e le baciò la testa.

«So che vi siete chiesti come abbiamo chiamato questo piccolino.» Guardò suo figlio con un sorriso dolce. Emily andò al suo fianco e lui le mise un braccio attorno alle spalle. Annie si accoccolò contro sua madre e la bella famiglia rimase così, di fronte ai loro migliori amici, per un lungo momento.

Poi Fletch si schiarì la gola e continuò: «Abbiamo avuto un

bel po' di conversazioni riguardo ai nomi. Annie, ovviamente, si è rifiutata di partecipare a qualsiasi discussione che includesse quelli femminili.» Fissò la sua bambina con finta disapprovazione, e lei ridacchiò. «Ma avevamo un bel po' di nomi maschili da passare al vaglio e sfoltire.»

«Avevo pensato che Franklin fosse perfetto» disse Annie con un piccolo sorriso.

Tutti ridacchiarono, sapendo che Frankie era il suo "ragazzo" che viveva in California.

«Avevamo anche pensato di onorare i nostri genitori, ma non eravamo convinti» continuò Fletch. «Mi sono rifiutato di dare il mio nome a mio figlio, perché sarebbe stato preso in giro ogni giorno in cortile a scuola se si fosse chiamato Cormac.»

Tutti risero di nuovo.

«Non avrei permesso che accadesse!» protestò Annie. «Picchierò chiunque osi ferire mio fratello!»

«Shhh» la tranquillizzò Emily. «Nessuno picchierà nessuno.»

Fletch accarezzò la testa di sua figlia. «Ad ogni modo, abbiamo tirato fuori qualche altro nome e nessuno sembrava davvero andare bene. Dopo molti scambi di idee, abbiamo deciso per Ethan.»

Mormorarono tutti il loro apprezzamento dicendo che il nome era perfetto.

«Adesso, papà?» chiese Annie una volta che ci fu di nuovo silenzio.

«Sì, scricciolo, ora.»

La piccola si avvicinò a Truck e Mary seduti sul divano. «Mi piaceva Ethan, ma aveva bisogno di un secondo nome. Mamma e papà ne hanno suggeriti moltissimi ma nessuno sembrava quello giusto. Ho pensato e pensato e ripensato a quello che il piccolo Ethan avrebbe dovuto avere come secondo nome. Doveva essere qualcosa di forte. Qualcosa che gli ricordasse di essere sempre coraggioso. Aveva bisogno del nome di un eroe.»

Poi la bambina salì in braccio a Truck e Mary si spostò per farle spazio. Lui le avvolse le braccia attorno al corpo e non distolse gli occhi da quelli della piccola.

«Lo abbiamo chiamato Ethan Ford» continuò. «Tutti gli amici di papà sono eroi, ma tu sei la prima persona a cui ho pensato.

Non potevamo chiamarlo Ethan Truck, ma il tuo vero nome va bene, anche se non è altrettanto fantastico.»

Truck sbatté le palpebre. I suoi occhi andarono a Fletch ed Emily. Sentì una stretta al petto e deglutì diverse volte, cercando di tenere a bada l'emozione. Pensava di esserci riuscito, ma poi Annie gli mise una mano sulla guancia sfregiata.

«Sei coraggioso. Ti sei preso cura di me quando i cattivi hanno rapito me e la mamma. Ti prendi cura di tutti e continui a farlo anche se sei ferito. Questo è ciò che voglio per mio fratello. Voglio che sappia che ha preso il nome dalla persona più forte di sempre. Probabilmente non diventerà grande come te, ma va bene così, perché io e te saremo lì per picchiare chiunque si comporterà male con lui.»

«Scricciolo» sussurrò Truck, ma non riuscì a dire altro.

Gli si riempirono gli occhi di lacrime e non sarebbe riuscito a impedire che cadessero nemmeno se la sua vita fosse dipesa da quello. Era un soldato della Delta Force grosso e letale, e quella ragazzina minuta lo aveva messo in ginocchio.

«Sono contenta che tu e Mary stiate insieme ora. Non sono così stupida come pensa la gente, sapevo che vi piacevate quando mi faceva da babysitter e venivi anche tu, ma dato che era malata, facevate finta che non fosse così. Però adesso sta meglio, potete sposarvi come hanno fatto papà e mamma e vivere felici e contenti.»

Truck sentì Mary tirare su con il naso accanto a lui, ma non riuscì a staccare gli occhi dalla preziosa bambina che aveva in braccio. Si schiarì la gola diverse volte e alla fine riuscì a riprendere il controllo. Annie gli asciugò le lacrime che gli erano cadute sulle guance e gli sorrise.

«Ethan Ford, eh?» chiese.

La piccola annuì. «Sì.»

«Grande.»

«Sì, grande» concordò. Poi scese dalle sue ginocchia e chiese: «Possiamo mangiare la torta adesso, mamma?»

Tutti ridacchiarono e iniziarono ad alzarsi per congratularsi con Fletch ed Emily e ammirare Ethan ancora addormentato. Truck si voltò quando sentì la mano di Mary sulla sua coscia, ma non riuscì a muoversi.

«Non riesco a pensare a un tributo migliore per l'uomo più straordinario che abbia mai conosciuto» gli sussurrò.

«Non so cosa dire.»

Lei sorrise, si sporse e lo baciò dolcemente sulle labbra. «La cosa bella quando hai dei veri amici è che non devi dire niente. Fletch sa quanto gli vuoi bene, che farai qualsiasi cosa per proteggere lui e la sua famiglia.»

«Lo farò. Proprio come farò con te» giurò Truck.

Mary si sporse di nuovo per baciarlo, ma questa volta le andò incontro.

«Ho bisogno di vedere il mio omonimo» disse dopo un minuto.

Lei annuì. «Vai. Cerco Rayne e vedo se posso aiutare con qualcosa.»

Truck si alzò e la aiutò a mettersi in piedi, poi si avvicinò a Fletch che era circondato dagli altri Delta, e strinse lui e suo figlio in un breve abbraccio. «Non so cosa dire» disse al suo amico.

«Non devi *dire* niente» lo rassicurò. «Ci sei sempre stato per me e per ognuno di noi.» Indicò gli uomini intorno a loro. «Senza far domande né esitare, ci sei. Non riesco a immaginare un nome migliore per mio figlio.»

Gli altri Delta annuirono dimostrandosi d'accordo.

«Siamo tutti davvero entusiasti che le cose tra te e Mary abbiano funzionato» continuò Fletch.

«Anch'io» replicò Truck con un sorriso.

«E nel caso te lo fossi dimenticato, con tutti i colpi in testa che hai preso nell'ultimo mese, Rayne vuole ancora sposarsi in contemporanea con lei» lo informò Ghost. «Anche se siete già ufficialmente marito e moglie.»

«E la più grande cerimonia di matrimonio che questa città abbia mai visto è attualmente in fase di progettazione» ribadì Beatle.

«E non si svolgerà nel mio giardino» scherzò Fletch.

Tutti ridacchiarono.

«Com'è che siamo stati così fortunati?» chiese Truck, guardando i suoi amici. «Sul serio, non molto tempo fa eravamo come la squadra di Trigger, sempre pronti e disposti a dormire con qualsiasi donna ci volesse. Non avevamo legami, eravamo rilassati e spensierati, vivevamo per la missione successiva. E guardate ora.»

«Sì, guardate ora. Abbiamo gli amici migliori, dei bambini, delle case, una famiglia. Non mi interessa come sia successo, ma combatterò fino alla morte chiunque cerchi di portarmelo via» disse con veemenza Coach.

«Anch'io» concordò Beatle.

«Io pure» commentò Blade.

Fletch tese la mano che non teneva suo figlio. «Agli amici e alla famiglia» dichiarò.

Truck vi mise la sua sopra. «Agli amici e alla famiglia.»

Uno dopo l'altro, lo fecero anche gli altri uomini finché non furono tutti in cerchio con le braccia tese in avanti e le mani una sopra l'altra.

———

«Ma guardali» disse Rayne con un sospiro soddisfatto, mentre lei e le altre ragazze parlavano e ridevano in cucina.

Si voltarono a osservare gli uomini nel soggiorno. Erano tutti vicini, sembravano condividere un momento intenso.

Rayne mise un braccio intorno a Mary e strinse nel loro piccolo abbraccio anche Kassie, che teneva ancora Kate. Le altre amiche seguirono subito l'esempio, intrecciarono le braccia l'una con l'altra e osservarono gli uomini nell'altra stanza.

Mary sorrise quando Casey allungò una mano e attirò Bryn nel loro gruppo. L'altra donna non si era resa conto di cosa stesse succedendo, e probabilmente non capiva nemmeno perché Casey le stesse all'improvviso tenendo la mano.

«Grazie a tutte per essere così straordinarie» disse Rayne con dolcezza. «A parte Mary, non avevo molte amiche prima di incontrare Ghost, e ora non riesco a immaginare di non avervi tutte nella mia vita. Dobbiamo prometterci di non lasciare che nulla si frapponga tra noi. So che la cosa tra me e Mary ci è sfuggita di mano e ha coinvolto anche voi, ma prometto di non farlo più. Ho bisogno di tutte nella mia vita, e tutti i bambini che potrei avere un giorno avranno bisogno di zie. Dobbiamo giurare in questo momento che saremo sempre amiche, a prescindere da cosa accadrà nel nostro futuro o dove potremmo finire, anche se fosse in mezzo al nulla.»

«Tipo Rathdrum, in Idaho?» chiese Bryn. «È proprio nel bel mezzo del nulla.»

Ridacchiarono tutte.

«Esattamente come Rathdrum» le confermò Rayne.

«Non ho mai avuto amiche» commentò Bryn. Non sembrava turbata, stava solo constatando un dato di fatto. «Non pensavo davvero di essermi persa molto, visto che non mi piace dipingermi le unghie o non vedo proprio la necessità di dormire a casa di qualcun altro, avendo già un letto molto confortevole, ma quando Fletch ha chiamato la scorsa settimana per dire che la festa era stata rinviata, ho parlato con Annie dopo di Fish, e ha pianto.» Lo disse sussurrando. «Mi ha detto che era stata così impaziente che andassi a trovarla, per poter parlare di come si manifesta la sordità e che tipo di vita conducono le persone che ne sono affette. Nessuno era mai stato così triste di non vedermi al punto da arrivare a piangere. E voi, mi avete donato tutto questo. So di essere diversa e strana, ma è come se non vi importasse nemmeno.»

«Infatti, *non* ci importa» disse con dolcezza Harley. «A modo nostro, siamo tutte strane.»

«Esatto» confermò Sadie con una risata.

«Quindi siamo d'accordo?» chiese Rayne.

«D'accordo!» gridarono tutte.

EPILOGO

«Vi dichiaro marito e moglie» annunciò l'officiante. Si rivolse alla seconda coppia e ripeté le parole. Poi aggiunse: «Potete baciare le vostre spose.»

Beatle si chinò e baciò Casey, mentre Blade prese Wendy tra le braccia, la inclinò all'indietro e la baciò.

I presenti applaudirono e acclamarono mentre le due coppie si raddrizzavano per voltarsi verso il pubblico.

Rayne lasciò cadere la tenda dietro cui lei e Mary erano nascoste e sorrise alla sua amica. «Sei pronta?»

«La domanda è se sei pronta *tu*» ribatté lei. «Io e Truck siamo già sposati. Rinnovare i nostri voti non è la stessa cosa.»

«Ti è dispiaciuto?» le chiese.

«Cosa?»

«Di aver fatto una cerimonia veloce in tribunale la prima volta?»

Scosse subito la testa. «No. Innanzitutto, non pensavo che avrei vissuto abbastanza a lungo da godermi davvero il fatto di essere una moglie. Secondo, stavo malissimo; non avrei potuto farne una come questa neanche se lo avessi voluto. E terzo, anche se sapevo che ciò che stavo facendo ti avrebbe ferita... desideravo sposare Truck. Volevo qualcosa di bello per una volta nella mia vita, e quello lo era.»

Gli occhi di Rayne si inumidirono.

«Oh, merda, non piangere!» le ordinò. «Ti rovinerai il trucco prima delle foto!»

La sua amica ridacchiò, alzò lo sguardo e sbatté più volte le palpebre, ricacciando indietro le lacrime. Poi tornò a guardarla. «Niente potrebbe essere più perfetto di questo giorno» dichiarò. «Quando ci siamo incontrate in quel bar tanti anni fa, non avrei mai pensato che sarei finita qui con te, in questo modo. Voglio dire, ci eravamo promesse di sposarci insieme, ma non ho mai creduto che sarebbe successo. Ti voglio bene.»

Mary alzò gli occhi al cielo. «Sei terribilmente sentimentale oggi, Raynie.»

Le sorrise. «Sì. È il giorno del mio matrimonio, mi è permesso esserlo.»

«Certo.»

«Ma c'è qualcos'altro.»

«Ah, sì?»

«Sono incinta» sussurrò Rayne.

«Porca puttana! Davvero?»

«Sì.»

«È meglio che tu lo dica a Ghost, è probabile che si aspetti che ti ubriachi al ricevimento, e se rifiuti di fare il brindisi si preoccuperà.»

«Oh non temere, ho intenzione di dirglielo nella limousine, mentre andiamo alla sala del ricevimento. È il mio regalo di nozze per lui.»

«Oh, Gesù» sbuffò Mary ironicamente. «Arriverete *tardissimo*.»

«Proprio *tu* parli, signorina "arriverò in chiesa un sacco di tempo prima per farmi truccare".»

Mary non poté evitare il rossore che le divampò sulle guance. Aveva avuto tutte le intenzioni di arrivare presto, ma i piani di Truck erano stati diversi. Si era rifiutato di dormire lontano da lei sostenendo che, siccome erano già sposati, non avrebbe dovuto attenersi alla tradizione dello sposo che non poteva vedere la moglie prima della cerimonia. L'aveva tenuta sveglia fino a tardi e occupata quella mattina, mostrandole più volte quanto l'amasse.

«Sì, va bene, hai ragione» borbottò, poi la strinse forte e si rifiutò di lasciarla andare quando l'abbraccio si protrasse un po' troppo a lungo. «Ti voglio bene» disse in tono sommesso. «Sono così felice per te.»

Rayne tirò su col naso, ma replicò: «Anch'io ti voglio bene, Mary.»

«Andiamo, ragazze» le chiamò Kassie entrando nella stanzetta appena fuori dalla navata. «È arrivato il momento.»

«Come stanno gli altri?» chiese Rayne. «Hanno bisogno di una pausa?»

«Accidenti, no» disse Sadie precipitandosi dentro. «Non esiste che io lasci qualcuno libero di uscire finché questa cerimonia non sarà finita. Con tutti gli uomini sexy presenti, non voglio correre il rischio che le donne nubili si gettino su di loro e non riuscire così a farli rientrare in tempo.»

Le quattro amiche ridacchiarono.

«È stato troppo invitare i SEAL e le loro mogli dalla California?» chiese Rayne, che sembrava non aver colto la nota provocatoria nella voce di Sadie.

«No» le rispose Mary.

«Forse non avremmo dovuto includere l'altra squadra Delta» rifletté, ancora preoccupata per quel commento.

«Rayne» disse Mary, prendendola per le spalle. «Trigger e gli altri sono a posto. Si stanno assicurando che la sorella di Truck stia bene. Ha l'aria di una che preferirebbe mangiare serpenti nel Borneo piuttosto che star seduta là fuori. E ho notato che il comandante è particolarmente interessato a lei. Anche i SEAL e le loro mogli stanno bene, così come i Taggart di Dallas, e anche i poliziotti e i vigili del fuoco che sono venuti. Nessuno farà un'orgia tra i banchi.»

«Sì, aspetteranno fino al ricevimento» borbottò Sadie.

Mary le lanciò un'occhiataccia e continuò a tranquillizzare la sua amica. «L'unica cosa su cui devi concentrarti è sul diventare la signora Keane Bryson.»

«Perché fanno questa cosa?» chiese Rayne.

«Quale cosa?» domandò Kassie.

«Perché dovrei essere la signora Keane Bryson? Voglio dire, non è il mio nome, è quello di Ghost. Sarò la signora Rayne Bryson. Non ha mai avuto senso per me.»

Mary rise. «Giusto. Ok, basta parlare. È arrivato il momento.»

«Cammineremo lungo la navata insieme, vero?» le chiese nervosa.

Per qualche ragione Rayne era spaventata. All'inizio Mary aveva pensato che fosse divertente, ma capì di doverla rassicurare. «Ovvio. A braccetto. Proprio come avevamo programmato.»

«Bene.»

«Bene» fece eco Kassie. «Mi assicurerò che siano tutti pronti.»

«Ti aiuto» disse Sadie seguendola fuori.

Rayne prese la mano della sua migliore amica, e le due si fissarono. «Ti ricordi com'è iniziato tutto questo?» le chiese.

«Sì. Mi hai mandato un messaggio da Londra e mi hai detto che avresti fatto sesso con un uomo sexy, e mi hai dato le informazioni che avevi su di lui nel caso non ti avessi più sentita.»

«Ovviamente era tutto falso, non avresti mai trovato lui o il mio cadavere.»

Mary ridacchiò. «Sei bellissima, Raynie. Ghost è l'uomo più fortunato del mondo.»

Le sorrise. «Penso che Truck potrebbe avere qualcosa da dire al riguardo.»

«Che ne dici? Vuoi sposarti?»

«Assolutamente.»

E così, si presero a braccetto e uscirono dalla piccola stanza per raggiungere l'inizio della navata della chiesa.

La musica partì e tutti gli ospiti si alzarono e si voltarono a guardarle.

Mary vide Truck fare un sorriso sbilenco mentre l'aspettava vicino all'altare; non aveva mai visto niente di più bello in vita sua.

Toccò il meraviglioso anello di fidanzamento che le aveva regalato non molto tempo dopo aver lasciato l'ospedale, in seguito all'incidente in banca, era elegante e non troppo appariscente e assolutamente perfetto per lei... proprio come lo era Truck.

C'erano tutti i loro amici, anche Annie era già all'altare. Non aveva voluto mettere un vestito e nessuno si era sentito di obbligarla. Indossava i suoi stivali da combattimento preferiti, un paio di jeans e una camicia bianca fru fru... l'unica concessione che aveva fatto per l'occasione. Quel giorno non aveva il cesto di fiori e di soldatini di plastica come per il matrimonio dei suoi genitori, ma Emily aveva avvertito gli sposi che la torta nuziale avrebbe potuto essere a tema militare.

«Pronta?» chiese Rayne.

«Pronta» rispose Mary con fermezza.

Poi le due amiche camminarono verso i loro uomini proprio come avevano sempre pianificato... insieme.

———

Trigger e il resto del suo team Delta, la mattina dopo i matrimoni.

«Porca puttana» gemette Lefty. «Mi fa male la testa.»

«Forse se non avessi bevuto un barile di birra da solo, non sarebbe successo» scherzò Doc.

Grover rise e lui lo schiaffeggiò. «Stai zitto, Grover. Fai troppo casino.»

«Andiamo» disse Trigger. «Dobbiamo correre per otto chilometri prima di andare in palestra.»

Gemettero tutti, ma si misero al suo fianco e partirono.

«A che ora siete tornati a casa?» chiese Brain ai suoi amici.

«Circa alle tre» rispose Oz. «Io e Doc ci siamo assicurati che tutti avessero un passaggio per andare a casa.»

«Per fortuna la maggior parte delle persone alloggiava nell'hotel accanto, quindi non è stato un grosso problema» aggiunse Doc.

«Ragazzi, avete visto il comandante andarsene con la sorella di Truck?» chiese Lefty. «È un bene che non se ne sia accorto.»

«Infatti!» disse Doc. «Avrebbe perso la testa. Ma d'altronde, penso che l'avrebbe persa a prescindere da *chi* se ne fosse andato insieme lei.»

«Smettetela» ordinò Brain. «Il comandante è un brav'uomo, Truck si fida di lui e lo rispetta. Inoltre, Macie non aveva un bell'aspetto.»

«Stava male?» chiese Trigger, preoccupato.

Scrollò le spalle. «Non nel modo in cui pensi. Sembrava solo...

ansiosa. Cioè, *molto* ansiosa. Quasi terrorizzata. Se il comandante non fosse andato da lei, l'avrei fatto io.»

«Pensi che stia bene?» chiese Doc. «Dobbiamo dirlo a Truck?»

Scosse la testa. «Sono sicuro che il comandante abbia tutto sotto controllo. Se pensa che debba essere informato, lo farà lui. Anche se *è* in luna di miele. O alla sua seconda luna di miele, dipende da come la si vuol vedere.»

Tutti annuirono.

«È stata una festa pazzesca, no?» domandò Lucky a nessuno in particolare. «Voglio dire, se avessi intenzione di sposarmi, è così che vorrei farlo.»

«Che cosa intendi con quel *se*?» lo incalzò Trigger. «Non lo vuoi fare?»

Lui scrollò le spalle. «Non è che non voglia, è che non so come possa accadere. Non siamo molto a casa, veniamo sempre mandati a fare lavori sporchi che non fanno le unità regolari dell'esercito. È solo che non credo possa succedere.»

«È successo per Ghost e gli altri» osservò Trigger.

«Sì, sono stati fortunati» intervenne Brain.

I sette uomini continuarono a correre in silenzio. In parte per i postumi della sbornia dovuta al ricevimento della sera prima, ma anche perché vedere quattro dei loro compagni soldati della Delta Force sposarsi in una volta, li aveva colpiti.

Ne avevano già parlato in passato, del fatto che le possibilità di vivere abbastanza a lungo da avere una famiglia erano scarse. Che le missioni che svolgevano, risucchiavano pian piano la loro vita. Che nessuna donna avrebbe corso il rischio di stare con loro. Erano i soldati più letali dell'esercito americano e vivevano attimo per attimo.

Ma vedere Ghost, Truck, Beatle e Blade promettere amore e consacrare la loro vita alle loro donne li aveva costretti a riflet-terci. Vedere Fletch e Hollywood con i loro figli li aveva fatti desiderare nel profondo, di avere le stesse cose.

Sì, erano soldati duri che non avevano paura di nulla, ma erano anche umani.

«Forse abbiamo ancora qualche speranza» disse Trigger. «Se loro hanno trovato l'amore, magari possiamo farlo anche noi.»

I suoi compagni di squadra non risposero, ma nessuno rise o disse che era pazzo.

———

Il Comandante Colt Robinson e Macie Laughlin, la mattina dopo i matrimoni.

Macie aprì gli occhi e si irrigidì, cercando di capire dove fosse.

Ricordando la sera prima, li richiuse subito. Le sembrava di essere stata investita da un camion... esattamente come si sentiva sempre dopo aver avuto un grave attacco d'ansia. Ormai avrebbe dovuto essere abituata a quella sensazione, avendone avuti anche troppi negli anni.

Non avrebbe voluto fare altro che tenere gli occhi chiusi e stare sotto le coperte tutto il giorno... ma era impossibile perché non era a casa. Il letto in cui si trovava non era il suo. Il petto su cui era posata la sua guancia apparteneva al colonnello Colt Robinson. *Merda.*

Sentendo di nuovo un principio di formicolio alle dita e il cuore battere forte, Macie riconobbe i segni dell'ansia che stava per ritornare.

Colt era stato fantastico la sera prima. In qualche modo si era reso conto che era sull'orlo di un grave attacco d'ansia al ricevimento di suo fratello, e l'aveva portata fuori perché potesse avere un po' di spazio e aria. Macie aveva continuato a tremare e ad avere le vertigini, e iniziato ad andare in iperventilazione tanto da non riuscire a riprendere fiato.

Quando nemmeno stare fuori e lontano dagli ospiti era servito, l'aveva fatta salire in macchina e portata a casa sua.

Non si era preoccupata, conosceva Colt. Ford ne parlava sempre, si fidava del suo comandante e le aveva detto che poteva farlo anche lei.

Ma non riusciva a smettere di pensare a ciò che poteva aver pensato Colt di lei. Che fosse una debole. Patetica. Che avrebbe voluto essere ovunque a fare qualsiasi cosa piuttosto che da babysitter.

Il suo tipo d'ansia faceva sì che mettesse sempre in dubbio le motivazioni degli altri e si chiedesse se volevano davvero averla intorno o meno. Nella sua mente si svolgeva una lotta costante sul fatto che le cose non fossero proprio come pensava.

Ma Colt si era comportato in modo perfetto la notte precedente. L'aveva lasciata aggrapparsi a lui per aiutarla a rimanere con i piedi per terra. L'aveva solo messa nel suo letto e tenuta stretta, parlandole del più e del meno per ore, massaggiandole le braccia e lasciandola riprendersi fisicamente con i suoi tempi.

Aveva continuato a chiedersi cosa stesse facendo e perché la stesse aiutando, ma si era fatta coraggio, come faceva ogni giorno della sua vita, e cercato di comportarsi nel modo più normale possibile. Alla fine si era addormentata, il che era di per sé un miracolo.

Macie non dormiva mai bene, soprattutto dopo aver preso un Vistaril, ma quelle pillole erano riservate per i momenti in cui ne aveva davvero tanto bisogno. Di solito funzionavano le compresse Lexapro, ma la notte precedente tra le braccia di Colt, aveva dormito come un bambino per la prima volta da molto tempo. Raramente dormiva più di quattro ore di seguito.

Macie si staccò piano da lui, facendo più attenzione possibile e rimase in piedi accanto al letto a fissarlo per un lungo momento. I suoi capelli erano grigi sulle tempie, facendolo sembrare più distinto che vecchio. Anche se non aveva degli addominali ben definiti, non era per niente in sovrappeso. Macie ricordò la sensazione che le avevano dato il suo petto e lo stomaco sotto la mano mentre erano sdraiati a parlare la sera prima. Era più alto di lei di qualche centimetro, ma con il suo metro e ottanta circa non torreggiava come faceva suo fratello.

I suoi occhi erano di una tonalità di grigio unica, e quando gli aveva parlato non aveva mai distolto lo sguardo dal suo. Non le era sembrato mai annoiato o impaziente quando gli aveva spiegato con difficoltà come si sentiva. Era più vecchio di lei di almeno dieci anni, ma non c'era stato un solo momento in cui Macie avesse percepito quella differenza d'età come un problema.

Era attratta da Colt. Non sentiva quel tipo di intesa da molto tempo e la eccitava e spaventava in egual misura.

Entrambi indossavano ancora gli abiti del matrimonio del giorno prima. Colt non l'aveva toccata in modo inappropriato e non aveva fatto nulla di male.

E ciò riportò ancora una volta in superficie l'ansia di Macie. Non era abbastanza carina? Non la vedeva come una donna, ma solo come qualcuno da dover salvare? Forse l'aveva aiutata solo perché era il comandante di Ford.

Chiuse gli occhi e avvolse le braccia intorno al corpo, pizzicandosi le braccia per cercare di fermare i brutti pensieri che le turbinavano in testa.

Quando si sentì più sotto controllo, li riaprì e si guardò intorno. Si ricordò di una cosa che lui le aveva chiesto la sera prima. Prendendo la decisione in un attimo, per una volta senza analizzarla nei minimi particolari, si avvicinò al comodino. Colt le aveva detto che teneva sempre un blocchetto e una penna vicino al letto, così da poter annotare i pensieri che gli venivano in mente nel cuore della notte.

Strappò il primo foglio e scrisse una breve nota.

Colt. Grazie per la scorsa notte. Se eri sincero riguardo al voler pranzare insieme qualche volta, mi farebbe piacere. - Macie

Scarabocchiò il suo numero di telefono sotto il nome e lo lasciò sul comodino. Quindi, con un respiro profondo, fece ciò che il suo corpo e la sua mente le avevano detto di fare fin dal momento in cui si era svegliata: fuggì.

———

Un'ora dopo, Colt si girò nel letto, e quando si rese conto di essere solo, si raddrizzò a sedere e si guardò intorno. Non vide nulla e non sentì alcun rumore che potesse rivelare che Macie si trovasse ancora in casa sua.

Deluso, gettò via le coperte e andò in bagno. Mercedes Laughlin gli piaceva. Anzi, provava qualcosa di più per lei.

Sentiva nel profondo il bisogno di tenerla vicina e di fare tutto il possibile per renderle la vita più facile.

Perché era più che ovvio che Macie soffrisse di ansia, e lo odiava.

Colt aveva un cugino con lo stesso problema e sapeva di avere davanti una montagna da scalare. Sapeva anche che era improbabile che avesse avuto il coraggio di lasciargli un biglietto o il suo numero. Oh, avrebbe potuto chiederlo a Truck, ma per ora voleva che le cose restassero tra loro. Aveva l'impressione che Macie avesse bisogno di un po' di tempo per metabolizzare la notte prima e venire a patti con ciò che era successo. Le avrebbe dato un po' di spazio... per il momento.

Ma l'avrebbe rivista. C'era qualcosa tra di loro e aveva la sensazione che lo avesse percepito anche lei. Solo tenerla tra le braccia la notte precedente, lo aveva appagato più di quanto avesse fatto fare l'amore con una donna in passato. Aveva adorato il modo in cui si era accoccolata a lui, quanto fossero morbidi la sua pelle e i suoi capelli. Aveva amato ascoltare il suono della sua voce e, soprattutto, sapere che era stato il *suo* tocco a calmarla e la cadenza della *sua* voce che l'aveva finalmente fatta addormentare.

Macie Laughlin aveva toccato qualcosa dentro di lui e voleva esplorarla, qualunque cosa fosse.

Entrò nella cabina armadio e si mise un paio di jeans e una maglietta, per scendere al piano di sotto e prepararsi la colazione. Sentendosi stranamente carico, anche se Macie era sgattaiolata via, chiuse la porta della camera da letto con un po' troppa forza, facendola sbattere. Fece una smorfia. Scese le scale e andò in cucina scrollando le spalle, felice di non vivere più in un appartamento, così da non svegliare nessuno con la sua sbadataggine.

Non si rese conto che quando la porta si era richiusa, una piccola folata d'aria aveva fatto volare via il biglietto che Macie aveva scritto così nervosamente, facendolo cadere dal bordo e finire sotto il letto tra la polvere, destinato a non essere trovato e letto per settimane.

———

Harley e Coach, due anni dopo i matrimoni.

«Sei ancora sicura di volerlo fare?» chiese Coach ad Harley.

«Assolutamente, sì» rispose con sicurezza.

«Allora, al tre. Uno. Due. Tre!»

Quando disse l'ultimo numero, si spinsero fuori dall'aereo e Coach sorrise sentendo Harley urlare di gioia mentre precipitavano verso terra.

Aveva fatto molti progressi dalla prima volta che si erano lanciati insieme. Il fatto che un uccello lo avesse colpito in faccia era stato davvero uno strano incidente, ma quando era riuscito a convincerla a riprovarci, aveva deciso che le piaceva.

Coach monitorò l'altitudine durante la discesa e quando arrivò il momento giusto le diede un colpetto sulla spalla. Harley portò una mano dietro, e lui l'aiutò a metterla sulla maniglia della fune del paracadute. La tirarono insieme e Coach rise sentendola lamentarsi quando furono strattonati verso l'alto una volta aperto.

Planarono verso il suolo e atterrarono senza problemi proprio nel mezzo della zona prestabilita.

Nell'istante in cui furono a terra, lui sganciò le imbracature e rotolò finché Harley non fu sotto di lui. I suoi occhi castani scintillavano mentre gli sorrideva. L'amava ancora più del giorno in cui si erano sposati. Da allora non era minimamente cambiata. Era ancora snella, aveva gli stessi capelli castano chiaro lunghi fino alle spalle, ma la sicurezza in se stessa si era decuplicata.

«Ti è piaciuto?» le chiese.

«Certo. Era proprio ciò di cui avevo bisogno per iniziare la giornata.»

«Questo e un orgasmo, volevi dire» la corresse con un sorriso.

«Oh, sì, forse anche quello.»

Coach le fece il solletico come meglio riuscì sopra la tuta che indossava. Quando la lasciò riprendere il fiato, adorò come si aggrappò a lui.

«Ti amo» sussurrò Harley.

«Ti amo anch'io. Sei pronta per oggi?»

«Sì. Non è possibile che rifiutino» disse con sicurezza. «Sto sviluppando da anni la serie *This is War*, se vogliono che continui a lavorare lì, dovranno pagare per il privilegio.»

Coach ammirava quanto fosse appassionata al suo lavoro. Lei amava creare videogiochi, ma quando ne avevano modificato uno in modo significativo inserendo violenza gratuita, *dopo* che aveva inviato il codice finale, era andata in crisi.

Non avevano figli, una decisione reciproca, ma Harley era più che consapevole di come i bambini venissero desensibilizzati alla violenza attraverso i social media e dai videogiochi, come quelli progettati da lei.

Aveva trovato il coraggio di dire al presidente della società che se non avesse riscritto il suo contratto, inserendo che lei sarebbe stata l'unica persona a poter approvare le modifiche al prodotto finale, e anche un sostanzioso aumento, si sarebbe licenziata per andare a lavorare per il suo più grande concorrente.

Coach sapeva che non avrebbe avuto problemi a farlo. Non era un bluff, Harley era davvero molto brava. Aveva continuato a imparare molto durante la sua carriera ed era la miglior programmatrice che l'azienda avesse, senza ombra di dubbio. Negli anni era diventata anche molto più sicura di sé, Coach aveva attribuito il cambiamento alla loro felicità, e al fatto di avere amiche straordinarie che si sostenevano sempre a vicenda e celebravano i rispettivi successi piuttosto che criticarsi.

Quel giorno ci sarebbe stato l'incontro con il suo capo e il presidente dell'azienda, o le avrebbero dato ciò che voleva o se ne sarebbe andata.

«Ti va di fare colazione prima di andare al colloquio?» le chiese.

Harley lavorava da remoto, il che le permetteva di rimanere a casa con il loro gatto e i due cani tutto il giorno. Molte volte, quando rientrava, la trovava seduta sul divano con un cane da un lato, uno dall'altro, il gatto drappeggiato sulle spalle e le dita che si muovevano alla velocità della luce sulla tastiera.

«Certo. Omelette con tutto quello che mi piace?» chiese.

«Come se ti avrei preparato qualcos'altro» rispose Coach. «Cos'hanno detto ieri sera Davidson e Montesa? Stanno bene?» Gli piacevano davvero i suoi fratelli e gli interessava sapere come se la passavano.

«Oh, sì. Montesa oggi parte per una vacanza a St. Thomas. Mi ha detto di chiamarla dopo l'incontro per farle sapere com'è andata.»

«Suo marito ha finalmente convinto la moglie maniaca del lavoro ad andare?»

Harley sorrise. «Sì. Incredibile, eh?»

«Assolutamente. E Davidson?»

«Si è offerto di picchiare il presidente se non mi avesse dato ciò che volevo» rispose Harley con una risata.

«È proprio qualcosa che potrebbe fare.»

«Grazie per avermi dato tutto quello che non sapevo mi mancasse nella vita» gli disse, portando una mano intorno al suo collo.

«Prego, Harl. Qualsiasi cosa tu voglia, l'avrai.»

«Qualsiasi?» domandò con un sopracciglio inarcato.

Coach spinse i fianchi contro la sua pancia, facendole sentire l'erezione. «Qualunque cosa» ribadì.

«Sai che effetto mi fa l'adrenalina, vero?» disse timidamente, guardandolo da sotto le ciglia abbassate.

La aiutò ad alzarsi e andarono verso l'Highlander prima che Harley si rendesse conto di ciò che stava succedendo, e ridacchiando raccolse il paracadute che si trascinava dietro di loro mentre camminavano. «Hai fretta?» gli chiese.

«Se vuoi avere il tempo di mangiare prima dell'incontro, sì.»

Coach sapeva che avevano un sacco di tempo. Anche se l'aveva avuta quella mattina, non sarebbe durato più di un paio di minuti nel momento in cui fosse stato dentro di lei. Gli faceva sempre quell'effetto. Ogni volta che facevano l'amore, era come tornare a casa.

Mentre si dirigevano verso il parcheggio, tese la mano e sospirò soddisfatto quando lei la prese. «Ti amo, Harl.»

«Anch'io ti amo.»

Continuarono a sorridere per tutto il viaggio verso casa.

Chase e Sadie, tre anni dopo i matrimoni.

. . .

Chase si sedette alla scrivania e osservò sua moglie. Sadie era nella sala conferenze con una potenziale cliente. Era sempre lei a condurre i colloqui iniziali con le donne che venivano a chiedere informazioni sui loro servizi.

L'anno precedente si era congedato dall'esercito e, anche se i suoi amici gli avevano detto che lo avrebbe rimpianto, non si era pentito nemmeno per un secondo della sua decisione.

Lui e Sadie avevano aperto lì nella zona di Fort Hood una filiale dei servizi di sicurezza del famoso zio. Con il suo background nelle investigazioni, Chase era molto abile a scoprire informazioni sugli ex dei loro clienti. Avevano uno staff di quattro uomini che si alternavano nei casi e Sadie si occupava della maggior parte delle scartoffie in ufficio, soprattutto ora che era incinta del loro primo figlio. Chase supervisionava le guardie del corpo e occasionalmente offriva supporto quando necessario.

Aveva ancora difficoltà ad abituarsi all'idea che sarebbe diventato padre. Aveva visto sua sorella sposarsi e avere dei bambini e gli piaceva essere zio, ma sapere che presto avrebbe avuto un figlio tutto suo era una cosa completamente diversa.

Sadie diede una pacca sulla spalla alla donna sconvolta e si alzò in modo un po' goffo; era incinta di otto mesi e la pancia le impediva di muoversi agevolmente. Chase andò a incontrarla sulla porta della sala conferenze e le mise un braccio sotto il gomito per aiutarla mentre si avvicinava alla poltrona di pelle nell'angolo del suo ufficio. Aveva smesso da tempo di sedersi alla sua scrivania, era diventato troppo scomodo.

«Sta bene?» le chiese.

Annuì. «Lo starà.»

«Allora immagino che abbiamo un nuovo cliente?»

Sadie sorrise. «Sì. Ha due figli e ha paura che il suo ex cerchi di rapirli e portarli in Kuwait, da cui proviene.»

«Roger è disoccupato in questo momento, lo affido a lui. Hai le informazioni dell'ex così posso iniziare a fare ricerche?»

«Sì.»

Chase si chinò e baciò la punta del naso di sua moglie. «Rilassati per un po' mentre l'accompagno a casa e controllo la sicurezza del posto. Starai bene da sola per un po'?»

Scosse la testa esasperata. «Sì, Chase. Penso che sopravvivrò qui da sola per dieci minuti finché Rayne non passa a prendermi per andare a pranzo.»

A Chase non importava che Sadie non si fosse resa conto che negli ultimi tre mesi ogni volta che non poteva stare con lei, aveva fatto in modo che uno dei loro amici o sua sorella fossero al suo fianco. L'ultima cosa che voleva era che lei entrasse in travaglio prematuramente o si facesse male quando non c'era lui ad aiutarla.

Non le avrebbe nemmeno detto che anche suo zio la stava tenendo d'occhio con un'app nascosta che aveva installato nel suo telefono.

«Non succederà niente» gli disse con dolcezza, accarezzandosi la pancia. «Siamo arrivati fin qui, stiamo bene.»

Il giorno peggiore nella vita di Chase era stato un anno e mezzo prima, quando Sadie aveva perso il loro bambino. Era di sole dieci settimane e gli aveva fatto capire quanto fosse fragile la vita... e quanto fosse preziosa.

«Certo che sì. Chiamami se hai bisogno di qualcosa» le ordinò mentre si alzava e iniziava a raccogliere le cose di cui aveva bisogno per valutare la sicurezza della casa del loro nuovo cliente.

«Mi passi il portatile, per favore?» gli chiese Sadie.

Glielo portò.

«E il cellulare?»

Chase lo recuperò dal bordo della scrivania.

«Puoi portarmi anche una bottiglia d'acqua prima di andare?»

Con un sorriso, si avvicinò al piccolo frigorifero nell'angolo dell'ufficio e tirò fuori l'acqua. Prese anche una confezione di bastoncini di formaggio e un pezzo di torta al cioccolato avanzata la sera prima, che aveva portato in ufficio per ogni evenienza.

Sadie gli sorrise mentre le consegnava tutto.

«Qualcos'altro?» chiese, più che felice di accontentarla.

«No, sto bene ora. Grazie.»

Senza dire nulla, Chase portò la piccola ottomana davanti a lei, le prese i piedi e li posò sopra. Si assicurò che la coperta fosse a portata di mano sullo schienale e spostò il tavolino accanto alla poltrona così che potesse raggiungerlo meglio.

«Sei troppo buono con me» gli disse.

«Non è mai troppo» le assicurò Chase, poi la baciò ancora una volta prima di uscire. Si fermò sulla soglia e si voltò a guardarla. «Passerò il resto dei miei giorni a fare tutto il possibile per rendere perfetta la tua vita e quella di nostro figlio.» Poi le mandò un bacio e se ne andò.

———

Truck e Mary, cinque anni dopo i matrimoni.

«Sei pronta?» chiese Truck a sua moglie.

Mary non distolse gli occhi dalla porta mentre annuiva con entusiasmo.

Si trovavano a Banbasa, in India, a poco più di trecento chilometri a est di Delhi. Prima di entrare in contatto con l'agenzia di adozioni, non avevano mai sentito parlare di quella piccola città, tanto meno dell'orfanotrofio chiamato Il Buon Pastore.

All'inizio, Mary si era opposta al fatto di avere dei figli, o anche animali domestici. Temeva terribilmente che il cancro tornasse, ma dopo un anno i medici avevano cominciato a tranquillizzarla, poi ne erano trascorsi due, poi tre, e aveva iniziato a fare commenti occasionali sui bambini e su quanto fossero carini.

Truck alla fine l'aveva costretta a parlarne chiedendole a bruciapelo se avesse voluto dei figli.

Mary aveva pianto e ammesso che aveva pensato di non volerli. Dopo la sua terribile infanzia e le esperienze vissute, aveva paura di non sapere come fare a essere una buona madre. Ma dopo aver trascorso molto tempo con i figli dei suoi amici, si era resa conto di quanto volesse avere una famiglia. Ne avevano parlato molto con il suo medico e, sebbene lui le avesse detto che non era impossibile avere figli, c'erano comunque dei rischi. Così avevano deciso di adottare.

«Pensi che piaceremo ai bambini?» chiese Mary agitata.

«Alla fine, sì» rispose Truck, e le prese la mano mentre aspettavano che portassero i loro figli nella stanza. «Ma penso anche che ci vorrà un po' di tempo. Sai che finora hanno avuto una vita difficile, e per quanto questo possa essere un buon orfanotrofio, non è comunque come vivere in una casa. Nonostante qui ci siano persone che si prendono cura dei bambini, siamo stati avvertiti che potrebbero essere scostanti. Non riusciranno a capire subito cosa sta succedendo.»

«Abbiamo inviato quell'album con le nostre foto» disse, guardando Truck con occhi enormi. «Forse ci riconosceranno.»

«Non sperarci troppo» la avvertì. «Non voglio che tu rimanga contrariata se non dovesse succedere.»

«Contrariata?» chiese Mary incredula. «Truck, sono rimasta contrariata quando hai preparato gli spaghetti per cena l'altra sera mentre io avevo voglia di una bistecca. O quando Rayne ha dovuto cancellare la giornata tra ragazze perché aveva la nausea. Non me ne frega niente se Aarav e Deeba oggi non ci riconosceranno, lo faranno perché noi ci saremo per loro ogni giorno della loro vita, li consoleremo quando piangeranno e li nutriremo quando avranno fame. Impareranno a fidarsi di noi, proprio come io ho imparato a fidarmi di te. Se ce l'ho fatta io dopo che per trent'anni sono stata delusa e abbandonata delle persone che pensavo dovessero amarmi, loro potranno farcela dopo solo due e tre anni.»

«Cazzo, ti amo» sussurrò Truck. «Non so cos'ho fatto per meritarti.»

«Be', per cominciare, ti piace massaggiarmi i piedi» scherzò Mary.

Non gli importava che lei non dicesse quelle parole così spesso come faceva lui, perché gli dimostrava ogni giorno che trascorrevano insieme quanto lo amasse. Non aveva problemi a dire a Rayne o alle altre sue amiche cosa provasse per loro, mormorava di continuo parole affettuose ai neonati e ai bambini della loro cerchia, ma comunque a Truck non importava minimamente che quelle parole non uscissero dalla sua bocca tanto spesso.

Perché quando diceva che lo amava... era come se gli angeli scendessero dal cielo e gli concedessero un dono ultraterreno. Mary le aveva pronunciate ventidue volte nei cinque anni trascorsi da quando avevano rinnovato le promesse. Ma glielo aveva detto anche in un milione di modi tramite le sue azioni.

«Adoro massaggiarti i piedi» concordò «e farti anche altre cose.»

Mary arrossì e gli diede una pacca sul braccio. «Sta' zitto. Non farmi eccitare prima che incontriamo i nostri figli per la prima volta.»

Prima che lui potesse ribattere, la porta si aprì ed entrarono due donne indiane, ciascuna con in braccio un bambino.

Truck le lasciò la mano e d'istinto si inginocchiarono quando le due li posarono a terra. Con il cuore in gola, guardò per la prima volta i suoi figli. Aveva visto delle foto, ma non avevano reso giustizia a quei preziosi bambini.

Aarav era il più grande dei due. Aveva i capelli castano scuro un po' troppo lunghi, che gli cadevano sulla fronte quasi copren-dogli gli occhi. Era a piedi nudi, indossava un paio di pantaloni marroni larghi sorretti da un cordoncino, e una camicia bianca a maniche corte.

Deeba aveva solo due anni e barcollò quando la donna che l'aveva tenuta fece un passo indietro. Indossava un vestitino grigio che le scendeva appena sotto le ginocchia. Aveva i capelli neri che erano stati rasati quasi a zero. Truck sapeva che aveva avuto un brutto caso di pidocchi non molto tempo prima, ma i suoi capelli si vedevano a malapena.

Guardò negli occhi i suoi figli e per la prima volta capì la grande impresa che avevano davanti. I bambini sembravano spaventati a morte; non poteva biasimarli. Non solo lui e Mary erano bianchi – non aveva idea se i bambini dell'orfanotrofio avessero mai visto una persona di carnagione bianca prima – ma lui era enorme. E aveva un'orribile cicatrice sul viso.

Truck avrebbe voluto coprirla con la mano, ma non osava muoversi. Non voleva fare nulla che potesse spaventare quei bambini di fronte a lui. I *suoi* bambini.

«*Namaste*» li salutò Mary con dolcezza e tese una mano.

Nessuno dei due si mosse. Aarav si mise il dito in bocca e lo succhiò, e Deeba rimase lì, ondeggiando sui piedini.

«Maa» provò a dire, indicandosi. «Sono la tua mamma. E questo è *pita*, il tuo papà.»

Truck trattenne il respiro, poi sussurrò: «Forse dovrei uscire e lasciarti da sola con loro per un po'.»

Nell'istante in cui pronunciò le parole, Deeba lo guardò inclinando la testa.

«Hanno ascoltato ogni sera le cassette che ci avete mandato» disse una delle donne nel silenzio della stanza. «Abbiamo pensato che se avessero sentito le vostre voci, forse sarebbero stati più a loro agio quando vi avessero incontrato.»

«Ogni sera?» chiese Truck.

Prima che potesse rispondere, Deeba si mosse, camminò barcollando verso di lui con le braccia aperte.

Senza pensarci, si sporse in avanti e tese le mani, volendo prenderla nel caso fosse caduta. Ma non successe. Deeba gli si avvicinò e non sussultò quando la grossa mano di Truck le circondò la schiena minuscola. Era piccola per la sua età, sottopeso e denutrita, ma l'unica cosa che vide nei suoi occhi fu un intenso bisogno d'affetto.

«*Pita*» mormorò la bambina.

Truck annuì. «Esatto. Sono il tuo papà.»

Aarav, per non essere da meno della sorella, la imitò e si avvicinò a Mary. Senza dire nulla, si nascose contro di lei, posando la fronte sul suo petto come se l'avesse fatto ogni giorno della sua vita.

Gli occhi di Truck tornarono sulla figlia quando sentì la sua manina accarezzarlo sulla guancia. «*Chot?*»

Non avendo idea di cosa avesse detto, guardò le donne.

Una tradusse: «Vuole sapere se fa male.»

Truck chiuse gli occhi e ringraziò il cielo per quella che sembrò la milionesima volta da quando aveva incontrato Mary. Quando sentì la piccola Deeba picchiettare con impazienza la cicatrice aprì gli occhi e le coprì la mano con la sua. Scosse la testa. «Non fa male.»

Poi gli si sciolse ancora di più il cuore quando lei sollevò le braccia, nel segno universale di chi vuole essere preso in braccio.

Truck si alzò con sua figlia stretta a sé, poi si chinò e aiutò Mary con il figlio. Rimasero lì a guardarsi negli occhi, ignorando gli avvertimenti che stava dando la responsabile dell'orfanotrofio sul fatto che i piccoli probabilmente avrebbero avuto paura in seguito, e che non avrebbero dovuto prenderla sul personale. Li istruì su ciò che ai bambini piaceva mangiare e consigliò di andarci piano per un po' con i cibi nuovi, per far sì che non stessero male. Li aggiornò sulle ultime cose da fare per ottenere l'autorizzazione dal governo indiano per portare Aarav e Deeba fuori dal Paese e tornare in Texas.

Ma Truck ascoltò a malapena. I suoi occhi erano incollati alla sua bellissima moglie e al loro figlio.

«Ti amo» sussurrò Mary mentre lo fissava.

Ventitré.

«Ti amo anch'io, piccola.»

Poi Mary si voltò verso il suo bambino e gli diede un tenero bacio sulla fronte. «Ti amo, Ford Aarav Laughlin.» Poi si sporse in avanti e baciò la tempia della figlia. «E amo anche te, Elizabeth Deeba Laughlin. Benvenuti in famiglia.»

La gola di Truck si chiuse di nuovo per l'emozione. Si sporse in avanti e attirò Mary a sé con una mano sulla nuca. Le baciò le labbra e sussurrò di nuovo: «Ti amo.»

———

Ghost e Rayne, cinque anni e mezzo dopo i matrimoni.

«Dammelo» ordinò Ghost, agitando le dita verso sua moglie che teneva in braccio il loro bambino di quattro anni facendo fatica a camminare.

Glielo consegnò volentieri e fece una smorfia inarcando la schiena.

«Ti avevo detto di rilassarti oggi» le disse, scuotendo la testa.

Gli sorrise e *scosse* la testa anche lei. «Sì, e cosa avrei dovuto fare, stare sdraiata mentre tuo figlio intasava ogni bagno della casa? E quando tua figlia ha trovato il pennarello indelebile e ha deciso di disegnare graziose immagini sul muro della sua camera da letto?»

Ghost fece una smorfia. «Adesso basta. Domani chiamo quella ragazza che ci ha consigliato Chase.»

«Non abbiamo bisogno di una tata» si lamentò Rayne. «Posso badare benissimo ai miei figli. Non ho bisogno che qualcun altro lo faccia per me.»

«Non è che pensi che tu non possa farlo» la rassicurò con pazienza. «È che odio vederti così esausta. E quando sarà nato questo» mise la mano sulla sua pancia enorme, «la situazione sarà ancora più frenetica.»

Quando le si riempirono gli occhi di lacrime, Ghost non si fece prendere dal panico, mise giù suo figlio dandogli uno schiaffetto sul sedere. «Vai a lavarti le mani e preparati per la cena, campione.»

«Va bene, papà!» disse felice il ragazzino correndo verso il bagno.

Ghost prese Rayne tra le braccia e la tenne stretta mentre lei piagnucolava. «Sono la peggior mamma del mondo. Sono orribile. Diventeranno dei delinquenti, me lo sento.»

«Non lo sei» la rassicurò. «Pensi che ogni madre sia per tutto il tempo cuori e arcobaleni? Non me ne frega niente di quello che le persone pubblicano sui social, scommetto tutto ciò che possiedo che ci sono volte in cui vorrebbero legare con il nastro adesivo i loro figli. È normale.»

«Sono solo così stanca» replicò in tono sommesso.

Ghost le baciò la fronte. «Lo so. E io non ti ho aiutata, sono stato via tanto ultimamente, vero?»

Quando lei non rispose, si sentì ancora più in colpa. Il team recentemente, aveva svolto tre missioni quasi di seguito e sapeva di non aver aiutato la sua famiglia quanto avrebbe dovuto.

«Vai a sdraiarti» le disse. «Mi occupo io dei bambini stasera.»

«No, va bene. Metto delle crocchette nel forno per Billy, e Greta continua a mangiare solo hot dog, quindi posso bollire qualche...»

«Ci penso io» la interruppe Ghost. «Sul serio.»

A Rayne si riempirono di nuovo gli occhi di lacrime e lui si sentì malissimo. «Mi dispiace, Principessa. Vedo di cercarti un aiuto così non sarai troppo esausta a fine giornata.»

«Io... ok» disse in tono sommesso. «Odio ammetterlo, perché mi fa sentire una fallita, ma Billy ha così tanta energia che a volte mi stanco solo a guardarlo. E Greta è così schizzinosa, giuro su Dio che passo la maggior parte della giornata a supplicarla di mangiare qualcosa, qualsiasi cosa, in modo che non voli via con una folata di vento. Spero davvero tanto che questo sia un po' più accomodante.» Rayne strofinò una mano sulla pancia.

Ghost si chinò e le baciò il pancione, poi la girò e le diede una leggera spinta verso le scale. «Vai. Rilassati. Ci penso io. E stasera, se ne hai voglia, ti faccio un massaggio alla schiena.»

«Oooh.» Si voltò a guardarlo con gli occhi scintillanti. «*Solo* un massaggio alla schiena?»

«Ti farò quello che vuoi, Principessa. Lo sai.»

Si alzò in punta di piedi e gli sfilò la camicia dai pantaloni e mettendo una mano sulla parte bassa della sua schiena nuda, sussurrò: «Sono terribilmente eccitata. Giuro che non capisco come sia possibile visto che sono enorme, ma è così.»

«Mi prenderò cura di te.»

«So che lo farai. Vado a fare un pisolino, ma chiamami se hai bisogno di me.»

«Non avrò bisogno di te. Posso sopravvivere a una serata con loro.»

Lei annuì. «Svegliami quando metti a letto i bambini.»

«Lo farò. Ora vai.»

Ghost guardò sua moglie salire le scale verso la loro camera da letto. La gravidanza l'aveva arrotondata bene ancora una volta, con grande rammarico di Rayne. Sapeva che aveva lavorato molto duramente per sbarazzarsi del peso che aveva preso quando era nata Greta, ma a lui piaceva così: formosa e tutta curve. Non era sicuro di cosa avrebbe portato la notte; a volte lei voleva solo venire, con il suo aiuto o con quello del vibratore, altre voleva un rapporto completo. Ma qualunque cosa desiderasse o di cui avesse bisogno, sarebbe stato ben felice di fornirgliela. Non aveva problemi a venire da solo, e infatti, Rayne adorava guardarlo masturbarsi di fronte a lei.

La vita non era di certo facile né tranquilla, ma era esattamente ciò che aveva sognato. Amava che fosse frenetica. Adorava vedere i suoi figli crescere ed esplorare il mondo. Era per quello che era diventato un soldato e si era unito alla Delta Force, per tenere le famiglie al sicuro e ignare dei mali del mondo.

Quando Greta gridò entrando di corsa in soggiorno, Ghost la prese al volo e se la gettò sopra la spalla. Billy, che stava tormentando la sorella con le mani insaponate, volle partecipare al divertimento, si sedette sul piede di suo padre e gli avvolse le braccia intorno al polpaccio.

Con i due ragazzini che si dimenavano appesi a lui, sorrise e andò in cucina. Doveva sfamarli, giocare con loro per circa un'ora, leggere una storia e metterli a letto, e poi avrebbe potuto prendersi cura di sua moglie.

Il suo sorriso si allargò mentre pensava a ciò che avrebbe comportato, e non vedeva l'ora.

———

Hollywood e Kassie, sette anni dopo i matrimoni.

«Quel ragazzino è una minaccia» gemette Hollywood mentre osservavano il figlio di Fletch inseguire Kate nel cortile sul retro. Stavano passando il tempo con i loro amici e guardavano i bambini giocare.

«No, non lo è» disse Kassie a suo marito. «Scommetto che è proprio com'eri *tu* a quell'età. Inoltre, lei gli piace, e quello è il tipico comportamento di un ragazzo a cui piace qualcuno ma non sa come dirglielo.»

«Kate ha solo sette anni!» ribatté Hollywood con orrore. «È troppo piccola per avere un ragazzo.»

«Annie ha capito che Frankie era quello giusto per lei quando *aveva* sette anni» replicò con calma.

«No. Assolutamente no» borbottò incrociando le braccia sul petto.

Kassie ridacchiò, si accoccolò contro suo marito e lo abbracciò.

Lui mantenne gli occhi fissi sulla figlia e il bambino che sembrava innamorato di lei, anche mentre stringeva al petto sua moglie. I bambini erano cresciuti insieme, avevano trascorso molto tempo a giocare, ma il pensiero che si *piacessero* a vicenda non gli era mai passato per la mente, fino a quel momento.

Proprio allora, Kate cadde. Stava ridendo e scappando da Ethan ed era inciampata su qualcosa. Hollywood sussultò e fece per andare ad aiutarla, ma Kassie lo strinse più forte, fermandolo.

«Sta bene» sussurrò.

Lui strinse i denti e si costrinse a non correre da sua figlia per assicurarsene.

Guardò Annie avvicinarsi ai bambini e controllare che Kate non si fosse fatta male. Riuscì a farla ridere in pochi secondi. A Hollywood non sfuggì il modo in cui Ethan diede una leggera pacca sulla spalla di Kate, come per confortarla.

«Cazzo, sono nella merda fino al collo, vero?»

Kassie si limitò a ridacchiare. «Sì. Sul serio è la prima volta che noti quant'è carina nostra figlia?»

«No» ammise. «Sapevo già che era la ragazzina più bella del mondo, seconda solo a sua madre, ma mi *sto* rendendo conto solo ora che è un problema. I ragazzi le staranno addosso.»

«Guardami» gli ordinò.

Hollywood continuò a fissare la sua piccolina – che non era più tanto piccola – mentre giocava con Ethan. Quando sentì le dita di Kassie sulla guancia, distolse gli occhi dalla bambina che significava così tanto per lui.

Era stata malata da piccola e quando aveva due anni avevano scoperto che soffriva di anemia falciforme. I medici erano rimasti sorpresi, poiché colpiva principalmente i bambini afroamericani negli Stati Uniti, ma in qualche modo Kate aveva ereditato quel gene da ognuno dei suoi genitori, provocando l'anemia.

Per un po' era stata molto dura, con un sacco di visite mediche e cercando di trovare le medicine giuste. Ma adesso era una bambina bella e felice. Come conseguenza di tutto ciò che avevano passato con Kate, avevano deciso di non avere più figli. Non volevano rischiare di trasmettere la malattia a un altro bambino.

Non era dispiaciuto, amava Kate con tutto il cuore, ma non era facile essere un genitore. Stava più che bene con un solo figlio.

«È intelligente» gli disse Kassie. «Ho la sensazione che tu abbia ragione, e tra qualche anno dovrà respingere i ragazzi con una mazza...»

Hollywood ringhiò, ma lei lo ignorò e continuò. «Ma a quel

punto, avrà imparato come un uomo dovrebbe trattare una donna guardando suo padre, perché osserva sempre come ti comporti con me. Vede come i tuoi compagni di squadra trattano le *loro* donne. Lo vorrà anche lei. Non accetterà nessuno che la tratti male.»

«Non le è permesso uscire con qualcuno fino ai diciotto anni» dichiarò con un'espressione accigliata. «So come sono i ragazzi... lo *ero* anch'io, sai. Vorranno entrarle nelle mutande e non prenderanno bene un no.»

«Allora le insegneremo come proteggersi se c'è un ragazzo che non accetta un no come risposta.»

«Se qualcuno osa toccare la mia bambina, desidererà non averlo fatto» concluse.

«Ti amo» sussurrò Kassie con un sorriso.

«Ti amo anch'io» replicò subito lui. «Ma non capisco perché sorridi in quel modo.»

«Quindici» gli disse sua moglie. «E solo se stanno a casa nostra o quella di lui quando sono presenti anche gli adulti. Quando avrà sedici anni, potrà iniziare ad uscire.»

Hollywood chiuse gli occhi. «Perché non può rimanere per sempre a quest'età?» si lamentò.

Kassie si voltò tra le sue braccia in modo da avere la schiena appoggiata al suo petto e lui intrecciò le dita sul suo stomaco.

«Perché per quanto ci piacerebbe fermare il tempo, non possiamo. Crescerà e diventerà una bella donna. Non sarei sorpresa se iniziasse a fare la modella, è davvero stupenda. Ma potrebbe anche decidere di entrare nell'edilizia e sarei altrettanto felice se indossasse un casco ogni giorno e fosse ricoperta di sporco.»

Hollywood abbassò la testa fino a che le sue labbra non furono vicino al suo orecchio. «Grazie, tesoro.»

«Per cosa?» gli chiese.

«Perché mi ami. Perché sei fantastica. Per essere te.»

Kassie ridacchiò e lui pensò che non si sarebbe mai stancato di sentire quella risata. «Non è difficile amarti... tranne quando torni da una missione e puzzi come se avessi strisciato nella merda per un mese.»

Hollywood scoppiò a ridere... non aveva esattamente torto.

Alcuni dei posti in cui era stato e alcune delle cose che aveva dovuto fare si avvicinavano molto a ciò che aveva descritto.

«Ho parlato con Karina questo pomeriggio» gli disse.

«Ah, sì?»

«Mm-mm. Sta uscendo con un nuovo ragazzo.»

Alzò gli occhi al cielo, sapendo che non poteva vederlo. Sua cognata collezionava appuntamenti. Sapeva che Kassie era preoccupata per lei, ma era ancora giovane, aveva tutto il tempo per sistemarsi. Era preferibile che prima capisse ciò che voleva veramente da un partner, piuttosto che rimpiangere una decisione affrettata in seguito. «Quando verrà a trovarci? L'altro giorno Kate stava dicendo che le mancava sua zia Karina.»

«Non lo so. Ama stare in California. Le ho detto che magari avrebbe incontrato un grosso Navy SEAL e avrebbe potuto portarlo a casa per fartelo controllare.»

Hollywood grugnì. «Sarà meglio che mi porti qui a casa qualsiasi uomo intenda sposare, così chiamerò Tex e gli farò fare un controllo completo su di lui.»

Kassie si voltò di nuovo nelle sue braccia e rise. Fece scorrere le dita sul suo petto in modo suggestivo e lo guardò leccandosi le labbra. «Pensi che possiamo convincere Emily e Fletch a tenere Kate per un pigiama party stanotte?»

«Hai qualcosa da fare?» le chiese, sapendo esattamente cosa stesse pensando.

«Oh, sì» ammise. «C'è qualcuno che devo farmi.»

Hollywood si chinò e la baciò, senza preoccuparsi di chi ci fosse in giro. Avere un figlio significava che non potevano passare in intimità tutto il tempo che volevano quindi, avrebbe approfittato di ogni volta che avesse potuto avere sua moglie tutta per sé.

Dopo averla baciata con passione, sollevò la testa. «Fletch non avrà problemi a tenere Kate per la notte. Sono sicuro che lei ne sarà felicissima.»

Kassie sospirò contenta. «Bene.»

«Ti amo, Kass.»

«Anch'io ti amo. Adesso vai» disse, spingendolo via piano. «Vai a dire al tuo amico che dovrà fare da babysitter. Voglio andare a casa.»

«Sì, signora» replicò, e si voltò per andare a cercare Fletch.

Tuttavia, non riuscì a trattenere un sorriso. Era innamorato di sua moglie come il giorno in cui l'aveva sposata. Anche di più. La vita era meravigliosa.

———

Fish e Bryn, dieci anni dopo i matrimoni.

Fish sbadigliò e si stiracchiò, allungando il braccio buono verso sua moglie. Quando non incontrò nient'altro che lenzuola fredde, si acciglio. Non era insolito che Bryn si alzasse prima di lui, non aveva bisogno di dormire molto, ma non poteva negare che odiava svegliarsi senza lei accanto.

Si alzò in fretta e indossò un paio di jeans, senza preoccuparsi di mettere una maglia. Fece le sue cose in bagno e andò a cercarla.

La trovò in soggiorno. Era seduta per terra a gambe incrociate insieme al loro figlio seienne, curva su quello che gli sembrava un tostapane.

Fish aveva capito che Bryan era diverso dalla maggior parte dei bambini quando a nove mesi già parlava. A due anni, usava frasi complete e aveva persino imparato lo spagnolo dalla tata.

L'aveva assunta quando aveva sei mesi, dopo che Bryn si era letteralmente dimenticata di suo figlio perché troppo concentrata in una delle sue ricerche. Non aveva avuto intenzione di farlo, ed era rimasta sconvolta quando si è resa conto che Bryan stava urlando a squarciagola da un bel po' e lei non se n'era nemmeno accorta.

Maria era stata una manna dal cielo. Veniva tutti i giorni e trascorreva del tempo con Bryn e il bambino. Si assicurava che mangiassero bene entrambi e teneva anche pulita la casa.

Fish amava sua moglie, ma era consapevole delle sue stranezze. Voler tenere al sicuro lei e suo figlio, aveva reso facile la decisione di assumere Maria. Ora nessuno dei due poteva immaginare la vita senza di lei. Era come una seconda madre per Bryan, e tutti erano contenti di quella sistemazione.

Al momento, Bryn stava spiegando al figlio come funzionavano le serpentine di riscaldamento del tostapane. Bryan era seduto esattamente come sua madre e le loro teste quasi si toccavano mentre erano chinati sopra l'aggeggio. C'erano pezzi sparsi sul tappeto intorno a loro e sembrava che ci stessero lavorando su da un bel po'.

Fish sorrise.

Doveva aver fatto rumore, perché Bryan alzò lo sguardo e lo vide sulla soglia.

«Ciao, papà!» disse tutto allegro. «La mamma mi sta insegnando come funziona il tostapane!»

«Lo vedo» replicò, spingendosi dalla porta e camminando verso la sua famiglia. Si sedette sul pavimento accanto a loro, si chinò e baciò Bryn sulla tempia. «Buongiorno, amore.»

«Buongiorno» disse distrattamente. «Allora vedi, Bryan, quando l'elettricità scorre attraverso un filo, l'energia viene trasmessa da un'estremità all'altra. Pensala come l'acqua che scorre in un tubo. Gli elettroni nel filo vengono spinti in giro e si scontrano in continuazione, producendo calore. Più sottile è il filo, maggiore è la corrente elettrica e più gli elettroni si scontrano... quindi...»

«Fanno più calore!» intervenne con vivacità Bryan.

«Esatto!» replicò lei compiaciuta.

«Ma come fa a sapere quando il toast è pronto?» chiese il bambino.

Fish sorrise mentre Bryn spiegava la funzione dei termostati all'interno del tostapane e della manopola dei livelli di tostatura. Ogni giorno sua moglie lo stupiva e lo impressionava. Non aveva idea di come fosse riuscito a creare un essere umano intelligente come Bryan, ma pensava che fosse soprattutto merito di Bryn.

Sua moglie per un po' si era opposta al fatto di avere figli, ma Fish sapeva che era solo spaventata. Non aveva avuto una bella infanzia e non si fidava di se stessa. Ma dopo aver passato del tempo con Annie e gli altri bambini dei suoi amici della Delta Force, si era un po' rilassata.

Assumere Maria aveva alleviato tutte le sue preoccupazioni, e da allora aveva iniziato a essere una madre migliore di chiunque avesse mai visto. Non si arrabbiava mai con Bryan, cercava invece di analizzare e capire perché stesse piangendo, fosse infelice, frustrato, ecc. Era affascinante vederla adottare un approccio accademico alla maternità.

Ma non si atteneva solo ai fatti. Ogni giorno diceva a Bryan quanto lo amasse e fosse orgogliosa di lui. Gli preparava il pranzo per la scuola, includendo piccole note per fargli sapere che era amato. Lo portava spesso in biblioteca e a Coeur d'Alene per visitare lo zoo, i musei e persino i negozi di antiquariato, in modo che potessero trovare cose da smontare per imparare come funzionavano.

«Hai fame, Bryan?» gli chiese Bryn.

«Sì, mamma.»

«Vuoi che papà ti prepari i pancake questa mattina?»

«Sì!» Il piccolo balzò in piedi, dimenticandosi del tostapane, e si gettò tra le braccia di suo padre. Fish lo catturò con il braccio buono, poi si chinò e afferrò Bryn intorno alla vita con il moncone. Non aveva messo la protesi quella mattina, cosa che faceva solo quando usciva di casa.

Rotolò sul pavimento con la moglie e il figlio facendo il solletico a entrambi e cercando di impedire che lo facessero a lui. Quando rimasero tutti senza fiato, si stesero per riprendersi

Fish si voltò verso Bryn e disse: «Ti amo.»

«Lo so» rispose.

Si limitò a sorridere e si voltò dall'altra parte. «Ti voglio bene, piccolo.»

«Lo so» rispose Bryan, ripetendo inconsciamente le parole di sua madre. «Vado a tirare fuori la roba per i pancake!» Balzò in piedi e corse verso la cucina.

«Come hai dormito?» gli chiese quando furono soli.

«Bene. Anche se odio quando ti alzi senza svegliarmi.»

«Ho sentito Bryan muoversi verso le cinque. Ho pensato di andare a vedere cosa stesse facendo.»

«Decisione saggia. A Maria verrebbe un colpo se lunedì tornando a lavorare dovesse trovare la casa bruciata.»

«Sì, non ne sarebbe felice.»

Aveva ancora difficoltà a capire quando qualcuno era sarcastico o scherzava con lei. Ma a Fish non importava, l'amava esattamente così com'era.

Bryn si mise a sedere e si scostò i capelli dal viso. Poi

cominciò a giocherellare con i pezzi del tostapane che erano ancora sparsi. «Oh, stamattina ho fatto il test di gravidanza. Era positivo.»

Fish guardò a bocca aperta sua moglie.

Sapeva che aveva saltato le ultime due mestruazioni, ma pensava fosse perché di recente era stata male; aveva avuto una brutta influenza e di conseguenza perso molto peso.

Non sembrava rendersi conto della portata della notizia che aveva appena condiviso con lui. Fish le prese la mano, obbligandola a smettere di armeggiare con il tostapane, perché sapeva che altrimenti non avrebbe mai avuto la sua attenzione.

«Sei incinta?»

«Sì. Penso di averlo appena detto.»

«Stai per avere il mio bambino?» Stava facendo fatica a capacitarsi della bomba che aveva appena sganciato.

«Be', tecnicamente è per metà mio, ma sì, pare che sia così.»

«Oh, Smalls» mormorò, e le mise una mano sulla guancia per far sì che lo guardasse. Non riusciva nemmeno a trovare le parole per dirle cosa provasse.

«Sei... contento?» gli chiese.

Per la prima volta, Fish vide l'ansia nel suo sguardo. Era preoccupata che non ne sarebbe stato felice?

Spostandola per metterla sotto di sé, la guardò dritto negli occhi e le disse ciò che aveva bisogno di sentire. Aveva imparato che girarci intorno con lei non andava bene. «Sono estasiato. Sono più che felice. Sono al settimo cielo.»

«Lo sapevi che l'espressione "essere al settimo cielo" ha avuto origine nel medioevo?»

«Non lo sapevo» le rispose.

«Mm-mm» mormorò Bryn. Poi sollevò la testa e lo baciò. «Ti amo, Dane.»

«Ti amo anch'io, Smalls.»

«Ehi! Avete intenzione di venire? Ho fame!» li chiamò Bryan tornando nella stanza e vedendoli ancora sul pavimento.

«Arriviamo, calma e gesso» disse Fish.

«Cosa ci faccio con il gesso a colazione? Mica devo disegnare!» replicò il bambino prima di tornare in cucina ad aspettarli.

Fish ridacchiò e si ripromise di chiamare Ghost e gli altri più tardi per condividere la buona notizia. Si alzò e aiutò anche Bryn a rimettersi in piedi. Poi mano nella mano entrarono in cucina, pronti per iniziare una nuova giornata.

«Sono l'uomo più fortunato del mondo» disse poco dopo mentre guardava suo figlio mangiare i pancake con le gocce di cioccolato.

«Può darsi. Ma se lo sei tu, allora io sono la *donna* più fortunata del mondo» ribatté lei con un piccolo sorriso.

Fish non rispose. Bryn aveva assolutamente ragione.

Beatle e Casey, undici anni dopo i matrimoni.

«Non posso farlo di nuovo» disse Casey, guardando il marito con gli occhi pieni di lacrime.

Beatle pensò che il suo cuore si stesse spezzando. Avevano fatto tutto per bene, proprio come le ultime tre volte, e non aveva funzionato.

Avevano iniziato a cercare di avere figli pochi anni dopo essersi sposati. Avevano preferito aspettare che il lavoro all'università di Casey fosse un po' più sicuro, ma dopo aver ottenuto la cattedra, aveva cominciato subito a provare a rimanere incinta.

Dopo un anno senza risultati, anche se i tentativi erano stati più che piacevoli, erano andati da uno specialista, iniziando così una trafila di sei anni facendo tutto il possibile per avere un figlio.

Avevano appena scoperto che l'ultimo ciclo di fecondazione in vitro era fallito. Di nuovo.

Beatle tenne Casey il più stretta possibile senza dire nulla mentre lei piangeva sulla sua spalla. Anche i suoi occhi si riempirono di lacrime, odiava vedere sua moglie così sconvolta. Niente gli lacerava il cuore più del fatto di non essere in grado di darle ciò che desiderava di più: il loro bambino.

Non che fossero contrari all'adozione. Ne avevano parlato e seguito il percorso di Truck e Mary per adottare all'estero, ma Casey avrebbe voluto davvero un figlio suo.

Sapendo che quello non era il momento di parlare di nuovo di adozione, Beatle chiuse gli occhi e si limitò a tenere stretta sua moglie e a pensare alle telefonate che avrebbe dovuto fare. Doveva chiamare Blade per dirgli che la procedura era fallita ancora una volta. Poi informare anche i loro genitori. Doveva farlo sapere alle altre donne, così si sarebbero organizzate per circondare Casey di amore e amicizia.

Ma per il momento, l'avrebbe solo tenuta stretta.

Beatle non sapeva per quanto tempo rimasero seduti sul divano assorbendo l'amore e l'affetto tanto necessari l'uno dall'altro, ma sussultò per la sorpresa quando il suo telefono iniziò a suonargli in tasca. Stava per ignorarlo, ma Casey si scostò e si asciugò gli occhi.

«Dovresti rispondere» disse sommessamente.

Annuendo, tirò fuori il telefono e pur non riconoscendo il numero, rispose comunque, per ogni evenienza. «Pronto?»

«È il signor Lennon?»

«Chi parla?»

«Sono il dottor Harris della clinica della fertilità.»

«Sì?» Beatle non sapeva perché il loro medico li stesse chiamando dato che lo avevano visto appena un paio d'ore prima, quando aveva dato loro la brutta notizia.

«È un evento alquanto inusuale... ma ho appena ricevuto una chiamata da un collega. Ha da poco fatto nascere la bambina di una madre single adolescente che vuole darla in adozione.»

Beatle si irrigidì. Portò lo sguardo su Casey, che lo stava fissando con curiosità. «E?» chiese, avendo bisogno di più informazioni prima di dire qualcosa a sua moglie.

«È stata irremovibile fin dall'inizio sul fatto di non volere la bambina. I suoi genitori si sono rifiutati di lasciarla abortire. Il padre non è presente. I servizi per l'infanzia stanno cercando una famiglia a cui affidarla al più presto. Ho solo pensato... posso essere sincero?»

«La prego» disse Beatle, ancora sotto shock.

«Ne abbiamo passate tante insieme. L'ultima cosa che volevo fare oggi era dare la notizia che la procedura ancora una volta non aveva funzionato. Lei e Casey siete il tipo di persone che meritano di essere genitori. Sareste fantastici, non ho dubbi. So che entrambi desiderate dei figli più di ogni altra cosa, quindi ho usato un po' della mia influenza... potreste andare a prendere la bambina domani. Ma prima dovete compilare la richiesta per diventare genitori adottivi. Faranno controlli sul vostro passato e dovrete anche sopportare delle visite a domicilio per un po'. Poi ci saranno incontri in tribunale per essere sicuri che la madre e la sua famiglia abbiano rinunciato a tutti i diritti sulla bambina.

Non sarà facile, ma non lo è stato nemmeno quello che avete passato negli ultimi sei anni. Quella ragazzina ha bisogno di voi, Troy. Ha bisogno di lei e di Casey.»

«Quando devo darle una risposta?» chiese Beatle, senza staccare gli occhi da sua moglie.

«Sarebbe meglio il prima possibile, ma capisco che dobbiate parlarne insieme. La cosa migliore sarebbe domani mattina, dato che posso prendere accordi per farvi incontrare con i servizi per l'infanzia e firmare i documenti, così poi potrete portare a casa la bambina entro domani pomeriggio, se tutto va bene.»

«Domani?» chiese Beatle in tono soffocato, volendo assicurarsi di aver capito bene.

«Sì, domani» confermò il dottor Harris.

«Io... merda...» balbettò.

«Parli con Casey. Aspetterò la vostra chiamata domattina.»

«D'accordo.»

«Troy?»

«Sì, dottore?»

«Ve lo meritate. So che fa paura, ma non è niente che non possiate gestire.»

«Ok. La chiamo domani.»

«Certo. Ci sentiamo.»

Spense il telefono e fissò sua moglie. Aveva ancora tracce di lacrime sulle guance mentre aggrottava la fronte preoccupata.

«Cosa voleva il dottore?»

Beatle si passò una mano sul viso e fece un respiro profondo, poi le raccontò tutto quello che gli aveva detto.

Si fissarono scioccati per diverso tempo.

«Domani?» sussurrò Casey. «Possiamo portarla a casa *domani*?»

«È quello che ha detto il dottore. Cosa ne pensi?»

«*Tu* cosa ne pensi?»

«Mi dispiace di non essere riuscito a darti un figlio biologico, ma penso che sapessimo entrambi, prima ancora di iniziare l'ultimo ciclo, che la possibilità di fallimento era alta. Vorrei darti tutto ciò che desidera il tuo cuore e odio non poterlo fare. Ma... penso che questo sia un segno di Dio. Quali erano le probabilità che quella ragazza partorisse proprio oggi? E che il suo dottore conoscesse il nostro? Penso che dovremmo farlo.»

«Anch'io» sussurrò Casey.

Beatle la baciò, poi si tirò indietro e chiese: «Siamo appena diventati genitori?»

Lei ridacchiò. «Be'... genitori affidatari per ora, ma... sì, penso di sì.» Poi il sorriso svanì dal suo viso e i suoi occhi si fecero enormi. «Oh mio Dio. Non abbiamo *niente*. La casa è un disastro e non abbiamo nemmeno una stanza per lei. Ci servono vestiti. E i pannolini. E il latte artificiale. Oh, merda... dobbiamo andare a fare spese!»

Beatle l'afferrò proprio prima che balzasse dal divano. «Calmati, Casey.»

«Non posso!» strillò. «Diventeremo genitori!»

Non la lasciò andare e inarcò le sopracciglia.

«Oh mio Dio, Troy, diventeremo genitori» sussurrò, poi scoppiò a piangere.

Mentre prendeva di nuovo sua moglie tra le braccia, Beatle sorrise raggiante. Il mondo funzionava davvero in modo strano, ma sapeva che era destino che diventassero i genitori di quella bambina. L'amava già. Era folle. Pazzesco. Ma vero.

Dopo che Casey riprese il controllo, le disse: «Dai, andiamo a chiamare tuo fratello e poi i nostri genitori, devono sapere che stanno per diventare nonni.»

———

Blade e Wendy, tredici anni dopo i matrimoni.

«Vorrei fare un brindisi» disse Jackson Tucker mentre sollevava il bicchiere di champagne.

Blade fissò suo cognato con orgoglio. Dopo un inizio di vita difficile, non aveva permesso a nulla di ostacolarlo. Wendy aveva fatto un lavoro magnifico a crescerlo; era diventato un giovane straordinario e intelligente, aveva ormai trent'anni e si era appena sposato.

Si trovavano al suo ricevimento di nozze e prima di iniziare a mangiare c'era stato il brindisi. Il suo testimone aveva fatto il discorso, raccontando storie su un Jackson selvaggio e pazzo ai tempi del college.

Ma ora era il turno dello sposo.

Wendy si appoggiò al fianco di Blade e lui le circondò le spalle con un braccio. I tredici anni dopo il matrimonio erano stati meravigliosi. Non avevano figli; Wendy aveva detto che crescere il fratello minore era stato più che sufficiente per lei, e lui non aveva protestato.

Gli piacevano i bambini, ma non ne voleva di suoi. Si accontentava di viziare quelli dei suoi amici... che poi restavano a loro.

«Oggi, non solo ho sposato la donna più bella del pianeta, ho sposato la mia migliore amica» esordì Jackson. «L'ho incontrata al liceo e ho capito che non ci sarebbe mai stata nessun'altra per me.»

Blade ascoltò a metà e si chinò per sussurrare a Wendy: «Quanto tempo dobbiamo restare?»

Gli diede una gomitata sul fianco e lo guardò male. «Zitto» lo ammonì.

«Sul serio, quanto?» insistette.

Wendy strinse le labbra e si rifiutò di rispondergli.

«Perché vederti con quel vestito me lo ha fatto restare duro per tutta la sera. Riesco solo a pensare se le tue mutandine e il reggiseno sono abbinati.»

«Aspen, zitto» disse, ma capì che non era arrabbiata con lui, perché appoggiò la mano sulla sua gamba, poi la fece scivolare per accarezzargli l'interno della coscia. Se si fosse spostata anche di un solo centimetro più in alto, avrebbe sentito di persona quanto avesse davvero bisogno di lei.

«... tutto quello che avevo bisogno di sapere, da mio cognato Aspen.»

Blade distolse gli occhi dal décolleté di Wendy – in risalto ma con decenza sul suo vestito grigio chiaro di sartoria – per guardare Jackson.

Lo fissò mentre continuava il suo discorso.

«Mi ha insegnato come trattare la donna che amavo e che niente era più importante che farla sentire al sicuro e protetta. Probabilmente non è un sentimento popolare nell'era attuale, con le donne che ancora lottano per la parità dei diritti, ma non mi interessa.» Si rivolse alla sua sposa. «Jenny, prometto di esserci sempre quando avrai bisogno di me. Farò tutto ciò che è in mio potere per assicurarmi che tu possa realizzare i tuoi sogni, supportandoti quando ne avrai bisogno. Combatterò i draghi per te e mi metterò tra te e chiunque oserà tentare di farti del male. Ti amo. Ti ringrazio di amarmi e di aver detto *sì*.»

«Oh, Jackson» sussurrò Jenny, e si alzò per baciare suo marito.

«Mi spieghi un'altra volta perché ci hanno messo così tanto tempo per sposarsi?» chiese Blade mentre stringeva il braccio intorno a Wendy. Voleva distrarla perché stava di nuovo per scoppiare a piangere. Era successo per tutto il giorno e lui avrebbe fatto il possibile per non far scendere quelle lacrime dagli occhi... anche se erano di gioia.

«Lo sai perché. Non voleva frenarla.»

«Ma sono andati allo stesso college e nel frattempo si frequentavano.»

«Lo so.»

«E vivono insieme da anni» continuò.

«Lo so.»

«Allora spiegamelo!»

«Non posso» disse alla fine Wendy. «Si amano da quando si sono conosciuti, ma penso che entrambi temessero che potesse succedere qualcosa che rovinasse tutto. C'è solo voluto un bel po' per fare il grande passo. Ma era destino che stessero insieme.»

«Mm-mm» mormorò Blade, strofinando il naso sulla pelle vicino all'orecchio.

«Inoltre, penso che sarebbero andati avanti per sempre solo a convivere... se lei non fosse rimasta incinta.»

Blade alzò la testa di scatto e la fissò. «Sul serio?»

«Sì.»

«Porca puttana! Non posso credere che quel ragazzo diventerà padre.»

«Ha trent'anni, Aspen. Non è esattamente un bambino. In effetti, quando io e te ci siamo conosciuti ero più giovane di lui.»

«Accidenti. Non riesco a capacitarmi. Diventerò zio.»

Wendy ridacchiò. «Sì. E io zia.»

I camerieri iniziarono a girare per la sala per servire il primo piatto della cena. Blade si guardò intorno e mentalmente disse: *fanculo*.

Prese la mano di sua moglie e si alzò.

Ignorando gli sguardi d'intesa dei suoi compagni di squadra e quelli confusi delle loro mogli, la trascinò fuori dalla sala da ballo, andò dritto agli ascensori e con impazienza premette con forza il pulsante per salire.

«Aspen, cosa diavolo succede?» chiese Wendy.

L'ascensore si aprì e la trascinò dentro, premendo quello di chiusura della porta così l'uomo d'affari che si stava avvicinando con una valigia avrebbe dovuto prendere quello successivo. La fece appoggiare contro la parete dopo aver schiacciato il pulsante del loro piano e disse: «Non posso resistere un altro minuto senza essere dentro di te.»

«Per l'amor di Dio, Aspen, è in corso il ricevimento di mio fratello!»

«Giusto, e non gliene frega niente di chi c'è e chi no. Tutto ciò a cui sta pensando è di portare sua moglie nella suite luna di miele e fare l'amore con lei.»

«Bah, disgustoso» ribatté Wendy, coprendosi le orecchie.

«Ti amo, Wen. Non riesco a credere che tuo fratello abbia trent'anni. Che siano passati tredici anni da quando ci siamo conosciuti. Ti amo come quando abbiamo pronunciato le nostre promesse, e ti desidero altrettanto intensamente. Ti desidererò sempre, anche quando dovrò prendere quelle piccole pillole blu per farmelo rizzare.»

Wendy ridacchiò e Blade si rilassò. Aveva temuto di averla davvero fatta incazzare questa volta.

«Sei fortunato che ti amo» gli disse, sbottonandogli il primo bottone della camicia. «Ma dobbiamo fare in fretta, ho fame e ci stiamo perdendo la cena.»

«Mi assicurerò che mangi. Rintraccerò la coordinatrice del matrimonio e le dirò che hai avuto una reazione allergica e ti sei persa la cena.»

«Sa che non sono allergica a nulla» lo informò. «Se n'è assicurata prima di pianificare il menu.»

«Allora le dirò che eri eccitata e avevi così bisogno del mio cazzo che non potevi aspettare.»

«La reazione allergica va bene» borbottò lei.

Blade sorrise e le baciò il palmo. Le porte si aprirono e si precipitarono mano nella mano nella loro stanza. Poi sorrise quando la sentì infilare le mani sotto la cintura dei suoi pantaloni mentre lui attaccava il biglietto sulla maniglia della porta.

Venti minuti dopo, erano sdraiati sul letto a cercare di riprendere fiato.

«Sapevo che le mutandine e il reggiseno sarebbero stati abbinati» disse Blade con un sorrisetto.

«Assatanato» si lamentò lei, ma gli sorrise mentre lo diceva.

«Ti amo, Wendy Carlisle.»

«E io amo te, Aspen. Ora possiamo andare a cena e fingere di essere una coppia rispettabile al matrimonio di mio fratello?»

«Qualunque cosa vuoi, piccola, qualunque cosa vuoi.»

———

Emily e Fletch, quindici anni dopo i matrimoni.

«John, giuro su Dio, se non posi il sedere su quel sedile, verrà sculacciato» sibilò Emily al figlio più piccolo.

«Mi annoooiooo!» gemette il loro bambino di sette anni. «Quando finisce?»

«Ti avevo detto di portare un libro» gli disse Doug, il fratello maggiore.

Fletch sorrise ai suoi figli. Douglas aveva solo undici anni, ma a volte si comportava come se ne avesse molti di più. Era quello studioso, amava leggere già a cinque anni e da allora sembrava che avesse sempre la testa chinata su un libro.

«È quasi il suo turno» li informò Ethan, sedendosi il più dritto possibile per cercare di vedere meglio il palco.

Fletch prese la mano di Emily, e lei vi si aggrappò stringendogli forte le dita.

Sembrava ieri quando Annie sfrecciava nel cortile della loro casa con il suo carro armato. Ma ora erano alla sua cerimonia di laurea e poi avrebbe prestato giuramento come nuovo membro dell'esercito degli Stati Uniti. Non aveva mai perso il suo entusiasmo per le forze armate e da matricola si era iscritta al programma universitario ROTC, l'addestramento di ufficiali della riserva. Nel corso degli anni si era distinta ed era sulla buona strada per entrare nell'esercito in campo medico.

Fletch era preoccupato per lei – sarebbe stato un genitore di merda se non lo fosse – ma non poteva fare a meno di esserne orgoglioso.

Si girò a guardare il gruppo di persone sedute poche file dietro di lui. Vedere tutti i suoi amici militari e le loro famiglie lo fece sorridere contento. Sapeva che amavano Annie quasi quanto lui.

«Eccola» disse Ethan eccitato mentre indicava la studentessa che si preparava ad attraversare il palco. Si voltò e tutta la famiglia si alzò in piedi urlando quando venne annunciato il suo nome.

Annie Elizabeth Grant Fletcher.

Fletch sentì le grida e l'entusiasmo di Ghost e gli altri mentre celebravano quel risultato insieme a loro.

Annie attraversò il palco con orgoglio, e una volta ricevuto il diploma guardò la sua famiglia sulla tribuna. Sollevò il pugno sopra la testa, facendo scatenare ancora di più i suoi fratelli.

La cerimonia del giuramento si sarebbe tenuta una volta consegnati tutti i diplomi, quindi avrebbero dovuto aspettare ancora un po'.

«È fantastico» disse Ethan quando si sedettero di nuovo.

Non poteva dargli torto, ma la cosa ancora più fantastica era quanto fossero legati fratello e sorella. Annie amava tutti i suoi fratelli, ma c'era un legame speciale tra lei ed Ethan. Probabilmente scaturito dalle ore che aveva passato a leggere e a giocare con lui quando era piccolo. Anche quando frequentava il liceo non era mai stata brusca o arrabbiata con lui. Amava essere una sorella maggiore e si era divertita a insegnargli a giocare al soldato e a correre insieme nei boschi dietro casa.

Più tardi Fletch, raggiante di orgoglio, tenne stretta Emily che piangeva mentre Annie prestava giuramento.

Però, la parte migliore della giornata doveva ancora venire; il regalo che aveva organizzato per sua figlia stava aspettando.

Nell'arena regnava il caos dopo la cerimonia, ma Fletch aspettò Annie nel punto che avevano concordato. Dieci minuti dopo, finalmente la vide andare verso di loro. Indossava la sua uniforme verde militare e anche se si era lamentata di dover mettere la gonna quando i ragazzi avevano i pantaloni, pensò che fosse bellissima.

Annie abbracciò tutti e stuzzicò Doug chiedendogli se avesse visto qualcosa della cerimonia o letto il libro per tutto il tempo. Lasciò che John le togliesse il badge con il nome Fletcher per appuntarselo sulla maglietta, anche se sapeva che sarebbe finita nei guai se qualche istruttore l'avesse vista con l'uniforme incompleta. Ethan la abbracciò forte e Fletch non fu sorpreso di vedere le lacrime negli occhi di sua figlia. Sarebbe partita per completare il corso base per ufficiali e la formazione medica, e sarebbe passato parecchio tempo prima che potesse trascorrere di nuovo un po' di tempo con la famiglia.

Annie era ancora straordinaria come la prima volta che l'aveva incontrata, e Fletch era più orgoglioso di lei di quanto riuscisse a esprimere. Era diventata una bellissima giovane donna, premurosa e intelligente che sapeva cosa voleva nella vita e non aveva paura di perseguirlo.

Sorridendo, quando vide qualcuno avvicinarsi alle sue spalle, le restituì il badge e le disse che si sarebbero visti a casa. Entro un paio d'ore avrebbero dato una grande festa di laurea e ci sarebbero stati tutti i suoi compagni di squadra, così come alcuni degli altri uomini della Delta Force, Fish e Bryn e persino un paio dei SEAL dalla California.

Ma una grande festa non sarebbe stata completa senza l'uomo che Annie amava.

Mentre Fletch si allontanava, lanciò un'occhiata dietro alle spalle e la vide voltarsi e vedere Frankie; le aveva detto che non ce l'avrebbe fatta ad andare alla cerimonia, a causa dei suoi turni di lavoro.

Lo strillo di gioia di sua figlia si sentì benissimo sopra il brusio della folla ancora in giro, e Fletch non poté fare a meno di sorridere mentre li osservava ricongiungersi.

«Lo ama davvero» disse Emily con dolcezza. «Lo ama da quando avevano sette anni.»

«Già» ammise Fletch, perché non c'era davvero nient'altro da dire.

Guardarono le mani della loro figlia muoversi velocemente mentre esprimeva con i segni la sua felicità a Frankie. Lui rise e rispose allo stesso modo. Finalmente, in mezzo alla folla di laureati felici, erano di nuovo insieme.

Le cose non erano state facili per la coppia e, purtroppo, avrebbero continuato ad esserlo. Erano ancora giovani e avevano strade diverse davanti a loro, ma Fletch sperava che ce l'avrebbero fatta.

Frankie era un brav'uomo. Era intelligente e rispettoso ed era evidente quanto amasse Annie. Ma non voleva impedirle di perseguire i suoi sogni. Il dolore nei suoi occhi, quando pensava che lei non stesse guardando era evidente, ma stringeva i denti, rifiutandosi di lasciare che si accontentasse di qualcosa di meno che diventare un medico dell'esercito.

Fletch si assicurò che i suoi figli fossero sistemati in macchina e accompagnò Emily dal lato del passeggero. Prima che lei potesse aprire la portiera, si chinò e la baciò. In modo duro e appassionato. Proprio lì nel parcheggio, davanti a tutti. Sentì John lamentarsi dall'interno dell'auto per quella manifestazione pubblica d'affetto, ma non si staccò finché non fu soddisfatto.

Alla fine, si tirò indietro quando Em gemette premendosi contro di lui. Non voleva fare nulla che potesse metterla in imbarazzo ma, dannazione, amava sapere che riusciva ancora a eccitarla allo stesso modo di quando si erano conosciuti.

«Ti amo, Em. Non potrei immaginare una vita migliore di questa.»

«Anch'io. Grazie per avermi affittato l'appartamento sopra il tuo garage.»

Sorrise. «Grazie per esserti presentata.»

«Grazie per essere venuto a controllare quando stavo male.»

«Potrei andare avanti tutto il pomeriggio. Grazie per aver cresciuto nostra figlia in modo da farla essere compassionevole, divertente e dannatamente straordinaria, solo essere in sua presenza mi incanta.»

Emily ridacchiò. «Va bene, va bene, hai vinto. Dobbiamo riportare i ragazzi a casa prima che John muoia di fame e Doug finisca il suo libro. Non ne ha portato uno di scorta e sai com'è quando non ha niente da leggere.»

«Potrebbe usare i dispositivi elettronici come una persona qualunque» disse Fletch. «Così ne avrebbe un'infinità.»

«Sai che gli piace la sensazione di un vero libro nelle mani» lo rimproverò.

«Ma occupano un sacco di spazio» ribatté.

Emily rise. «Sarebbe spiacevole se quelli del servizio catering arrivassero prima di noi.»

«Giusto. Ho capito l'antifona. Se dovessi dimenticare di dirlo più tardi, grazie per aver suggerito di far venire qui Frankie. Ho la sensazione che sia il regalo più bello che avremmo potuto fare a nostra figlia.»

«Credo che tu abbia ragione.»

Fletch si chinò e diede un rapido bacio sulle labbra alla moglie, poi l'aiutò a salire in macchina e aspettò che si fosse allacciata la cintura di sicurezza prima di chiudere la portiera. Guardò di nuovo dove aveva lasciato la figlia e il suo fidanzato e li vide baciarsi appassionatamente.

Accigliato, fece un respiro profondo. Annie era abbastanza adulta da baciare un ragazzo, ma gli sembrava ancora strano. Ricordava quando era una ragazzina, il suo piccolo folletto. Razionalmente, sapeva che non era più quella bambina di sette anni, ma a livello emozionale sarebbe sempre stata la sua piccolina.

Voltando deliberatamente le spalle alla coppia, Fletch salì in macchina e si voltò verso la sua famiglia. «Pronti per andare a casa?»

«Sìì!»

«Ok.»

«Come vuoi.»

L'ultima risposta fu quella di Doug, ovviamente perso nel mondo di streghe e maghi dell'ultima serie che stava leggendo.

«Andiamo a casa» disse Emily con dolcezza.

Fletch portò una mano sulla guancia di sua moglie e vi fece scorrere delicatamente le dita, prima di riportare la sua attenzione sulla strada e partire.

———

Mary e Rayne, venticinque anni dopo i matrimoni.

«Agli amici» disse Rayne sollevando il bicchiere.

«Agli amici» le fece eco Mary.

Poi si portarono gli shottini alla bocca e li bevvero.

Rayne tossì e sputacchiò, ma Mary si limitò a sorriderle e a mettere il braccio intorno alle spalle dell'amica.

«Riesci a credere che siano passati venticinque anni da quando abbiamo celebrato il nostro matrimonio?» le chiese Mary.

Rayne scosse la testa. «No, non mi sembra affatto.»

«Penso che sia davvero romantico che Ghost ti riporti a Londra e nello stesso hotel in cui avete avuto la vostra avventura di una notte tanti anni fa.»

«Sì, è stato davvero eccezionale» concordò.

«A che ora partirete domani?»

«Il nostro volo non parte prima delle dieci di sera, ma Ghost odia essere in ritardo, quindi sono sicura che partiremo da qui verso le tre del pomeriggio.»

Mary alzò gli occhi al cielo. «Almeno siete in prima classe.»

«Vero? Anche se lui è turbato dal fatto che abbiano quelle cuccette. Penso che volesse rientrare nel "club dell'alta quota".»

Mary alzò gli occhi al cielo. «Ricordo che l'ultima volta che avete volato oltreoceano siete stati quasi beccati a darci dentro. Avrei pensato che avesse imparato la lezione.»

Rayne ridacchiò. «A quanto pare no. Ma devo dire che non

vede l'ora che torni a casa stasera. Adora quando io e te usciamo insieme.»

«Perché, torni ubriaca e può farti ciò che vuole?»

Rise di nuovo. «Come se a te non succedesse la stessa cosa!»

«È vero. Ed è molto più semplice ora dato che i ragazzi vivono per conto loro. Non dobbiamo più essere creativi.»

«L'hai detto, sorella» dichiarò, annuendo. «Il mese scorso, sono riuscita a malapena a varcare la soglia che Ghost mi era già saltato addosso.»

Le due amiche ridacchiarono.

«Ti voglio bene, Mary» le disse dopo essersi ripresa.

«Non cominciare» la avvertì l'altra, alzando una mano.

«Sul serio, è così. Non so cosa farei senza di te. Quando pensavo di essere la peggiore mamma del mondo, mi hai tirata fuori dal baratro. Quando Ghost è stato ferito in missione, sei stata lì per me, assicurandoti che i miei figli non morissero di fame. Quando Greta ha chiamato dal college piangendo perché era stata quasi violentata a quella festa, tu e Truck non solo avete impedito a Ghost di andare laggiù e uccidere il bastardo, ma avete viaggiato per quattro ore insieme a me per andare da lei. Poi hai spaventato così tanto quel pezzente della confraternita minacciando non solo di prenderlo a calci in culo davanti a tutti i suoi amici, ma giurando che se avesse anche solo guardato storto un'altra ragazza, saresti venuta a saperlo e lo avresti rovinato.»

«Stavo bluffando» mormorò Mary.

«Ma *lui* non lo sapeva. E hai dimostrato a Greta che non c'è niente che non faresti per lei. La mia vita non sarebbe la stessa senza di te.»

«Oh, merda» disse stringendo le labbra e cercando di non piangere.

«So perché ti sei comportata in quel modo tanti anni fa, ma giuro su Dio, se mai farai di nuovo qualcosa di così stupido, ti ucciderò io stessa, capito?»

Mary annuì.

Rayne voltò la testa e chiamò il barista. «Un altro giro, Jimmy!»

Con un sorrisetto, il bel giovane palestrato versò altri due shottini e li spinse lungo il bancone.

Mary sapeva che quando quel ragazzo in età da college le guardava, probabilmente vedeva due donne di mezza età non più nel fiore degli anni, disperate e in cerca di una scopata. Ma sarebbe in errore. Oh, sì erano di mezza età, ma piene di energia. Insieme, avrebbero potuto ancora causare problemi per anni. E per quanto riguardava cercare una scopata, assolutamente no, avevano entrambe un uomo a casa ad aspettarle.

Mary conosceva tutto della vita amorosa di Rayne e viceversa – funzionava così tra migliori amiche, non si nascondevano nulla, anche quando si trattava di cose come la menopausa, o quanto spesso e bene i rispettivi mariti facevano l'amore con loro. Sapeva anche per certo che la sua migliore amica stava ancora facendo tanto sesso incredibile come venticinque anni prima.

«Ti voglio bene. Il giorno in cui ci siamo incontrate in quel bar è stato il più bello della mia esistenza. Affronterei di nuovo il cancro due volte, se significasse averti nella mia vita.»

«Non dirlo!» protestò subito Rayne. «Mai più quel cazzo di cancro per te, stronza!»

Mary rise. Quando la sua amica si ubriacava, diventava sempre sentimentale... e imprecava come un marinaio.

Proprio in quel momento partì una canzone. Era un vecchio brano, molto più vecchio della maggior parte delle persone presenti al bar in quel momento, ma Rayne si voltò subito verso lei e gridò: «I Black Eyed Peas! Dobbiamo ballare!»

La canzone era "The Time (Dirty Bit)" che avevano ballato un sacco di volte nel corso degli anni. Aveva un ritmo così fantastico, che era quasi impossibile non alzarsi e ballare. Per non parlare che ricordava loro il film *Dirty Dancing*, che, nonostante fosse un altro vecchio classico, era ancora uno dei film che amavano di più.

«*I've had the time of my life*!» Rayne cantò a squarciagola, indicando Mary. Poi bevve lo shottino e prese la mano dell'amica. «Dai! Balliamo!»

«Vai avanti, arrivo subito» la rassicurò. Bevve il suo e la guardò divertita andare sulla pista da ballo e iniziare a ondeggiare e a scuotere il sedere. Vide anche diversi ragazzi e ragazze alzare gli occhi al cielo guardando come ballava la "vecchia", ma non gliene fregò niente.

Sperava che lei e Rayne da lì a venticinque anni avrebbero ancora bevuto shottini e ballato come pazze sulla pista da ballo. Al diavolo ciò che pensavano gli altri. Avevano affrontato un sacco di cose nella vita. Loro erano fatte così, non sarebbero mai cambiate e non avrebbero provato il minimo rimpianto per quello.

Posò il bicchierino vuoto sul bancone e si precipitò dalla sua migliore amica al mondo. Mentre ballavano, ridevano e si godevano la vita, ignorando gli sguardi dei presenti molto più giovani, Mary non poté fare a meno di pensare alla sua.

Aveva avuto una madre orribile e imparato fin da piccola a non fidarsi di nessuno, soprattutto degli uomini. Ma poi aveva incontrato Rayne scoprendo che le brave persone esistevano. Poi, tramite la sua migliore amica, aveva incontrato Truck, l'uomo che aveva cambiato tutta la sua esistenza. Il pensiero di suo marito la fece sorridere ancora una volta.

Il suo uomo.

La faceva impazzire e incazzare tutto il tempo, ma soprattutto faceva il possibile per renderla felice e assicurarsi che lei sapesse quanto l'amava. Aveva aiutato a crescere i loro due figli affinché diventassero esseri umani straordinari, e Mary provò un'enorme felicità nella consapevolezza che loro non avrebbero avuto gli stessi problemi che aveva avuto lei quando avrebbero cercato di trovare un compagno di vita.

Alla fine della canzone, le due amiche si strinsero in un intenso abbraccio. Rimasero così a lungo, anche dopo l'inizio del brano successivo. Alla fine, Rayne si staccò e guardò Mary negli occhi. «Abbiamo fatto un buon lavoro, vero?»

«Quello è certo.» Sorrise.

«Sei pronta per andare?»

«Cazzo, sì.»

«Andiamo a darci dentro con i nostri uomini!»

Mary rise. «Domani avrai un mal di testa terribile durante il volo.»

Rayne si limitò ad alzare le spalle. «Non importa. Mi sto divertendo con la mia migliore amica, ho uno degli uomini più sexy del pianeta nel mio letto e siamo felici e in salute. Cos'altro potrei chiedere?»

«Niente» disse scrollando le spalle

«Esatto.»

«Ora chiama il tuo uomo e digli di venire a prenderti.»

Mary fece come ordinato mentre Rayne telefonava a Ghost.

Rimasero fuori dal bar, sotto l'occhio vigile del barista, mentre aspettavano che i loro mariti andassero a prenderle.

«Mary?»

«Sì?»

«Grazie per non essere morta.»

Lei non rise, sapeva che Rayne era completamente seria. «Prego.»

Le due amiche si presero sottobraccio e si sistemarono contro un lato del bar ad aspettare che arrivassero i loro uomini... e che la loro meravigliosa vita continuasse.

———

Libro 11, *Salvare Macie*, Ora disponibili !

CARE LETTRICI, non riesco a esprimere quanto sia felice che abbiate abbracciato i Delta e le loro donne. Mi è piaciuto molto scrivere la loro storia, e anche se questo capitolo si è chiuso, è in arrivo una nuova squadra di Delta che è già stata introdotta in questo libro... a partire dal comandante Colt Robinson e Macie, la sorella di Truck, su *Salvare Macie*. E sì, nei nuovi libri ritroverete anche qualcosa di Ghost, Truck e il loro team.

Ho amato molto anche scrivere il personaggio di Annie. Se avete letto il mio racconto gratuito, *The Gift*, sapete che ha sempre provato affetto per il piccolo Frankie (da Proteggere Kiera). E avete visto uno scorcio della loro vita dopo la laurea. Non so quando avranno la loro storia, ma arriverà. Ve lo prometto.

Questo è stato un libro difficile da scrivere perché Truck è un personaggio molto amato. Dovevo assicurarmi di rendere giustizia ai due protagonisti. Spero di esserci riuscita. Alla fine, anche se ci sono stati molti ostacoli sulla loro strada, nessuno dei due ha rinunciato all'altro, e penso che l'amore consista proprio in quello.

Se pensate che abbia dimenticato di dare una risposta in merito alla scelta di Mary riguardo alla ricostruzione del seno, non è così. Non ho rivelato di proposito quale fosse la sua decisione, perché non volevo dare l'impressione di appoggiarne una piuttosto che un'altra. È una scelta *molto* personale che le sopravvissute al cancro al seno devono fare e che ha delle ripercussioni indipendentemente da ciò che viene deciso. Ho mostrato Mary struggersi per quella scelta, ma alla fine, qualunque cosa abbia deciso di fare non ha importanza. È la stessa Mary che Truck ama e la stessa Mary che ama Rayne. Che lei abbia o meno il seno non ha niente a che fare con quel sentimento. *Questo* è il motivo per cui non ho specificato cos'abbia scelto di fare.

Ruth, sai che ti voglio bene, ma perdonami... Truck era di Mary sin dall'inizio. Non importa quanto lei fosse irriverente o stronza, aveva occhi solo per lei (e si è scoperto che Mary aveva una buona ragione per essere così).

E infine, Amy. Cosa posso dire se non che la mia vita non sarebbe la stessa senza di te. Anche se le tue tette hanno cercato di ucciderti, non hai mai lasciato che una piccola cosa come la chemio e le radiazioni ti abbattessero. Hai continuato a essere una mamma, una moglie e un'amica straordinaria anche quando, senza dubbio, avevi voglia di rannicchiarti sul pavimento. Sei letteralmente la persona più forte che conosca. (E non c'è niente che mi faccia ridere come una pazza, come essere in vacanza con te e spostare lo sguardo dall'altro lato per vedere una TETTA posata sul letto accanto a me.) Ti voglio bene... dalle punte delle tue dita formicolanti fino ai tuoi bellissimi piedi.

PLAYLIST

https://spoti.fi/2vK4unM

Non lo faccio mai, ma per questo libro ho sentito il *bisogno* di condividere alcune canzoni che amo e che secondo me sono perfette per la storia di Truck e Mary, e l'amicizia tra Rayne e Mary. Se questi fossero gli anni ottanta, avrei decisamente registrato una cassetta per voi, così avreste potuto ascoltarla ininterrottamente...ma siccome viviamo nell'era digitale, vi invito a cercarle tutte, e mentre le ascoltate, pensate a Mary.

Play List di *Salvare Mary*:
Perfect, Ed Sheeran
I'll Fight, Daughtry
Rise Up, Andra Day
Little Me, Little Mix
Can't Hold us Down, Christina Aguilera, Lil Kim
Scars to Your Beautiful, Alessia Cara
What Makes You Beautiful, One Direction
Warrior, Demi Lovato
The Fighter, Keith Urban & Carrie Underwood
F**kin' Perfect, Pink

This One's for the Girls, Martina McBride
This is Me, Keala Settle
Holding out for a Hero, Tara Leigh Cobble
Isabelle, Unlabeled
Beautiful, Christina Aguilera
Bless the Broken Road, Rascal Flatts
Just the Way You Are, Bruno Mars
I Won't Give Up, Jason Mraz
Stand By You, Rachel Platten
Fighter, Christina Aguilera
I Will Remember You, Sarah McLachlan
Fight Song, Rachel Platten
Brave, Sara Bareilles
Who Says, Selena Gomez & The Scene
The Time (Dirty Bit), The Black Eyed Peas
Lean on Me, Club Nouveau
Count On Me, Bruno Mars

https://spoti.fi/2vK4unM

Trovare Carly
Trovare Ashlyn
Trovare Jodelle

Mercenari di Montagna

Difendere Allye
Difendere Chloe
Difendere Morgan
Difendere Harlow
Difendere Everly
Difendere Zara
Difendere Raven

Ace Security *(Prossimamente)*

Il riscatto di Grace
Il riscatto di Alexis
Il riscatto di Bailey
Il riscatto di Felicity
Il riscatto di Sarah

In inglese:
Delta Force Heroes Series

Rescuing Rayne
Rescuing Aimee (novella)
Rescuing Emily
Rescuing Harley
Marrying Emily (novella)
Rescuing Kassie
Rescuing Bryn
Rescuing Casey
Rescuing Sadie (novella)
Rescuing Wendy
Rescuing Mary
Rescuing Macie (novella)
Rescuing Annie (Feb 2022)

Delta Team Two Series

Shielding Gillian
Shielding Kinley
Shielding Aspen
Shielding Jayme (novella)
Shielding Riley
Shielding Devyn (May 2021)
Shielding Ember (Sep 2021)
Shielding Sierra (Jan 2022)

Badge of Honor: Texas Heroes Series

Justice for Mackenzie
Justice for Mickie
Justice for Corrie
Justice for Laine (novella)
Shelter for Elizabeth
Justice for Boone
Shelter for Adeline
Shelter for Sophie
Justice for Erin
Justice for Milena
Shelter for Blythe
Justice for Hope
Shelter for Quinn
Shelter for Koren
Shelter for Penelope

SEAL of Protection: Legacy Series

Securing Caite
Securing Brenae (novella)
Securing Sidney
Securing Piper
Securing Zoey
Securing Avery
Securing Kalee
Securing Jane

SEAL Team Hawaii Series

Finding Elodie (Apr 2021)
Finding Lexie (Aug 2021)
Finding Kenna (Oct 2021)
Finding Monica (TBA)
Finding Carly (TBA)
Finding Ashlyn (TBA)
Finding Jodelle (TBA)

<u>Ace Security Series</u>

Claiming Grace
Claiming Alexis
Claiming Bailey
Claiming Felicity
Claiming Sarah

<u>*Mountain Mercenaries Series*</u>

Defending Allye
Defending Chloe
Defending Morgan
Defending Harlow
Defending Everly
Defending Zara
Defending Raven

<u>Silverstone Series</u>

Trusting Skylar
Trusting Taylor (Mar 2021)
Trusting Molly (July 2021)
Trusting Cassidy (Dec 2021)

<u>SEAL of Protection Series</u>

Protecting Caroline
Protecting Alabama
Protecting Fiona
Marrying Caroline (novella)
Protecting Summer
Protecting Cheyenne
Protecting Jessyka

Protecting Julie (novella)
Protecting Melody
Protecting the Future
Protecting Kiera (novella)
Protecting Alabama's Kids (novella)
Protecting Dakota